就此沦陷

故筝 著

下册

青岛出版集团 | 青岛出版社

第十一章
她的温柔

"我要投资一部电影,剧本我很喜欢。"顾雪仪开门见山地说道,"想邀请宴总一块儿投资。"

电影?宴氏倒是有相关的子公司,但宴氏真正赚钱的地方从来不在这里,所以宴朝并不关心这块的产业。宴朝问道:"是差钱吗?"

顾雪仪分外坦然地说:"嗯,现在我手里只有500万元现金。"

宴朝一下想起来,自己还收了她500万元,于是说道:"副卡放在你的房间里了,和新卡在一起。"只是投资一部电影,其实她并不需要特地给他打电话。宴氏如果连这点儿钱都掏不出来,岂不是被人笑话?她设立基金,为宴氏提高声誉,就已经不是金钱可以计算的了。

宴朝并不是抠门的人,拿回副卡后,又重新升级了副卡的额度。

"宴总不加入吗?"顾雪仪问。

"不了,你想投就投。"宴朝说。

"好的,宴总再见。"顾雪仪挂断了电话。

宴朝攥着手机,听着那头传来的"嘟嘟"声,恍惚间有一种自己是个工具人的错觉。那500万元不会是她有意分给他的吧?

裴丽馨抬头望着宴朝。他在和谁通话?顾雪仪吗?

裴丽馨有了猜测:也许从一开始,他们看见的顾雪仪就不是刁蛮、倨傲的人,顾雪仪和宴朝之间的关系也并不糟糕。宴朝骗过了所有人……顾雪仪就是他留在国内用来牵制她的……可这又太夸张了,宴朝并不会用这么长的时间来布局。

宴朝这时候收起了手机，问："名单呢？"

裴丽馨脸色微变："我……我也没有。"

宴朝轻轻叹息了一声，转身往外走去。

裴丽馨一下急了，连忙说道："不，宴勋华真的没把名单给我，但我大概知道有谁，他躲在国外的时候，有不少人是靠我来联系的！宴总，我可以写下来给你……"

宴朝抬了抬下巴，立刻就有人在她的面前放了纸笔。

裴丽馨这才爬起来，哆哆嗦嗦地开始写人名。

和宴勋华合作的人，并不只封俞，还有其他人。那些人有的不如封俞狠，但也有比封俞更不要命的。裴丽馨写下这个，绝对讨不了好，但不写，同样讨不了好，她的弟弟还在宴朝的手里。

"好……好了。"裴丽馨写完，立刻有人接过那张纸，递到宴朝手中。

宴朝扫了一眼："你知道撒谎的结果会怎么样吗？"

裴丽馨伸出手，说道："有两个好像写错了……我改改。"

裴丽馨改完，已经是十分钟后的事了。

宴朝这次没有再看名单，随手把那张纸叠了起来，淡淡地说道："忘了和裴总说，裴少已经在警局把你供出来了。"

裴丽馨双腿一软，脸色骤变，大喊道："不可能！"那是她弟弟！

宴朝垂眸看着她："我没弄死他，是我脾气好。他还不上的债，你就跟着一块儿还吧。"宴朝转身推门走了出去。

宝鑫的高管全部等在外面，都躬身低头，恭送宴朝离开。

宴朝离开后不久，警察就带走了裴丽馨。

裴丽馨从警察口中得知，裴智康的确已经把他们的事全说了，说完之后，似乎又怕被人报复，一头撞在看守所的墙上，想撞死。但他从贫穷的山村走入城市，过上了大少爷的生活，又怎么甘心就这样死去呢？他对自己下不了狠手，却磕出了脑震荡，现在天天呕得昏天暗地，走路都打晃，跟傻了一样。

"他怎么能这样做呢？"裴丽馨形容憔悴，反复念叨着这句话。她这个当姐姐的，哪里对他不好了？她给他钱，包容他所有的错，将所有的事都交给他去办……

"好了，别说了，进去吧。"一旁的警察提醒道。

裴丽馨抬起头，恍恍惚惚地瞥见一个警察举着一面锦旗走过去了，上面好像写着"顾雪仪女士"。裴丽馨激动地一把抓住了旁边的警察的胳膊:"那是什么?"

警察皱眉道:"那是锦旗,给宴太太的,感谢她帮我们破获了一桩大案。"

裴丽馨几乎要呕血。他们找人去收拾顾雪仪,还成就了她?

旁边有人冷笑了一声:"宴太太那么好的人,你们居然还想让人去杀她?"

裴丽馨想说"我们没想杀她,只是想抓她",但这些话没有意义了。裴丽馨再见到裴智康的时候,他目光惊惶,哪里还有之前英俊潇洒的样子?裴丽馨恨他出卖了自己,又气自己养这么大的弟弟居然变成了这样,咬了咬牙,最后哭着挤出来一句:"你怎么就管不住嘴呢?"

裴智康仍旧满腔憎恨之情,做着他的大少爷梦。他将来一定会翻身!裴智康愤恨地想着,突然摔了一跤,头在墙上又磕了一下,疼得他直叫。

顾雪仪在房间里找到了副卡和新卡,查了一下新卡的余额,正好500万元。

当天,顾雪仪就让陈于瑾帮忙做了份合同,然后带上宴氏的律师、助理,一块儿去了约定的咖啡厅。

孙俊义已经很久没有踏入这样的咖啡厅了。他接连四部电影票房惨淡,和人对赌输得什么也没有了。现在他熬夜写剧本,多冲两杯速溶咖啡都是奢侈。也许现在没什么人能认出他了,但他还是拽了拽帽子,遮住了自己的脸。

"孙导?"顾雪仪一眼就认出了孙俊义。今天他收拾得精神了点儿,露出两分昔日英俊潇洒、意气风发的模样。

孙俊义看了看她,那天其实并不认识她,后来才知道她是宴朝的太太。孙俊义动了动唇,唤道:"宴太太。"

"坐,这是合同。"顾雪仪把合同推了过去,"你先看。"

孙俊义点了点头,看了看顾雪仪身边跟着的律师和助理。律师看上去极其眼熟,是宴氏的吗?

孙俊义心脏"怦怦"直跳,像是随时要从喉咙里跳出来一样。他怎么也没想到,自己扛不下去了,才由早年认识的一个人带着,随便去了个地方碰碰运气,结果撞了大运!孙俊义静下心,仔仔细细地看起了合同,越看越震惊。合同条款详细,却并不过分,很好地保障了双方的利益,顾雪仪将以个人名义注资5亿元。5亿元,她真的知道这是多少钱吗?

孙俊义艰难地咽了咽口水,再不犹豫,立马签了合同,然后带着顾雪仪去看他的团队:"团队早就筹建好了,只是本来说好的资金迟迟没有到位,再拖就拖不下去了……"孙俊义再说起这些事时,语气已经轻松了许多。

他带着顾雪仪进入了仓库。仓库里放着器材和道具。孙俊义感叹道:"其实已经投进去1亿多元准备场地和道具了,这是我最后的家底,但这些钱还不够,后期特效是大头。"

仓库里的其他工作人员一脸蒙地站了起来看向顾雪仪,一时间还有点儿没反应过来。

顾雪仪挨个儿和他们打了招呼,又详细地了解了一下剧组的成员。

"演员差不多了,都是新人……没办法,新人片酬低,而且他们档期也多,能来来回回地拍。只有主演还没定。"孙俊义叹了一口气,"主演的演技一定不能差。"

"有孙导看中的演员吗?"

"有,比如韩韫,但他没档期,而且片酬太高了。片酬不是他自己说了算,他的公司会把关。还有好几个比较合适的演员,都是这些原因……"

"我给孙导推荐一个人吧。"顾雪仪说。

孙俊义一咬牙,答应了。其实上一个投资商,说要塞几个人进来,他都快点头了。没办法,资本为大。结果对方后来又撤资了。

"他不收片酬。"顾雪仪又说。

孙俊义双眼一亮,这下是真心实意地答应了:"行,您明天带过来,咱们见个面,主演一定,咱们就能开机了。"

顾雪仪痛快地打完款,很快就离开了。

幽暗潮湿的仓库里,那些还有点儿呆的工作人员才醒过神,互相抱住,号啕大哭。他们都是跟着孙俊义多年的老人了,人情在,心中的抱负、梦想也在,但如果没钱,这些都是虚的。孙俊义松了一口气,望着顾雪仪离去的方向,觉得离自己越来越远的梦想慢慢又回来了。

宴朝从非洲回来后几乎没再用过那部备用手机,可是今天手机屏幕又亮了,并且发出"叮"的一声。

她这么快就将钱投出去了?

男人也没几个像她这样有魄力。

宴朝拿过手机，看了一眼。

"您尾号××××的卡11月30日17时11分转出500000000.00元。"

宴朝盯着那串数字又看了一遍，不是500万元，不是5000万元，是5亿元。

宴朝有点儿想笑——她的胆子真够大的。

"宴总？"秘书室的女秘书在一旁紧张地叫了他一声。

宴朝收回目光。

"怎么了？"女秘书问。

宴朝淡淡地说道："没什么。"

还好他去升了副卡的额度，不然还真不够她刷的。

宴文嘉和顾雪仪聊完后，就给经纪人打了电话，说自己要接新戏。

经纪人问剧本叫什么。

宴文嘉回忆了一下，说："忘了。"

经纪人陡然拔高了声音："忘了？"

"反正我要拍。"

经纪人习惯了他的性格，也没多说什么，只是叹了一口气，说："本来大古影业是要投资孙导那部戏的，结果磨了几个月，最后磨没了。我觉得挺可惜的，孙导毕竟底子还在……"

宴文嘉反正也不去拍了，扯了扯嘴角，毫不客气地说："肯定是前几年嘴太欠，现在遭报应了。"

挂了电话，宴文嘉就发了条微博："准备进新组。"

只要不是像孙俊义那么瞎的人，都愿意选他！

宴文嘉信心满满地发完微博，扫了一眼评论区，看到有很多人在夸他勤奋。他也觉得自己挺勤奋的，就是顾雪仪老不看微博，有点儿烦。

他和顾雪仪约好了第二天就去剧组。

第二天，顾雪仪刚下楼，就看见宴文嘉已经坐在楼下等着了。

"吃过早饭了？"

"吃了。"宴文嘉穿着一身白色西装，坐在那里，仿佛是个贵公子。

女佣都忍不住偷偷看他。

顾雪仪也有点儿疑惑。他这么心急干什么？不过小孩子上进是好事。

顾雪仪也快速吃完了早餐，然后就和宴文嘉一起出发了。

宴朝下楼的时候，顾雪仪和宴文嘉已经离开了，楼下只有宴文姝、宴文柏和宴文宏。宴朝转头问:"太太呢?"

女佣说:"太太一早就和二少出门了。"

大嫂又给宴文嘉开小课了!三个小的你看看我,我看看你,最后宴文姝和宴文柏的目光冷冷地落到了宴文宏身上,他开的小课最多!宴文姝被气得胸都痛了。

孙俊义也不知道顾雪仪会塞谁进组,但做好了万全的准备,实在不行他就慢慢教。正想着的时候,孙俊义就听见有人喊了一声:"顾小姐到了!"

他们听说是顾雪仪个人投资,也就不喊她宴太太了,全喊顾小姐。

孙俊义抬头望去,先看见了年轻女人。紧接着,他看见了顾雪仪旁边的年轻男人。

同一时刻,宴文嘉也看见了孙俊义。

"怎么是他?"宴文嘉转头看向顾雪仪。

"嗯?"顾雪仪歪头看着他。

孙俊义也惊得差点儿摔倒:"怎么是原文嘉?!"

二人见面,分外不爽。

孙俊义这两年不怎么爱喷人了,那是因为生活磨平了他的棱角,但他还记得自己当年是怎么喷宴文嘉的。

两个人都很狂傲。

"怎么?有问题?"顾雪仪问。

其他人也很尴尬。

孙俊义是很感激顾雪仪的。如果不是她,他这辈子可能就翻不了身了。他正准备说点儿什么。

宴文嘉冷笑了一声:"哦,孙导啊,前几年骂我是死鱼眼,演戏没灵魂,后来又骂我是个花瓶,只能靠脸博得大众喜爱……"

孙俊义一时间很尴尬。他也没想到,自己前几年嘴巴这么毒。

"孙导不是江郎才尽了吗?现在出来是准备做最后的挣扎吗?"

孙俊义觉得自己前几年嘴其实还可以更毒一点儿,憋了一会儿,说:"顾小姐,他没演技,真的没演技。他演不了这样的角色。"

顾雪仪说:"我知道,所以……"

她还没说完,宴文嘉就紧跟着反问:"顾小姐?"他看了看顾雪仪,"他叫你顾小姐?"

宴文嘉体内的雷达转了起来。她果然是要给我换大哥了是吧？那不行！孙俊义长得还没我好看！

孙俊义听见这段对话，倒是一时间有点儿拿不准宴文嘉和顾雪仪的关系了。孙俊义张了张嘴："顾小姐，他真的不行……"

"我行。"宴文嘉冷着脸说。

"不行……"

"我说行就行……"

"凭什么？"

宴文嘉有种终于大仇得报的快感，嘴角一勾，那张俊美的脸上露出了一个近乎狰狞的笑容。他指向顾雪仪："因为她是我大嫂！她给你投资了，你得听她的，那就等于得听我的！你现在先发三条微博。"宴文嘉拿出手机晃了晃，"先夸我，还不能重样。"

顾雪仪说道："我也看过文嘉演的戏，他的演技并不差。"

宴文嘉抿了抿唇，气焰这才下去了点儿。

"是不差，但他与人物形象不符……"

"他其实是个有天分的人，很聪明……"

宴文嘉的耳朵立马竖了起来。

"他愿意学习，我会带他去学习。"

孙俊义紧抿了一下唇："能教好吗？"

"能。"

宴文嘉沉浸在被人夸赞的巨大惊喜情绪中。这可比媒体铺天盖地地夸他要惊喜多了！

孙俊义问："您怎么教？"

顾雪仪抿唇轻笑，没有细说。

在场的人怔怔地望着她的笑容，宴文嘉都恍惚了，但还是记得正事的，说道："你先发微博。"

孙俊义咬了咬牙，登录了近一年没有上过线的微博，连发了三条微博。

第一条微博："原文嘉是个天才。"

第二条微博："原文嘉演技挺好的。"

第三条微博："原文嘉长得帅。"

话题一下就炸了。

"我看见了什么？孙导的微博被盗号了？"

"被绑架了你就眨眨眼……"

"原文嘉，把号还给孙导吧，孙导也不容易。"

"孙导要和原文嘉合作了？那得多少人跳河啊？"

宴文嘉通体舒畅，有大嫂真好！

经纪人看见这三条微博的时候，都愣了愣。原哥不会真找人把孙俊义的号给盗了吧？经纪人连忙拨了原文嘉的电话，但迟迟没有接通。

媒体也闻风而动，早年孙俊义批判原文嘉的报道都被翻了出来。

原文嘉刚拍完李导的戏，最近曝光率不低，本身粉丝基数又大，种种因素叠加在一块儿，他身上的话题热度极高。孙俊义曾经又是知名大导演，只是这两年因为作品票房不好，媒体大肆嘲讽他是"票房毒药"，才渐渐在大众视线中消失，可大导演的光环还在。相关的新闻一出，一时间全网都在热议这件事。不少人怀疑两个人是不是要合作了。

"一个是国内数一数二的演员，神颜，演技其实也还行，选对角色就是神演技。但是电影界除了李导，没人瞧得上他。另一个曾经是电影界最有天分的人物，圈子里的大佬，这两年走了下坡路，但依旧是权威人士，最看不上原文嘉的就是孙导。这两个人合作，我真是好奇极了！"

有心人在新闻出来后立刻将相关消息仔细看完了，看见根本没人投资的时候，才放心地笑了。他现在才是新晋的鬼才导演，以小成本揽大票房闻名。无数资本都对他青睐有加，不少人都想进他的剧组，名利双收。

孙俊义也就这时候挣扎一下了，怎么可能和原文嘉合作？这简直是笑话。

宴文嘉没有在剧组久留。他和孙俊义相看两厌。孙俊义发完微博后，宴文嘉才打电话把经纪人叫过来，签了个进组合同，然后就准备和顾雪仪离开了，临走的时候还从孙俊义那里拿走了完整的剧本。

宴文嘉上了车，孙俊义才气得撞了撞道具，一世英明，毁于一旦！

其他人连忙劝道："5亿元哪，5亿元哪！孙哥，5亿元让我卖身我都干！"

孙俊义叹了一口气。顾雪仪带给他的远远不止5亿元的恩情！

孙俊义说："谁不是呢。"

敢情您想得明明白白的啊！

这边经纪人跟着上了车，还有点儿恍惚："原哥真要进孙导的剧组，还是主演？"

宴文嘉慵懒地靠在椅子上，应道："嗯。"

"那……"经纪人迷茫地转头,看向顾雪仪,"那咱们什么时候官宣?剧组那边协调好了吗?"

"不用自己官宣。"顾雪仪淡淡地说道,"有那三条微博,媒体自然会关注这件事。"

经纪人一下子明白了:"这是要给新戏造势呢?这个势头,啧啧。"

顾雪仪淡淡地应了一声。

经纪人忍不住多看了顾雪仪两眼,心说:宴太太接触他们这一行的宣发才多久啊?她这么快就学会了?有钱人就是不一样。

"转道,去个地方。"顾雪仪突然说。

司机问道:"太太,去哪儿?"

"卿卿画廊。"

"好的,太太!"

自从之前冬夜的那幅画火了之后,卿卿画廊也跟着出了名。

宴文嘉的经纪人都有所耳闻。

宴文嘉一下坐直了身体:"又要去买画?"他带了卡!

顾雪仪摇了摇头:"不是,去看看,顺便见一见给宴文宏请的老师。"

宴文嘉心里一下不痛快了。宴文宏怎么还有老师呢?他的老师还得顾雪仪亲自去见?

宴文嘉咂了咂嘴:"孙俊义骂我演技差。"

经纪人在旁边听见这话后,心说:这不是大家都知道的事吗?怎么原哥还自己翻出来,捅自己刀子呢?

顾雪仪只"嗯"了一声。

宴文嘉坐得更直了:"我没专门学过表演,他们老拿这个攻击我。"

顾雪仪惊讶地问道:"你想请个老师?"

宴文嘉没出声。

经纪人这才反应过来:敢情是原哥想学习演技了!他这变化也太大了,以前他刚被嘲讽的时候,他们就说给原哥请个老师,原哥死活不答应,说请了就是承认自己演技不好了。

顾雪仪稍做思考:"其实你的演技并不差……下周吧,下周再看是不是需要请老师。"

宴文嘉哪儿能服气啊。他屈起手指:"不只孙俊义,好几个导演骂我不配演电影。我得请两个老师!"

经纪人蒙了。他怎么还得请两个老师呢?

顾雪仪轻笑了一声，没有说话。

车很快停在了卿卿画廊外。顾雪仪独自下了车："行了，你们可以回去了，一会儿司机再来接我。"

宴文嘉"哦"了一声。

他目送着顾雪仪走进画廊，眉头微皱，丝毫没有要离开的意思。

经纪人忍不住问："咱们不走吗？"

宴文嘉最近在物色剧本，通告少，只能回家。

他回宴家干什么？他回去对着大哥那张脸发怵吗？

宴文嘉回道："不走。"

顾雪仪进了门，前台小姑娘立刻迎了上来："宴太太。"这是让他们画廊出了大风头的财主啊！

这时候楼上也传来了脚步声。

画廊老板走了下来，后面还跟着两个小姑娘，一个顾雪仪不认识，另一个是宴文姝。

宴文姝看见顾雪仪，脸上一喜，赶紧问道："大嫂，你怎么在这儿？你不是和宴文嘉走了吗？"

"嗯，刚从剧组出来。"

宴文姝连忙拉着小姑娘给顾雪仪介绍："大嫂，这是我在国外的朋友，宋圆。你别看她姓宋，其实她和宋家关系不大……"

顾雪仪点了点头。

小姑娘小心翼翼地伸出了手："宴太太好。"

"她刚回国，我们一块儿来这里玩。我还有个玩得比较好的朋友，就是这里的老板的妹妹，她最近挺忙的，下次介绍给大嫂认识。"宴文姝说。

顾雪仪看了宋圆一眼。宋圆目光躲闪，似乎有些怕她。

顾雪仪问："你们在国外都加入了君语社吗？"

宴文姝惊奇地问道："大嫂你怎么知道？"

"猜的。"顾雪仪说着，转头看向画廊老板："冬夜在吗？"

画廊老板连忙派人上楼去叫冬夜："在！在！原来他是来等您的！"

没一会儿，有个男人下来了。男人看见顾雪仪，怔了一下，然后搓了搓手，才在顾雪仪面前站定："顾……顾小姐。"

别人都称顾雪仪为"宴太太"，但他只知道那个买下他的画并且巧妙地拍出高价，从此让他的生活发生翻天覆地的变化的人是顾雪仪。

338

"鲁先生是吗?"

"是……是。"鲁冬点了点头。

"鲁先生要是不忙的话,可以和我在画廊里走一走吗?"

"好!"

画廊老板以为她又要买画,当然不会拦着,恨不得她再从自己这里多买两幅画,把他的画廊捧一捧。

顾雪仪有意做艺术品投资。她在画廊里逛着,鲁冬就在一边解说那些画,谁画的,用了什么样的手法等。

"你懂得很多。"顾雪仪说。

鲁冬怔了一秒,笑着说:"是啊,之前差点儿就去给人造假了,所以都懂一点儿。"鲁冬沉默了一下,说,"其实这行里很多画家过得艰难,他们大多画技不差,但收入得不到保障。画油画的也好,画水彩画的也好,还有画漫画的,都是被压榨的……原画师大概好一点儿吧。"

他说了不少,然后猛地顿住了:"不好意思,我说太多了。"

顾雪仪倒并不在意。她很想了解这个世界,了解越多越好,没准儿在某个地方就用上了。

"你身边有像你一样懂画,但是缺乏灵气,曾经被评价为匠气太重的人吗?"顾雪仪问道。

"有!"他有个好哥们儿就是这样。

"你可以把他推荐到我这里。"

鲁冬有点儿想不明白,但还是答应了。

"走吧。"顾雪仪很快就看完了画。

她走出去时,宴文姝还在门厅的位置和宋圆、画廊老板说话。

画廊老板笑着说:"宴小姐大方,捐这么多,不知道什么时候再从我的画廊里多买两幅画呢?"

宴文姝翻了个白眼,说道:"我哪儿少买了?我不是经常买吗?我还带我大嫂来了。"

"宴文姝。"顾雪仪叫了一声。

那边打趣的笑声立马就停了。

"我先走了。"顾雪仪冲画廊老板微微颔首。

"好,您请。"

宴文姝也立马跟了上去:"大嫂我跟你一块儿走。"

她们上了车后,宋圆才小声说了句:"她大嫂把她管得好严啊。"

339

宴文姝一上车，就看见了宴文嘉："你怎么在？"

宴文嘉冷着一张脸，问道："你怎么也在？"

"你下去。"宴文姝说。

宴文嘉说道："你下去。"

顾雪仪带着鲁冬上车了，二人才停止争吵。

他们到宴家后，宴文柏去了学校，宴文宏还没去新学校。

"大嫂。"宴文宏连忙叫了一声，然后看向宴文嘉，问道："二哥今天这么早去剧组，是又有导演骂二哥了吗？"

宴文嘉翻了个白眼。这假惺惺的关心！

"去新剧组了。"顾雪仪说。

宴文宏"哦"了一声，声音里还带着可惜之意，紧跟着又对顾雪仪来了一通小学生报告。

鲁冬有点儿晕，心说有钱人家里都是这样的吗？

顾雪仪把鲁冬推了过去："给你请的老师。"

宴文宏蒙了一秒。他以为顾雪仪忘了这事，原来她说过的每句话，从来都没有忘。

"谢谢大嫂。"宴文宏轻声说着，露出甜甜的笑容，然后紧紧盯着鲁冬，鲁冬被他看得浑身发毛。

鲁冬伸出手，结结巴巴地说："您……您是顾小姐的弟弟吧？您……您好。我是您之后的老师，每周上两次课。我叫鲁冬。"

鲁冬也没想到，有一天，自己竟然会成为豪门小少爷的老师！

宴文姝呆立在原地，气得胸又痛了。她连忙说："大嫂，书上的知识我自己看不懂了。"

宴文宏突然转头："三姐有天分的，高中的时候成绩不错的。"

那是宴文姝自己说过的话。

"现在胎教都请老师了。"宴文姝憋出这么一句。

"你是胎儿吗？"宴文嘉问道。

宴文姝只好又使出自己的终极法宝："大嫂，宴文嘉、宴文宏都欺负我！"

顾雪仪说道："嗯，请老师。"

宴文姝眼珠子转了转："那得多请几个了，什么生物、化学、语文、英语、数学都得请的，对吧，大嫂？我要重考咱们国内的学校，肯定麻烦一点儿的。"

顾雪仪答应后，打了个电话，让宴氏的小助理去物色辅导老师了。

宴文姝满意了。宴文宏也带着鲁冬上楼学画了。

只有宴文嘉站在原地还有点儿气不顺。他摸出手机，面无表情地发了条朋友圈："准备上演技课。"他这才有点儿舒坦了。

宴文嘉发完朋友圈，就回房间看剧本了，压根儿没管他的这条朋友圈引起了怎样的轰动。一时间不知道多少人感觉紧张了。原文嘉真要去拍孙导的戏了？原文嘉都开始上演技课了？那我也得上演技课，粉丝本来就没有他多，长相也比不上他，演技还得输给他？

宴文嘉立马在圈里掀起了一小股风潮，也就是很多演员碍于公司要求不断接通告，时间不停被压榨，这股风潮才没扩大。

顾雪仪进了书房，才给孙俊义打电话："文嘉的脾气，希望孙导不要介意。我知道这两年的事给孙导造成了很大的影响，我觉得孙导的这部戏与其悄悄拍，不如从一开始就让所有人都看见，孙导要回来了。"顾雪仪一边说着，一边给自己倒了杯红茶，"孙导难道不希望对方看见吗？"

孙俊义怔了一下。他只是和她提了提，这两年的剧本的确不够好。那是因为他之前准备的两个剧本都被偷了。那是他准备用来转型的作品。

那两个剧本小成本、小制作，和他之前的风格大相径庭。

就算他现在说，自己的剧本被偷了，也不会有人相信，因为那两个剧本和他以前的风格差别太大，但顾雪仪相信他。她放纵宴文嘉的行为，也是为了给这部戏造势。

她是担心他不能理解，所以特地打电话过来吗？

一时间孙俊义心下各种情绪涌动。短短四年，他经历了太多的人情冷暖，还以为自己无法再保持当年的一腔热血了。孙俊义沉声说："嗯。谢谢。"

顾雪仪的名字就这样又一次出现在了新闻中。

"顾雪仪疑投资孙俊义5亿元？"

"原文嘉被强塞进组，孙导大怒撞墙。"

其中一篇名为《聊聊曾经跟在孙俊义身边的幕后人物——韩稳》的新闻中写道："韩稳曾经是孙俊义身边的小编剧，离开孙俊义后，韩稳自己做导演，连创两次小成本影片赢得大票房的传奇！而孙俊义的电影口碑不佳。韩稳即将再开机，将由知名演员搭档一线小花苏芙出演……"

网络上是各种新闻。

苏芙看见这些新闻的时候，倒是松了一口气。

"你放心吧。"经纪人在一边劝道，"韩导的本事你还不知道吗？多少人挤破头想拍他的戏。这个宴太太也是傻。外面的人把她吹得多厉害，就差说她是点金圣手了。其实呢？她也就是钱多，可以任意挥霍。但这回她要真砸几亿元进去，那也就只能听个响了。她肯定抢不过咱们。"

苏芙目光一闪。

顾雪仪豪掷几亿元的消息，在别人眼中跟傻子差不多。

现在资本市场都推崇小成本赚快钱了，尤其从韩稳成功开始，这个模式越来越受欢迎，甚至有人等着宴氏忍够了顾雪仪的做派，把她扫地出门。

石华等人也听到了消息。石华的儿媳妇这一刻倒不在乎顾雪仪蠢不蠢了。她在乎的是顾雪仪怎么有那么多钱！她都没有那么多钱！她去年生了个男孩儿，公公才奖励了 8000 万元。

石华淡淡地说道："这不是好事吗？她能给红杏带来更多的慈善基金。"

石华都知道这事了，江越当然也知道了。他也有点儿想不通，忍不住给顾雪仪打了电话："你到底投了多少钱？"

"5 亿元。"顾雪仪没有隐瞒，"怎么了？"

江越倒吸了一口气。其实他们这些人都知道生意做得越大，对钱的控制越严格，没几个人舍得像她这样玩……

江越和宴朝好歹做了这么多年的对手，当然知道宴朝的行事风格。

宴朝这人，表面看是个君子，暗地里根本不讲一点儿情分，冷血得很。宴朝本来就不喜欢顾雪仪，她又这样玩……

江越想到这事，都忍不住为顾雪仪感到心慌，紧跟着问道："宴朝怎么说？"

"说随意。"

"随意？"江越愣了愣。他气得"啪"的一声挂了电话。过了好一会儿，江越才缓过劲来，又给顾雪仪打了电话回来。

江越抹了把脸，说："其实吧，宴朝这个人，表里不一，心思特别深，我就没见过比他更阴的……"

江越说着说着有点儿管不住嘴，幸亏理智及时拉住了他，让他想起自己是在和宴朝的太太通电话，不然他还能说半小时宴朝这人有多坏。江越顿了顿，又说："总之吧，他嘴上说一套，心里想一套。他说随意，你要真随意了，他就得搞你了。"

顾雪仪淡淡地"嗯"了一声。

江越隐隐约约听见了那头传来翻动书页的声音。顾雪仪压根儿没把他的话当回事？江越一下酸透了。顾雪仪就那么喜欢宴朝吗？她就那么相信他的话？他再一想到宴朝失踪的这段时间里，顾雪仪又是给宴家带孩子，又是帮宴家做慈善，锦旗都收好几面了！宴朝凭什么啊？

就在这时候，顾雪仪这头的书房门被敲响了。顾雪仪起身打开了门。

江越隐隐听见了声音，有点儿烦躁地轻叩桌面，还是忍不住说："其实吧……宴朝要是真输不起这5亿元，跟你生气了，我看你还不如来江家教我们家一帮小兔崽子！"

说完，江越又觉得自己有点儿唐突了。他说的话也挺傻的。江越连忙哈哈一笑："嗯……开玩笑，开玩笑！不过冲宴太太撮合了江氏和宝鑫的事，那我也得帮忙不是？"

门外站着宴朝。宴朝问："江二？"

顾雪仪点头。

江越问道："我怎么好像听见宴朝的声音了？"

宴朝问："说什么呢？"

顾雪仪说道："说你表里不一，心思深沉……"

宴朝立刻俯身凑近，对着话筒说："不劳江总费心。"

江越骂了一句。他挖墙脚又被撞了个正着！

宴朝拿过顾雪仪的手机，按了挂断键。

宴朝刚看见新闻。新闻里大肆嘲讽她，说她砸5亿元下去也就听个响。宴朝想了想，自己刷了5亿元出去，连响都没听到，就过来敲门了。

顾雪仪又从他手中将手机拿了回来，然后转身往回走，说："宴总坐。"

她有着极强的领地意识。宴朝一瞬间有种来到她的地盘上的错觉。

她在成为顾雪仪之前，到底是个什么样的人呢？

宴朝垂下眼帘，扫了一眼手掌。她拿走手机的时候，指尖轻轻滑过他的掌心……

宴朝攥了一下手，喉头动了动，然后默不作声地走过去，坐下了。

"钱投了？"

"投了。"

宴朝脑中又过了一遍那些新闻。他说："宴氏旗下有个长万影业。"

"嗯？"

"如果需要帮助的话……"

她和宴朝打交道就是这点比较好，公事公办。她分给他钱，他礼貌地给予帮助。只要他不做出和那本书的女主角在一起这种拉低智商的事，她觉得做宴太太也不错。

顾雪仪微微一笑，说道："好的，谢谢宴总。"

宴朝没想到她答应得这么快。他顿了顿，沙发还没坐热，就起身说道："嗯，没别的事了。"

"好的。"顾雪仪点了点头。

宴朝走到门口了，才突然问道："江二还说我什么了？"

顾雪仪有点儿蒙。他对这个这么好奇吗？

顾雪仪想了想，回道："冷血得很，没见过比你还阴的，嘴上说一套，心里想一套，嘴上说随你，心里想着怎么搞你……"

宴朝打断道："好了，可以了。"宴朝攥紧了手指，然后推门走了出去。

顾雪仪握着手里的杯子，低头抿了一口红茶，然后才忍不住低低笑出了声。

第二天一早，屏幕上推送了一条新闻。

"惊！细扒江氏总裁的流氓行为！正在吃饭的不要看。"

江越对着电脑大骂了三声："就他宴朝会买软文是吗？我也会啊！保管全天下的人都知道宴朝不仅表里不一，还小心眼！"

顾雪仪起床后，就带着宴文嘉出门了。

几个小的鬼鬼祟祟地扒在门口，透过门缝看他们走远。他又上小课，又上小课！

顾雪仪带着宴文嘉去了医院。

宴文嘉有点儿糊涂："咱们来这里干什么？"毕竟他也是公众人物，出现在哪儿都得被拍。所以宴文嘉把自己捂得严严实实的。一进医院，他还没嫌弃别人呢，别人倒先躲着他。

"冬夜，就是给宴文宏请的那个老师，本名叫鲁冬。"

"啊，他怎么了？"

"去探望一下他的家人。"

"哦。"

他们很快上了楼，一边往前走，顾雪仪一边淡淡地说道："他母亲病倒了，脑袋里有瘤，得开刀。她妻子孕期子痫，也在住院……"

宴文嘉半天挤出来一句："挺倒霉的。"

他还演过全家死光的杀手呢，喜欢的女人还不爱他，听着也怪倒霉的。

顾雪仪点了点头，没有多说。她在病房前停下了脚步。

鲁冬从玻璃窗里看见了她，立马起身过来开门。

顾雪仪早就和鲁冬说过了，所以鲁冬也并不觉得奇怪，把人迎了进去。

里面有一张病床，一张陪护床。陪护床上乱糟糟地放着生活用品，保温水壶就放在脚边，桌边放了些鲜花。病床上躺着一个二十几岁的女人。女人脸颊红润，模样清秀。鲁冬将她照顾得很好。

鲁冬向女人介绍了顾雪仪和宴文嘉。女人立马露出笑容，并且连声感谢顾雪仪，热情却也不卑不亢。她还转头拿了个苹果，说道："鲁冬，你削给客人吃呀。"

宴文嘉觉得有点儿莫名其妙，但还是耐心等着。他还没探望过病人呢……

大嫂大概是想让他积累点儿探望病人的生活经验，但那剧本里也没有探病的剧情啊！

鲁冬应了声，连忙去找水果刀。

女人虽然第一次见到这么有钱的人，有点儿怯，但还是和顾雪仪聊了起来："这个苹果是鲁冬挑的。他到京市求学那两年，刚离开父母，兜里钱少，慢慢学会了怎么挑皮薄又脆还不那么贵的苹果，比我会挑。他也很会削苹果。您尝一个？特别甜。"

"鲁冬，你再洗点儿提子吧！"她接着对顾雪仪说："我听鲁冬说您把他的画卖得特别好，他一下赚了不少钱，这才把之前的住院费结清了……"

鲁冬削了苹果，用干净的碗装好，又去洗了提子。

女人招呼他们："坐呀。你们坐吧，这里的护工每天都消毒。"

鲁冬洗完提子，刚走出来，女人的声音突然卡在了喉咙里。她的瞳孔放大，牙关紧咬，面部抽搐，头本能地偏向一边，全身肌肉都出现了强直性收缩，平和的面容骤然扭曲起来，再不复红润和清秀。

鲁冬惊得摔碎了碗。

顾雪仪反应更快，已经先一步按下了铃："别挡着。"顾雪仪说着，拉着宴文嘉退了出去。

医生、护士很快赶了过来。他们站在病房外，看着女人面容越发紧绷，嘴角流血。鲁冬守在一旁，整个人如同绷紧的弦，面容惊恐。哪怕他一夜暴富，那些钱也抹不去他眼中的血丝。

隔着一层玻璃，宴文嘉怔怔地站在那里。正因为他见过她微笑时的模样，才更难将她现在的样子和刚才的模样联系到一起。

"把美好打碎，才会在一瞬间真正体会到悲惨的故事后究竟有多残忍的一面。"顾雪仪轻声说。

孕期子痫必须提前分娩，否则就会出现孕妇死亡或者胎儿死亡的情况。

宴文嘉也是头一回听说，原来世界上还有这样的病。

鲁冬的太太怀孕34周，胎儿还没有足月，肺部发育尚不完全。

顾雪仪在旁边大致听了听医生的意思，然后给鲁冬留了个号码。

鲁冬的太太已经不再抽搐，呼吸恢复正常，沉沉地睡过去了。他望了一眼病床，看着那个号码愣愣地问道："这是什么？"

"宴氏的医院，你打这个号码，会有人给你安排的。"

鲁冬愣愣地站在那里。

顾雪仪转身和宴文嘉走远了，他才红了眼眶。尽管有一些人看上了他的画，对他的家庭故事也很感兴趣，但鲁冬并不想向他们求助。

普通人想在京市找到好医生、好医院，太难了。

鲁冬紧紧攥了一下手指，拨出了那个号码。

宴氏大楼。

陈于瑾刚接完电话，收起手机。

宴朝问："私人电话？"他没记错的话，陈于瑾是个公私分明的人，并不常在公司接私人电话。

陈于瑾犹豫了一下，说道："不算私人电话，是太太的。之前为了方便，才留了这个号码给太太。"

宴朝的动作顿了顿，他问道："她找你有什么事？"

"太太想借用一下宴氏的医疗资源，大概又在做什么好事吧……"陈于瑾说着都有点儿恍惚。这才多久啊，宴氏都不知道收几面锦旗了……以后宴氏是不是还能评个先进企业啊？

宴朝垂下眼眸，淡淡地说道："她是宴家太太，有什么资源是她不能用的，还需要特地给你打电话？"

陈于瑾有点儿发蒙。不是啊，您以前不是这么说的啊！陈于瑾不得不提醒道："宴氏的资源，顾家人不能用。您说的。"

宴朝抬眼，说："她不是顾家人，她是宴家人。"

陈于瑾更蒙了。

"宋成德要过七十岁生日了？"宴朝转移了话题。

陈于瑾点了点头，将新的行程表递到了宴朝面前，这才把心里那点儿怪异感驱散了。

第二天，顾雪仪又带着宴文嘉走了。

宴文嘉今天倒是来了点儿兴趣，问："咱们今天去哪儿？是不是要去福利院？养老院？"

经纪人今天也在，乍听见这句话，还有点儿蒙，问道："宴太太是觉得原哥的演技无力回天准备放弃了？这就开始立慈善人设，等电影出来的时候少挨点儿骂？"

顾雪仪就坐在旁边，宴文嘉头一次极有耐心地对经纪人说："我的演技没有问题，我是个天才。"

经纪人张了张嘴，又闭上了。

"不去福利院。"顾雪仪说，"先去一家物流公司，然后去吃饭。"

宴文嘉看了一眼时间，应道："哦，好。"

经纪人更蒙了。他们这是去干吗？宴太太这是带原哥去体验普通人的生活，借此打通原哥的任督二脉吗？要是这种方法有用，他们之前早就这么做了。

他们很快就到了物流公司。

"这好像是江氏的公司？"宴文嘉说。

顾雪仪"嗯"了一声，推开车门走了下去。

宴文嘉拉了拉口罩和墨镜，跟了上去。

上头早就打过招呼，负责人当然早有准备，立刻将顾雪仪迎了进去。虽然负责人觉得宴太太跑到他们江氏公司有点儿奇怪，但既然上头没说什么，他也不会说太多。

"江总亲自打的电话，说您要过来看看。"负责人说着，让前台工作人员给顾雪仪倒了水。

他看了一眼顾雪仪身后站着的大高个儿，忍不住在心里嘀咕：这是谁啊，捂得还挺严实。

顾雪仪说道："嗯，你们去忙吧，我们在这里坐一会儿就走。"

负责人有点儿手足无措。顾雪仪这架势搞得跟视察一样，哪怕她是宴太太，负责人还是有点儿紧张。

顾雪仪扫了他一眼。负责人这才觉得背后一紧，自觉地退后了几步。

宴文嘉忍不住说:"你怎么给江二打电话?"

"你觉得他是什么人?"

"宴氏的对头。"

宴文嘉和宴朝坐一块儿吃饭都觉得是煎熬,但这不妨碍他讨厌宴家的死对头。

顾雪仪面不改色,说道:"对啊,所以利用对头怎么会手软呢?"

宴文嘉恍然大悟:"有道理!"

江二的便宜不占白不占哪!

负责人擦了擦额上的汗,也不知道这话该不该汇报。

就在这时候,一辆车缓缓开了过来,在物流点的门口停下了。

车门打开,从上面跳下来两个人。他们一个站在车上,一个站在下面,往下搬东西,过程相当枯燥。

经纪人在后面看了半天,都没看出什么来,抓心挠肺地想问宴太太这是干吗呢?他觉得原哥铁定更看不出什么东西了!

车下面的那个人在往仓库里搬东西。他怀里抱的东西并不重,看上去也并不吃力。宴文嘉走神的工夫,那个人突然摔了一跤。那一跤摔得并不重,但那个人似乎被摔蒙了,呆呆地在地上趴了差不多半分钟吧,车上的人都着急了,正要跳下来,那个人摇摇晃晃地爬了起来。

宴文嘉这才看出来,那个人的肢体并不太协调。

"他腿脚有问题?"经纪人先问道。

负责人这才感觉自己终于派上用场了,连忙摇摇头说:"不是腿脚有问题。"

宴文嘉有点儿不明白,偏偏顾雪仪又一个字都不肯说。

她越这样,宴文嘉越想知道,干脆起身走了出去。

这时候又有一辆车到了。其他的工作人员也开始搬东西。

天上下起了小雨。

宴文嘉想到昨天医院里的场景。从鲁冬的太太的病房离开后,他不自觉地留意起那些在走廊、电梯里的病人和病人家属。他们中有些面色苍白,有些病人家属突然跪地大哭。他在短短一天里,见到了人世间的悲欢离合……

顾雪仪是要给他看更悲惨的事吗?

宴文嘉有点儿茫然。

顾雪仪看着外面连绵的雨丝,问负责人:"有伞吗?"

"有有有！"负责人连忙给她取了伞。

顾雪仪接过伞，撑开，这才缓缓走了出去。

经纪人连忙也跟着跑了出去。

这时候另一辆车上下来的工作人员忍不住皱紧了眉头："怎么又下雨了？雨衣呢？！雨衣呢？！"

有人拿了雨衣出来。工作人员一边套雨衣一边大声问道："今天还有多少啊？"

"还有很多啊！"另一个人说完，突然转头叫了一声："蒋高！你要不要雨衣？"

那个摔倒的人，慢吞吞地拍了拍身上弄脏的地方，吐出了两个字："要……要。"

他的口齿不太清晰。对方把雨衣递给他。蒋高试着去穿雨衣，但动作总是显得有点儿笨拙。

"你过来，我给你弄！"对方喊道。

蒋高应了声："嗯嗯！"然后他走了过去。

这时候宴文嘉才看清了他的样子。

他的刘海打了卷，五官清秀，但是有一点点移位，脸上很快被雨水打湿了，他不得不眯起眼睛。

对方帮他穿雨衣，一边穿一边问："你下午还弄吗？"

"弄。"

"多费劲哪，要不你请假回去吧。我都快累死了！"

"还……行。"蒋高抬起手擦了擦脸，露出清秀的五官，"今天……三九小区门口……那个阿姨，给了我，一瓶奶。"

那人笑骂了一句："怎么又有人给你喝的？长得好就是不一样啊！"

蒋高认认真真地应和道："嗯嗯。"

宴文嘉刹那间好像抓住了点儿什么。他一回头，发现顾雪仪撑着伞走了过来。宴文嘉嗓音有点儿沙哑："他是不是有别的毛病？"

顾雪仪的语气依旧平静："好像是，因为小时候发高烧，大脑出了点儿问题。"

宴文嘉心情有点儿复杂，但一时间又很难描述那种感觉。

"现在很多企业会雇残疾人，以减免部分税额。"顾雪仪说。这也是她之前为了宝鑫的事，特地去了解了很多与企业有关的知识，恰好看过这样一条内容。

349

"将美好打碎,你才看得见痛苦与残忍。见过了痛苦与残忍,你才会知道,废墟里开出的花有多美丽。"顾雪仪对宴文嘉说。

人只有见过黑暗才会珍惜光明,才会懂得黑暗里的烛火是多么动人。

宴文嘉好像在一刹那懂得了共情。他喃喃地道:"人真复杂啊……"

所以他才演不了生活化的角色,也不会从微小处去捕捉更大的情感,只会按照剧本哭哭笑笑。

蒋高已经穿好了雨衣,又去搬东西了。

顾雪仪看了一眼时间说:"十二点了,走吧,去吃饭。"

宴文嘉低低地"嗯"了一声。

负责人送他们上了车。

他们上车后,一扭头,才发现经纪人脸上全是泪水。

"没……没事,就……"经纪人打了个哭嗝,"雨还挺大,淋得我眼睛疼。"

他们在外面的餐厅吃了饭。这家餐厅也很特别,里面的服务人员有一半是聋哑人,不过服务水平并不差,态度也很好。

这顿饭一共花了400多块钱。他们还要了个包间。

吃完饭之后,他们又回了宴家。

宴文嘉一回家,就把自己关进了房间,重新开始看剧本。

物流点的负责人也给江越回了电话,将顾雪仪说过的话都告诉了江越。

听到利用对头怎么会手软的时候,江越忍不住笑出了声。她的确从来没手软过,所以他才更忌妒!这么聪明的人怎么就看上宴朝了呢?

负责人在那边听到江越的笑声,反而有点儿慌,不知道江总是不是生气了。

"然后呢?"江越问。

负责人又往下说。

听完后,江越神色复杂地挂断了电话。她看上去冷淡,但又好像比谁都懂那些情感化的东西……

江靖在一边按捺不住,问道:"宴太太怎么去咱们家物流点了?"

"为了教宴朝的弟弟。"

江靖忌妒得眼珠子都红了:"哥,你什么时候教教我?"

江越转头看着他,反问道:"你想让我花时间教你啊?"

江靖浑身一哆嗦,赶紧说:"算了……我想了想,倒也不必这么麻烦您老人家。"

江越开始神游天外。要教也行,我得先去向顾雪仪请教啊!

之后几天,顾雪仪带着宴文嘉去了不同的地方,还借用了简昌明的名头。宴文嘉看了一家三口的日常生活,还飞到高原,去看了戍边日常生活。宴文嘉因为无法适应高原气候,还去了趟医院。

这时候已经是他签完合同的第六天了。

娱小记:"有记者拍到原文嘉进医院了!之前的微博果然只是炒作,原文嘉不可能进孙俊义的剧组……下面是传出来的孙俊义的选角名单,全是新人。"博主还附了图片。

宴文嘉在医院里没待太久,很快就回家了。他在回家的路上,抽空发了条朋友圈:"上完课了。"

朋友圈的人纷纷猜测,他进一趟医院还能开窍?什么医院,我们也去试试?

有人真给自己请了老师。

顾雪仪回到了宴家,宴文姝清晨起来看见她,还以为自己眼花了。

"大嫂!"宴文姝连忙跑过去,"我还以为你跟宴文嘉跑路了呢!"

宴文柏紧跟着下了楼,也是愣了愣,闷声问道:"回来了?"

顾雪仪点头:"嗯。"

"宴文嘉呢?"宴文姝问。

"在医院。"

宴文姝惊讶地问道:"他的粉丝终于受不了向他泼硫酸了?"

顾雪仪屈指敲了敲桌面,"要尊重哥哥。"

宴文姝抿了抿唇:"哦,那是怎么了?"

"高原反应。"

宴文柏的目光立刻落在了顾雪仪的身上:"你没事?"

"嗯,我没事。"她又不是没去过那样的地方。顾雪仪发现,这具身体似乎越来越像她以前的样子了。

宴文姝松了一口气,笑了起来:"大嫂真厉害!"

过了会儿,宴朝也下楼了,掩去眼中的复杂之色,问:"你给江二打电话了?"

"嗯。"顾雪仪点头。

"你给简昌明打电话了？"他又问。

"嗯。"顾雪仪慢慢明白了他的意思，说，"没有给你打电话。有些地方是宴氏没有涉及的。"

宴朝骤然意识到，她是平等地看待每一个人。除了几个小的，在她眼中其他人都一样，不论贫穷与富贵，只分用得上和用不上。

宴朝淡淡地说道："看来宴氏涉及的行业还不够多。"

顾雪仪没有接话，而是突然问道："宴氏旗下的公司有盲道吗？"

宴朝顿了顿。她还真和公益杠上了。

宴朝从来不关心这些事情，但还是想了想，说："有些子公司有。我会让人安排的。"

顾雪仪点了点头。

"还有，"顾雪仪顿了一下，"宋氏最近好像有财务危机。"

宴朝嘴角这才带着浅淡的笑意："太太怎么知道的？"

"我在外面的时候，石华的三儿媳已经给我打过五次电话了。"顾雪仪也轻笑了一下，仿佛想到了令人愉悦的事，"在红杏基金那些人眼中，我大概就是一个爱豪掷千金的人。"

宴朝将她的模样收入眼底。每当她胸有成竹时，她就会露出这样的表情，唇角微弯，如冰雪初融，眉眼都带着点点暖光。

这时候，宴朝转头扫了一眼。两个小的自觉噤声，乖乖起身走开了。就算有大嫂在，宴朝在他们心中依旧是不敢抗衡的存在。

宴朝示意一旁的女用人将手中的早点、红茶放下，才淡淡地说道："嗯。副卡里的额度还够你继续豪掷很多次。"

顾雪仪微微惊讶地看了看他。宴朝这么大方？也许他还不知道她刷出去了多少钱。

顾雪仪问了个问题："我刷卡的时候，宴总会收到短信吗？"这也是她最近用新卡的时候发现的。原来不管是手机支付，还是pos机刷卡，手机端都会收到短信。

"会。"宴朝说，"太太在影视城商场买了一套衣服，买了冰激凌、糖、酸辣粉、曲奇饼……我都收到了消息。"

这绝对是顾雪仪最尴尬的时刻。她初来这个世界，对周围的美食非常好奇，才会买那些吃的。

宴朝突然问道："那些东西好吃吗？"

顾雪仪抿了抿唇："还不错。"

"我没有吃过。"宴朝顿了一下，"下次就麻烦太太也为我带一份吧。"

顾雪仪一下就没那么尴尬了，看了宴朝一眼。宴朝还是那副云淡风轻的样子，骨子里的戾气被掩藏得很好，仿佛真是个端方的君子。

顾雪仪回道："好啊。"

早餐快结束的时候，宴文嘉回来了。

宴文嘉听女用人说顾雪仪在餐厅里，就直接去了餐厅，谁知道先看见的是宴朝。

"大哥还没去公司？"

"嗯，一会儿要去机场，飞外地。"宴朝说。

顾雪仪目光一闪，让女佣上楼去取自己带回来的包。

她从里面取了个珠串："给宴总带的纪念品。宴总一路顺风。"

宴朝低头一看，是一串藏饰，"嗯"了一声，把珠串攥在了手里，然后才起身准备离开。

宴文嘉这才松一口气，挨着餐桌坐了下来，问："大嫂，我们今天不出去了吗？"

"不出去了，够了。"

"够了吗？"宴文嘉还想出去。这段时间比他独自去热带雨林徒步、去大裂谷跳伞、去沙漠行走……有意思多了！

"嗯。"顾雪仪这才分给他一点儿目光，"你胸中应该已经装满东西了。心怀家国，胸有丘壑，够了。"

宴文嘉抬手按了按自己的胸口，好像隐隐约约也有种脱胎换骨的感觉。

"我明天就进组。"宴文嘉说。

"好。"

"我迫不及待要去打孙俊义的脸了！下次得让他发五条微博夸我！"

宴朝听完他们简短的对话，才走出了门。

他和她还是不一样的，她聪明、理智、姿态冷淡、自有傲骨。这副躯壳下，她的心是火热又温柔的。他却始终冷漠。她好像格外注重家的概念，对国的概念，似乎也有不一样的情感，还带宴文嘉去了戍边区，对那里好像也格外了解。

在这之前，她到底是个什么样的人呢？

宴朝坐进车里，心脏跳动的速度比平时快了不少。宴朝突然伸出手，摊开掌中的珠串,问手下:"知道这是什么吗?"

手下愣了愣:"手……手串?"

司机回头说:"先生,那是红玉髓。这是藏饰吧?这是保身辟邪的吉祥物,适合所有生相大德的人。"

宴朝蜷起手指:"嗯。"她的温柔,好像连他也有点儿抵挡不住。

第十二章
与太太同进退

宴文嘉很快正式进组。

狗仔终于拍到了一张照片。这张照片被传到网上之后,营销号又立刻发挥他们的作用了。

韩稳新戏《三分之一的爱》也在这时候宣布开机了。

"韩导的戏会不会和孙俊义的戏撞上啊?怎么感觉都是奔着新年档去的?"

"有可能啊。不过韩导的片子,春节档拿10亿票房肯定没问题!孙导就不好说了。他的片子没准儿1000万元票房都卖不到。"

"拜托你们审审题,有原文嘉进组啊!原文嘉的粉丝会不买吗?"

"他的粉丝又能贡献几亿?而且孙俊义跟他根本不和,孙俊义脾气又臭又硬,不剪他的戏都是好的!到时候粉丝气到集体抵制也说不准呢。"

"那这戏怎么看都是失败了?"

"隐隐约约听说是科幻片,不用想了,砸定了。真想不开,拍什么不好,回归作居然是科幻片。华国有科幻?"

韩稳剧组的人把网络上的评论差不多看完了,顿时更有底气了。

韩稳知道宴太太豪掷5亿元投资孙俊义的时候,是有点儿慌的。孙俊义有本事,只是这人太情绪化。谁知道在宴太太大笔资金的保驾护航下,他会不会恢复信心呢?不过现在看来,原文嘉进组不仅救不了这部戏,而且可能会让情况变得更糟。

韩稳笑了笑,抬起头说:"好了,咱们准备开拍了!"

孙俊义对宴文嘉突然间脱胎换骨的样子感到极其震惊。这并不是说,他上来第一个镜头就演对了。他演的人物还是生涩的,但他可以被调教了,只要孙俊义一开口,他就能理解,然后进行调整。

第一天拍完,孙俊义激动地砸了个塑料凳子。这部戏不爆,他就去自杀得了!

狗仔在剧组外偷偷拍到了这一幕,心说:孙俊义都气得砸凳子了!原文嘉的演技得有多差?!这两个人肯定天天互喷吧?

狗仔转头就把照片给放到网上了。

宴文姝的家庭教师很快安排到位,她开始每天上课。

淮宁中学那个女孩子的案子也开庭了,宴氏的律师上了法庭,又引起很多人关注。

顾雪仪则送宴文宏去了新的学校。

新学校的负责人知道宴文宏成绩优异,拿过不少大奖,是个天才,再加上宴家人的身份,于是殷勤地把人迎了进去。

宴文宏站在教学楼下,攥紧了书包带,脸上流露出了一点儿胆怯的表情。

顾雪仪说道:"去吧。如果有什么事,随时给我打电话。"

"对,咱们学校啊,没那么严格,不收手机的。有事儿呢,你可以告诉老师,也可以直接告诉家长。"负责人连忙在一旁说。

宴文宏紧绷的神经这才慢慢放松下来。他背着书包一步三回头地往楼上走去,动作有点儿可笑,就像第一次上幼儿园的孩子一样。他曾经无数次地这样回头,可那里都是空荡荡的,但这次不同了,他再回头看见的是顾雪仪。

她站在那里,身子纤弱,却仿佛是一座大山。

宴文宏深深地吸了一口气,攥紧了掌心里的手机,终于加快了速度。宴文嘉变了,宴文姝和宴文柏也变了,从今天开始,他也要变好。

直到看不见宴文宏的身影了,顾雪仪才转身离开。

走到学校外,顾雪仪扫视了一圈。

学校附近有很多卖奶茶、冰激凌、酱香饼、酸辣粉的小店,顾雪仪走了过去。

保镖帮忙拎着食物，一起回到了车里。

司机转头问道："太太，咱们去哪里？"

"回家。"

保镖顿感惊奇。她不去剧组吗？

宴朝回到宴家的时候，是下午两点。

他下了车，大步走了进去。

女佣突然看见他，连"先生"都忘了喊。

宴朝身上换了一套灰色西装，灰色压不住他身上透出的那丝戾气。

女佣怔怔地想，是出什么事了吗？

宴朝进了门，突然闻到了一股味道，香辣中混着味精的味道。宴朝的步子顿了顿，他一眼就看见顾雪仪坐在沙发上，正慢吞吞地翻着手里的书。

这次她看的是《野外生存指南》。

宴朝一抬头又看见桌上堆满了东西……

顾雪仪听见脚步声，放下书，抬眸看了过去："宴总回来了。"

宴朝敛了敛身上的戾气，"嗯"了一声。

顾雪仪随意地指了指桌上的食物："带给宴总的那一份。不过好像有点儿凉了，热一热我也不知道味道怎么样。"

她还真记得？

宴朝走了过去，坐在沙发上，随意拎起一个纸袋，放在面前，撕开包装，里面是一碗酸辣粉。

女佣连忙取了筷子和餐盘。

宴朝接过来，俯身尝了一点儿，才咽下去一口，就咳嗽起来，一股辣味顺着他的喉咙蔓延到整个大脑。他为了活得比老宴总更长点儿，对饮食都比较讲究。这样的东西他是真没吃过。

女佣吓得脸色都变了。

这时候顾雪仪不慌不忙地递给他一杯奶茶。

宴朝喝了一口，怪甜的，不过那股辣味倒是很快被压下去了。

顾雪仪也没想到宴朝比自己还不能吃辣，侧过身子，微微歪了一下头，问："要用冰激凌压一压吗？"

"不用。"

顾雪仪点了点头，问："味道怎么样？"

宴朝不知道她是问那碗酸辣粉的味道,还是问那杯奶茶的味道。

她离他好像有点儿近。他能清晰地看见她卷翘的睫毛,长长的睫毛像小扇子一样在她的脸上投下一片阴影。

宴朝回道:"嗯,还不错。"

幸好宴总身强体壮,第二天并没有出现任何不良反应。

顾雪仪早上起床后,却接到了顾学民的电话。

"让你妈跟你说。"顾学民说着,手机到了张昕的手里。

张昕面对她的时候,总有点儿害怕,不自觉地压低了声音,说:"就是……就是几天前,袁太太……"

"就是那个总和你妈做牌搭子的袁太太。"顾学民按捺不住在旁边补充道。

张昕这才接着说:"她竟然带了张请柬给我,说是请我和你爸爸去参加老宋总的生日宴会。你……你上次不是说,让我们听你的吗?我们怕这个又是骗人的,就打电话给你了。"

顾雪仪挑了挑眉,忍不住笑了笑。原身的父母贪归贪,不过幸好还肯听她的话。

"答应吧。"顾雪仪说。

石华的儿媳妇又给她打了电话,邀请她出席活动。

张昕问:"真的答应?"

"嗯。"

"哦,那……那就这样了。"张昕挂断了电话,然后脸上才露出了笑容。

她想起从前老嘲讽她的袁太太,那天送请柬的时候,满脸都是羡慕和惊叹之色。张昕觉得浑身都舒服了。

这个女儿还是很厉害的!

宋成德七十岁大寿的新闻很快登上了话题榜。媒体将他的生日宴形容成了名流盛宴。

"宋家人居然请了宴家人?这几家是要和好了吗?"

"和好不大可能,可能是临时合作吧。"

"宴太太去参加宋太太的慈善晚宴,不就说明宋家人有亲近宴家人的意思吗?这样一看,好像封家被孤立了。"

顾雪仪见过鲁冬介绍来的好兄弟之后,先让对方准备一个企划案。

男人连连点头答应,激动地回去做企划了。

没多久,造型团队又一次来到了宴家,宴朝也回来了。

"几家人很久没坐在一块儿吃过饭了。"宴朝说,"宋家这次是要有大动作了,所以我和你一起去。"

顾雪仪点了点头,漫不经心地看着造型师从盒子里取出礼服,是一件黑色绣着金色牡丹的旗袍。

顾雪仪的造型并没有花太长时间。她从房间里走出来,鞋还没有换,但已经足够惊艳。旗袍将她的身形完美地展现出来,头发盘起,露出了修长的脖颈。

宴朝顿了顿,说:"带了一双新鞋给你。"

顾雪仪"嗯"了一声。

女佣拆开包装,把鞋放到了顾雪仪面前。

顾雪仪想去扶一旁的造型师。宴朝已经起身走到她身边,一把扶住了她的手腕。

顾雪仪惊讶地看了他一眼,然后才低头穿好了鞋,说道:"好了。"

"嗯。"

宴家的车又是最后一个到的。

封俞、江越等人已经到了,不过没人敢贸然上去搭讪,于是大家的注意力都在门口。

宴会厅中,男侍应生与女侍应生端着托盘来回走动。记者高举着相机,几乎看花眼了。苏芙置其中,不免心潮澎湃。角落里的年轻女孩儿更是瞪大了眼,打量着这个奢华的宴会厅。

"宴朝的车来了。"有人低低说了一句。

封俞和江越几乎同时抬了抬眼皮。

宴朝参加宴会从不带顾雪仪,事实上他也很少参加宴会。今天大家有好戏看了,不知道宴太太是不是跟着宴朝一块儿来的。

石华的几个儿媳妇对视了一眼,掩去笑意。

门童弯腰拉开了车门。记者疯狂地按着快门。

宴朝从容地走下车,身着白西装,眉眼俊美,气质冷淡。

有人忍不住感叹:"宴总怎么就娶了顾雪仪呢?"

宴朝却停下脚步,突然朝身后伸出了手。

顾雪仪在外人面前,十分给家里人面子,把手放了宴朝的手中。

所有人都看到了顾雪仪。江越和封俞翻了个白眼——顾雪仪怎么就嫁

· 359 ·

给了宴朝呢?

角落里的女孩子也傻眼了,没想到会在这里见到他!原来这个女人就是他的妻子啊,就是他手下口中那个很会赚钱也很会花钱的妻子啊!

郁筱筱最倒霉的一段经历就是在非洲。她跟随老师去非洲做公益,没想到师兄妹都好好的,就她被掳到了当地有名的拐卖村里。就在她以为自己会被折磨至死的时候,她看见了一群华国人。这一行人,身上带着血迹,乍一看形容狼狈,实际上气质和周围人大不相同。尤其是他们中间的"老大",年纪轻,面容俊美,像小说里常描写的那种贵公子。

现在,她才知道他的身份。他是宴氏的掌权人,宴氏……她在大学的时候曾经听说过,高不可攀。

"郁筱筱!发什么呆呢?快点儿,快点儿!赶紧编辑文案哪!"扛着摄像机的大哥没好气地回头说。

郁筱筱本来学的是护理专业,但非洲之行让她有了心理阴影,她回国后就转了专业。现在她大学实习,直接进了一家工作室做微博文案。她进了这家公司,运气突然好起来。她先是担任总经理助理,然后又被钦点跟着行业前辈来参加这样的顶级宴会。她的同事和同学不知道多羡慕她。

她又看见了那个"老大",呆呆地抓着手机,笨拙地编辑着内容。

她写什么好呢?她的目光不自觉地又落到了那位宴太太身上。

宴太太很年轻,五官相当漂亮,穿着黑色旗袍,旗袍上是金色的花朵,富贵又冷艳。

郁筱筱呆愣愣地打出了一行字——"宴太太亮相宋家宴会,好看。"

她皱了皱眉,又将这行字删掉了,然后怎么都编辑不出新内容了。

她本来以为自己很幸运了,非洲之行虽然很糟糕,但也更富有戏剧性。

郁筱筱一下想起了宴总坐在轮椅上,懒洋洋地说她没戴口罩……他对待别人都是这样的吗?

郁筱筱的思绪很快被打断了。因为宴总和宴太太进门了,不少人殷切地迎了上去。

"宴总。"石华推着宋成德,到了宴朝面前。宋成德先和宴朝打了招呼,然后才看向顾雪仪。

宋成德坐在轮椅上,戴着一副老花镜。镜片底下,他的目光闪了闪,他问:"这是……?"

石华连忙俯身说:"这是宴总的太太,顾雪仪女士。"

宋成德眼皮子抖了抖,慈祥地笑了笑:"是吗?我真是老糊涂了,不记得宴总结婚的事了。原来是宴太太。"他说着看了顾雪仪一眼。

顾雪仪冷眼看着他。

不知道宋成德是老眼昏花,还是成精了,笑了笑,像是没发觉顾雪仪的冷漠眼神一般。

石华倒是对他的德行早就习惯了,什么也没说。

宴朝突然轻轻握住了顾雪仪的手腕,淡淡地说道:"是吗?那宋总得当心了,应该拍个片子检查一下,脑子里是不是长了瘤子。"

宋成德嘴角抽搐了一下,笑道:"宴总真风趣。"

"宴总请里面坐。"石华说。

宴朝看也不看她一眼。石华也不在意。宴朝冷傲、嘴毒,也不是一天两天的事了。

一行人往宴会大厅中间走去。

江越和封俞这时候才缓缓起身打招呼。

江越说道:"宴总。"

封俞说道:"宴太太晚上好!"

一时间周围人的目光一下就变了。他们惊愕地看了看江越,又看了看封俞。这两位怎么反着来?

顿了一下,两个人又开口了。

江越说道:"宴太太来得刚好……"

封俞说道:"哦,这不是宴总吗?"

封俞的语气怎么阴阳怪气的?不过他平时也这样,倒也没什么奇怪的。

江越的态度反倒更让人难以看透,大家不约而同地想到了那个传闻,再看宴朝和顾雪仪,二人都是神色淡淡的,表情如出一辙,一时间还真让人拿不准,这对夫妻的关系是缓和了,还是逢场作戏呢?

远处的记者非常兴奋。今天的八卦可真多啊!

"嗯,江总、封俞,晚上好。"顾雪仪淡淡地打了声招呼。

这次宴朝反倒不说话了,好像是将交际权交给了顾雪仪。

这时候主持人将话筒交到了宋成德手中。宋成德说:"感谢诸位在百忙之中抽空前来参加我宋某人的七十寿宴……"

开场白差不多用了三分钟。他说完后,场下响起了掌声。顾雪仪也象征性地鼓了鼓掌,顺势挣开了宴朝的手。

宴朝垂下目光,扫了一眼自己的手。

宴朝想:宋成德在家待太久了,很久没讲过话了吧,废话也能说上三分钟？

"宋成德废话还是那么多。"江越在一边说。

他旁边就站着石华的大儿媳妇杨心怡，杨心怡的表情立马僵了一下。

顾雪仪却忍不住笑出了声。她的笑声就等同于回应。

江越挑了挑眉，还想再说点儿什么。

杨心怡不好对江越发火，只好沉声说："宴太太笑什么呢？"

顾雪仪回头看了杨心怡一眼。杨心怡以为江越不是软柿子，自己就是吗？于是她大大方方地说道："我笑宋总啊。宋总记不清我是宴朝的太太，这几百字的致辞倒是记得很清楚啊。"

杨心怡脸色一变："宴太太你……"

"老宋家向来有这样的毛病。"宴朝淡淡地说道，"宋武前两年和人做生意，刚忘了人家是谁，立刻又上去非要和人家认亲……宋总也应该警觉一些，看看这是不是家传的毛病？"

杨心怡更不敢惹宴朝，顿时气得要吐血。她就想不通了，婆婆石华怎么偏偏想对顾雪仪下手？！现在她还得捧着顾雪仪，不能撕破脸！

顾雪仪又轻笑了一声，对杨心怡说："你也挺好玩的。"

顾雪仪这是拐着弯说她脑子也有问题吗？

杨心怡脸色变来变去，最后艰难地挤出一个笑容："是吗？"

宴朝看了一眼顾雪仪，收回目光，不着痕迹地皱了皱眉，然后目光冷冷地扫过江越和封俞。

她认识江越，也认识封俞。

石华很快推着宋成德过来了，邀请他们入席。

宋成德这桌全是大佬，江越和封俞都还没娶妻，除了石华外，唯一的女性就是顾雪仪了。江越的母亲倒是还在世，但他的母亲深居简出，很少参加这样的宴会。一时间，石华的几个儿媳，连带其他豪门太太都忍不住用忌妒的目光看向顾雪仪。顾雪仪的出身还不如她们呢，尤其是石华的儿媳，好几个年纪都比顾雪仪大，偏偏顾雪仪有资格坐在那桌，她们却没资格……

这时候宋成德又看向了顾雪仪，笑着说："宴太太好像还没见过我们宋家人吧？"

顾雪仪看了看石华。石华面色丝毫不变。在宋成德的眼里，宋家的女人好像不算宋家人一样。他这样说石华也能稳得住？

顾雪仪心下好笑，开口道："嗯？"

362

宋成德指着身边的人介绍道:"这是我最能干的儿子,宋景。"

他的话音落下,那人礼貌地站起身,冲顾雪仪颔首道:"宴太太。"

男人年纪和宴朝差不多,气质也有些相近,面如冠玉。

"这是宋文。"

"宋林。"

…………

宋成德快要介绍到最后一个了,宴朝突然抬眸,冷淡地说道:"好了,之后的就不用介绍了。"

他毫不掩饰自己的轻慢态度。

宋成德被打断,也没表现出愤怒之色,笑了笑说道:"嗯。"

那个青年听到后,狠狠地瞪了一眼顾雪仪,然后又畏惧地看了一眼宴朝。

顾雪仪想起陈于瑾告诉过她,淮宁中学校长的妹妹,给宋家一个私生子当情人。那个私生子好像叫宋武。难道那个人就是他?

"他叫宋武?"顾雪仪问宴朝。

"嗯,一个不起眼的小角色。"宴朝说完,突然感觉自己今天的心情格外不好。

这时候,突然有个年轻女孩儿走过来,叫了声:"干爹。"

宋成德指着桌旁最靠后的位置:"你年纪最小,坐那儿去。"

女孩儿走过去,挨着宋武坐下了。

宋成德这才跟突然想起来似的,指着女孩儿,笑了一下,说:"这是苏芙,苏总的女儿,前几年和石华合眼缘,收了做干女儿。她对宴总还特别仰慕呢。"

苏芙压着怦怦的心跳,说:"宴总的事迹我都倒背如流……"

"所以你想给他写传记?"

"所以你想给我写传记?"

顾雪仪和宴朝几乎同时开口。

苏芙:"……"

顾雪仪转头看向宴朝,宴朝也正在看她。

两个人的目光接触了一下,然后又移开了。宴朝觉得胸口的不快情绪似乎消散了点儿。

苏芙在演艺圈里混久了,也还绷得住,连忙笑着说:"我哪里有这个本事?我倒是希望有人能把宴总的事迹写出来,拍成电影或电视剧,我厚着脸皮在里面混个角色呢。"

江越点了点头："脸皮是有点儿厚。"

苏芙连忙看向顾雪仪："听说最近宴太太投资了一部戏对吧？我也有部新戏刚开拍，没准儿到时候和宴太太那部戏一块儿上映呢。我第一次上大银幕，到时候还得请各位多捧捧场了。"

顾雪仪差点儿笑出声。她头一次看见有人这么大胆子，踩到她的脸上了。

"什么戏？"

"什么戏？"

顾雪仪和宴朝几乎又是同时开了口。

苏芙却自动忽略了顾雪仪的声音，双眼一亮，笑着说："一部小成本爱情喜剧片……"

宴朝说道："不看。"

苏芙愣了愣。

顾雪仪又问："投资了多少钱？"

苏芙不知道顾雪仪的用意，但还是答道："8000万元。"

"你们剧组这么穷吗？"顾雪仪歪了一下头问道。

苏芙的表情僵了一下："小成本，大票房，现在很流行……"

"成本确实挺低的。"顾雪仪顿了一下，说道，"票房啊……那是够呛了。"

苏芙心下气愤。你手里只有一个过气的导演有什么好得意的？我们票房够呛，难道你们的票房就能好吗？

宴朝突然问道："太太投资的什么戏？"

"一部大片。"

苏芙等了半天，也没等到宴朝说那句"不看"。

封俞突然笑出了声："好啊，我去看看是多大的片。"

"可以多线发行吗？"江越问。

宴朝先开口，再有封俞、江越一表态，其他人纷纷附和道："宴太太投资的戏什么时候上映啊？咱们平时挺忙的，还没看过什么大片呢，到时候一块儿捧个场。"

顾雪仪抬了抬下巴，说道："不用。给她添点儿吧，片酬挺低的，怪可怜的。"

宴朝带着笑意说："对，太太钱多。"

苏芙这才知道，自己那番话不仅没讨到好处，反倒跟在饭桌上化缘似的。苏芙都被气哭了。

江越摸了摸下巴，还想说话。

苏芙被吓了一跳，怕他又说什么难听的话，连忙把眼泪擦了。

郁筱筱还在苦思冥想微博文案。摄像师一直在催。她抬头看了看宴朝他们这桌人，总觉得气氛好像不太对。郁筱筱伸长了脖子，又好奇又着急，干脆直接把照片发出去了，于是引来了一众评论。

"没文案？"

"贴错了吧？照片里是苏芙？苏芙咋哭了？"

"苏芙被欺负了？怎么回事？"

"郁筱筱！你怎么发错了？"摄像师回头瞪了郁筱筱一眼。

宋成德也没想到，在他和石华面前挺会讨好人的苏芙这会儿不仅没讨好宴朝，还把自己气哭了。

石华心下也不由得嘲讽。

苏芙有野心是好事，却没有与之匹配的心性，这就被气哭了？那往后她被气哭的事还不知道有多少呢。

宴会很快就开始了。

石华活跃了一下气氛，请大家动筷。

苏芙坐在那里，越发觉得难堪。她也没想到，那么好用的宋成德和石华，这时候竟然完全没用了！

一桌大佬并不是为吃饭来的，没有人留意苏芙开不开心。

这个说东区开发，那个说十几亿元的大生意。苏芙根本听不懂，也插不上嘴。她只好转头去看顾雪仪，却发现顾雪仪静静地听着，听得十分认真。

苏芙想：她装什么呢？

这样想的不止苏芙一个人。

除了和顾雪仪打过交道的江越、封俞，其他人还是没把顾雪仪放在眼里。

她做公益、警民合作、豪掷 5 亿元……在他们眼里，都是小打小闹。女人嘛，长得好看就够了。

这时候又有人提起西区的地："小宋总是不是看上那块地了啊？"

宋景微微一笑，说道："看上那块地的不止我一个。"他说着，看向江越,"江总也喜欢。"

顾雪仪扫了一眼江越。

江越面露一丝不爽之色。

一直没有说话的顾雪仪,这才说:"那块地不是好地方。"

宋景看向她:"愿闻其详。"

有人笑着说:"宴太太是觉得那里风水不好吗?"

苏芙暗暗道:她不懂装懂。估计顾雪仪还没听懂人家话里是讽刺她只懂风水。

顾雪仪点了点头,说:"嗯。前探头,后无靠,地形不好。"

宴朝知道,顾雪仪的书单里有一本风水学。不过他转头不着痕迹地扫了她一眼,立马知道她故意涮人家呢。

她微微勾了勾嘴角,弧度不明显,很快又压了下去。

宴朝收回目光,也点了点头:"嗯。"

那人的声音一下卡在喉咙里了。他忍不住在心里嘀咕:宴总什么时候也信风水了?

宋景这才说:"那块地我爸早就请人看过了,风水很不错的。"

一听这话,众人反应过来了。宋家这是对那块地志在必得啊,那他们还有什么聊的?

这时候也没什么人吃东西了,大家都放下了筷子。

石华笑着说道:"咱们喝点儿酒,看小辈们跳跳舞。"

众人纷纷起身。江越长腿一跨,走到了顾雪仪身边,压低声音问:"那块地怎么回事?"

宴朝淡淡地问道:"江总今天把脑子忘家里了吗?"

江越:"……"

顾雪仪指了指宴朝:"你问他。"

江越心里冒了三个酸泡泡:"宴总……"

"江总知道什么人总问为什么吗?"

"什么?"

"学前班的。"

敢情我还不如小学生呗!江越气得落后了一步。

宴朝还是觉得不痛快,胸口又堵得慌了。他抿了抿唇,问:"你怎么会提醒江二?"

"他好用。"顾雪仪一本正经地说道。

"好用？"宴朝更不舒服了。

顾雪仪点了点头："分而化之，拉一打一。这才是最快最稳的方式。"

宴朝的脚步顿了顿，胸口一下就畅快了，步履都轻快了。他不自觉地轻轻笑了一下："太太好像对此很熟悉。"

顾雪仪回头深深地看了他一眼，说："嗯，是啊，解决对手常用的手段。"她顿了一下，又说，"战场上也是一个妙计呢。"

宴朝目光一闪，问道："这些也是太太从书上看来的吗？"

顾雪仪漫不经心地应道："是啊。"

他想更多地了解她："那太太又怎么知道那块地不好的？"

宴朝是提前从简昌明那里知道了消息。那她呢？

"那里建高楼合不合适我不知道，但我知道那里适合建别的楼，而且宝鑫的地不够用。"顾雪仪凑到他的耳畔，压低了声音轻声说。

说完，她就立刻离开了，先一步走了出去。

宴朝抬手抚了抚耳朵，然后松了松领带。

不少人暗暗将这一幕收入眼底。

"宴总到底喜不喜欢她？"

"看不出来吗？相敬如宾，表面功夫啊！"

"真的吗？"那人忍不住嘀咕。

苏芙没有急着去酒会厅。她缓了会儿，才压下情绪，然后就接到了经纪人的电话。

经纪人让她赶紧上网，还说："这事你得交代清楚。利用这个机会给你提提知名度没问题，但你得配合……"

苏芙立马打开客户端，一眼就看见了那张照片。那是别人从后面拍的。她哭的样子正面入镜，顾雪仪只有一个背影。

苏芙根本没想到自己会被拍下，那一瞬间完全没有管控表情，哭得很丑，顾雪仪的背影却很美。

苏芙咬牙切齿地说道："不行，这张照片不行。这个账号是哪家公司的？"

"今今工作室。"

苏芙挂了电话，先扫视了一圈大厅。很快，她就发现了这个工作室的人。

"是你偷拍了我的照片？"苏芙上前一步问道。

郁筱筱无措地解释道："不是偷拍，是我们正常拍摄，把你拍进去了。"

苏芙听了这话更生气了。

他们本来想拍顾雪仪的背影，结果把她拍进去了？

苏芙冷笑了一声："你知道这是什么地方吗？你跟我玩这套？装无辜？"

见苏芙气势汹汹，郁筱筱急了："我真不是故意的！就是个意外……本来是想发宴太太和宴总的照片的……"

一听"宴太太"三个字，苏芙就急了。

"收起你这副姿态吧，对男人使使还行，你信不信，明天你的工作就没了？"

郁筱筱被吓得摔了一跤，然后有人从后面扶了她一把："小心点儿。"

郁筱筱回头愣愣地说了声："谢谢。"

背后的男人却皱起了眉："苏小姐，这里是宋家。"

苏芙吓了一跳，没想到自己教训个小角色，却刚好被宋景撞上。

苏芙咬了咬唇，小声说道："我……是她先不遵守规矩的……她胡乱发照片。"

郁筱筱也小声为自己辩解："我本来是想拍宴太太和宴总的。"

苏芙狠狠攥紧了手。这人怎么翻来覆去就一句话？她脑回路打结了吗？

"既然爸爸请了记者，就是让他们拍照的。苏小姐虽然是宋家的干女儿，到底不是宋家人……"

苏芙面上一阵红一阵白，又一次觉得很难堪。她咬了咬唇，掉下了眼泪，楚楚可怜地说道："您也看见了，今天在宴太太面前，我什么面子都没有了。我心里很难过，才没控制住情绪……"

郁筱筱递给她一张纸："你别哭，我真不是故意的。你在宴太太面前自惭形秽也是正常的。"她叹了一口气道，"我也这样觉得。"

苏芙心道糟糕，没想到她会给自己递纸，还直接说自己不如顾雪仪！这个女人到底是脑回路打结还是手段更高明？

果然，宋景皱着眉说道："苏小姐的心胸倒不如这位小姐……"宋景不冷不热地说完就离开了。

苏芙死死咬着牙，才控制住濒临崩溃的情绪。没关系，照片丑就丑吧，她还能利用一把！

郁筱筱小声问："我已经把照片删了，这样你开心点儿了吗？"

苏芙的眼泪流得更多了。我开心？我恨不得撕了你！

苏芙也不再和她纠缠，连忙转身给经纪人打电话："照片有备份吗？那个工作室的人把照片删了！我不管你用什么办法，我肯定配合你……一定要把这张照片的内容定格在顾雪仪把我弄哭了上面！我会告诉你，顾雪仪都和我说了什么话，你找几个小导演就行了！"

顾学民和张昕也坐在宴会厅内，只不过他们没资格坐在前面。

同桌的太太问："怎么称呼啊？"

顾学民立刻说："我啊，顾雪仪的爸爸！"他丝毫不觉得尴尬。

张昕尴尬了一瞬。

那个太太倒是一下热情了许多："原来是顾总啊！这是顾太太吧？"

张昕尴尬地点了点头。

"我是新星物流老总的太太。我姓李。"

顾学民夫妇听说过新星物流，最近好像还挺火的，袁太太也和他们有合作。

李太太是个会说话的人，对张昕一顿夸。

张昕从没有过这种经历。顾学民也有点儿得意扬扬。

宴席结束，众人起身准备去参加酒会。

顾学民两眼放光，对张昕说："要真能天天这样，听顾雪仪的也行。反正她是我女儿，又不是别人的女儿。"

张昕暗自消化半天，还是没能挡住那位李太太的"彩虹屁"的魅力，犹豫着点了点头。

他们进了酒会厅，就有人来找张昕。张昕认识对方，那好像是宋太太身边的程太太？

"顾太太知道君语社吗？顾太太怎么说也是宴太太的母亲。宋太太最近正在和宴太太一起筹备基金的事，我看顾太太也一块儿加入君语社好了。"程太太说。

张昕的心跳一下就快了。她听袁太太说过君语社，很厉害的！

张昕刚想答应，突然想起顾学民的话，犹豫了一下说："我……我得再想想。"

程太太勉强地笑了一下："啊，好吧。"这是怎么回事？顾雪仪拿乔也就算了，那是因为她老公是宴朝！顾学民的老婆怎么也拿乔起来了？

程太太回去和石华说了这事。

石华也有点儿惊讶："顾家就是典型的吸血虫，又目光短浅。为了能从宴家得到利益，他们用掉了简家那么大的人情。结果顾雪仪又不讨宴朝喜欢,这么久了他们也没有从宴氏捞到一点儿好处。这个张昕看见了好处,竟然不答应?"

三儿媳曾友珊在一旁斟酌着说道:"也许是给的好处不够多。"

石华想了想觉得或许是。也许正是因为门户太小,张昕见过的世面太少,反而不知道君语社的招牌能给她带去什么。

"那就先带她进圈子,好好体验一下,让她感受一下便利。"

"好。"

张昕回头就和顾学民说了这事。顾学民立马就给顾雪仪打了电话。

这时候顾雪仪已经从酒会厅出来了,去了后花园。后花园中央有一个巨大的喷泉,水柱有十米高。

"有个事要告诉你。"顾学民搓了搓手,"雪仪啊,你是不是得有点儿什么好处给爸爸啊?"

"你先说。"

顾学民不说话。

"不说我挂了。"

顾学民急了,赶紧说:"说,我说!"他把程太太的话全部告诉顾雪仪了。

宋太太这是吸取裴丽馨失败的经验,知道从她身上找不到突破口,反倒可能损失一大笔钱,最后还把自己赔进去,所以决定从看上去脑子不太好的顾家人下手了?

顾雪仪说:"答应吧。好处马上就来了。"

"好啊。"顾学民也不怀疑,立马挂了电话,高高兴兴地和张昕说了。

"顾雪仪?宴太太?"背后突然传来一声冷笑声。

顾雪仪转过身。

"你好啊,我是宋武。"青年语气阴恻恻地说道。

看到蠢货自己送上门来了,顾雪仪抬了抬眼皮:"嗯?"

宋武听她都懒得开口,明显是没把他放在眼里。他再想到宋成德介绍几个儿子的时候,竟然就落下了他,顿时更生气了。

宋武朝她走近:"你有没有想过,有一天你会站在我宋家的地盘上?"

"你有没有想过,夜路走多了,总会撞见鬼?"顾雪仪淡淡地问道。

她讽刺他?宋武气得头发都爹起来了。

"我之前也在想,淮宁中学背后的靠山,什么时候才会自己送到我手边来呢？"顾雪仪抬手摸了摸耳坠。

"你以为这是在宴家？"宋武觉得她在说疯话。

顾雪仪抬头看了一眼监控。

宋武抬手就要去抓她的胳膊。他怎么惩罚她呢？他最好把她扒光，拍点儿裸照。宴朝的人，他不能弄死，但可以让她这辈子都怕他！

宋武想到这里，一下笑了起来。可他还在笑着，顾雪仪就反扣住他的手腕，轻轻一送。宋武还没反应过来，就掉进了喷泉池。

"啊！你干什么？！"宋武愤怒地吼了一声。

酒会厅里音乐响起，人们低声交谈着，热闹非凡。谁会注意后花园的动静呢？

喷泉池并不深。宋武立刻挣扎着想从池子里爬出来。顾雪仪一脚踩在他的头上。宋武整个人没入水中，口鼻都进了大量的水。那一瞬间，他几乎与死神凝视，被吓得剧烈挣扎了两下。

顾雪仪目光一闪，力道小了些。

宋武呼吸到了新鲜空气："你……你……你敢……"

顾雪仪不急不徐地说道："嗯，我敢。"

宴朝就站在不远处，将这一幕收入眼底。

她的反应又快又狠，没有丝毫犹豫。旗袍开衩，她踩着宋武，露出了一截修长、笔直的腿，皮肤白得几乎晃花人的眼。

宴朝眼皮一跳，大步走上前，脱下西装外套，系在了顾雪仪的腰上。

宋武突然看见来人，立马激动地大喊："救……救命！宴总，你看看，宴太太她……这里可是宋家！"

顾雪仪看向宴朝，微微惊讶。他都看见了？

宴朝却突然蹲下，一只手将宋武死死地按进了水里，语气平淡地问："你刚才说了什么？再说一遍。"

宴朝的力道极大。

宋武的口鼻又一次进了水，肺部都传来了疼痛的感觉。宋武慌乱地挥舞着双手，这才明白过来，这对夫妻就是一丘之貉！

"你们……"有个小男孩儿抱着玩具枪冲了出来，看见这一幕，吓得站住了。

宴朝松了手，走向小男孩儿，拿走了他手里的玩具枪。

"啪"的一声，玩具子弹飞了出去，打碎了监控探头。他们刚刚所在的地方是监控死角，别人根本看不见发生了什么。

"宴叔叔教我怎么打枪，顾姐姐教我怎么数数，没了……"小男孩摇摇头，"真的没别的了。"

宋武半边身子都是软的，斜倚在床上，一只手捂着脸："宋子洋！你胡说！"

小男孩儿是宋成德的小孙子，平时被宠得无法无天，最近迷上玩具枪，没少拿枪打用人。相比之下，宋武只是个私生子，地位还不如这个小孩儿。

"好了，小孩子能撒什么谎？倒是你，十七岁的时候就骗了你爸500万元。"石华提起了旧事。

一提这事，宋成德就皱眉。他还是象征性地把保镖叫了过来，问："监控看完了吗？"

保镖说："看了，就看见宴总端着玩具枪，'啪'的一声，后头就没了。"

小男孩儿兴奋地说道："对对对！他枪法真准！"

宋成德不冷不热地说道："境外练出来的，能不准吗？"

小男孩儿听得懵懵懂懂的，还大声喊道："我要他当我的老师！要他教我！"

宋成德笑了："让他教你？那得宴氏先破产才行。你真想学，爷爷给你请别的老师。"

宋武在旁边听得直想吐血，狠狠地瞪着宋子洋。宴朝教宋子洋打枪？宴朝就是教宋子洋拿玩具枪打他！顾雪仪教宋子洋数数？顾雪仪就是教宋子洋数他被按下多少次！

宋家人为了家产争得头破血流，每个人在暗地里都没少下黑手。宋子洋出生后，宋成德和石华都宠得不得了。那其他人能看得过眼吗？他们没少在养废宋子洋上面下功夫。宋武也出了力。宋子洋不尊敬长辈，把宋家的用人都当旧社会的丫鬟一样使唤。宋武之前看见的时候，没少在私底下偷笑，但这会儿轮到他身上了，宋武就笑不出来了。

宋武咬牙切齿地说："就那个顾雪仪，一脚踩我的头上！这儿！就这儿！她脚上可是穿着高跟鞋啊！我喊救命了，宴朝还蹲下来按我……拿枪打我……我说的都是真的！喷泉池子里还带电，我差点儿被淹死，还差点儿被电死！"

"宴朝会做这样的事？"石华摇了摇头，"所有人都知道宴总是君子做派，和江总、封总的行事风格完全不一样。"

宋武咽下了这口恶气。他知道，最近宋家好像想和宴家合作，宋家是不会主动招惹宴朝的，更何况宴朝声名在外，这话说出去也没人信……

"那顾雪仪呢？"

"顾雪仪……"宋成德回想了一下宴太太的模样。她是个冷淡的美人。

"宴太太的脾气是傲了点儿，谁敢把脸往她面前伸，她就敢打谁的脸。裴丽馨和裴智康都没讨到好。"

"那能一样吗？"他是宋家正经的少爷！

石华笑笑，看着他问道："怎么不一样？"

宋武感觉自己受到了侮辱。

宋成德懒得在这时候管私生子的事，一锤定音："好了，别以为我不知道你的性格。你是不是对宴朝的太太动手动脚了？这事就这样吧。你要再提起，下次就是断手断脚了。"

石华推着宋成德走了出去，宋子洋也抱着枪跟了上去。宋武气得拿起手边的东西就砸了镜子。宋家少爷还不如一个女人？

宋武又想起了顾雪仪走的时候，微微弯腰，耳坠贴着面颊勾出了一个弧度，勾动人心，但她的眉眼是冷的，有点儿吓人。

她轻描淡写地说："这事还没完呢。"

宋武那时候怒气上头，心想：是没完呢！你等着吧，看宋家怎么收拾你！

这时候再次回想起顾雪仪的那句话，宋武心肝竟然有点儿发颤。宋武按了按胸口，这才觉得心脏舒服点儿了。他怕什么？一个女人说大话而已。宴朝不在的时候，她靠江越。宴朝回来了又靠宴朝，她能有什么本事？

顾雪仪和宴朝已经回到了酒会厅中。她腰上还系着宴朝的西装外套，自然一下子吸引了所有人的目光。

江越当即骂了一声。

"宴总和宴太太的关系不是不太好吗？"有人疑惑地问。

江越有点儿酸："可能是宴太太腿冷吧。"说完江越忍不住往那边走了过去。

宴朝低声问道："怎么回事？"敢情他还不知道怎么回事，就把宋武按水里了？

顾雪仪忍不住笑了笑："他这也是为他的小情人出头呢，他的小情人的哥哥开了所学校，冒犯我了。"

"为小情人出头？"宴朝目光冷了些，"鼠目寸光，毫无道德廉耻。"

顾雪仪忍不住看了他一眼。宴总还讲道德廉耻吗？

"他还说了什么？"宴朝又问。

顾雪仪摇了摇头，说道："都是些无关痛痒的话了，无非就是说这里不是宴家是宋家。"

宴朝低头挽了挽袖口。那里沾了点儿水，湿了，不太舒服。

"那就把宋家也变成宴家。"

顾雪仪笑了一下："没准儿呢。"光红杏基金的事就够宋家喝一壶了，这事就差契机了。

江越走近了，才发现宴朝和顾雪仪聊得极其投机。江越问："宴总和宴太太刚才去后花园干什么了？"

顾雪仪伸出手："江总别光问，有纸吗？"

江越怔了怔，脑子里已经出现了一幅画面。没等他理清楚思绪，封俞倒是从旁边递了块手帕过来。

顾雪仪也不客气，接过手帕说了声："谢谢。"然后她慢条斯理地擦起了手指。

江越这才看清她的脖颈上都溅了水。江越难以置信地问道："你俩去玩水了？"

顾雪仪点头："算是吧。"

封俞轻嗤一声，看了一眼宴朝，然后又看向顾雪仪，语气沉沉地说："玩人去了吧。"

看见顾雪仪动手的何止宴朝，还有楼上的封俞。封俞当时正和宋成德谈事，宋家的房子隔音效果很好，封俞隐约听见了落水声。他就站在窗边，视线一转，就瞥见了顾雪仪的身影。她身上大团的金色花朵格外扎眼。她重重地踩在宋武的头上，封俞看着这一幕，感觉太有意思了。她的行事风格和他太像了。

最后封俞关上了窗户。

江越还没听明白。那边宋成德和石华重新出现在酒会厅里，石华亲自过来邀请江越去说话。江越这才忍着满腹的疑惑走了。

那头宋成德远远地打量了一眼顾雪仪，发现对方仿佛什么也没发生过，依旧迷人。宴朝怎么会不喜欢她呢？

江越走了，封俞才觉得舒坦了。哈哈，这事他知道，但江越不知道！

封俞问："宴太太不怕宋家记仇？"

顾雪仪听他这么说，就知道封俞也知道了。

她正准备说话，听到宴朝说道："有什么关系呢？"

封俞面色更加阴沉，嘴角却挂着笑意："哦，是吗？有宴总护着宴太太，倒是我操心了。"这话说出来后，封俞怎么都有点儿不舒服——好像给顾雪仪当仆人都轮不着他似的。

顾雪仪这才淡淡地开口道："又哪里需要宴总出面，更不必封总操心。宋家人没心思为宋武出头的。"

宋武对她下手，只是仗着在宋家，宴朝看不见就没事了。而她对宋武下手，就算宋家人从监控里看得清清楚楚也没关系。宋家太复杂。

在现代，这样复杂的家庭关系有点儿匪夷所思。但在顾雪仪的时代，大多是这样的家庭。宋成德和石华，乃至宋家上下所有人的心理，她都清清楚楚。

一个宋武，还没本事给她带来麻烦。

封俞的表情僵了一下，然后他哈哈大笑："对，对，宴太太可从来不是莽撞的人。哪里需要别人护着呢？"

封俞的言语间倒好像格外了解顾雪仪一样。

宴朝的眉眼冷了些。他还有种自己连当工具人都排不上号的感觉。

"不过宴家的名头是好用的。"顾雪仪说。

封俞不痛快了："封家的名头也一样好用。"

顾雪仪反问："那和我有什么关系？"

封俞被噎了亿下，心里更不痛快了。

石华这时候又来请他们去打牌。宴朝目光一闪，说："她去，我在一边看着。"

石华笑了笑："好，宴总在一旁指挥。"

宋家组了几个牌局，有玩扑克的，有玩麻将的。石华还记得上次顾雪仪的牌技有多差，就让宋景下场陪着顾雪仪玩。这次他们倒不会让顾雪仪占便宜了。

程太太还在一旁笑着说："宴太太牌技不太好，大家让一让。"这话是在提醒其他人，顾雪仪好宰。反正这桌坐的都是大佬，也不存在谁给谁让牌的问题，顾雪仪可不就得挨宰吗？而且谁不想在这时候赚宴家的钱，悄悄踩一下宴家的面子呢？本来他们就不是朋友，倒也不必装得关系那么好。

宴朝抬了抬眼皮，冷冷地睨了程太太一眼："没事，又能输几亿元出去？"

程太太听完这话，背后有点儿发凉，又忍不住咂舌。宴家手笔也太大了，对顾雪仪都这么舍得。想想这些钱将来都能进红杏基金，程太太激动得身体都微微颤抖了。

江越听完，说："我也凑凑热闹。"不行他就给顾雪仪喂牌，搞宋景呗。反正他和宋家也是表面关系还不错。

"江总和老宋玩吧，我来陪宴太太。"石华亲自下场。

程太太心道：今天没人给你顾雪仪喂牌，看你怎么在宴朝面前丢脸。

周围一帮太太也等着看笑话，之前她们陪顾雪仪玩牌上了新闻之后，心里可是不舒服了很久呢！

顾雪仪无所谓地说道："嗯，快开始吧。"

宴朝也无所谓。今天顾雪仪输了，明天他就从宋家头上薅回来。一天薅不够，他就天天薅。

只有江越有点儿急。他知道顾雪仪厉害，不仅手上功夫厉害，嘴上功夫也厉害，悄无声息地就把人利用了，但她会玩牌吗？

她有点儿不沾烟火气。这种东西好像压根儿跟她没关系。

那边已经有专门的人开始洗牌了。

牌很快被洗好。其余人也在悄悄打量着这边的情况。

"去年老宋总生日，好像当天赢得最多吧。"

"港市那边好像挺会玩这个的。"

"现在是谁在打？"

"宴太太、小宋总、宋太太……还有老宋总和江总他们……宴总没玩，在一边当钱袋子。"

"顾雪仪真是令人羡慕……"

就他们议论的工夫，顾雪仪已经打完一轮了，摊开手掌："钱。"

石华僵了一瞬，有点儿怀疑今天是不是手气太差。程太太等人倒没在意，觉得可能就是第一轮大家还在让着顾雪仪。

钱被递到顾雪仪面前，她却没接，让人放手边了。程太太嘴角一抽。她还是那么傲，傲得都快目中无人了。

很快，第二轮开始了，不一会儿他们玩了十几轮。顾雪仪手边已经堆了不少钱了。石华都怀疑顾雪仪是不是扮猪吃老虎。

程太太忍不住说："宴太太上次还说自己牌技不好……"她们喂牌喂得累死了。她都快怀疑顾雪仪是不是玩她们了？

顾雪仪点了点头说："是啊，所以还得多谢宋太太、程太太，你们上回陪着我玩了好久的牌我就学会了。"

程太太被气得差点儿吐血。我们拼命给你喂牌，还把你的牌技给成就了？敢情不管你牌技好不好，输钱的都是我们呗？

石华有点儿不痛快。她越发觉得自己看不清顾雪仪了，连带后面坐着的宴朝都看不明白了。

其他人早就看得眼红了，尤其是苏芙。她终于明白了顾雪仪那句：你们剧组这么穷啊。对顾雪仪来说，这些钱的确不算什么。

正因为这样，才更让人忌妒啊！宴总怎么就那么舍得把钱给她花呢？

这时候顾雪仪把钱一推，语气平淡地说道："没意思。"顾雪仪转头看了看周围的人，说道："来个人记账。别都堆在这里，搞得跟暴发户似的。"

石华心里不快。她这是在暗指他们宋家是暴发户吗？

宋景好脾气地笑了笑，叫人过来记账。那人还真把每个人输了多少，要给顾雪仪多少，全记清楚了。

宴朝忍不住弯了弯嘴角。他太小看她了。她的牌技已经可以碾压其他人了。哪里还需要他去薅宋家的钱？

宋成德那桌的人都看得来了兴致。宋成德拊掌笑道："宴太太厉害！巾帼英雄啊！"

顾雪仪却不快地皱了皱眉，冷淡地说道："打个牌算哪门子的巾帼英雄？"

宋成德没想到自己还有拍马屁拍到马腿上的时候，表情惊愕了一瞬，才恢复了正常。

宋成德有过不少女人，确实没见过顾雪仪这样的。他笑了笑，说："宴太太要不要来试试麻将？"

其他几个陪着玩的商界大佬也来了兴致，这会儿倒不单单拿顾雪仪当女人看了，就想和她切磋切磋牌技。

顾雪仪点了点头："试试吧。"

这下成了宋成德和另外两个宋家的拥趸陪着顾雪仪玩了。没几轮下来，另外那两个人的脸就绿了。

程太太实在忍不住了："宴太太会玩麻将？"

"嗯，会啊。"

程太太怀疑道："是吗？我们怎么不知道？"

顾雪仪抬眸："你们也没问过我。"

她连纸牌都不会玩，谁知道她会玩麻将呢？

顾雪仪从前会玩叶子牌和骨牌，现在，费劲的就是要去适应新的规则。但她学习能力向来不差，和别人多玩几局，她就把规则摸清楚了。

"宴太太厉害！"宋成德转头问道："记了多少钱了？"

旁边一个人愣愣地说:"没记,您……您怎么会输呢?"

苏芙倒抽了一口凉气,脑子里"嗡嗡"直响。

顾雪仪淡淡地说道:"宋总大方,哪里算输呢?"

宋成德拍马屁拍错了地方,但顾雪仪顺嘴提他一句,他就有点儿心花怒放。他哈哈一笑:"今天就给宴太太凑个整,洗牌!"

石华都快被气死了。宋家的产业在国内市场,其实有很多是不盈利的。宋家之所以走得比江家快,赚得比江家多,那是因为有红杏基金这个成本极低的吸金机器……但再容易,那也是她辛辛苦苦赚的钱!宋成德现在退居二线,还以为像当年那样砸钱赚痛快呢?但石华只能忍着。

石华转头看了一眼宴朝,果然宴朝的面色也冷了一些,但很快冷意就散了。顾雪仪这样做,对宴朝来说算出格了吧?石华这才舒服了些。

那边新一轮牌局很快又开始了,陪玩的换了两个人,只有宋成德没换。

顾雪仪一口气玩了个痛快,有人看不下去,还直喊要拿股份。顾雪仪就跟看不懂事的小孩儿似的扫了他一眼,淡淡地说道:"这里又不是赌场,只是寻个乐子。拿股份干什么?我要来也没意思。"

对方倒是一下冷静了。他想起刚才的豪言壮语,心中不免后怕。

其余人听见了这话,心下忍不住感叹。宴太太很会做人,不输当年的宋太太啊!外头谁传的她刁蛮任性?

其他豪门太太倒是觉得顾雪仪有点儿傻,要换成她们,肯定恨不得全弄自己手里。

"一共多少,直接打我卡里就行。不玩了,挺累的。"顾雪仪说着站起身来。

宴朝的西装外套还系在她的腰上。她一坐,全给压皱了。

旁边的人连忙打钱去了。

顾雪仪目光转了一圈,没看见挂钟,问道:"几点了?"

"宴太太,还早,才晚上十点多。"旁边有人答道。

"不早了,我们该回去了。"顾雪仪说,"我习惯晚上早点儿睡觉。"

程太太嘴角抽搐。她还挺养生。

宴朝掩去眼中的冷色,笑了笑,也站起身,朝顾雪仪伸出了手:"嗯,我们走吧。"

石华心里却怎么都有点儿不舒服。她是不信宋武的话,顾雪仪能一路赢到现在,那也是宋成德硬要往上送,但石华就是有一种顾雪仪来他们家打了孩子,转头又赢了一笔钱,风头出完了,拍拍屁股走人的无力感。

石华露出点儿笑容："嗯，宴总、宴太太，一路顺风。"

宋成德亲自送他们出门。

走到门口的时候，顾雪仪想起来腰上的外套，解下来还给了宴朝。宴朝面不改色，低头扫过外套上的褶皱，但还是将外套穿上了。

两个人上了车。记者在后面又疯狂地抓拍了一些照片，赶紧传到了网上。

车很快驶上了街道。这时候街边灯火通明，很多店铺还开着门。

顾雪仪低声说："停车。"

宴朝疑惑地"嗯"了一声。

"赚了钱，带点儿小东西给他们。"顾雪仪说着走进了便利店。

他们？宴文嘉他们？

那种不舒服的感觉又来了。他想到今天宋成德的生日会上，她大放光彩。他既欣赏，又觉得不大愉快。他还没来得及看清楚她的每一面，她的优秀之处就已经被别人看见了。

宴朝压下眼中的冷意，跟着去了便利店。

顾雪仪挑了不少东西。那都不是贵重的东西，牛奶巧克力、皇冠曲奇饼、坚果、雪糕……两个小购物筐里装得满满的。

以前她爹和她的兄弟姐妹，在外头见着了什么好东西，不管便宜的还是贵的都会给她带一份。她戴过最昂贵的首饰，也尝过最廉价的民间小吃，二者并不冲突。

家族从不是单靠金钱和森严铁规来维系的，得有精神传承，还有温情。

宴朝头一次看见这样的她，一下想起来，她从副卡里刷走的那些钱。原来她也会给他们带吃的。

顾雪仪将零食放在结账台上。

宴朝问道："我的呢？"

顾雪仪茫然了一瞬，才说道："啊，不好意思，忘了宴总的。宴总喜欢什么？"

宴朝答道："你选就好。"

顾雪仪点了点头，从货架上随手拿了一盒星球杯。

收银员小心地看着他们："一共是三百零八元。"

付完账，两个人又回了车上。

回到宴家后，顾雪仪把东西搁在了桌上，让女佣第二天分给其他几个人，然后把星球杯递给了宴朝。

宴朝接过东西，淡淡地问："太太好像和江总、封总都很熟悉？"
顾雪仪点了点头："有过来往。"
宴朝："是吗？"他的语气听着有点儿不大对。
她回想了一下今天的事，几乎没有人敢和宴朝搭话。顾雪仪迟疑地问道："宴总就只有简先生一个好友吗？"
宴朝："不算好友。"
"这样啊。"顾雪仪笑了笑，"宴总早点儿休息，今天辛苦宴总了。"
宴朝目送她离开，然后回到自己的房间，将那个星球杯放在了博古架上。周围是一圈古董。

这时候网上关于宴朝和顾雪仪的照片也慢慢多了起来。
苏芙的经纪人给她回了个电话："事情进展得还是比较顺利的……正好把你的新戏也炒热了。不过说顾雪仪和宴总感情不好，有什么意义吗？"
"当然有意义啊。所有人都知道他们感情不好，有些人自然就不会给顾雪仪面子了。"
经纪人点了点头。苏芙挂了电话，还是感觉不开心。她看着那些评论她哭得有点儿丑的留言，气得攥断了新做的指甲。
这都怪那个工作室的郁筱筱！
苏芙第二天一起床，就发现她的话题榜排名又掉了。
微博话题依次是"宴太太宴总""宋家盛宴""孙俊义新戏疑似扑街（票房不好）"，后面才是"苏芙哭了"。
宴总和顾雪仪之间明明那么冷淡，这帮人怎么就能硬生生从中间尝到甜？他们哪里感情好了？他们哪里就是天生一对了？
苏芙气得骂了一通经纪人。经纪人被骂了，只好又加了把火。结果这把火加得却不是时候。
"还原一下顾雪仪在宴会上说了什么吧。她先嘲讽剧组投资少，再嘲讽苏芙片酬低，她有钱，让大家给苏芙捧捧场。小成本导演哪里惹到宴太太了？要被说穷？"
"可是，有一说一，和宴太太比起来，小成本导演确实穷啊。"
"楼上说得竟有几分道理。"
"生气地点进来，茫然地退出去。是的，顾雪仪是真的有钱。"
经纪人还让几个小导演转发微博，怒斥，但愣是没掀起来水花。
"宴太太当初一口气给孙俊义投那么多钱，是不是觉得孙俊义太穷了？"

"顾雪仪：你好穷，给你5亿元吧。如果是这样，我也想要，呜呜呜，顾姐姐来侮辱我吧！"

网上的人一直在讨论韩稳的剧组究竟穷不穷，孙俊义怎么拿到投资的。

宴文嘉在剧组却不知道这些事。他和孙俊义难得知道了什么叫配合良好。他刚顺畅地拍完一场戏，坐下来，就接到了电话。

那头传出女人的声音："嘉嘉，你是不是没钱了？你怎么会去演孙俊义的电影？"

宴文嘉这会儿心情正好，说："你才看到新闻？不是啊，我不缺钱，就是突然想当个演技派，拿大奖了！"

顾雪仪说的，做什么就要做好什么。他现在正试着把这件事做好。

那头的女人却不相信这话。宴文嘉的脾气她还不清楚吗？于是女人说道："别演了，孙俊义接连几部电影都不行。圈内没人敢投资。你是不是还借宴家名义投资了？其实孙俊义江郎才尽了，但是网上的人会骂你拖累了孙俊义。你要是缺钱，妈妈借给你。"

宴文嘉的好心情一下就没了，他说："不用。我会演好的。"

"嘉嘉，你听我……"

宴文嘉挂断了电话，低头看了看自己面前的剧本，把烦躁的情绪压了下去。

嗯，我是个有用的人。我演技好又是个天才！而且她投了5亿元呢！我怎么能让她亏钱呢？

宴文嘉站起身："再拍一场！"

"原哥不休息？"

"好，大家都准备一下！拍下一场！"

顾雪仪刚和张昕通了电话，淡淡地说道："她带你去哪儿，你去就是了，别的都不表态。等你把她磨得差不多了，你就说，你投1000万元给红杏。但是你要这笔钱捐出去怎么用的单子，说你是第一回投这么多钱，怕亏，怕我知道了，就不给你钱了。"

张昕似懂非懂地应了声。1000万元……她还从没有过这种一掷千金的感觉呢。

"这笔钱投出去了，蓝宝石喜欢吗？"顾雪仪说，"拍卖会上600万元拍的，我送给你。"

张昕双眼一亮，兴奋地说："好。谢谢雪仪……"

顾雪仪挂了电话，抬眸看向桌面。桌面上的零食已经被分完了，他们有的去学校了，有的在忙着补课，在剧组里的宴文嘉还没回来。

顾雪仪目光突地一顿。桌上多了一本书，并且她看封面有点儿陌生，不像她的书架里的书。顾雪仪走近了一看，封面上写着——《强者不需要朋友》。

第十三章
《明星》

顾雪仪和宋成德他们玩得开心,转手就捐了5000万元。

基金已经成立了官方微博,起名为"剡日基金",然后交给了宴文嘉的经纪人推荐的团队打理。

这天一大早,基金官方微博就发了新的微博:"感谢顾雪仪女士捐赠5000万元。"

这边基金微博涌入大量网友参观的时候,那边苏芙的经纪人刚给她安排通稿:苏芙的真实身份——在京市疑似拥有4000万元的豪宅?

通稿安排完,经纪人想着宋家生日会都过去一天了,顾雪仪和宴朝的热度应该也下去一点儿了,这时候苏芙再露头,应该不受影响了吧?

结果经纪人让底下人守着微博刷了一天,也没等到什么水花。

苏芙又一次打电话来质问。经纪人只能无奈地说:"苏大小姐啊,咱们这边吹你的4000万元豪宅,那边顾雪仪用5000万元做慈善,你说你要是网友,你会关注哪个?"

苏芙咬了咬嘴唇,想着自己也得找个机会做做慈善,但是她哪儿有那么多钱?她一想到顾雪仪捐出去那么多钱,就心疼了。

在基金官方微博发完微博的三个小时后,陈于瑾突然收到了顾雪仪的短信:"陈秘书的银行卡号是多少?"

陈于瑾犹豫了一下,把卡号发给了顾雪仪,紧跟着他就入账了20万元。陈于瑾赶紧问道:"太太这是干什么?"

顾雪仪从来没想过让他白出力。哪怕对陈于瑾来说，那些事也许就是举手之劳。顾雪仪说："谢谢陈秘书这段时间的帮忙，这算是酬劳。"

陈于瑾神色复杂地收起了手机。

"又是太太？"宴朝的声音突然在总裁室内响起。

"啊，是。"

"她说了什么？"

陈于瑾也不知道为什么，最近宴总好像对这些事特别关心。

"太太给我发了工资。"陈于瑾说着，嘴角忍不住翘了翘。其实这笔钱也不算特别多，但付出了有人给酬劳他还是很开心的。

宴朝顿了一下，问道："她都让你做了什么？"

陈于瑾也不隐瞒，都说了。

宴朝不着痕迹地皱了皱眉头："太太总给你打电话吗？"无论事情大小，顾雪仪都直接找陈于瑾。

"也不是……偶尔也会发短信。"陈于瑾说。

宴朝扫了一眼自己的手机。手机里没有一通电话，没有一条短信。

陈于瑾将手中的新报表放在了宴朝面前："宴总，我先走了。"

宴朝冷淡地看了他一眼："嗯。"

陈于瑾走出去后，还觉得后背有点儿发凉。

没多久，一个内线电话转到了宴朝的总裁室里，那头传出尴尬的声音："宴总……胡雨欣女士要见您。"

胡雨欣知道宴文宏去新学校之后，就坐不住了。那天她的确被宴文宏的突然变脸吓到了，可是她太清楚宴家究竟有多少钱了，宴文宏将来会继承很多钱，她怎么能放弃呢？她还希望宴文宏成才啊！她必须将这一切掌握在自己手中……

胡雨欣知道顾雪仪油盐不进，再想到别人那一声声"宴太太"，就更难受了，于是直接来找宴朝。宴朝根本就不想管宴文宏，肯定也不愿意让顾雪仪去管的。

很快就有小秘书领着胡雨欣上了楼。

胡雨欣走进总裁室，有股想掉头跑的冲动。她正恍惚的时候，就听见宴朝问她："有什么事吗？"

胡雨欣立刻镇定下来："有。关于您的太太！"

宴朝这才抬了抬眼眸，分给她一点儿目光。

胡雨欣也不等他出声，先在沙发边紧张地坐下，然后就将顾雪仪强行带走宴文宏，甚至怂恿宴文宏与自己断绝关系的事说了："当初您的父亲说得很清楚，孩子由我们各自教养，由宴氏专门的基金出钱，现在，这不乱套了吗？"胡雨欣说着说着就有点儿激动。

她甚至怀疑，这不会是宴朝的主意吧？他是故意借顾雪仪的手把宴文宏养废？

宴朝摸起了手机，说道："不能光听胡女士的一面之言。"

胡雨欣倒是不怕，说："宴总只管问，我绝对没有撒谎！"

宴朝冷淡地移开了目光，微微侧过身子，给顾雪仪打电话。

顾雪仪捐完钱，就拎着吃的去剧组探望宴文嘉了，刚下车，就接到了宴朝的电话："喂？"

胡雨欣的事，其实只是一件小事。宴朝动了动唇，问道："你安排宴文宏去新学校了？"

"嗯。"

电话那头隐隐传来别人跟她打招呼的声音，他们叫她"顾小姐"。

"顾小姐今天来看原哥啊？顾小姐这边坐！"

宴朝心头堵了一下："胡雨欣找上门了。当初我父亲规定了，他的孩子由母亲抚养……"

顾雪仪轻嗤了一声："就像她这样，将孩子养成三观扭曲、泯灭人性的模样吗？"

宴朝并不太关心宴文宏，甚至连宴文宏在哪里上学都不在意："那太太的意思是……？"

"如果宴总觉得为难，我来和她说。以后，宴文宏不会再让她抚养。宴家的人受不了这样的委屈。"顾雪仪说。她的口吻，就好像整个宴家包括她在内，都是一体的。

宴朝轻笑了一下："怎么会为难？"

那头又传来一声："顾小姐喝水吗？"

宴朝抿了抿唇，说："太太总给陈于瑾打电话吗？"

"嗯？我占用他太多时间了吗？"顾雪仪漫不经心地反问。她坐在椅子上，正盯着场内的场景，在看宴文嘉拍戏。

"不。"宴朝这才转过身，又看了一眼胡雨欣，说，"我只是想告诉太太，有些事是陈于瑾无法处理的，比如说胡雨欣的事。"

胡雨欣听见他这么说，突然有种不太好的预感。

宴朝对手机那头的人低声说："我会处理得更好。"说完，宴朝挂断了电话。

"胡女士，你可以走了。"

胡雨欣脸色一变，问道："宴总这是什么意思？你刚才不是已经问过您太太了吗？您应该很清楚事情的前因后果了……"

"嗯，很清楚了。"

"那宴总还让我走？宴总今天不打算给我一个交代吗？"胡雨欣到底不敢顶撞宴朝，气势都弱了不少。

"明天会有律师联系你，胡女士既然觉得不满，那我们就以一种更正规的方式将宴文宏的抚养权重新分配。"

胡雨欣急了，匆匆起身往宴朝这边走："顾雪仪到底在电话里说了什么？"

"她说抚养权不给你。"

不给？她说不给，宴朝就听？胡雨欣仿佛听见了什么笑话，气极反笑："分明是你想将宏宏捏在手里！你想把宏宏养废！你堂堂宴总，会听顾雪仪的？"

然后她就看见宴朝微微点头，不紧不慢地说："嗯，我听她的。"

胡雨欣气得冲上前，就要去抓桌上的烟灰缸。

这时候门突然开了，两个保镖走进来将她架了出去。

"我会去找顾雪仪的！她凭什么……凭什么抢走我儿子？"胡雨欣气愤地骂了一句，然后才理了理身上的套裙，"放开，我自己会走。"

胡雨欣还是要脸面，没有在宴氏大楼里闹。

她去找顾雪仪？

半个小时后，胡雨欣就接到电话，说她大哥被高利贷追债的人砍伤，进医院了。胡雨欣蒙了。哪儿来的高利贷啊？她大哥背着家里借高利贷了？胡雨欣匆匆赶到医院，也没法再去找顾雪仪了。

剧组这边，宴文嘉刚刚结束了一场戏的拍摄。他和孙俊义同时走过来和顾雪仪打招呼。

顾雪仪点了点头，先看向孙俊义："之前带孙导去参加宴会的人是谁？孙导能将他的联系方式给我吗？"

孙俊义有点儿不知道顾雪仪的用意，不过还是立马翻出了那人的联系方式，给了顾雪仪。

宴文嘉却有点儿不高兴。

顾雪仪记下联系方式，才拎起旁边的一袋零食递给了宴文嘉。

宴文嘉的不高兴情绪瞬间烟消云散，他舔了舔唇，问："这是什么？"

"便利店买的。"

宴文嘉伸手将东西抱在了怀里。不知道的，还以为他抱着什么宝贝。

"我先走了。"顾雪仪站起身说。

"这么快？"宴文嘉顿住脚步。

"嗯，只是过来送东西。"

"给我送东西吗？"

"嗯。"

"哦。"宴文嘉抿了抿唇，那张阴郁的脸上有了点儿别的神情。

顾雪仪转身往外走，正好有个中年女人匆匆往里走。女人穿着貂皮外套，五官相当雍容华贵，有种贵气的美。

"嘉嘉！"女人快步走到宴文嘉面前。

周围的人都惊了，连忙喊了声："原姐。"她是原文嘉的母亲，演艺圈大半的人知道这事。

女人冷冷地看了一眼孙俊义，抬手就要去拽宴文嘉怀里的东西："你先跟我上车。"

宴文嘉躲开了，并且皱起了眉。

女人叫原静，曾经是演艺圈出了名的大美人。她的现任丈夫是个钢琴家，两个人共同育有一个女儿。宴文嘉的艺名正是跟着她的姓，所以演艺圈里的人从来没有人想过原文嘉是宴家的少爷。

原静和宴文嘉吵了一架，不欢而散。宴文嘉转过头，面色阴沉。

孙俊义有点儿尴尬，准备上前说点儿什么，但让他说安慰的话，简直比登天还难。就在孙俊义绞尽脑汁想安慰宴文嘉的时候，宴文嘉突然说："那个带你去参加宴会的朋友长什么样？"

孙俊义愣了一下，掏出手机找了找："就这样。"

宴文嘉看完脸色好看多了，说："挺丑的。"

孙俊义一脸问号。

宴文嘉快步走远，心说：这我就放心多了。

"原哥，咱们马上准备拍下一场戏吗？"

"下一场不该是我。"本来陷入狂热拍戏状态的宴文嘉突然走向遮阳伞，找了个位子坐下，拿出手机，开始拍零食。

387

宴文嘉拍了九张不同角度的照片发到了朋友圈。他的朋友圈里的其他人又一次迷惑了。原文嘉最近是不是疯了？网上骂他骂得太狠了，还是他和孙俊义已经水火不容了？因为大家不知道具体情况，只点赞，一条评论都没有。

宴文嘉觉得没意思，转头又把照片发到了微博上。

"我哥都开始吃平民小零食了？果然是穷了。"

"好，我要去买同款了。"

"不同角度的零食？原哥你怎么了？原哥，你醒醒。九宫格不是这样拍的！"

"谁给哥哥送的呀？还是哥哥自己买的？"

宴文嘉眼睛一眯，觉得这位粉丝抓住了重点，立刻回复道："别人送的，一大袋。"然后他才关了手机，没再去管微博上的评论。

粉丝们隐隐觉得自己仿佛掌握了什么技巧。

"我会了，下次原哥再发微博，我一定冲在第一线！一定能骗到回复！"

当天同款零食倒是卖爆了。一时间演艺圈又兴起了一股怀旧风潮，开始回忆那些路边小卖部里的小零食了。

顾雪仪回去后，又接到了几个太太的邀约电话。她们都是君语社的人，和宋太太不太亲近，地位却比程太太高。因为她们的丈夫更有钱，名下的企业更大。

她们看到宋太太都在拉拢顾雪仪，想着自己也不能落后。

顾雪仪没有拒绝，和她们一块儿去了读书沙龙。

她们也看书，只不过看的大多是时尚杂志、《30个小时教你如何投资理财》这类听上去就是拼凑的励志财经书。

到了之后，几个太太立马聊起了红杏晚宴的事："孙俊义就是那天找上宴太太的？宴太太也真是好说话。"

"是啊，我去年投的那家公司，现在还没见起色呢。投资也不是容易的事……"

顾雪仪这才说："没见起色？公司负责人怎么说？"

"就说回钱慢。"

"是啊，都这样的。我们也知道，做公司哪里有那么容易，尤其这种大项目……"

顾雪仪又说："你们看过他们的项目书吗？"

"看过啊，写得像模像样的。"

"请律师看过吗？"

"看过的，不过不是我们请的，君语社有自己的律师团队。他们负责审核，反正不亏钱就行了……"

"钱投进去，这么久了都没回报，不叫亏钱吗？"顾雪仪反问。

几个太太犹豫："也……也不算亏钱吧。"

"对，不算亏。"

顾雪仪轻笑一声："没想过投别的项目吗？"

"投什么？"

"科技，尤其是一些国家扶持的科技项目。"

几个豪门太太茫然地对视了一眼："国家都出钱扶持了，肯定不赚钱啊……"

顾雪仪也不跟她们多说，本着能救一个是一个的原则，谁信谁就听。

沙龙结束后，顾雪仪刚回到宴家，就接到了张昕的电话。

她今天去见了大世面！之前那个总是讽刺她的袁太太现在反过来求她了，她有种打开新世界大门的感觉。

"再等两天你就能捐钱了。"

"好的，好的！"

张昕等了又等，终于等到了甩出1000万元的时候。

程太太早等不了了，张昕捐了钱，程太太立马松了一口气，转头给石华打了个电话："顾雪仪果然大方，赚的钱先是捐了自己的基金，转头还给她妈拿了钱。我听袁太太说，张昕以前很抠门的，这次一捐就是1000万元，还剩下几千万元呢，要套也能套出来。"

石华听完，并不太高兴。那里头有一部分钱本来就是宋家的！石华说："接着套，那个袁太太最好利用。等张昕享受够了君语社带给她的地位和福利，你就告诉她，君语社是有档位标准的，哪个档位享受什么样的待遇。钱没别人捐得多，投资也不积极，君语社不欢迎这样不上进还没慈悲心的人。"

程太太连忙应了，迟疑了一下说："但她要捐款明细。"

"给她看，但不能让她带走。"

"是。"

顾学民的太太往红杏捐钱的事，被红杏大肆宣扬了一把。

封俞都知道了，骂了一声。

助理不明就里地看着他："封总？怎么了？"

难道他想起上次宴太太拍了900多万元，没往封氏基金捐钱的事？

"她要搞基金了。"

助理不解地说道："宴太太已经在做基金了啊。"

"搞垮的搞。"封俞沉声说。

封俞立刻拿起电话，让封氏基金和红杏基金切断联系，保持封氏账目干净。

封俞的动作当然瞒不过宋成德的眼睛。宋成德却没往顾雪仪身上想，只是叹了一口气说："这是不满宋家和宴家走得近了……想给咱们点儿颜色看呢。"

石华在一旁斟茶，说："管他怎么想呢。宴朝有简昌明提供消息，动作总比咱们快一步。咱们就盯着宴朝，在他手里占完便宜，到时候几大家族重新洗牌，谁管别人？"

宋成德点了点头："咱们有海外背景，下次竞标，至少准备23亿的现金。"

石华倒是轻松地笑了笑："不到一年，这笔钱就能凑出来。"

程太太还在劝说张昕："宴太太那么有钱，多给你一点儿不成问题吧？她现在赚钱可厉害了。"

张昕心说：她打人也厉害。那个外国人被浇了满头汤，都不敢吭声。

程太太不知道张昕在想什么，以为她听进去了，紧跟着又说了起来。

因为宴文嘉高度配合，以及孙俊义重拾久违的绝佳工作状态，电影在12月底就结束了拍摄。

顾雪仪把宴氏、封氏、江氏名下特效公司的联系方式全部给了孙俊义。

这部电影找一家特效公司是做不完的，得好几家公司同时进行。

顾雪仪的画廊也开了起来。鲁冬的妻子出院了，并且生下了一个女婴。他毫不犹豫地把画全部放在顾雪仪的新画廊里寄卖。

这家名为"惊月"的画廊，做艺术品鉴定、投资和寄卖的生意。因为顾雪仪的名声，画廊倒是吸引了不少人，不过并没有卖出去什么画。

鲁冬连同他介绍给顾雪仪的那个好兄弟都有点儿着急。

"其实这个生意不好做，之前我就应该劝劝您的。"鲁冬有些后悔。

京市的画廊并不少，也有一些在小众圈子里口碑不错。顾雪仪因为早有曝光，画廊在小众圈子里的评价反倒不高。很多真正热爱艺术的人，认为顾雪仪是个商人，她开画廊只是为了赚钱。

顾雪仪倒是不着急："这些画本来也不是卖给那些来参观的人的。"

鲁冬只好压下焦急的情绪，打心眼里觉得顾雪仪真是个大善人，她就是在做慈善，给他们这帮人一口饭吃。

顾雪仪拿到了张昕提供的红杏捐赠明细。

卫生巾：580元/件

便携水壶：230元/件

图书：60元/本

棉袄：1020元/件

…………

"这都是刚发出去的吗？"顾雪仪问道。

张昕点头道："是这样说的。"

顾雪仪轻笑一声："给山区的女童穿1000多块钱一件的棉袄？"

张昕说："红杏真有钱。"

"哪儿是有钱？"顾雪仪笑出了声，"没见过做假账的吗？"

他们一手捐，一手倒回自己的口袋里，做个账，就算走流程了。

"那……那好像也不关我们的事啊……"

"你第一次捐了1000万元，他们给你2000万元，又诱你再捐5000万元，说是能回8000万元……你以为你能拿到那8000万元吗？做慈善，竟然还能往回拿钱，你不觉得奇怪吗？他们就想从你这里赚宴家的钱呢。"

岂止是她，宴文姝在国外都加入了君语社，可见这只手伸得有多长。君语社玩了几种花样呢？他们吸纳大额善款，购进低廉的物品，再不断提高入会费，让豪门太太不断拉新人入会。另一边他们还弄了个为豪门太太寻求上进途径的投资会，这是确保每个进来的人，口袋里的钱都被掏得干干净净。

"石华也是个人才。"顾雪仪评价道。

张昕觉得顾雪仪这口吻太老成，她怎么有底气批判人家宋太太呢？但张昕不敢反驳顾雪仪，只能老老实实地听着。

挂断电话，顾雪仪坐在书房里，看向日历，目光在画圈的地方停留了片刻。

她站起身，拿上包，下楼。

"太太要出去？"

"嗯。"

宴文宏一天的课程结束了。老师忍不住和他说起了化学竞赛的事，一边说，还一边夸他。周围的同学忍不住投来艳羡的目光。

宴文宏一瞬间有些恍惚。这才是真实的世界啊，他会得到正常的夸赞、羡慕。周围的同学想和他搭话，却又因为他的冷淡而不敢靠前。他不用再装乖巧，因为他们认为他的冷淡是一个天才应该有的特质。他们不觉得奇怪，甚至更想和他成为朋友。

宴文宏和老师说了再见，收拾书包下了楼。宴家的车还是停在校门口等他。宴文宏先习惯性地左右看看，确认胡雨欣没有像疯子一样带着胡家人冲出来，才走了过去。

没等他拉车门，车门就被人推开了。顾雪仪从里面走了出来。

本来冷淡的宴文宏表情一下就变了。他的眼眸闪了闪，面上扬起了笑容："大嫂！"

顾雪仪接他上了车。

宴文宏攥紧了书包带。因为要正常上课，他已经很久没有给顾雪仪打过电话了。

上了车，宴文宏开始和她说学校的事："我昨天随堂测验拿了满分！我体育好像不太好……老师让我去参加竞赛，可是要去国外，好远哪……"

宴文宏小声说着，语气还是乖巧的，但有其他情绪了。他学会了一点儿真实的难过和抱怨，而不再将所有的情绪都掩藏在乖巧的外表下。

顾雪仪很有耐心地一声声回应着。

"你很棒。"

"体育不好吗？那练一练吧。"

"什么时候去国外参加竞赛？我陪你去。"

宴文宏的每句话都得到了回应，他攥着书包带的手越来越紧，脸上带着欣喜表情："大嫂今天为什么来接我啊？"

"因为明天是你的生日。"

宴文宏顿了顿，转头紧紧盯着顾雪仪。他好想紧紧抱住她，可是他不敢。

宴文宏舔了舔唇，小声说："明天是周六啊。"

"对，所以明天我们出去过生日。"

宴文宏兴奋得眼睛更明亮了。

回家用完晚餐，宴文宏立刻跑回了房间，躺在床上等到12点过后，立刻给自己的律师打了电话。老宴总去世之前，给每个私生子都找了不同的律师，好像怕宴朝将来对付他们似的。

律师在深夜接到宴文宏的电话，以为出了什么大事，立刻从床上坐了起来："小少爷，您说。"

宴文宏笑了起来："我满十八岁了，我有财产支配权了对吧？"

"是的。"宴文宏和他通电话的时候，其实从来不笑。因为律师拿钱办事，宴文宏不需要讨好他。突然听见宴文宏的笑声，律师不自觉地打了个冷战。

"我要转赠我在宝鑫的股份。"他掰了掰手指头，"还有，我的钱有5亿元吗？"

律师更惊讶了。这位小少爷到底想做什么？

律师咽了咽口水说："有，当初老宴总给您留下的现金资产有5亿多。"

"我要调用它，我会把账户给你的。"

"您想清楚了吗？这笔钱很多的……您只是放在银行里，利息都有很多。"

"我想清楚了啊，想得不能再清楚了。反正我还有其他的股份……"宴文宏笑着说。

律师头皮发麻，差点儿以为宴文宏疯了："好的，那明天我去和您核对一下，还得处理一下股份转赠的合同。"

"明天不行。"宴文宏拒绝了他。

律师愣了一下，问道："您明天有别的事吗？"

"是啊。"宴文宏的语气都快飞上了天，"明天我要过生日啊！"

律师闭了嘴。过生日好像也不是一件很了不得的事吧？或许过生日这件事对有钱人来说很了不得吧？

宴文宏和律师确定了时间，然后挂断了电话，抓着手机，却睡不着了。

外面漆黑一片，只隐约能瞥见远处的灯光，宴文宏低头打字："大嫂，我十八岁了。"

打完字，宴文宏还是觉得这样的文字看上去冷冰冰的。他想亲近她。宴文宏咬了咬唇，又上网翻了翻颜文字表情，最后认真挑了一个憨憨微笑的表情贴了上去，最后点了发送。

他知道她一定睡了,她一向睡得很早。顾雪仪没有回复消息,但宴文宏还是攥着手机,开心地眯起眼,慢慢睡了过去。早上醒来时,宴文宏看向窗外,黑暗被驱散,外面已经大亮了。宴文宏跳着下了楼,却发现宴文姝、宴文柏穿戴整齐地坐在餐厅里。

顾雪仪抬起头说了声:"生日快乐。"

宴文宏有点儿高兴,但还是把翘起的嘴角压了下去,指着宴文姝他们问:"他们怎么起得这么早?"

宴文姝扯了扯嘴角,呵呵一笑:"因为要给你过生日啊。"

她的生日怎么不在这个月呢?哎呀,她好气!

宴文宏嘴角抽了一下,倒也并不排斥他们给自己过生日。一家人上了车,还顺路去接了宴文嘉。

"去哪儿啊?"宴文嘉问。

顾雪仪晃了晃手机:"游乐园。"她特地查了攻略,还包了场。

宴文嘉看了看自己,又看了看后面的傻弟弟、傻妹妹,最后看了看顾雪仪。

宴文嘉目光闪了闪,说:"嗯……我生日……在二月……"

宴文姝赶紧说:"八月!"

宴文柏也说:"三月。"

宴朝起床下楼,餐厅里空荡荡的,客厅里也空荡荡的。宴朝问:"太太呢?"

"太太带着少爷、小姐去游乐园了。"

宴朝蒙了一瞬,他们都去了,就没带他?

顾雪仪想了想,问:"你大哥的生日是什么时候?"

几个小的对视一眼,这会儿倒是异口同声地说道:"谁知道呢?"

顾雪仪也是第一次来游乐园,于是包了场,把所有的娱乐项目玩了个遍。

宴朝谈生意谈到下午五点半,离开公司坐车回家。车开出去一段距离了,宴朝一打开手机,就看到了微博推送,正好是宴文嘉的微博。他点进去一看,是宴文嘉发的游乐园照片。

"去游乐园。"宴朝吩咐道。

司机疑惑地点了点头。

宴朝到了游乐园，负责人立马出来迎接他："您是来见太太他们的吧？我给您引路？"

宴朝淡淡地问："总控室在哪里？"

负责人愣了一下，带宴朝过去了。

宴朝透过监控看见了顾雪仪一行人的身影。他们正坐在餐厅里用餐。宴朝又问："哪个是总电源开关？"

负责人更蒙了，指了指，然后愣愣地问："您不是来和太太他们一起玩的吗？"

宴朝骨节分明的手指抓住开关，"啪"的一声按下。宴朝说道："我是来亲自关电源的。"

负责人蒙了。

"停电了？"几个小的坐在餐厅里也蒙了。

顾雪仪对这个世界了解得已经足够多了，冷静地问："这么大的游乐园没有备用电源吗？"

几个小的这会儿犯起了傻，愣愣地说："不知道……"

他们不得不往餐厅外走去。

冬天黑得比较早，这时候外面已经看不清路了。走到门口的时候，他们一眼就看见了举着手电筒的宴朝。光从他的身上照过来，他自己倒像是融入了黑暗之中。

顾雪仪微眯了一下眼，歪头打量着宴朝。

宴朝冲她微微一笑，黑白分明的眼眸盛满了干净的光，仿佛把宴文宏的某项技能复制粘贴了过去。

顾雪仪蓦地想起江二说宴朝的话：表里不一、心思深沉、暗地里搞你。

宴朝眼睛都不带眨一下的，淡淡地说道："好像停电了，幸亏我来接你们了。"

"谢谢大哥。"一声声干巴巴的感谢声响起。

京市赫赫有名的游乐园里出现了怪异的一幕。无数的手电筒亮了起来，光柱晃晃悠悠的，好像打上了特效。

"还有摩天轮没有坐呢，我看攻略上说晚上坐摩天轮最好看了！"宴文姝小声说。

宴朝没说话。

宴文姝走在后面，走着走着还差点儿摔一跤，开口说："大嫂，好黑啊。"

顾雪仪朝宴朝伸出了手："我来打手电吧。"

她的指尖微凉，黑暗之中，直直地撞上了宴朝的手背。宴朝攥着手电筒的手紧了紧，喉头一动："给三小姐一个手电筒。"

负责人连忙把自己的手电筒给了宴文姝。

他们很快走到了游乐园门口。看到四周灯火通明，宴文姝喃喃地道："真够奇怪的，怎么就游乐园停电了呢？"

负责人擦了擦头上的汗："不知道，咱们得检修一下。"

车就等在门口。保镖拉开车门，请顾雪仪上车，那是宴朝的车。一帮小的则去坐后面的车。

顾雪仪坐上车，回头看了一下。游乐园的负责人连同工作人员都站在黑暗里，目送他们远去。顾雪仪勾了勾唇角，问："宴总吃过晚餐了吗？"

"没有。"

"那就一起用晚餐吧。"

宴朝抿了抿唇："好。"

一行人回到宴家，立刻有人将蛋糕送上了门。

宴家上下围坐在一起，顾雪仪跟女佣要了打火机，点了一根蜡烛。

宴朝不着痕迹地皱了皱眉，伸手拿过了打火机："我来吧。"他挽起袖子，很快点燃了剩下的蜡烛。

火光跳动，顾雪仪说："许个愿。"

宴文宏双手合十，微微闭上眼之前，看见了顾雪仪纤弱的身影，也看见了宴朝冷淡的面容，还有宴文嘉等人不情不愿地唱着"祝你生日快乐……"，突然觉得大哥的脸看上去没那么可怕了。他悄悄许了愿：希望下次去游乐园大哥别再关电闸了。还有，大嫂要一直爱我。

眼看电影快拍完了，韩稳和孙俊义都在剧组里，除了韩稳接受采访外，孙俊义、宴文嘉压根儿不接受采访。媒体只好转向了顾雪仪和苏芙，这两位曾经同时在宋家的生日会上出现过，有嫌隙，又正好牵涉两部电影。

今今工作室的采访请求就这样被递到了顾雪仪面前。

帮顾雪仪管这块儿事务的人是宴文嘉的经纪人推荐的，叫Kevin。顾雪仪不太习惯叫他的英文名，就叫他"卡文"。

卡文说："这个工作室是这两年才起来的，他们采访过不少演员、金融大鳄，在平台的知名度不低。您看您考虑一下？"

"不用考虑了，答应吧。"顾雪仪点了点头。

就算没有媒体主动找上门来，她也会去找媒体的。

卡文很快安排了今今工作室上门采访，采访时间并不长，顾雪仪看过问题之后，二十分钟就结束了。

"之后我们会将整理好的文字稿连同视频地址一块儿发给您。"主持人微笑着说。

顾雪仪点了点头。

记者带着摄影师往外走，连脚步都是轻快的。顾雪仪的第一手视频采访啊！别家可没有！

与此同时，郁筱筱也被安排去采访苏芙。苏芙也进了休息室，门打开，里面一个年轻女孩儿转过身来，说："您好，我是负责来采访您的。"

苏芙定睛一看，顿时，仇人见面分外眼红。

"怎么是你？"苏芙脸色都变了。

郁筱筱的脸色也变了变。不过她很快调整情绪，拿出了本子，说："我们开始采访吧。"

苏芙只能强忍着坐了下来。

第二天，采访稿和视频同时上线。

顾雪仪到底是赫赫有名的宴太太，记者按照约定，先把文字稿和视频给顾雪仪看过才敢发出去。苏芙却没这么好的待遇了，她看见的时候，东西都已经全发出去了。

"顾雪仪采访""苏芙采访"两个热搜词条紧紧挨在一起。

随着时间推移，顾雪仪的采访越来越受关注，热度层层升高。苏芙的热搜词条反倒掉了下来。

苏芙当然不服气。她花了这么多心思，凭什么还是比不过顾雪仪？她咬着牙点进了顾雪仪的采访视频。

现在微博视频已经开通了弹幕功能，苏芙一点开视频播放，上方就飘过无数条弹幕：

"顾姐姐我来了！"

"蹭蹭财气！"

"第一次近距离看姐姐的采访，这家工作室太赞了。"

苏芙看到这些弹幕，心里堵得慌。

下一刻画面上出现了顾雪仪的身影——顾雪仪身形笔挺地坐在沙发上,没有一丝傲慢神色。她穿着一条杏色连衣裙,白色披肩,一头黑色长发,肤如凝脂,眉眼如画。

紧跟着,弹幕密密麻麻地飘了过来。

"怎么这么好看?宴太太为什么不去拍戏?为什么?"

……

苏芙突然开始怀疑自己前一天接受采访的时候,状态是不是不够好?她好像还有黑眼圈?她的背是直的还是弯的?顾雪仪到底怎么做到的?难道顾家为了让她嫁入豪门,还专门请老师教她礼仪?

视频中的采访很快开始了。

记者:"听说韩导的电影已经进入审片流程了,而孙导的电影仍然在做特效,您认为赶工出来的效果,会比韩导的电影更出色吗?"

苏芙的目光变得微冷。顾雪仪明明只是个已婚女人,毫无价值,怎么还有这么多维护她的粉丝?这太可笑了。

视频中,顾雪仪也不动怒,淡淡地回答道:"会。"

记者接着又问:"那您怎么看韩导的电影呢?"

顾雪仪的话这才多了一点儿,她的口吻依旧云淡风轻:"卑鄙鼠辈,蝇营狗苟。"

记者微微傻眼了,像是没想到面对镜头竟然有人能这样语言犀利。

……

苏芙在一刹那间也被顾雪仪的话镇住了。

年轻女人姿态端庄,下巴微抬,眼眸明明似秋水一般,但透过镜头,仿佛要将人钉在那里一样。

苏芙甚至没来由地心虚,顾雪仪好像在骂韩稳,也像是在骂看视频的她。苏芙按了按胸口,压下那种怪异的感觉,然后忍不住冷笑一声:"果然还是没变,依旧口无遮拦、随心所欲、刁蛮得厉害。太久没人采访过她了吧?一上镜头就迫不及待地要表现自己。啧,她不知道公众人物最忌讳言辞犀利,明确表达自己的喜恶吗?她在采访里这么攻击韩导,别说韩导忍不了……他背后的投资人也忍不了啊!"

苏芙压下了心里那点儿微妙的忌妒之意,没有再看下去。反正顾雪仪的结局她已经看到了。本来她还以为自己次次撞上顾雪仪实在是时运不济,但现在顾雪仪这么作死,还愁顾雪仪不翻车吗?

除了苏芙,此时其他人也在看采访视频。

· 398 ·

封俞听见她骂韩稳的话,不知道为什么,刹那间想起了她骂克莱文的样子——语气淡然,却铿锵有力,直戳人的痛处。封俞紧紧盯着视频里的顾雪仪,反复播放着那段骂人的话。她的声音一响起,封俞就感觉肾上腺素猛地升高了——她骂人都很带劲。

封俞按了按额角,然后按了视频暂停键,拨了个电话:"我记得影视部那边的老金之前递过一个表,表里好像有个电影叫《三分之一的爱》?"

电话那头的人立刻去查了,前后也就半分钟,那头的人回答道:"是的,封总。"

封俞忍不住砸了烟灰缸。

"啪"的一声,那头的人被吓得不轻,弱弱地问道:"封总怎么了?这个项目,大家都很看好,影视部那边一致通过……"

比起那个他压根儿没见过,只知道拍了几部爱情喜剧大火了的韩稳,封俞更了解顾雪仪。她不会无中生有。她有时候冷静理智,仿佛分外熟悉商场上的法则。但有时候,她又好像疾恶如仇,像克莱文、宋武这样的人都为她所不容。她毫不顾忌地在公众面前这样说韩稳,那韩稳很可能有问题。

封俞放下了听筒。行吧,投资亏钱本来就是常事。

封氏投的钱也不多。如果不是顾雪仪提起这个人,封俞都想不起来还有这个项目。

宋武好像投了钱,封俞眼中闪过阴狠的光。

江越也在看顾雪仪的采访视频,已经看到后半部分了。

视频里,记者问:"还有一个问题,您为什么会选择成立一个心理健康方面的基金呢?"

顾雪仪顿了一下,和刚才云淡风轻地骂人的模样大不一样。她想了想,说:"因为有一些人,他们生长的环境无法给予他们快乐,他们自身失去了寻找快乐的能力,需要得到专业人士的帮助。"

记者笑了笑,说:"您真的很爱做公益啊,外面都说您拯救了一个画家,拯救了一所学校的学生……您能分享一下您是怎么想的吗?您为什么热衷于做这些事呢?"

顾雪仪抬眸淡淡地反问:"这不是应该的吗?"

"嗯?"记者怔了怔。

江越从顾雪仪的眼眸里瞥见了一丝不解之色。她大概觉得记者像是在

· 399 ·

问废话。

"这些……不是……不是很麻烦吗？"记者问道。

"对别人来说是很难的事，但是对我来说，对宴氏来说，它们的确很简单，就只是顺手而为……"

…………

江越忍不住笑了笑，突然觉得顾雪仪坦坦荡荡的样子真可爱！江越连忙绷住了笑容，又搓了搓脸。要是让顾雪仪知道他这么想，他的头都得被她打爆吧？

采访终于到了最后一个问题："您和宴总是商业联姻吗？"

顾雪仪动了动唇："不是。"

江越望着这一幕，不痛快地骂了句脏话，心里又酸又痛。

这边，剧组里的所有人都听见了"砰"的一声巨响。本来正在休息的工作人员和演员匆匆地站起了身，看向监视器的方向，只见韩稳面色铁青，踹翻了椅子。

"韩导，怎么了？"

韩稳挤出一丝笑容："没什么事，不小心弄翻了。"

"哦哦，那韩导小心一点儿啊。"

"嗯。"韩稳笑了笑，然后转过身，大步走向了休息室。他进了门，脸色立刻沉了下来。

"好，好，我小看你了。"韩稳掏出一张照片，上面是孙俊义，随手抓起桌上的笔，就在上面疯狂画了起来，"有富太太给你做主了是吧？等你让她亏钱了，你看她还替你说话吗？"韩稳说着，还嫌不够，抓起照片撕了个粉碎。

越来越多的人看了顾雪仪的采访视频，难免有人拿她来和苏芙做对比。

…………

苏芙说："宴太太投资的电影啊，我就不发言了。"

郁筱筱问："为什么呢？"

苏芙说："其实韩导对我们很好，他经常夸奖我们。"

郁筱筱又问："你演得很好吗？"

苏芙勉强维持着笑容说："嗯，和前辈不敢比，我一般般吧。"

郁筱筱："那韩导为什么还夸你呢？"

苏芙又说："其实我们剧组也不算穷，只是没办法和财大气粗的宴太太相比。我们有封氏、宋氏旗下影业的投资。请期待呀。"

郁筱筱问:"不是8000万元吗?那还是没5亿多啊。"

郁筱筱连忙又说:"你也不用自卑,其实……其实8000万元也不错。毕竟我们确实没有宴太太有钱。"

众人看完后,又开始讨论。

"看完了,我笑吐了,姐妹。"

"苏芙太惨了。"

…………

网友一边同情苏芙,一边觉得其实小记者说得也没毛病。

只是整个电影界突然开始抵制顾雪仪。顾雪仪那段评价韩稳的话被特地挑了出来。苏芙的粉丝也终于找到了反击的机会,骂顾雪仪目中无人,仗着有钱欺负人。

看完整个采访视频的网民倒是没什么想法,甚至忍不住更喜欢顾雪仪了。可是还有很多没看完的人被假象欺骗。

孙俊义给顾雪仪打了电话。

顾雪仪刚看完苏芙的采访视频,接起了电话:"喂。"

孙俊义听见那头传出的声音,喉头却仿佛被堵住一样,说不出话来。他过去就是怼天怼地的性格,后来尝到苦头了,跌入低谷,昔日的朋友竟然没一个愿意帮他的。他没想到顾雪仪会在镜头前为他骂韩稳。

"孙导?"顾雪仪轻挑了挑眉。他怎么不说话?

"没什么,就是……就是跟您说一声,特效有个地方没法做。"

顾雪仪说道:"先留着这块,我想想办法。"

孙俊义"嗯"了一声,挂断了电话。

顾雪仪收起了手机,又扫了一眼视频中的女孩儿,然后从制作名单里看见了女孩儿的名字——郁筱筱。书里,她没有做记者,本来应该在回国后,选择进入娱乐公司做小助理,之后又结识了一帮演员、导演……她靠自己曾经学过的护理知识,还在一次节目中救了一个知名演员……

顾雪仪从来不是被动的人,立刻打电话,让人约了郁筱筱,随后又给宴朝打了电话:"有这样一件事,我觉得就不用麻烦陈秘书了,所以直接打电话给宴总。"顾雪仪顿了顿,直截了当地说道,"宴总能联系上更有能力并且有档期的特效公司吗?"

宴朝坐在谈判桌边,扫了一眼陈于瑾。

陈于瑾一脸蒙的表情。

宴朝弯了弯嘴角："能。"

顾雪仪挂断电话，不到半小时就见到了郁筱筱。郁筱筱有些局促，看上去像个小可怜。就如同书中描写的那样，每次她见到恶毒的女配角都仿佛被欺负了一样。

顾雪仪微微笑了一下。

郁筱筱呆了一秒，仿佛见到了仙子。

"你是记者吗？"

"还……还不算。"

顾雪仪让人端了一杯茶过来，递给了郁筱筱，郁筱筱连忙双手接过杯子。

"你觉得演艺圈的采访有意思吗？"

她为什么会关心我？郁筱筱顿了一下，不自觉地放低了声音："还……还好。"

"想过做更有意义的采访吗？"

"更有意义？"

"嗯，国内的基金、福利院、山区小学……这些地方每年只会报道一次，报道完很快就被人遗忘了。它们需要关注。"

郁筱筱望着顾雪仪。宴太太是不是欣赏我？她是不是看见我给苏芙做的采访视频了？郁筱筱自觉找到了新的理想，离开之后，立马就向老总申请了换岗。

老总也没觉得她的想法是异想天开，反而鼓励她好好干。

这时候苏芙看见网上对比她和顾雪仪的采访的言论，咬了咬牙，让宋家给她安排了一个公益活动。苏芙带上经纪人就去山区了。

郁筱筱知道这事之后，也立马跟过去了。反正她和苏芙也比较熟悉了。这次自己把苏芙拍好看一点儿，再给她好好写写稿子，苏芙总不会再恨自己了吧？

宴朝从国外又请了两家特效公司，做完了电影剩下的特效。因为钱不够，宴文嘉追投了 1 亿元，顾雪仪又追加了 1000 万元用来宣发。

这时候韩稳的电影已经开始试映、路演了。

对顾雪仪有好感的网友忍不住开始担忧了。

"电影怎么还没有消息啊？审核能通过吗？"

"宴氏神通广大应该没问题吧？"

"还真不是你强就能通过的,有时候真的谁的面子也不给,有些大公司都拖不起……"

孙俊义的剧组里倒是很安静。人人都相信顾雪仪。顾雪仪亲自给简昌明打了电话。

简昌明这会儿回了海市,接到电话开口就是:"宴太太怎么给我打电话了?"

说完后,简昌明才觉得自己的语气好像有点儿不太对。

"要劳烦简先生帮个忙,我会给简先生酬劳的。"顾雪仪礼貌地说道。

"酬劳就不用了。"简昌明现在还觉得自己欠顾雪仪更多。

他为了还恩情,坑了宴朝,也坑了顾雪仪。简昌明顿了顿,说:"请我吃顿饭吧。"

这时候,营销号发了新消息:"宴太太的母亲先后往红杏基金共捐款4000万元,做慈善果然是一家子齐上阵。"

宴文嘉看见微博之后,顺手点个赞。其他人又一次跟风转发了微博,表示要给红杏基金捐款。

红杏基金这时候恰巧发起了"年关将近为山区女童买棉衣、棉袜"的活动。

苏芙去山区做公益的照片也被发到了微博上,引来很多评论。

"苏小姐又美又心善,新电影2月17日上映了解一下啊。"

"最近演艺圈里做公益的人好像越来越多了,时不时就捐一下款,谁带起来的?"

"红杏还是蛮厉害的,组织能力好强,听说物资已经准备送往山区了……"

苏芙做完公益,准备跟剧组一块儿去路演。

顾雪仪这边反而没什么消息了。就在这时《明星》剧组突然发了一条微博:"准备试映了。"

孙俊义的电影叫《明星》,不仅指明星这个职业,也指天边的明星。

评论区很快涌入大量的评论,好坏参半。

韩稳路演了几天,预售票房已经达到了5000万元。他心下大定,认为是时候了。他们再一次路演的时候,记者将话筒递到了他面前。

韩稳笑着说:"说起来我和红杏基金也有点儿渊源,宋太太是一个很厉害的人,她将我引荐给了大古影视的宋武小宋总。正是因为这样,才有了我的今天。我是个专心拍小片子的人,希望能用低成本拍出让更多人喜欢的电影,也让更多的新人演员能有出头的机会……我们不和宴太太争票房,因为没什么可争的。"

媒体将他的最后一句话大肆宣扬,认为韩稳是讽刺孙俊义已经不配和他争了。

石华看了新闻,也是淡淡一笑:"顾雪仪亏了才好,亏了她才会急着填这个窟窿,才会想往咱们这里投钱。"

石华已经对顾雪仪的名气带来的利益很满意了。她没想到演艺圈里的艺人号召力这么强,竟然真给红杏捐了不少钱……可惜不是顾雪仪亲自捐的,顾雪仪亲自捐的话,想必能带动更多人捐款。石华也不知道这个圈子怎么了,竟然都拿顾雪仪当大善人。

顾雪仪走到宴朝的书房门外,敲响了他的房门。

宴朝又看了一遍顾雪仪的采访视频。采访正好是记者问她:"您和宴总是商业联姻吗?"

"进来。"宴朝说。

顾雪仪推门走了进去。

宴朝立刻合上笔记本电脑:"太太有事?"

顾雪仪点了点头:"今晚八点,孙导的电影试映,我想邀请宴总一起前往。"

宴朝嘴角压不住地往上勾了勾:"好。"他又说,"不过要请太太等一等。"

顾雪仪无所谓地点点头,先去客厅了。

客厅里,几个小的也准备好了。

十多分钟后,宴朝出来了。

顾雪仪抬头看了一眼,他身姿挺拔,相貌英俊,还换了一套西装?

宴朝面不改色,哪怕扫到一旁的几个小的,也没觉得心情不好。这次,她带了他。

宴家一行人往外走去。

宴文嘉还有点儿紧张,脸都微微白了。以前他不努力的时候,被人骂演技差,还能说那只是他不想努力。现在,他努力了,要是还被骂演技差,那就真丢脸了。

顾雪仪早有准备，递给他一颗糖："含着。"

宴文嘉连忙将糖接了过去。

宴文姝不乐意了："大嫂，我也要。"宴文柏一声不吭，也伸出了手；宴文宏明亮的眼眸盯着顾雪仪；宴朝抿了抿唇。

顾雪仪只好给他们一人分了一颗："少吃，吃多了长蛀牙。"

"知道了，大嫂！"宴文姝高高兴兴地答应着。

宴文嘉被气了个半死。我一个人的糖，你们沾什么光？

宴文嘉怒气攻心，面色阴沉，倒是把紧张全忘了，就想把这几个傻子扔了。

几个人上了车，往指定的电影院赶去。他们到了电影院，记者终于有了采访对象，于是跟上他们，往影厅方向走去。影厅的大门开着，里面已经有观众了。

他们来到门口，里面的人听见动静，纷纷转头。

宴朝的嘴角紧紧抿着，里面有江越、封俞、简昌明、简芮……原来她不只带了他，还有别人。

顾雪仪头上也冒出了一个问号，没记错的话，上次已经在打牌时拒绝这些人了。

记者也傻眼了，一眼望去，全是大佬！这是怎么回事？这部电影影响力这么大吗？他们恍恍惚惚地举起了相机。

孙俊义从后门走进去，一看这阵势，也被吓得差点儿摔倒。

记者小心翼翼地问："请问封总怎么在这儿？"

封俞慢悠悠地站起来，语气极冷地反问道："我买了票，不行吗？"

江越："嗯，我也是。"

简芮："我们全家人都买了票。"

记者茫然了一瞬，甚至有点儿不知道该怎么提问，这时候传来了宴朝云淡风轻的声音："太太送的票。"

宴朝的话让现场一片死寂。

江越说道："我特地带着家里不成器的弟弟一块儿来给宴太太贡献了票房！"

他言下之意就是说：你连一张票钱都没贡献，有什么好得意的？

记者默不作声，心说：要不咱们也掏钱买张票？一般情况电影第一次试映邀请的记者都是免费观看的。

宴朝淡淡地说道:"太太的票房大火,不缺我这一张。"

顾雪仪赶紧转移话题:"电影几点开始?"

"还有三分钟。"孙俊义匆匆挤到前面说。

顾雪仪抬了抬下巴:"都先坐吧。"

"对对对。"工作人员赶紧说,然后开始引导众人落座。

记者松了一口气,这才从刚才那种诡异的氛围中挣脱出来。

宴文嘉跟孙俊义坐在一起,几个小的就跟着顾雪仪去了第一排,宴朝不紧不慢地走在后面。

孙俊义特地将第一排最好的位子留给了顾雪仪以及宴家人。主创人员反而坐在了旁边。没办法,今天来的全是大佬,孙俊义也很为难。

按照惯例,孙俊义应该先上台,带着主演介绍电影以及感谢媒体、投资人,但孙俊义什么也没说。所有人都落了座,记者终于抓住这个机会,开始疯狂往外发照片,标题一个比一个夸张。

"《明星》试映现场,惊现江越、封俞、简昌明等诸位大佬……"

"《明星》多有排面?看试映现场就知道!"

早在官方微博发声的时候,网民们就已经准备好小板凳坐等"吃瓜"了,这下"瓜"真的来了,他们却被砸得晕头转向。

"宴太太也太有排面了吧?"

"囊括了大半个商圈吗?蒙。"

"就算孙俊义这部电影接着扑街,他也值了!谁能有这种待遇啊?一堆大佬捧场啊!"

…………

大部分网民在疯狂羡慕孙俊义和顾雪仪的面子有多大。

苏芙咬了咬唇,一定是因为宴朝吧?对,一定是这样!现在《明星》的预收入也就1000万元吧,还全是原文嘉的粉丝撑起来的!

苏芙反复这样安慰自己,才关了手机,继续准备跟着韩稳去下一个地方路演。

石华也看见了新闻。程太太和石华的几个儿媳,都不由得眼露忌妒之色。

石华倒是不为所动,淡淡地评价道:"美色,就是她的武器。"

顾雪仪那张脸,为她省了太多事,连江二、封俞这样的人物都对她有意。现在石华都忍不住怀疑,宴朝真的不喜欢顾雪仪吗?

……………

八卦论坛里,有人发了个帖子:"谁看苏芙做公益的照片了?怀疑是假公益。"

电影院里,孙俊义的电影缓缓开始了。

颜希明是地球上最后一个明星。2091年,在地球上挣扎求生存的人类,接收到了外星人即将入侵的信号。各国的官方、民间组织都为此奔走。他们积极修建防御工事,寻找外星文明的痕迹。

一支名为"白袍"的小队,开始了他们的寻找外星文明之旅。他们中间年纪最小的人才十八岁,都满腔热血,满脑子都是想以一己之力挡住外星人入侵的想法。

地球发生了剧烈的气候变化。人类渐渐无法适应地球的环境。科技进步并没有挽救人类的生存环境,情况越来越糟糕。影视行业一夜崩塌。颜希明从被万人追捧的巨星,变成了一个失去工作、没有生存能力的普通人。他唯一的栖身之所是他曾经斥巨资买下来的庄园。

他孤零零地住在那里。一夜醒来,桥梁断了,信号塔倒了,他被遗忘了。

白袍小队离开基地之后,遭遇了地面塌陷、山体崩塌。他们无法回头,只能继续往前走,一边走,一边寻找外星文明。

终于,他们发现了疑似外星文明的痕迹。他们与总部联系上了。队里的少年松了一口气:"我想回去吃烤虫子。"

颜希明泄气地放下了铲子。那是他以前种花用的,可现在不得不用来种菜。他该庆幸自己还有种子。他起身走向屋内,吃了压缩饼干,然后又一次尝试发出信号,希望其他人发现自己。

那头传来"刺刺"声。

颜希明翻开了剧本。这是末世前他接的最后一部戏,讲的是少年的王在多方倾轧下成长起来,最终坐上了王座,可当他真正坐上王位之后,迎接他的却是无尽的孤寂。

颜希明低低地念着台词:"你来了。你是我的最后一位客人。"

白袍小队停下脚步,等待总部派人来接他们。山体轰隆隆崩塌的声音惊醒了他们,他们仓皇逃窜。全世界的人都在关心他们。他们的狼狈、疼痛，通过身上佩戴的记录仪传向了全世界。世界何其之大？他们行走在其中，仿佛蚂蚁般大小。望不到边的绝望与孤寂，时时刻刻潜藏的危险，如同大山重重压在他们身上。

情况越来越危急，所有人都害怕外星人入侵，紧张地看着白袍小队一次又一次死里逃生。他们肩负着全人类的希望。

颜希明像往常一样走了出去。花园里一片荒芜，大朵的蔷薇早已凋谢。
颜希明回到屋中，用太阳能将水加热。他撕开方便面的封口，加入调料和水，然后又一次发出了无线电信号。
漫长的"刺刺"声后，那头有了回音。

"看……那是什么？"白袍小队的成员张大了嘴。他们刚刚死里逃生，艰难地爬上那面断壁时，看到了一座庄园。
那座庄园曾经应该是相当漂亮的。厚重的冰层下，一扇门敞开着。探测器发出了尖锐的声音。

颜希明的屋子里多了一个人。这个人没有真实的肉体，它是一段来自外星的电波。
颜希明又一次尝试联系外界。那头除了"刺刺"声，就是那段奇怪的电波。他还是和往常一样，走到花园里。泥土里的种子依旧没有发芽，但他捡到了一个黑匣子。

"我们找到了！"白袍小队成员激动地对那头的人说，"我们发现了外星文明！这也许来自它们的星球……"
他们可以通过它得到更多的信息，做好万全的准备。人类经过亿万年进化，不会轻易认输。每个人都忍不住欢呼起来。

颜希明望了望愈加陌生的天空，天空低垂且压抑。他缓缓走回房间里，吃掉了最后一块压缩饼干，又一次发出了无线电信号。
他望着空荡荡的屋子，低声说："你是我的最后一位客人。"
他砸了面前的无线电设施，接着又砸了那个黑匣子，然后又把黑匣子丢进了开水里。那些毁不掉的零件，他用牙咬了咬，又用火烧……最后他从里面找到了一块指甲盖大小的东西，吃了下去。男人的头发向后梳起，

· 408 ·

已经不复当年的俊美样子，生活将他变成了普通人。

"我们走吧。"白袍小队的成员拿上东西，走了出去。

所有人紧紧盯着屏幕，破旧的建筑内，一道身影坐在椅子上，早已化为白骨。

"第九十七天了吗？"庄园里，男人的声音消失。他曾经被万人追捧，如今却成了苍茫天地间一抹孤独的身影。

白袍小队带回了一个破损的黑匣子。全人类都知道，那是解开外星文明的关键之物。他们为此欢呼，感激白袍小队为此付出的一切。

2061年，来自高等文明的克尔兹伯里星人在外太空中迷失了方向。他们与先遣军埋在那颗蓝色低等文明星球上的信号失联了，不得不重新开始寻找新的低等文明。

2091年，地球收到了来自外星的信号。

2110年，地球没有等到外星人的入侵。

…………

试映结束了。

电影结束后，所有观看的人都有种说不出的悲凉感，现场鸦雀无声。孙俊义悄悄离场，不接受任何采访。

宴文嘉缓缓吐出一口气，看向顾雪仪。她与宴朝并肩而坐，宴文嘉看不大清她脸上的表情。

众人终于起身，依次离场。

有个同混影视圈的老总忍不住说："早知道我就投了啊！"

封俞站起身，目光阴沉，嘴角又勾起一丝笑意，让人分辨不清他的表情："宴太太好魄力，好手段，真是无数人的伯乐啊。"

江越没有说话。

是啊，谁能想得到呢？孙俊义沉寂了几年，真可谓穷困潦倒。谁能想到，他转型后的电影竟然如此震撼？

孙俊义厉害，顾雪仪更厉害。

宴朝面不改色，朝顾雪仪伸出手："已经十点半了。"

顾雪仪惊讶地搭上他的手腕，点点头说："是，该回家休息了。"

宴朝"嗯"了一声。

几个小的连忙起身，朝电影院外走去。

简昌明还坐在那里没有动。

简芮呼出一口气，叹息道："宴太太真厉害，和她比起来，我以前在外面的名声哪儿叫厉害啊？能收拾曹家烨的那些小情人就叫厉害了吗？真是……"简芮有点儿羞愧。她在小格局里打转，还自以为挺厉害呢！

"如果没有遇见宴太太，我还不知道是什么样子呢。"简芮说着，猛地站起身。

简昌明平静地重复了一遍这句话："是啊，如果没有遇见宴太太，还不知道是什么样子呢。"

电影院重新安静下来。

顾雪仪坐进车里，耳边是宴文姝兴奋的声音："大嫂，你太厉害了！这部戏拍得真好！我以前在国外也看过一些不错的电影，但我觉得这部真的太好看了！完了，我都说不出什么形容词……"

这时候，顾雪仪的手机发出了"叮"的一声，是一条新短信。顾雪仪低头看了一眼，是简昌明发来的："宴太太记得请我吃饭。"

顾雪仪回复："好。"

宴朝看了一眼，却没有问是谁，更没有问是什么事。

顾雪仪这时候已经收起手机，笑了一下，说："厉害的是宴文嘉。"

宴文姝这才说："嗯……确实……二哥确实有进步了。"

宴文嘉的嘴角往上扬了扬。

宴文柏在一旁冷淡地说："比以前演的傻子皇子好。"

宴文嘉立刻说："我什么时候演过傻子？"

"不是吗？"宴文柏的声音依旧冷冷的，"哦，我以为你演的是个傻子。"

宴文嘉说："你还是闭嘴吧。"

宴文宏强忍着忌妒心情，说："二哥确实进步很大，是因为之前大嫂带二哥去了很多地方吗？"

宴文嘉语气欢快地说："是啊。"

宴文姝瞪大了眼："我也要去！"

宴文柏犹豫了一下："我也……"

宴文宏小声说："如果我期末拿满分，竞赛拿一等奖，大嫂也能带我出门吗？"

宴朝这才抬了抬眼，淡淡地说："你们话太多了。"

几个小的一秒闭了嘴。

顾雪仪温柔地笑了一下，说："以后吧。"她没说准确的时间。

宴朝转头深深地看了她一眼，收回目光，打开手机，看着新闻。新闻上提到了简昌明、封俞、江越，甚至简芮，就是没有他。

他在新闻里不配有姓名？

"现在电影试映结束了吧？怎么还没看见媒体发稿子？他们是在想怎么发稿子才能不得罪宴氏吗？"

"如果媒体因为宴氏就昧着良心说话，那电影界岂不烂透了？"

"快快快！去看，发了。"

电影快讯："我们无数媒体人一同坐在电影院里，看完了《明星》的试映。孙导没有一句赘词，所有人都悄无声息地将自己带入了电影。看完后，久久不能回神，脑中依旧是平凡却又震撼的场景。它重新定义了科幻电影……"

娱乐新鲜事："我想等到电影正式上映，会有很多人感谢顾雪仪女士，是她的魄力挽救了孙导的电影……"

娱乐顶尖："原文嘉出道以来，最令人震撼的一次演技……"

媒体的夸赞当然有效，大佬们同时坐在电影院里观看电影也是有效的，不少人被勾起了好奇心。

不看好这部电影的人都忍不住想——就算它烂，那我得花钱去看看它烂在哪儿才能骂它对吧？

一夜之间，《明星》的预售票房达到了4000万元。

宴文嘉的粉丝顿时来了底气，开始疯狂地推荐这部电影。他们要求不高，原哥的戏份没被剪，孙俊义没故意黑原哥，那就行！

网上在热议《明星》的时候，八卦论坛还在聊苏芙。

"给山区女童穿的羽绒服是加拿大鹅绒的？迷惑。是正品还是山寨？正品一件七八千了啊，过度慈善？"

"比起过度慈善，我觉得更像是买几件加拿大鹅绒的羽绒服给山区女童穿，用于媒体拍照。公示的物品单子里也会按照这个价格记录，但实际上其他人拿到的不一定是这个……"

"苏芙是跟什么基金去的？"

"红杏。"

············

八卦论坛的帖子楼越堆越高。

苏芙这时候正看着满屏对《明星》的夸赞心里发慌呢。她当然不信这部电影有那么好。他们开什么玩笑，在华国拍科幻片，华国有科幻吗？这肯定是媒体顾忌宴氏，现场又去了那么多大佬，才不敢批判这部电影，肯定是这样！

他们还说原文嘉演技好，一看就是假的。原文嘉的演技要是好，他前两年能被电影界骂那么惨？

苏芙暗暗冷笑，下一刻，她的手机就响了。苏芙接通电话，那头传来经纪人微微慌乱的声音："那个红杏基金是怎么回事？"

"什么怎么回事？"

"有人质疑你做假慈善！"

苏芙心里有点儿虚。她对红杏多少了解一些，但很快就镇定了——一帮网友再扒又能怎么样？红杏的背后可是宋家！苏芙冷冷地勾了勾唇，这些网友不过是跳梁小丑。

"放心吧，没事的。"苏芙顿了顿，说，"先把帖子删了，别引起更大的影响。"

要是石华发现她借红杏基金做公益活动，为自己炒人设，结果反倒把红杏基金给牵连进去了，石华肯定不会饶了她！

经纪人犹豫了一下，才让人去删帖子。

经纪人没想到的是，本来帖子的关注度还不算高。眼下大家讨论的都是孙俊义和韩稳的电影，结果帖子前脚一被删，论坛后脚就爆炸了。

"真是假公益？这家基金有很多人捐款的！宴太太的妈妈都捐了！"

············

时间转眼就到了春节。

顾雪仪清晨起身，一时间还有点儿恍惚。她竟然已经来到这个新的世界这么久了？

"太太，早。"女佣在门口说。

顾雪仪微微颔首，绕过女佣走了出去。

今天是大年三十，所有春节档电影都定在了大年初一首映。电影的院线安排，全是由宴氏做的，第一场在宴氏旗下的电影院上映。

一切安排妥当，顾雪仪也就不再去想这些了。她换了一身柔软的家居服，穿着拖鞋走下楼，指挥保镖将灯笼挂起来。

顾雪仪问当初跟着宴朝回来的那拨人："你们过年不回家吗？"

那拨人笑了笑说："哪儿有家啊？我们大多父母早亡，光棍一条。过去过年都是在国外，那才叫没意思……就凑在一起，喝喝啤酒。"

顾雪仪点头："原来是这样，那就一起过吧。"

过去顾家也有许多家将、府兵，他们是不能离开顾家的，所以每年过年也是同顾家主家一块儿过。顾雪仪对此倒是很有经验。

灯笼、窗花很快就弄好了。

宴朝昨晚处理事情到凌晨两点，差一点儿就半夜飞国外了，最后想想又没去。他走下楼，眼下带着淡淡的青黑色痕迹，打扮依旧一丝不苟，西装上连一点儿褶皱都没有。宴朝一抬眸，先是看见了红彤彤的灯笼。这红彤彤的颜色和装修奢华的别墅格格不入。

这是宴家从未有过的场景。宴朝的目光一转，他就看见了坐在沙发上的顾雪仪。宴朝心下了然，问："这些是太太弄的吗？"

顾雪仪抬起头，说道："嗯，是。过年总该有过年的氛围。"

宴朝愣了几秒。过年的氛围是什么样的？

没一会儿，几个小的也先后起了床。他们下了楼都愣了愣。整个宴家好像都被一种红红火火的氛围裹住了。他们回想往年，每到今天宴朝多半是在国外，或者在外地。宴文姝也在国外。宴文宏在胡家，宴文嘉在原家。只有宴文柏一个人孤零零地坐在餐桌前，随便吃顿饭就出门和一帮狐朋狗友去玩赛车了。今年，一个个大眼瞪小眼，你看着我我看着你，一时间还不能适应现在的亲密关系。

"早……啊。"宴文姝有点儿尴尬地说。

"早。"宴文柏冷淡地说。

宴朝淡淡地说："先坐着。"

宴文姝浑身不自觉地紧了紧，小声问："大嫂呢？"反正她先找大嫂肯定没错。

"在厨房里。"宴朝说。

宴文姝困惑地问道："大嫂去厨房干什么？"

宴朝："不知道。"他也想知道，她想做什么？

宴文姝被宴朝冷淡的三个字堵了回去，也不敢再多说，自己找了个地方坐下了。其他人也纷纷找地方坐下。

女佣很快端来了早餐。顾雪仪这时候也回到了餐厅里。

"大嫂去干什么了？"宴文姝问。

"看菜单。"

"啊？这个需要看吗？"

顾雪仪点了点头："其实也不是什么特别的事，但过去有这样的讲究，比如说年节时，桌上要有鱼，象征年年有余……"这的确只是一些小事，但从她的嘴里说出来，这样的小事好像一下就变得有意义了。

"还有什么？"宴文姝急急地问道。

"放鞭炮、赶年兽、制花灯……"

宴朝垂眸掩去眼中的光。过去过年的时候，她家里就是这样过的吗？

宴文嘉不高兴地说："我今天还要去一趟公司。"

宴文姝不耐烦地说："哎呀，反正你也不是第一次放别人鸽子了！那就不去呗。"

宴文嘉看了看顾雪仪的脸色。

"去吧。"顾雪仪说完，才咬了一口鸡蛋饼。

宴文嘉低低地应道："哦。"

"晚上会等你回来一起吃饭的。"顾雪仪说。

宴文嘉这才舒服了点儿，立刻吃完了面前的食物，一边往外走一边给经纪人打电话。

吃完了早餐，顾雪仪带着几个小的看了会儿电影。

吃完午饭，宴文姝又问："还看电影吗？"电影其实没什么好看的，可是和顾雪仪待在一起的感觉很好呀！

"不看了，要做菜。"

"做菜？"宴文姝愣了一下。

顾雪仪点了点头，让女佣给自己取来了围裙："过年，总应该有一道自己亲手做的菜。"顾雪仪在顾家的时候，每回过年都是这样的。她的爹娘、祖父祖母、兄弟姐妹每个人都会做一道菜。

宴文姝立马说："那我也要做！"

宴文柏冷冷地说："你根本不会。"

"我学啊！"宴文姝理直气壮地说。

宴文柏："那我……"

宴文宏乖巧地说："大嫂，我会做呀。我和大嫂一起做吧。"

宴朝和陈于瑾通完电话，处理完事务走下楼时，看到楼下空荡荡的，问："太太呢？"

414

"在厨房里，说要亲手做菜。"

宴朝怔了怔。她连这个也会？宴朝稍做停顿，脱去西装外套，挽起了袖子。

女佣瞪大了眼："先生？"

"围裙。"宴朝说。

女佣恍恍惚惚地去取围裙。先生……先生也要亲手做菜吗？

宴朝进厨房的时候，厨房里已经乱糟糟的了。几个小的压根儿就不会做菜，也就宴文宏做了个西红柿炒蛋，还能凑合着看。

"先生。"厨师见到宴朝，连忙礼貌地喊了一声。

一时间所有人全朝宴朝看了过来。

"大……大哥。"宴文姝干巴巴叫了一声，不自觉地站直了。

顾雪仪却先看见了宴朝身上的围裙，指了指面前的锅："宴总要来试试吗？"

宴朝"嗯"了一声，说着走上前。

顾雪仪有点儿好奇。那本书里还真没提到男主角会做饭。

"你们都出去吧。"宴朝说。

几个小的求之不得，连忙溜了。

顾雪仪眨了眨眼，也让出了位置，摘下了围裙。

宴文嘉回来的时候，正好赶上年夜饭开饭了。

"你们这里有春节晚会？"顾雪仪突然转头问宴朝。

宴朝顿了顿。你们……这里？你们？宴朝点了点头："有。"

于是没一会儿，顾雪仪就指挥女佣将饭菜都端到了小桌子上，那里有电视，电视开着，正在播放春节晚会。

宴文嘉不屑地说："剧组请了我，我没去。"

宴文姝翻了个白眼："今天家里每个人都做了菜，就你没做，你不许吃。"

宴文嘉这才知道自己错过了什么，飞快地坐下，抓起筷子："凭什么我不能吃？大嫂，哪个是宴文姝做的？"

顾雪仪指了指其中的一盘菜。

宴文嘉立马尝了一口，冷着脸问道："你打死卖盐的了？"

宴文姝："不可能，我做的肯定好吃。"

"尝尝文柏和文宏的。"顾雪仪笑了一下，说。

宴文嘉立马又尝了尝。

"宴文柏做的虾压根儿就没熟。"宴文嘉摸了摸自己的喉咙，觉得自己可能要被傻弟弟毒死了。

宴文柏冷冷地反驳道："它本来就可以生吃。"

宴文嘉说道："宴文宏的还行，没什么特别的味道。"

宴文姝又翻了个白眼："我要尝大嫂做的。"

其他人也连忙拿起了筷子。宴朝看这几个人的架势，先夹了一筷子。

顾雪仪微微笑着，坐在那里，端庄又美丽。

几秒后，所有人的脸色都青了，他们想吐又不能吐，拼命咽了下去。

原来什么都会的大嫂唯独不会做饭啊！看大嫂那么积极，他们还以为大嫂会做饭呢！

顾雪仪歪头问宴朝："好吃吗？"

其他人拼命冲宴朝使眼色，宴朝却跟没看见一样。宴文姝心跳都加快了，家庭破裂也许就在这一瞬间了！

宴朝顿了一下，才回道："好吃。"他面不改色地换走了顾雪仪做的那盘菜，然后将自己做的菜推到了顾雪仪面前。

顾雪仪拿起筷子尝了一口："宴总这么会做菜？"她是真的惊讶了。

宴朝勾了勾嘴角："嗯。很早以前就会做了。"他比他们强。

顾雪仪吃了不少宴朝做的菜，因为其他人做的菜都挺难吃的。

吃到一半的时候，顾雪仪让女佣拿了个小铁篓过来，拿出里面的东西，一人一个，说道："压岁钱。"

所有人都愣了一秒，然后伸手接了过去，牢牢地攥在了掌心里。紧跟着女佣、宴朝的手下也都拿到了红包。顾雪仪还特地给陈于瑾发了个红包，只不过是通过网络发过去的。

宴朝的眉头不自觉地皱起，手指蜷起。我的呢？

这时候宴文嘉的电话响了，他起身走到一边去接电话："喂。"

"嘉嘉，你今天怎么没有回家？"那头传来原静的声音。

宴文嘉抿了抿唇："我在宴家。"

"往年你不都是在原家过年吗？你快过来，妹妹已经等你好久了。还有你那个电影的事，你过来，我们好好聊一聊……"

宴文嘉吸了一口气，终于语气低沉地说："你有新的家庭，你们才是一家三口。你的女儿也并不欢迎我，大家没有必要维持和睦的假象。"

他用力抿了抿唇，回头扫了一眼。除了大哥正襟危坐、气势压人，有

416

些碍眼外……灯笼红彤彤的光映照在每个人的脸上,屋子里温暖极了。

宴文嘉沉声说:"我在这里很好。"然后他挂断了电话,往回走去。

顾雪仪抬眸看了他一眼:"吃糖吗?"

他抿了一下唇,"嗯"了一声。

顾雪仪从小篮子里随手拿起一颗糖,剥开包装递给他。

宴文嘉接过糖放在了嘴里。

宴文宏悄然握紧手机,调了静音,以免胡雨欣的电话打扰他。

宴家灯火辉煌。时针指向十二点时,所有人才起身准备回房间。

这是顾雪仪第一次熬夜,她懒洋洋地打了个哈欠,手握着门把手,准备推开门。

宴朝走在她的身后,突然低低地叫了声:"太太。"

"嗯?"顾雪仪回过头。

宴朝往她手里放了一个红包:"给太太的。"她没有给他,那他给她就好了。

宴朝随即转身离开。

顾雪仪愣在了那里,把红包攥在掌心里,摩挲了一下。她成年以后,就没有人再给她发过红包了。顾雪仪推开门,陡然间觉得那本书里的男主角形象好像变得更加立体了。

宴文姝回到房间里,摸了摸自己的红包:"哎?我的红包外皮呢?"

大年初一,《明星》《三分之一的爱》,包括李导的《间谍》,还有其他一些电影纷纷上映。

韩稳的电影选材其实很巧妙。爱情喜剧,格外适合过年的时候看。相比之下,能与之抗衡的,就是另一部合家欢喜剧,以及一部在去年拿过不俗票房的儿童动画电影。

《明星》怎么看都不像能大火的样子。

第一场电影首映很快在十点四十五分结束。观众走出电影院时,第一时间拿起了手机。

"我吹爆《明星》!都去看看它吧!我泪流成河!它真的好好看!"

"孙俊义太会拍了!双线并行!一边是惊心动魄的闯荡与搜寻,一边是明星孤独地死去……两边对照,你的眼泪根本就忍不住!"

"原文嘉的演技脱胎换骨了！整部影片没有几句台词，可你就是忍不住被他打动！好像他就是颜希明！"

"地球上最后一个明星，颜希明，流泪。"

"不是，我没太看明白，跟颜希明有啥关系？"

"我来讲解，最后有这样一段旁白啊……也就是说，电影里的双线，它们的时间线并不是同时进行的！颜希明早就捡到了黑匣子，2061年他就死了！那时候，外星人其实就攻不进来了！但是宇宙之间信息传播太慢，哪怕光速也要很多年，所以直到2091年，人类才发现外星文明，开始为保护家园而努力。白袍小队是这个时候出发的，他们来到了庄园里，捡走了被销毁后的黑匣子……其中有个镜头，拍到了椅子上的白骨，那就是颜希明啊！"

"别说了，我要哭了！曾经的白袍小队得到了全世界的追捧，他们成了英雄。可是真正的英雄早在三十年前就死去了。"

"原文嘉的眼神真的特有戏，他最后的眼神，我的眼泪根本止不住。"

"他曾经受万人追捧，拥有无数粉丝，可是最后他成了再普通不过的一个人。他不再尝试与外界联系，以普通人的身份保护着自己的家园……"

不过一个上午，《明星》的票房突然激增到了1亿元。

"明星"两个字，以另一种意义一下引爆了全网。

第十四章
醋意如海水

1亿、2亿……因为前两个月已经累积起了足够的热度,观众、各大媒体开始集体夸赞电影的时候,迅速吸引了路人买票去观看《明星》。全网就眼睁睁地看着《明星》的票房一路上升。第一天结束,票房统计软件上,《明星》的票房是2亿元,《三分之一的爱》的票房是1亿元。

这一夜,不知道有多少人无法入睡。

"《明星》票房2亿元"上了话题榜,紧挨着的是"《三分之一的爱》破1亿元"。

无论怎么看,下面那条话题都有点儿寒酸。

"怎么没人提韩稳了?"

"不是没人提,是……韩稳这次的水平突然大打折扣,像是掐着你的胳肢窝逼你笑。主演集体演技下滑,令人迷惑。"

"韩稳这次这么差吗?他不是很自信吗?"

"所以这才更令人迷惑啊……不过韩稳这次也算做了件好事,养活了一大批影视区博主,大家争相吐槽呢。"

助理一字一句地将评论念给韩稳听。

这时候是凌晨两点半。韩稳被人从被窝里拽了起来,票房大卖的美梦破碎,取而代之的是投资人铁青的脸色。

"韩导当初是怎么说的?比之前更有爆点,票房会比之前多?"宋武冷声说。

韩稳有点儿不明所以:"不是,票房不是破1亿了吗?他们都给我报喜了啊!"

宋武踹了他一脚:"孙俊义的电影都2亿票房了!你抱着1亿还挺高兴是吧?"

宋武差点儿投了孙俊义,后来听说顾雪仪投了,立马转头投了韩稳,想和顾雪仪打擂台,赚钱倒成了小事。他就想将顾雪仪的脸面狠狠地踩下去,让她知道他宋武的厉害。

韩稳脸色一变:"2亿?不可能!"

他太了解孙俊义了,孙俊义有自己的坚持和骄傲,所以才会在冷题材的道路上一路狂奔。后期孙俊义想转型,一口气写了两部小成本剧,韩稳先拍了,孙俊义就不会再拍同类型的电影。这是韩稳这么久以来的依仗!孙俊义有可能再横跨题材,写出又一部令人叫绝的剧本吗?

宋武冷笑一声:"不可能?你怎么就那么肯定?"

"我……"

宋武伸手揪住他的领子:"我告诉你,你的新戏在网上的口碑一路狂跌,我能帮你挽回。但要是票房保不住,让我丢了脸,"宋武指了指窗户,"我就把你从这儿扔下去。"

韩稳住在这栋高档公寓的二十七楼。他双腿一软,磕磕巴巴地说道:"有人骂,不……不代表票房不行……"

宋武冷声说:"我信你最后一次。"

门关上了。韩稳一屁股坐到了地上,然后慌乱地拿出手机看微博:"不可能的……不可能……"

韩稳冷汗直流。

电影的宣传到位,再有无数网友夸赞,《明星》的票房一路走高,第二天,2亿元,第三天,3亿元。与之相反的是《三分之一的爱》,第二天,5000万元,第三天,1200万元。

曾经信誓旦旦地说《明星》票房不好,华国科幻无人买账的"业内人士",这会儿也开始吹嘘《明星》没准儿能创业内奇迹。

第五天,越来越多的影视区博主开始吐槽《三分之一的爱》。

就在大家以为《明星》的票房已经够高了时,许多观众开始报复式观影。众人打开论坛,一个"我被韩稳雷死了,拜拜我得去洗个眼睛"的帖子下评论极多。

影院也是要赚钱的，眼看着韩稳的电影票房接连下跌，排片也就相应减少了。如果不是有宋家在背后支撑着，韩稳的新片很快就会在大众的视线中消失了。

宴文嘉的微博粉丝又一次疯涨。他饰演的角色曾经就是明星，这样的设定太容易将观众带入其中，忍不住将对角色的情感嫁接到他本人身上。

宴文嘉的经纪人的手机几乎被打爆。

宴文嘉站在路演的后台处，扫了一眼微博粉丝的数量——9000万。他倒没什么特别的感觉。他出道即爆红，有太多的粉丝对他喊着："原文嘉我喜欢你！"

宴文嘉倒是更关心另一个问题，接下来他是不是能赚到更多的钱了？他是不是能分给顾雪仪好多钱了？宴文嘉先把粉丝数截图，悄悄发给了顾雪仪，然后才给经纪人打电话。

经纪人匆忙接起电话，先喘了一口气，然后问道："原哥，怎么了？"

"我现在身家多少了？"宴文嘉顿了一下，问，"有宴朝高吗？"

经纪人迟疑了一下，说道："这个……"

宴文嘉听他迟疑，就挂了电话。

行吧，他知道了。

"原哥，咱们得过去了。"剧组的新人演员走过来叫他。

宴文嘉"哦"了一声。

新人演员看见他的模样，心道：原哥怎么看上去不太开心？新人演员认真想了想，紧跟着明白了。人家能有今天的演技、今天的成就，是他始终未曾骄傲自满吧？我现在才出名，有什么可骄傲的？我也得脚踏实地点儿。新人演员当天做完路演就悄悄发了条朋友圈："原哥真的是我见过的最谦虚、最有天分、最敬业的人了。"

这条朋友圈转眼就被人发到了微博上。网民们又是一阵"哈哈哈"。原文嘉有谦虚、敬业、天分这种东西吗？不过想想新戏，他们就沉默了，也许他们从来就没看见过真正的原文嘉。

一时间全网都在夸宴文嘉，甚至还有人为自己过去不了解而莽撞发言的行为道歉。

宴文嘉压根儿没在意网上对他是夸是骂，因为他收到了顾雪仪回复的短信："很棒。"

虽然短信只有两个字，但宴文嘉还是立马给顾雪仪发消息："大嫂，你关注我的微博了吗？你给我凑个数。"一切顺理成章。

顾雪仪回了个"好"。

宴文嘉马上登上微博，不停刷新。八卦论坛里大家为此还讨论了好一会儿，宴文嘉上线后，没发微博，也没给谁点赞，究竟在干吗呢？难道他是在欣赏网上的"彩虹屁"吗？

十来分钟后，顾雪仪做完了手头的事，拿起手机，搜到了宴文嘉的微博，点了关注。下一秒，宴文嘉就下线了。

顾雪仪坐在书房里，刚练完了一页字。她很久没有练字了，这会儿提笔都有点儿生疏了。

宴文姝却在这时候敲响了顾雪仪的房门。

"进来，门没有锁。"顾雪仪头也没抬。

宴文姝立马钻了进来，干巴巴地说道："大嫂，票房过10亿元了！"

顾雪仪"嗯"了一声。

宴文姝伸长了脖子，问道："大嫂，你一点儿都不关心吗？"

"结果已经摆在那里了。"顾雪仪淡淡地说着，丝毫不影响手上的动作。

宴文姝凑近看了看，惊诧地说道："大嫂，你真厉害啊！你还会写这个！"

顾雪仪点了点头。

宴文姝也不再打扰，自觉地退了出去，但是在外头才坐了半小时，忍不住又来了："大嫂，今天票房可能要破13亿元了！网上好多人夸电影，也有好多人夸你……大嫂……"

宴文姝跟地鼠似的，时不时地冒出来，比顾雪仪还关心票房。

宴文柏坐在楼下沙发上，不耐烦地说："话真多。"

宴文姝耳朵尖，立马趴在栏杆上，大喊一声："关你什么事？"

宴家很大，说话难免有轻微的回音。

宴文姝说完又连忙捂住了嘴。大嫂在书房里，大哥也在书房里，她这话要是被他们听见了，她可能得被收拾。

宴文宏怔怔地坐在沙发上，咬着下唇，强烈感知到自己是可有可无的。她很厉害的啊，也不缺他给的那5亿元。

他"腾"地站了起来。

宴文姝看见他的动作，趴在栏杆上问："宴文宏你干什么去？"

宴文宏："做题，准备竞赛。"

宴文姝慌了:"你……你怎么这么早就开始做题了啊?"她还没做家教布置的作业呢。

宴文宏没再说话。

宴文姝咬了咬牙,跺了跺脚:"我……我也做题!我去做题、看书了啊,大嫂!"后半句,宴文姝的音量尤其高。宴文姝加快脚步,也回了自己的房间。

宴文柏在那里坐了半个小时,最后还是拿起了手机。他还是自己看吧。

顾雪仪又写完了一页字,接了个电话。

电话那头传来一个豪门太太的声音,但是顾雪仪也不记得那是谁了。

"宴太太!恭喜啊!"那头的声音有点儿兴奋,又有点儿尴尬,她说,"宴太太要是有空的话,我请宴太太吃饭,给宴太太庆祝一下。"

顾雪仪忍不住轻笑了一声,问:"吃饭就不必了,找我是有什么事吗?"

其实她差不多猜到了。打电话来的也算是个聪明人,跑得比别人快些。

"我想请宴太太指点指点,我之前投的那些项目究竟怎么回事?"那头的人小心翼翼地说,似乎是怕顾雪仪拒绝。

顾雪仪这才问:"你是哪家的太太?"

那头的人顿了一下,不过倒也没生气。宴太太和她们不同,不仅是宴朝的老婆,自己还有本事啊!那头的人说:"宴太太,我是王子雄的太太。我姓李。"

"王太太怎么不问问家里人呢?"顾雪仪不紧不慢地问道。

王太太尴尬了一瞬,才叹了一口气说道:"我以前在娘家的时候,学的是音乐,后来和老公结了婚,也没进修过相关的金融知识。像我这样的人,就是个摆设,宴太太懂吧?哦,宴太太你不懂。你肯定和我不一样,你那么厉害……反正吧,家里人是不会帮我看这些东西的,也不会跟我聊这些。我跟我老公感情本来也不好,我要多问几句吧,他还以为我想插手他的生意……"

"那你带着项目书、详细资料,到我这里来吧。"顾雪仪说,"我懂的东西其实也不多,但我身边有更懂的人。"

顾雪仪做事从来不大包大揽。她不懂的时候,就会立刻让懂的人去做。

王太太只当她谦虚,在电话里连声谢过。之后,王太太也不耽搁,连忙找出那些资料,还仔细挑选了几样礼物,出门了。

家里人看见她的动作,随口问了一句:"去干什么?"问完,他们也没放在心上。反正她除了做美容就是买包、买鞋,要不就是和一帮豪门太太搞沙龙。

王太太满心欢喜,头也不回地说:"去宴家。"

一时间所有人都停住了动作,疑惑地问道:"去哪儿?"他们以为自己听错了。

"去宴家啊。"

"你去给宴太太贺喜?嗯,贺喜是应该的。但是宴家你进不去啊!"她的丈夫王子雄皱了皱眉,说,"这么多年,除了宴总失踪的时候,有人登门外,你看谁登过宴家的门?"

王太太愣愣地说道:"宴太太请我去的啊。"

王子雄不以为意地说道:"她只是宴总的老婆,宴家她能做主吗?你别自讨没趣了。宋太太到时候肯定要组织聚会的,你到时候去凑热闹不就行了?"

王太太想想自己。自己在王家也做不了主,好像……好像是这么个理。王太太又想着,刚才和宴太太打电话说要去,如果这会儿不去的话,那岂不是还要得罪宴太太?再说这事还是自己求上门的呢,所以她还是头也不回地走了出去。

王子雄脸色更冷了:"一会儿她让宴家拦在门外,还不是丢我的脸?"

王太太上了车,径直到了宴家大门外。厚重的铁门紧紧地关着,显得冷冰冰的,但王太太抬头一看,两个红灯笼一左一右地挂在上面,又是说不出的喜庆。王太太愣了一下,才下车按了门铃。

很快就有保镖过来了,隔着门轻声问:"您有什么事吗?"

宴家果然规矩多。王太太心里一时也没底了。她听说连江家、宋家的人,上宴家拜访都曾经被拦在门外过。王太太连忙扯出笑容:"我来见宴太太。"

保镖惊了一下,然后回道:"好,您等等。"他连忙去打别墅的内线电话了。

之前先生不在,宴家由太太做主,但现在不一样了,宴总并不喜欢外人到家里做客……

宴朝刚刚结束了一个远程会议。一个内线电话打到了他这里。宴朝接了起来。

那头传来保镖的声音:"宴总,有位王太太上门,说是应了太太的邀约来的。"

宴朝想了一下,不知道王太太是谁,低声问道:"太太约了她?"

"是,她是这样说的。"

"让她进来吧。"

"是。"

王太太当然不能开车进去,只能跟着保镖往里走。真正走进宴家的时候,王太太还有种不真实感。

女佣请她坐下,又给她倒了茶,然后就有人上楼去请顾雪仪了。

王太太坐在那里,左右一打量,发现别墅里不仅有灯笼,竟然还贴了"福"字和窗花,宴家真是好接地气啊。

这时候脚步声响起。顾雪仪下楼了。

王太太抬头望去。宴太太的打扮很简单,不像宴会上那样气势逼人,倒是让她感觉没那么有压迫感了。

顾雪仪也打量了一下王太太,长相温柔,姿态端庄,好像上次沙龙的时候,她也在。

顾雪仪说:"律师还在路上。"

"律师?"

"嗯,合同上的一些漏洞,需要专业人士帮忙看。"

王太太一下就紧张了,想起了那次沙龙上,顾雪仪微微勾唇、神色冷淡的模样,又想起了顾雪仪说过的话。那些项目有问题?

"你叫什么?"顾雪仪在主位上坐下,从女用人手中接过一杯茶,低声问。

王太太也不生气,连忙重复道:"我是王子雄的太太,我姓李……"

"我是问你的名字。"顾雪仪耐心地重复了一遍。

"我啊?"王太太顿了顿,才说,"李辛梅。"她放下手里的项目书和合同,指了指上面的签名。

顾雪仪看了一眼,点了点头:"嗯,你先简单和我说一说吧。"

李辛梅连忙说了起来。

律师差不多半小时后才到宴家。内线电话又一次打到了宴朝这里。

"律师?"宴朝站起身,"让他进来。"

律师进客厅的时候,宴朝也推开了书房的门,反手锁上,缓缓向楼下走去。

李辛梅见到了宴氏的律师。宴氏的律师团太有名了，李辛梅当然听说过，他们应该比红杏的律师团更厉害吧？

李辛梅心情有点儿复杂。宴太太竟然对她的事这么上心？

正想着的时候，李辛梅看见律师猛地站了起来，喊了声"宴总"，愣了一下，尴尬地起身道："宴总。"

哪怕宴朝看上去并不难相处，但还真没几个人不怕宴朝。

李辛梅本能地转头去看顾雪仪。顾雪仪让她进来，宴总知道吗？宴氏的律师能随意用吗？然后李辛梅就看见，顾雪仪没起身，只是抬头淡淡地问道："宴总忙完了？"

宴朝"嗯"了一声。

顾雪仪顿了一下，又问："今晚吃粉丝煲好吗？"

宴朝顿了一下。

李辛梅有点儿蒙，晚上吃什么，宴太太都要问宴总吗？

宴朝回道："那就粉丝煲。"

顾雪仪低头抿了一口茶，再抬起头的时候，嘴角弯了弯，眉眼动人。

宴朝目光幽深地看了她一眼，才走到顾雪仪身旁坐下。

李辛梅突然有点儿坐立不安。不只是她，律师也觉得压力有点儿大。他并不是宴氏核心律师团里的人，见到宴朝难免紧张。

顾雪仪抬了抬下巴，示意李辛梅："你继续说。"说完，她转头看向律师："麻烦你先看一看合同了。"

"不麻烦，不麻烦。"律师连忙抓起合同。

顾雪仪发了话，李辛梅只能磕磕巴巴地接着往下说："这个项目的负责人跟我说，这项技术国内还没有……"

"国内已经有了。"宴朝淡淡地说，"也并不是什么稀罕的东西。"

宴朝说的话，李辛梅当然不能不信。

李辛梅有点儿苦闷，说了另一个项目。

"这个项目你投了100万元？"顾雪仪问。

李辛梅点头："是，这个我觉得应该没问题吧？"

宴朝又说："这个项目投1万都亏。"

李辛梅瞬间觉得胸口被堵了，不由得慌了，又推了一个项目书过来："那……那这个呢？"

宴朝淡淡地说道："这也叫项目？"

李辛梅呆坐在那里，从来没有遭遇过这样大的打击。之前那些项目负责人，包括红杏里的其他人都跟她说，投资就是这样的，不可能立刻就看见收益。除了红杏自己的项目，有宋家在背后支撑外，其他的创业团队起码得一两年才能回钱。

李辛梅想想一两年也行，也就耐心等着了。李辛梅坐不住了："这些……这些……"

律师也终于抬起了头，无奈地说："合同上全是漏洞，您应该是遇到骗子了……"

李辛梅脸色大变，恍惚地抬起头："我前前后后都投进去……投进去1700多万元了……"这笔钱对宴家来说，不算什么，可对她来说，已经是很大一笔钱了。

宴总一眼就看出这些项目不靠谱，不，更厉害的是顾雪仪。

李辛梅反复回想那天在沙龙上，顾雪仪说的话。顾雪仪早就知道了！她不仅知道，还暗示很多投资有问题！

"其他人投资的项目，是不是也……"李辛梅艰难地说。

顾雪仪点了点头："是。"

"您早就知道了？"

"是。"顾雪仪顿了一下，淡淡地说道，"拿慈善捐助遮掩私底下搞的投资会，能是什么好项目？"

李辛梅匆匆忙忙站起来，脸色越发难看："我得告诉其他人……"里面有几个太太，和李辛梅的关系相当好。

"她们不一定会信你的话。"顾雪仪淡淡地说道。

李辛梅顿住了："那怎么办？"

顾雪仪看向律师："把有漏洞的地方都圈出来，批注上正确的内容。"她又看向李辛梅："你把合同带上。"

李辛梅连连点头。还是宴太太考虑周到！这样一来，证据也有了！

宴朝又说："还有一个更快捷的办法。"

李辛梅转头看过去。

宴朝淡淡地说道："把我说的话，转述给她们，说是我说的。"

宴朝在商界年少成名，现在又是宴氏商业帝国的掌权者，他的话，当然很有分量。

"何必把宴氏扯进去呢？"顾雪仪摇了摇头，"这样就够了，去吧。有这份合同，再有红杏基金的事，她们不信也得信。"

"什么红杏基金的事？"李辛梅有点儿糊涂。

"最迟也就是明天，你就知道了。"顾雪仪补充道，"记得报警。"

"报……报警？"李辛梅又愣住了。这些豪门出了事，哪有几个去报警的啊？都是自己私底下解决问题的。

她转念一想面前这位宴太太，一直是警民合作的好市民，点了点头："好，我会报警的。"

"去吧。"顾雪仪说。

李辛梅低声说："谢谢宴太太，谢谢宴总。"说完，她才转身往外走。

这时候，她听见背后又传来了顾雪仪的声音："宴总不去吗？"

李辛梅想：宴总去哪里？宴太太怎么还赶宴总走呢？外面的人不都说，宴太太爱宴总爱得疯狂，宴总却不爱她吗？

宴朝淡淡地应道："不急。"

顾雪仪："五点半了。"

宴朝说道："把围裙拿过来。"

李辛梅这下是真的迷惑了。宴总要围裙干什么？和时间又有什么关系？李辛梅往前走着，突然想起顾雪仪和宴朝的对话——

今晚吃粉丝煲好吗？

那不是顾雪仪在问宴总，而是顾雪仪在点菜！

李辛梅惊住了，走出了宴家才发现礼物忘给了。

李辛梅低头看了看手中的礼物。算了，这次宴太太帮了她大忙，连宴总都出面了！她下次得准备更贵重的礼物才是！

李辛梅上了车。

司机看她魂不守舍的样子，连忙问："太太，怎么了？"

李辛梅摇了摇头。她今天知道了太多的秘密，有投资会的，有宴总和宴太太的……

司机也不再多问，一脚踩下油门。

李辛梅回到了家。王子雄看她手里还拎着礼物，不由得冷笑一声："怎么样？没进去吧？这是去哪里逛了这么久？又去商场了？"

王子雄的母亲也忍不住皱眉说："你屋子里的珠宝都成堆了，还去扫货？怎么不学学金家太太？"

李辛梅说道："我进去了。"

"什么？"

"我进宴家了，宴总也在，说了几句话，我就回来了。"

李辛梅也不看他们的脸色，匆匆上楼去打电话了。

对，她得先报警。上次沙龙她们就该听宴太太的！

宴家。

宴朝戴上围裙，律师看见这一幕，有点儿怀疑自己活不过明天。毕竟自己竟然看见了宴总戴围裙。

"宴总、宴太太……我……我先走了……"律师连忙告辞。

顾雪仪点了点头："嗯，辛苦了。"

"不敢不敢。"律师走了出去。

宴朝转过身，这才说："太太连这样的小事也管？"

顾雪仪轻挑了挑眉："以小处见大事，蚁多咬死象。有多少人、多少事都是毁在一个'小'字上的？"

宴朝深深地看了她一眼，慢慢地说道："我明白太太的用意。"

宴朝抿了抿唇，又说："鲜虾粉丝煲还是蟹肉粉丝煲？"

顾雪仪勾唇笑了一下："蟹肉粉丝煲。"

宴朝定定地看了她两秒，才转身走向厨房。

顾雪仪的心情很不错。谁能想到呢？原来那本书里的男主角这么会做菜啊，这可真是好极了！这段婚姻还可以多维持两日……不，多维持两个月吧。

《明星》的票房一路狂飙，八卦论坛里苏芙做假公益的高楼删了一栋还有一栋。

苏芙坐在屏幕前，满头冷汗。事情怎么会这样呢？她的演技被狂喷，不只是她，整个剧组都被狂喷。

她眼睁睁地看着票房一天比一天少。这也就算了，那些八卦的网民，竟然还在聊她做假公益的事！怎么办？怎么办？被石华看见这个消息的话，她要怎么办？

"那天给我拍照片的是哪个工作室？"苏芙打电话去问经纪人。她的声音带着一丝慌乱之意。

"今今工作室。"

"怎么又是他们？！那个记者不会是郁筱筱吧？"

"我……我查查……好像……好像是。"

苏芙气得砸碎了杯子："现在怎么办？大家都在质疑我做假公益！"

"要不，你告诉宋家吧？再不说，就怕之后事情闹大了你收拾不了……"经纪人在电话那头建议。

苏芙怎么敢告诉宋家？宋家只要一问宋景，就会知道她那天在宴会上欺负了郁筱筱，结果招来了麻烦，还把红杏牵连进去了。宋家要是知道了这些事，她还能好吗？她得装死，对，装死。

苏芙挂断了电话，又刷新了一下页面，点进去，正好看见最新的回复——

"已经举报给京市市政局了。"

"举报了，加一。"

"市长信箱也举报了。"

苏芙眼前一黑。

投资会骗钱的消息也渐渐在豪门太太中传开了。

这一天，正月十五，《明星》票房破39亿元了！

宋家。

宋武站在宋成德跟前，低着头，一动不敢动。

"我以前说过什么？"宋成德手中的拐杖点了点地，"要做事，你得不能让别人发现。你倒好，用自家影院搞这一套，怕别人不知道你是宋氏的人吗？你怎么不去找江二、封俞谈呢？你不会动动脑子吗？"

宋武一声不敢吭，但忍不住想，江二和封俞，他敢去找吗？江二是个流氓，封俞是个神经病。就算他去找了，他们也不见得会帮他，没准儿还会奚落他是个废物。

宋武想到这里，攥紧了拳头。

石华这时候缓缓走了出来："倒是小看了顾雪仪，你输在她手里也不丢脸。及时止损才是聪明人，你何必还在外面坏宋家的名声？"

宋武将头埋得更低了，只有这样才能遮住他眼中的不满情绪。

宋成德问石华："事情怎么样了？"

"凑了30多亿元了……"

"顾雪仪这个女人……"宋成德低低地说。

石华压下心里的不快情绪，一副公事公办的口吻说："幸好她还有对蠢爹妈能捏在手里，不足为惧。"

就在这时，有个女佣跑过来，神色惊恐地喊了声："太太。"

石华皱眉转头说道："没看见这里正在说话吗？"

女佣把电话往前递了递："程太太有事……急事。"

石华将电话接了过来，还没开口，那头就传出了惶恐的声音。

"大事不好了宋太太！红杏的人……找上门了！其他那些太太全要您给个说法，说那个投资会就是您弄出来骗钱的！"

石华气定神闲地说道："她们从哪里听来的消息？她们连我都不信了？"

女用人很快又跑了过来："太太，您的手机响了……"

石华皱眉，拿过手机，转头对程太太说："你先等会儿。"

程太太面色苍白，满头大汗，拼命地喊："宋太太，你听我说……"

石华先按了手机接听键。

"宋太太！不好了！有人在网上爆咱们红杏做假公益，揽财为已用……"

石华依旧冷静地说："删帖。"

"早就在删了，几天前就在删了……"

"那你们怎么不早点儿告诉我？"

"那事不是咱们操纵的，是一个小演员的团队负责删的，所以咱们这边一直没有检测到。今天才发现，帖子已经删不完了……"电话那头的人语气越发焦急。

"怕什么？是哪个平台在发？给我接平台老总的电话。"石华冷声吩咐道。

电话那头的人咽了咽口水，说道："就怕没用……"

"怎么会没用？"

"因为多次删帖，那些网民学聪明了。现在事情已经被捅到市政局那里去了……上面的人肯定要下来查的……"

石华这才意识到，事情已经滑向了深渊。她刚刚利用红杏转了一笔钱……还没来得及做账，上面的人一查一个准！

石华脸色一变，重新拿起电话，问那头的程太太："到底怎么回事？说清楚！"

石华已经很多年没有这样紧张了，宋成德脸色也越发凝重，连忙给助理拨了电话，问外头有什么事。对宋氏来说网上的事实在不算什么，那头的助理没觉得这是多大的事，压根儿没怎么关注。

红杏贪了善款的事被爆出来后，全网都炸了。

红杏之前花了大力气，以一种高贵、神秘、有钱有势的形象进入大众的视线，结果才几个月就崩塌了。一时间，宋氏连带宋氏旗下的影业，还有牵扯其中的苏芙全部被人人喊打。偏偏前者又参与了电影投资，后者参演了电影。

韩稳的电影彻底从院线上退出去了，成了高开低走的笑话。

孙俊义终于接受了媒体采访。网上说《明星》已经接到国外电影节的邀约了。

韩稳不敢再看下去，连忙给宋武打电话，却发现电话没人接！韩稳想到了发行方，于是将电话打到了封氏，但封氏的态度格外冷淡："韩导的电影这么烂，不如韩导先回去学学怎么做人吧。"

韩稳愣住了。电影烂，和他学做人有什么关系？

封氏的人冷冷地说完，立刻打电话给了封俞："封总，我已经按您的吩咐说了。"

"哦。"封俞随口应了一声，就挂断了电话。

韩稳不服气地又拨了一次电话，却没人再接听。这可真是滑稽！他竟然被发行方抛弃了？封氏都不想赚这笔钱了？

韩稳脸色发青。他有这么差吗？韩稳的手机很快又响了，他快速抓起手机一看，却不是他期待的宋氏或者封氏的电话，而是他的助理打来的："韩导，完了……全完了……你去看孙俊义的采访。我们……我们不仅票房亏了，我们还得赔钱！"

韩稳连忙打开电脑，找到孙俊义的采访。孙俊义又恢复了昔日的模样，拿着话筒，面无表情地说："知道韩稳的这部电影为什么会扑吗？因为他手里那两部创下票房奇迹的小成本电影剧本出自我的手。他是个小偷，偷走了我的剧本。"

他说出来了！

韩稳眼前一黑，一屁股跌坐下去。孙俊义的电影票房大卖，大家肯定会相信他的话！哪怕那两个剧本与他的风格大相径庭，但现在这部科幻片也和他的风格不一样不是吗？

韩稳耳中"嗡嗡"直响。助理声嘶力竭地在手机那头喊："我们完了……票房扑街，资方、发行方都得怪到咱们头上……怪我们闹出了丑闻……"

孙俊义的采访将韩稳推到了风口浪尖上。

"真的假的？我吹爆的片子，原来是韩稳从孙俊义那里偷的？"

"我是信了……"

"这事想想也太可怕了。如果孙俊义的新片没遇到顾雪仪女士，片子流产，他站出来说韩稳偷了剧本，谁会信？"

"真是可怕。通稿都说孙俊义离了韩稳电影就扑街了，然而事实上是韩稳偷走了孙俊义的剧本。"

"所以啊……顾姐到底是什么神仙?顾姐大手一挥,投资了孙俊义的电影,让他东山再起。她面对媒体采访,又毫不客气地指责韩稳是无耻鼠辈,我要是孙俊义,我得感动死。"

孙俊义的采访结束了。他走到台下,看了看网络评论,然后选中最后那条转发并发表评论:"已经感动死了。"

孙俊义顿了一下,又发了条新动态:"原文嘉真是个天才。"

红杏内部乱成一团,苏芙被宋家的人带走了,韩稳躲在公寓里不敢出门。

顾雪仪在收拾东西。

"竞赛怎么在这个时候举行?"宴朝抬头看着宴文宏。

宴文宏差点儿压不住嘴角的笑容,避开宴朝的目光,低声说:"一个比较偏的比赛……它就在这个时候。"

宴文姝都快被气哭了:"怎么我在国内的时候大嫂要陪你去国外?"

宴朝皱了一下眉,没再说什么。

顾雪仪很快就下楼了,保镖在后面拎着行李箱。

宴朝这才站起身,看了一下保镖:"不带他们。"

"嗯?"顾雪仪抬头看向他。

宴朝指了指门外守着的几个手下:"他们跟你一起出国。"

那几个手下早就和顾雪仪熟悉了,连忙冲顾雪仪笑了笑,说:"太太,我们会保护好您的。"说完,他们觉得好像忘了什么,仔细想了几秒,才想起来,连忙补了句,"还有小少爷。"

这些人跟着宴朝在非洲出生入死,更熟悉国外的环境。顾雪仪心下惊讶,低声说了句:"谢谢。"

宴朝一下想到上次他出差的时候,她给了他一个藏饰,祝他一路顺风,便说道:"你记个号码,最好是背下来。"

顾雪仪也不问他为什么要这样说,点头应了声:"好。"

宴朝突然上前一步,俯身贴着她的耳朵说道:"1-323……"

那一刹那顾雪仪有点儿蒙,成年男性的气息骤然包裹住了她。

宴文宏怔怔地望着这一幕,攥了一下手指,低下了头,掩去眼中的光。

"太太记下来了吗?"宴朝低声问道。

· 433 ·

"嗯。"顾雪仪点了点头,"记下了。"

宴朝这才退后,恢复了绅士的模样。宴朝的手下上前接过行李箱,一行人走了出去,赶往机场。

顾雪仪出国的事,并没有瞒过江越和封俞。

江靖忍不住问:"宴太太出国干吗?"

"陪宴文宏去参加什么比赛。"江越不耐烦地回答道。

江靖八卦地问道:"怎么又陪弟弟?"

江越回过头:"你想让我陪你啊?"

"我没说,我也没暗示,真的!我先走了。"江靖脚底抹油溜得飞快。

封俞听说了消息,忍不住笑出了声:"她把红杏搞得乱糟糟的,等于断了宋氏的生路,随手又踹死了韩稳,自己跑国外去了……哈哈!这些事对她来说算什么?宋成德那老东西是不是被气疯了?要是早知道这样,不会放纵她一路赢下来。"

宋成德的确差点儿被气出心脏病,这才知道顾雪仪都干了什么。

石华终于变了脸色,抬脚踹在宋武身上:"你惹的祸是不是?是你那个小情人的哥哥开的学校,害了宴家少爷,才惹了祸是不是?"

宋武面色惨白,又想起了顾雪仪说的那句"还没完呢"。真的是他惹的祸吗?

这时候宋成德接了个电话:"宋总,上面来人了。"

宋成德把手机扔给石华:"红杏的事,你自己处理。"

石华脸色大变,咬牙接住手机。之前他拿钱的时候,可不是这么说的。

红杏的办公室里,坐着一个年纪轻轻的男人。

男人转了一下身下的老板椅,说:"宋家的祖上曾经叛逃过,到了这一代,果然也不是什么好东西。"

"是啊,这要是在古时候,定个叛国罪,抄家都是轻的。"旁边的人点了点头,认真地说道。

红杏的工作人员闻言频频擦汗,却不敢反驳,心下也十分惊骇。宋家竟然还有这样的历史?

男人大概是等得无聊了,坐在老板椅上转了个圈,说:"那个韩稳算什么鼠辈?"

旁边的人问:"韩稳是谁?"

男人说:"这你都不知道?你不看新闻吗?"

旁边的人说:"我回去看看。"

男人咂了咂嘴:"我看这个石华才更像卑鄙鼠辈,蝇营狗苟为生嘛。"

石华正好走到门外,听见这句话,脸色铁青。

顾雪仪和宴文宏下了飞机,迎接他们的是一个外国男人。男人穿着灰色衬衣,一头棕色齐肩发向后梳起,红棕色的眼珠,鼻梁高挺。

顾雪仪问道:"是宴总安排的?"

"是的,太太。"手下在背后应道。

男人说着一口流利的华国语,自我介绍道:"我叫哈迪斯。"哈迪斯,在那本书里似乎是女主人公郁筱筱的爱慕者之一。

顾雪仪记住了这个名字。

哈迪斯住在这个城市最繁华的地段,一边引着顾雪仪等人往里走,一边说:"你住在这里能看见总统府。"

宴文宏抬头看了一眼,低声问:"我们不住酒店吗?"

面前的建筑富丽堂皇。他对这个地方不喜欢也不讨厌,但他很不喜欢哈迪斯,觉得这个人有一点儿贪心。

在家的时候,大嫂要关心的人不止他一个,但在异国他乡,大嫂只会关心他。

"嗯,不住酒店。"顾雪仪不怀疑宴朝的安排,对宴家有敌意的人不少,这里应该更安全。

"你们会喜欢这里的。"哈迪斯连忙在旁边笑着说,还抢着拎起了顾雪仪的行李箱。

面前的门被打开后,顾雪仪却愣了愣。

他们穿过门厅,里面衣香鬓影、推杯换盏,大提琴手和钢琴师坐在场中演奏着乐曲,男男女女在场中低声嬉笑、交谈。只不过在他们进来之后,声音就戛然而止了。

那些人齐刷刷地朝顾雪仪一行人看了过来。

"哈迪斯突然离开,是去接她了吗?"

"华国人?"

"怎么是哈迪斯提着行李?"

顾雪仪只能听明白几个单词。

"不用管他们。"哈迪斯说着,领着他们穿过了人群。

顾雪仪微微颔首。宴文宏抬起眼眸看着众人,面容冰冷,目光阴沉,一改往日的乖巧样子。

那些人本能地收起了放肆的目光:"他们是谁?那个华国少年看上去很可怕。"

哈迪斯的宅子很大,他们乘坐电梯上了四楼。

哈迪斯将钥匙交到顾雪仪手中:"需要用人的时候,按房间的按钮就好,还有我的手机号是……"他一一安排妥当后才离去。

"先睡一觉。"顾雪仪让宴文宏去了隔壁房间。

宴文宏乖乖地应了。周围的一切完全是陌生的,就好像几年前他第一次被迫离开胡家去淮宁中学的时候一样。宴文宏深吸一口气,找到了挨着顾雪仪的房间的那面墙,然后躺在墙脚的沙发上沉沉睡去。

顾雪仪进房间的第一件事是找热水。国外几乎不使用热水壶,只有咖啡机。她根本不会用咖啡机,只好找到墙上的铃,按了下去。

没一会儿哈迪斯推门进来了。

顾雪仪挑了挑眉,指了指咖啡机:"不太会用,能教我怎么烧热水吗?"

"当然!"哈迪斯挽起了袖子,弯着腰开始操作。

"怎么是哈迪斯先生亲自过来了?"顾雪仪问。男人殷勤得有些奇怪。

"你好像不太擅长英语,还是和我交流比较方便。"哈迪斯说。

这时候楼下的人忍不住频频抬头往上望去:"哈迪斯怎么又急匆匆地上楼了?那个华国女人到底是谁?"

国内《明星》的票房已经破40亿元了。无数人为宴文嘉的演技落泪时,也有人感叹韩稳、苏芙的人设终于崩塌了。

石华这会儿正坐在审讯室里。这还是她第一次坐在这种地方。

石华看着门外的李辛梅,冷声说:"王太太,我知道是顾雪仪蛊惑你举报我的。"

李辛梅刚开始还有点儿害怕,但随即就坚定地摇了摇头:"是宋太太先骗了我们,我们才报警的。"

警察忍不住咋舌。石华还不肯悔改呢?这可是京市最大的一桩诈骗案了,豪门太太创办基金疯狂敛财,还骗了其他豪门太太的钱……

石华被带到这里并不害怕，但王太太的表现一下提醒了她，现在红杏的人大多脱离了她的掌控……这个认知让她恼怒，甚至让她惶恐。

"好，顾雪仪不让见。那我要见宋成德。"

宋成德没多久就带着律师到了警局，申请保释。

"抱歉，不能保释。"

宋成德没想到会得到这样的回答，连一点儿商量的余地都没有。宋氏在国内的根基虽然不深，但也不浅！宋成德坐直了："请你们仔仔细细看清楚……"

"看得很清楚，很明白了。"年轻男人从里面走出来，穿着西装，长着桃花眼，胸前别着工作牌。

"盛煦。"年轻男人指着自己的工作牌不紧不慢地说。

宋成德先前不以为意，但一下从"盛"字联想到了什么。他放缓了语气说："这次的事是有误会的，我也是希望诸位能查清楚……"面子话说完，宋成德也不再提保释的事，转头就让助理推着他离开了。

"才知道以势压人这招行不通？"男人冷笑一声，转身走进了审讯室。

石华一眼就看出男人身份不一般，浑身都绷紧了。

盛煦伸出手："拿过来。"

后面马上有人递上来一沓文件，盛煦开始一条一条地往下念，全是红杏的罪状。他突然顿住，然后说道："后面是宋氏的了，咱们慢慢了解。弄个七八天吧，你也不用急，到时候没准儿宋成德就来陪你了。"

石华脸色大变。这不可能！事情怎么会这样？石华坚持说道："我要和顾雪仪通电话，我要和她通电话！"

盛煦轻笑："好啊，你打吧。就在这儿打。"说完他让人把石华的手机拿了过来。

石华一打开手机，跳出来的新闻就是宋氏股票下跌、红杏丑闻。她看得脑子"嗡嗡"作响。她活到这把年纪，自以为手腕了得，看其他的豪门太太时觉得她们比猪还蠢………

现在她输了，顾雪仪是不是也觉得她比猪还蠢？石华咬咬牙，拨了顾雪仪的号码。

盛煦淡定地坐了下来。

那头却传来机械的女声："对不起，您拨打的电话正在通话中……"

宴朝、江越、封俞坐在会议室里。

437

红杏出了乱子,宋氏公司的正常运转将会大受影响,局势要变了。

这时候陈于瑾突然敲门而入,低声说:"太太的飞机已经平安落地,哈迪斯也发了消息。"

陈于瑾的话音刚一落下,三个男人几乎一起掏出了手机。他们注意到彼此动作高度一致,会议室里的气氛刹那间变得有些尴尬。

到底还是宴朝的手快,他的电话最先打了出去。当着其他两个男人的面,宴朝故意和顾雪仪多说了几句才慢吞吞地挂断了电话。

石华连拨了几次,顾雪仪的电话都是正在通话中,她越发焦躁:"顾雪仪去哪里了?"

警察冷冰冰地问道:"怎么?你还想加害她吗?"

石华快被气死了。这帮人怎么就觉得她要对顾雪仪不利呢?她还能害顾雪仪吗?

"给我。"盛煦伸出手,"我来。"

石华不情不愿地将手机递了过去。盛煦拨了号码,按下免提,然后将手机放在了桌上。

过了好一会儿,那头才终于传来顾雪仪的声音:"是宋太太啊。"她的语气有一丝慵懒。

石华被气得够呛,拼命压住心里的愤怒情绪:"宴太太好本事啊。"

"没有宋太太聪明,这样的敛财法子也不是谁都能想出来的。"顾雪仪说着,还抬手给自己倒了杯水。

石华更生气了:"宴太太这是何必呢?宴太太这么做,其他人会感激你吗?不会。没有谁是真正干净的。宴太太这样的做法只会让其他豪门视你为洪水猛兽……宴太太什么好处都得不到,真的要出这个头吗?就说封氏,你现在就是他们的眼中钉。"石华也顾不上那么多了,宋成德迟迟没有消息,她得自救。

盛煦在一边听着,竟然没有打断她的话。

顾雪仪不快地皱了皱眉:"我希望宋太太知道,以骗养己,这样的事是没有转圜余地的。"

顾雪仪这么有正义感?

顾雪仪不想再浪费时间,淡淡地说道:"这件事还没完,宋太太慢慢享受吧。宋太太也是有手腕的人,却偏偏用在了这上面,真是可惜。"

顾雪仪的后半句话彻底戳痛了石华。石华面色大变,还想说些什么,顾雪仪已经挂了电话。

石华死死地盯着桌上的手机，心里怒意翻涌。顾雪仪懂什么？她要弄钱哪里有那么容易？她想要壮大，就得使用手段！宋成德都敬畏她！

"好了，电话打完了。"盛煦站起身，拿走了手机。他的脸上有一丝若有所思的神色，然后他走了出去。

此时，国外相当畅销的一份报纸上又刊登了一则新的八卦新闻："克里夫集团的花花公子又觅新欢？为其跑前跑后，惊爆眼球！"配图正是顾雪仪的照片。

顾雪仪挂断电话，眉眼冷淡。

对面的哈迪斯问："太太刚才看起来很有气势的样子，是在批评谁吗？太太是做什么的？我听说华国很多豪门太太是全职太太，没有事业。刚才那是太太的下属吗？"这话问得太不礼貌。

顾雪仪冷淡地说道："石华。"

"石华？"哈迪斯惊诧地说道，"宋成德的老婆！"

"嗯。"

他哈哈笑着说道："那可真解气，这个石女士很麻烦的。"

哈迪斯看着顾雪仪的目光有了微妙的变化。他说着扯掉了面前的餐巾："石华有个三儿媳叫曾什么……还挺漂亮的，很合我的意。其实我也没做什么，就是和她说了两句话，石女士就跟我爸告状，为此还差点儿毁了我们和宋氏的合作。我应该多谢太太为我出气。"

顾雪仪却对他的示好不为所动，分给他一点儿目光："我为的是宴家。怎么？哈迪斯先生也想做我宴家的人？宴家倒是缺一个打杂跑腿的人。"

宴太太不吃这一套？女人不都喜欢别人捧着她吗？

哈迪斯讪讪地笑了笑，不说话了。

"我吃好了。"顾雪仪站起身，"还有，也请哈迪斯先生不要再称呼我'太太'了。"

她的声音明明不紧不慢，却有股逼人的气势。

哈迪斯十分好脾气地问："那叫什么？"

"顾女士。"

哈迪斯比了个"OK（好）"的手势。

顾雪仪一走，哈迪斯才沉下了脸。宋家这么快就败了？这位宴太太的确和宴朝口中说的不一样啊。只有一点倒是相同的，她看上去很喜欢宴朝，很在意宴家。

顾雪仪刚上楼，又接到了宴朝的电话。

"宴总有事？"顾雪仪问。

宴朝应声："有。"他的嗓音还有点儿沙哑，像是没休息好。

电话那头传来倒水的声音，紧跟着，宴朝坐下了，才接着说："哈迪斯欠我一个很大的人情。他和他哥哥争权的时候差点儿被打死，是我救了他，所以你不用跟他客气，有什么事都可以使唤他……"

话到了嘴边，又被宴朝咽了下去。这话显得凉薄又无礼，不好说给她听。宴朝又说道："他对你殷勤，你也不用有任何负担。如果不让他做这些事，他才会……"

"才会寝食难安，是吗？"顾雪仪接话道。

"是。"

顾雪仪已经猜得差不多了。越是厉害的人物越不喜欢欠人情，一旦欠下人情，一定想千方百计地还回去才好。

"这就是宴总特地要和我说的话吗？"顾雪仪问。

宴朝不自觉地攥紧了手机。这是头一次，宴朝发觉自己语言匮乏。

"太太吃过饭了？"

"嗯。"

"吃的什么？"

他这也要问？他是担心她在国外被谁下毒吗？

顾雪仪顿了一下，一一说了。

宴朝听得极其认真。顾雪仪说完，他又说："不习惯的话，可以让哈迪斯请个华国厨子。"

"嗯。"顾雪仪有些不自在。宴朝在关心她的衣食住行？

顾雪仪不自觉地联想到大年三十那天的红包。他是真的在关心她。于是顾雪仪想了想，也问道："宴总没有休息好？很忙？"

"是。"宴朝的口吻倒是云淡风轻，"太太摆了一个红杏，留给了我这样好的机会，我又怎么能浪费太太的力气？"

顾雪仪勾了勾唇。她就喜欢和宴朝这样的人打交道。她走一步，宴朝自然知道在后面跟上。她说："那就辛苦宴总了，以免将来宋氏对我怀恨在心，还要打击报复。"

"好。"

"那，宴总好好休息？"

"好。"

顾雪仪的脑袋上冒出一个问号。既然他应了好，怎么不挂电话呢？

顾雪仪还能清晰地听见话筒里传来的呼吸声，问道："宴总还要忙工作？"
"嗯。"
"那宴总忙吧，我不打扰了。"顾雪仪挂断了电话。
宴朝不自觉地轻轻笑了一下，打完电话，叫陈于瑾把明天的工作也发过来了。

第二天，顾雪仪就让哈迪斯换了厨子。
哈迪斯果然没拒绝，殷勤地去忙活了。
欧洲的某份娱乐报立马又换了个标题："新欢疑似华国女，哈迪斯为其换华国厨师忙不停"。
一时间国外网站上的人全在议论这件事。
"这个女人我见过，长得根本不好看。"
"她还是个娇纵的女人，那天哈迪斯办 party（聚会）办到一半去给她接机，连行李箱都是哈迪斯提的。这个女人没有手吗？华国女人果然都是靠男人。她住进了哈迪斯的家，还拿哈迪斯当用人使唤。她以为自己是谁？女王吗？"
"天哪，你去了哈迪斯的 party？讲讲，是什么样的？"
那个女人立马得意地讲起了自己的经历，把话题带歪了。

国内几个豪门太太坐在一起，也正在聊顾雪仪。
"宴太太好像出国了。"李辛梅说。
"出国了？这个时候她出国了？不会是……为了躲避宋太太吧？"石华的手段多可怕，她们是见识过的。
李辛梅马上说："不是，是陪宴家的小少爷出国参加竞赛了。"
这个答案倒是惊到了其他人。
"她赚这么多钱，还把宋太太扳倒了，结果就这么走了？她就不好奇自己最后能分多少钱吗？我没记错的话，宴家好像就宴总一个婚生子吧。"
她这是为了讨好宴朝吗？不，这个答案显然不对。
一帮豪门太太陷入了迷惑之中。她们之前轻视顾雪仪，甚至还等着宴总将她扫地出门。现在，她们心里不得不佩服她。宋太太过去是她们心中最厉害的人，顾雪仪比宋太太还要厉害！
"还有程太太，她现在怎么样了？"
"也进去了呗。"

441

"活该！"

这时候有人转头看向李辛梅："王太太，你当时到底是怎么和宴太太联系上的？她怎么会帮你？"

李辛梅嘴角上翘，说："哎呀，是我看见《明星》的票房持续走高，就厚着脸皮主动打电话找了宴太太，没想到宴太太看着挺冷淡的，实际上，很好说话的。她接完电话就让我去宴家了。宴家，听说过去封总想登门，都没进去呢。结果我一去，还真成功进了门……"

几个豪门太太听得津津有味，心里甚至还有那么一点儿自己都不愿承认的羡慕之情。

"后来宴总也下楼了，我还听见宴太太问宴总说'今天吃粉丝煲好吗？'，然后……"李辛梅的话突然顿住了。哦，这事她不能说。这是宴总和宴太太的私事。

"然后什么？"

"然后我就知道投资会出多大问题了，就赶紧回来了。"

一旁的人神色复杂地问道："宴太太图什么呢？"

李辛梅说道："谁知道呢？感觉宴太太好像也没捞着什么好处啊。"

她们有些羞愧，当初在沙龙上，宴太太好像特地提醒她们了，结果她们当时只相信红杏，几天后还追投了资金。现在好了，她们想把钱追回来都难。

"还记得原先宋太太跟咱们说的话吗？"

"什么话？"

"就是不能做只会无脑扫货的豪门太太啊，也得规划自己的资产经营自己的事业，做做投资啊，这样将来对付那些小三的时候也有底气，自己也有保障啊……"

李辛梅叹了一口气："其实当初宋太太这些话也没说错。"

"这不就跟灌鸡汤差不多吗？灌完，把我们麻痹了她就坑我们了。"那人说着顿了一下，"但我觉得宴太太不一样，她才是真正为我们想的人，所以她伸手帮了我们一把。"

其他人听得有些蒙："那宴太太真……真高尚啊。"

一帮豪门太太坐在一块儿，说得越多越佩服顾雪仪，甚至觉得也许一开始顾雪仪就将红杏看透了，后头还忍着红杏那都是为了救更多人出来，可不是高尚吗？

聊完天，她们也就各自散去了。她们琢磨着，自己得做点儿什么事吧？她们得让宴太太知道，领了她的情。她们备点儿礼登门道谢？顾雪仪可是宴朝的太太，能缺这些东西吗？于是一夜过去，这帮豪门太太全关注了顾雪仪的微博。

网友都注意到了。

"查了一下，好像是红杏之前的成员？"

"红杏倒了，她们不会想报复宴太太吧？"

"她们那个投资会不是也被戳穿了吗？她们应该感激顾雪仪女士将她们从商业骗局里拯救出来才对啊！"

"不好说，有些有钱人面子重于一切嘛，没准儿人家根本不在意钱。"

…………

网民们的阴谋论被几个豪门太太看见了，她们顿时心下一慌。顾雪仪帮了她们，她们现在压根儿不敢得罪顾雪仪，甚至想和顾雪仪打好关系，于是她们关注顾雪仪的微博后又纷纷发微博表态。有的转发了顾雪仪之前的慈善微博，有的则是直接发了新微博。

豪门太太的表态搞得网民一时间陷入了迷惑之中。

"她们是要拥护宴太太做新的领头人了吗？"

…………

李辛梅也打开了微博，看见最后那条评论，忍不住点了个赞。虽然之前很多人讥讽宴太太，哪里有豪门太太的姿态，但现在看来，像宴太太这样刚正不阿又能赚钱，还视金钱如粪土的人，最适合做她们的领头人了！

现在李辛梅回到家，婆婆看她的目光都不一样了。他们相信她那天真的进了宴家，也相信顾雪仪帮助了她。李辛梅过去拼命巴结宋太太也没巴结上，那时候婆婆还嫌她蠢。这时候，李辛梅的婆婆却觉得能巴结上宴太太那可真是太好了！

"来，过来坐。"李辛梅的婆婆扬起了笑脸，"我今天和几个朋友逛商场，正好看见一条项链适合你，你试试？"

李辛梅有点儿受宠若惊，点了点头。

…………

外面的网络上对顾雪仪的讨论，她一无所知。

宴文宏到国外一共要参加两个竞赛，一个是相当冷门的生物竞赛，另外一个要先参加初赛，初赛通过后还要参加决赛。时间跨度有一个月。

她和宴文宏休息后就去竞赛现场了。

哈迪斯亲自开车负责接送他们。他倒是个合格的司机，就是有点儿吵。

顾雪仪只能委婉地提醒他："哈迪斯先生的华国语讲得很好，一口气能说这么多。"

哈迪斯却好像没听出她的意思，无奈地笑了一下，说："这也是没办法的事，当初我求着宴总跟我合作，宴总傲慢地说，如果和他做生意，我得先会讲华国话。瞧，现在都不只我会了，我的司机、保镖都会了。"

顾雪仪怔了怔。宴朝也有这样傲慢的一面？

他们很快就到了竞赛地点。竞赛地点在一所不太出名的学校里。学校附近有很多人，他们几乎全是外国面孔，其中有一些还有老师带队。

那些人很快注意到了顾雪仪等人，还有人走过来问："你们是华国人？"

顾雪仪用英语应了声："是。"

那人盯着顾雪仪看了两眼，然后笑了一下，说了一句话。

顾雪仪转头看向保镖。

保镖立马沉着脸翻译："他说'你们来参加什么比赛？你们也能拿奖吗？你们最不具备比赛精神了。世界上著名的科学家没几个来自华国'。"

顾雪仪目光一冷。

宴文宏冷冰冰地看着男人："那你就等等看吧。"

顾雪仪记不住外国人的脸，问道："你叫什么？"

外国男人大方地报了名字，随即哈哈大笑："怎么？你要报复我们吗？因为我们说了你们拿不到奖？"

顾雪仪掩去眼中的冷光，不紧不慢地说道："是啊。"

男人根本没将这话放在心上，转身走了。一个女人，还能报复他吗？

顾雪仪轻拍了一下宴文宏的肩："进去吧，我在外面等你。"

宴文宏点了一下头，知道她生气了。他要拿奖，要拿很多奖。他已经很久没有全力以赴了。他一开始以为自己聪明、成绩好，胡雨欣就会喜欢自己。但后来他发现，并不是这样的，胡雨欣想要的东西更多。于是他厌恶了这个世界，只去享受用高智商操控别人的快感。但这一刻，他走进竞赛地点，目光一点点变得坚定起来。他怎么能让她失望呢？

这时候还没有人知道，那个拿遍无数大奖的华国科学家，之所以踏上这条路仅仅是因为顾雪仪生气了。

目送宴文宏进去后，顾雪仪突然问："这边的治安怎么样？"

保镖笑了一下："这边的治安挺玄妙的。比如说这条街上要是赚钱的商铺多，有钱人多，上缴的税多，这条街的治安就会好一点儿。如果另一条街，哪怕只是紧挨着这条街，那里要是没有有钱人，就算有人抢劫，警察都不会来得那么快。"

顾雪仪抬了抬下巴:"先揍一顿吧。"她从来不忍气吞声,尤其是这样的气。

顾雪仪在考点外没有等太久,宴文宏就出来了。

先前大放厥词的那个外国男人这会儿一瘸一拐地爬了出来,冲着外面大喊:"help(救命)!有人套着我的头打了我!该死的,来个人,快送我去医院!"

顾雪仪没有再多看那个男人一眼,迎上宴文宏,将零食递给了他:"做完了?"

"嗯。"宴文宏牢牢抓住了零食袋。考点外有人等候是一件多么幸福的事啊。

"那走吧。"

第十五章
来自过去的人

顾雪仪回到哈迪斯的住所后,抽空往国内打了个电话。

警局里,坐在椅子上整理资料的盛煦动作一顿,问:"谁的电话?"

旁边的男人说:"宴太太的。"

突然听见这个称呼,盛煦还有点儿不习惯,皱了皱眉:"顾雪仪?"

男人点头:"是。"

盛煦伸手道:"电话给我,我来说。"

男人把电话递了过去。

"喂。"盛煦将听筒贴近耳边。

"我是来询问红杏案件的进展的。"顾雪仪说。

她的声音已经深深烙在他的骨子里了。

盛煦浑身肌肉绷紧,桌上的茶杯都被他打翻了,周围的人齐刷刷地看了过来。盛煦转动身下的椅子,背对着众人。他将身体微微下沉,同时也压低了声音,声音从喉咙里一点点挤了出来:"你怎么能结婚?"

顾雪仪疑惑地皱眉:"什么?你是谁?"

盛煦又转了个身,然后对上周围打量的目光,众人一个个都竖起了耳朵,满脸写着好奇之意。盛煦这才恢复了点儿理智:"我是负责调查红杏案的。我叫盛煦。"说完,他又觉得自己这名字听着特别没气势,跟肾虚似的,有点儿后悔介绍自己了。

顾雪仪"嗯"了一声。

446

这就没了？盛煦有些失望，只好认真地和她说了红杏案的进展。

"好的，辛苦了。"顾雪仪礼貌地说完，挂断了电话。

这个男人有些奇怪。他为什么会说"你怎么能结婚"？

顾雪仪习惯性地上网搜了一下，却没有搜到跟盛煦相关的信息。不过对方的语气，倒是让她有一丝熟悉……

就在顾雪仪仔细回忆的时候，她的手机又响了起来。

顾雪仪低头扫了手机一眼，还是警局的号码。她接了起来，那头的人却沉默了几秒。

盛煦实在不甘心，可又不知道该怎么开口。

顾雪仪顿了一下，终于从记忆里搜寻出一个有点儿模糊的名字："盛长成？"

"啊。"那头的人干巴巴地应了一声。

顾雪仪抬手揉了揉额头，确认自己并不是在做梦："是你啊……"

盛煦装了满肚子的话，但话到了嘴边，就变成了一句："你是不是早就把我忘了？"

"还是记得一些的，你打了同窗，还是我去善后的……"

"你就只记得这些不好的事吗？"盛煦猛地推开了椅子，大步走了出去。

"还记得你病的时候，拽着我的袖子说不想死。"

盛煦咬咬牙，揉了一下眼眶，觉得眼睛又酸又胀："所以我现在没死，我活了。"

盛煦咬牙切齿地说："可是……你为什么也在这个世界里？你死了？你什么时候死的？为什么会死？谁杀了你？"

顾雪仪心说我也想知道呢："没有人杀我，我一觉醒来就这样了。"

"不可能……"

"顾家加上盛家，还护不住我吗？这的确只是意外。"

盛煦问道："你为什么会结婚？你在国外是不是？你还陪宴家少爷去国外参加竞赛？我现在就去找你。"他说着就往外走，走到一半，又突然想起了什么，"哦，我现在出不了国。"

"那就好好待着，做你该做的事。"顾雪仪对他的性格倒是见怪不怪了。

"我知道了。"盛煦这才压下心绪，低低地说了一句。

"有长进了。"顾雪仪夸了他一句。

盛煦眉头扬了扬，耳边传来"咔嚓"一声，他过于激动把手机屏幕捏碎了。

顾雪仪这边"嘟"了一声,就断了线。她眨了眨眼,才接受了这个事实。盛长成,在盛家排行第十。他十七岁的时候病死了。她刚刚都忘记问他现在多大了。

竞赛成绩很快就出来了,宴文宏得了金奖。他倒是没别的感觉。他不是来赚奖金的,这个小竞赛是老师给他选的。而他自己报名的是英特尔科学奖。

这个竞赛地点在一所知名高校里。参赛的人很多,也更加随意。他们没有领队,大多是自己拖个大箱子,彼此不交谈,仿佛都沉浸在自己的世界中。

顾雪仪刚到竞赛点,就看见了熟人。之前挨打的那个男人正对自己的学生侃侃而谈:"他们就是你们的目标,将来如果你们也能参加这样的比赛,你们就出名了。今天我先带你们来感受一下氛围……"

男人挨了顿打,这会儿说话还有点儿不清楚,走路还有点儿瘸。他视线一转,也看到了宴文宏和顾雪仪。

他们怎么会在这里?男人惊得瞪大了眼。

英特尔科学奖俗称小诺贝尔奖。竞赛最高奖金100万美金!

"他要是有能力参加这个比赛,还跑去参加那个比赛干什么?"男人沉着脸说。

两个比赛完全不是一个级别的!现在站在这里的选手,哪怕他们是高中生,也是男人不得不仰望的存在……

男人想到自己讥讽他们的话,有些待不下去了:"我们走……"

顾雪仪扫了他一眼:"跑得挺快。"

国内的八卦论坛上出现了一个"顾雪仪出国"的帖子,宴文姝也从朋友的手机里看见了帖子。她脑子里"嗡嗡"作响,都顾不上给朋友接风洗尘,直接跑去了宴氏大楼。

宴文姝满脑子都是家庭破碎的悲惨故事,一进总裁室就慌里慌张地大喊了一声:"大哥,大嫂要跟人跑了!"

顾雪仪此时站在竞赛点外等宴文宏,又接到了盛煦的电话:"之前手机坏了,现在换了部新的。"

"嗯。"顾雪仪顿了一下，这才问道，"你今年多大了？"

盛煦："27。"

盛煦突然明白了什么："你多大？二十四？二十五？我比你大是不是？那你得叫我……"

"叫什么？"顾雪仪反问。

盛煦卡壳了，把话咽了回去，卑微地喊了一声："大嫂。"

宴朝给顾雪仪拨了个电话。

宴文姝听见那头传出的"您拨打的电话正在通话中"，心"咚咚"直跳，而且越跳越快。宴文姝舔了舔发干的唇："完了，大嫂连电话都不接了。"

宴朝面无表情，只是眉尾往下压了压。他将手机放入抽屉，说："你先回去。"

宴文姝瞪大了眼睛："这事就不管了吗？"

这时候，秘书敲门，轻轻喊了一声："宴总。"

宴文姝失望地低下了头。她怎么忘了呢？大哥是出了名的工作狂。大概是最近家里的气氛太好，大家一起过年、一起做菜，给了她家庭和谐美好的错觉吧。宴文姝识趣地转身往外走，一边走一边忍不住伤心："大嫂怎么就带着宴文宏跑了呢？宴文宏多可怕啊。带我不好吗？我还有存款呢。"

宴朝突然看向门外的秘书，说："后面几天的行程表给我。"

秘书连忙将行程表递了上去。

宴朝从秘书手中接过笔，飞快地画去了一些。秘书眼看着他越画越多，忍不住说："宴总？这些……"

"都往后挪，都不重要。"

秘书忍不住再次开口："金奥集团的老总嫁女儿……您不去吗？"

"嫁女儿稀奇吗？"宴朝淡淡地说道，"等他嫁儿子的时候，我再去。"

宴朝的确没什么朋友，大多只是合作伙伴。但过去他都会去露个脸，表明一种态度。

秘书有点儿蒙。宴总这回直接不去了？

负责打理各种账号的卡文大半夜给顾雪仪打了个电话。

顾雪仪刚回到哈迪斯的住所，关上门，转过身问："怎么了？"

"您关注外网的消息了吗？"

"没有，怎么了？"

顾雪仪挂断电话后，没过多久就收到了卡文发来的邮件。里面是外国报刊的新闻，工作人员还贴心地附上了翻译。外网上的评价，他们也节选了一些贴在了邮件中。

顾雪仪一行行扫过内容，面上渐渐覆上了一层寒霜。她并不太在意别人的评价，因为她不靠别人的评价而活，何况那些对她指指点点的人，大半并非真正希望她过得好。但现在不一样，她身处国外，她不仅仅是顾雪仪，而是被打上了"华国女人"的标签，一举一动意义大不相同。

"我知道了。"顾雪仪回了个电话。

顾雪仪收起手机，叫来了哈迪斯。她推门出去，看向楼下大厅："哈迪斯先生今天没有举办宴会吗？"

"怕打扰你休息。"

"我不怕被打扰。"顾雪仪看着他说，"我喜欢热闹。"

哈迪斯惊喜地说道："是吗？那我明天办个party，请你赏光！"

顾雪仪"嗯"了一声。

第二天她起床时，楼下热闹极了。

顾雪仪换了件旗袍，头发绾起，缓缓走下了楼。

这些人早就对顾雪仪好奇极了。他们毫不掩饰自己的敌意，也不掩饰自己对哈迪斯的忌妒心。

顾雪仪随意指了个女人，问："她是谁？"

哈迪斯说："哦，一个歌手。"

顾雪仪姿态倨傲地说道："让她唱首歌听听。"

哈迪斯愣了一下，这才见识到顾雪仪的娇纵、刁蛮，只好对那个女人说："你唱首歌。"

顾雪仪不紧不慢地补充道："要喜庆点儿的。"

哈迪斯又说道："唱首欢快的。"

女人的脸都被气红了。

"她是哑巴吗？"顾雪仪歪头问。

哈迪斯只好催促道："快点儿。"

女人只好憋着气唱了起来。

顾雪仪伸出手说道："酒。"

哈迪斯马上亲自去端了杯酒。

顾雪仪将酒接到手中，问："你要尝尝吗？"

哈迪斯愣了一下，心跳都漏了一拍。外国人对华国人的相貌其实也比较难分辨,但基本的美丑还是能分辨出来的。顾雪仪无疑属于华国人中相当美丽的那类。哈迪斯身边从来不缺勾引他的女人,对这样的话也很熟悉。她要勾引他吗?她难道还要喂他喝酒?

哈迪斯喉头动了动,说:"要。"

顾雪仪轻点了一下头,一举一动都充满贵气,然后她蓦地一抬手,那杯酒就浇在了哈迪斯的头上,将他身上的白衬衣都染了色。

女歌手的歌声也瞬间变了调,其他人也顿时惊呼出声。

哈迪斯神色一变,但还不等他反应过来,顾雪仪一手扯住了他的领子,正好卡住了他的脖子。一种窒息感包裹了他。

顾雪仪低声说:"好玩吗?今天有媒体在吗?明天的报纸标题又会是什么?嗯?克里夫集团小公子被泼酒?你想让他们写个够,我再给你添点儿素材,被踩脸怎么样?"

哈迪斯一下顿住了。

女歌手被顾雪仪的气势吓住了,哆嗦着说:"喂,你要杀了他吗?"

顾雪仪这才分了点儿目光给她:"继续唱!"

女歌手咽了咽口水,只好继续往下唱。一时间,宴会厅内只有她的歌声。

哈迪斯无奈地笑了笑:"没想到您的脾气这么大。"

"我也没想到哈迪斯先生面上一套背地里一套。"顾雪仪垂眸冷淡地说,自有一股高高在上的气势,将哈迪斯牢牢地踩在脚下,"华国虽是礼仪之邦,但那是对待客人,而不是对待恶人。"

哈迪斯暗暗咋舌,举高了双手:"太太,哦不,顾女士,顾小姐,您能松开咱们再好好聊吗?这事先听我解释解释?"

顾雪仪转头看了一眼女歌手。哈迪斯笑了一下,立马看向女歌手:"接着唱,别停。"

女歌手只能继续往下唱。

顾雪仪松了手,又从一旁的侍者手中扯走了餐巾,慢条斯理地擦了手指,擦完将纸丢回托盘中。

那些或忌妒或轻视的目光一下就有了变化。今天这一出,不仅说明哈迪斯对这个华国女人有多好,更说明这个华国女人能站在这座宅子里随心所欲地作威作福,是他们惹不起的人。

哈迪斯站稳了,又重重地咳了咳,这才觉得呼吸顺畅了。他擦了擦头上的酒水,叹息道:"真不是故意要拉顾女士下水的,只是那些杂志报纸就喜欢写我的私生活。"

顾雪仪并不信他的话。此人受辱而没有一丝怒意,道起歉来得心应手,还知道如何掩藏自己的真实意图,比宋武和裴智康聪明多了。

"这么说来,你连那些报刊胡乱写你的私生活都管不了?"顾雪仪问道。

哈迪斯顿了顿。他难道要承认自己没用?

"宴总应当没有跟你说过,我上头有个哥哥,这些年我和他为了争家产,争得你死我活。我父亲偏爱他。我不得不装花花公子。这次的事实属意外,那些外媒不知道你是谁,所以才会乱写。的确,这些事我都知道。我没有管,那是因为我那个哥哥已经开始怀疑我了。我只有让我那个哥哥相信,为了一个女人我宁可得罪宴家,他才会认为我真的是个拎不清的废物……"哈迪斯点头哈腰地说着。

顾雪仪看了哈迪斯一眼,他这演技实在不怎么样。这段话真真假假,仍旧掩盖着他的真实目的。

顾雪仪冷嗤道:"你有多少苦衷都与我无关,我不喜欢别人拿我当枪使。"

"你是担心宴总看见那些八卦消息吗?"哈迪斯说,"他在国内,不一定会注意这些的。"

哈迪斯说着,还谄媚地笑了一下:"我会感激您对我的帮助。"

他的话音刚落下,就有用人小跑着进来说:"艾德诺先生到了。"

哈迪斯面色一变,说:"我哥哥到了……他就是特意来试探我的。帮帮忙!我欠你一个人情。你想要什么都可以!"

哈迪斯最后一句话说完,有个男人带着保镖从门外进来了。

宴会厅里的人见了他,都本能地更加规矩了,还齐齐叫了声:"艾德诺先生。"

顾雪仪嗤笑了一声:"既然哈迪斯先生这么喜欢演戏……那开头是什么样,就什么样吧。"

哈迪斯没明白她的意思。他如果认识裴丽馨姐弟,再和石华深入交流的话,就知道想要利用顾雪仪是不现实的。这个想法不仅不现实,还很可能一路吃亏,最后把自己都赔进去。

艾德诺很快到了眼前,满脸都写着"不好惹"。他是将一切都写在脸上的男人,哈迪斯却是个能将一切都藏在心中的男人。

"她就是那个华国女人?"艾德诺眯起眼,面露不悦之色,连眼中的轻视之意都毫不掩饰。

女歌手悄悄不唱了，又看到顾雪仪回头看了她一眼，激灵了一下，立马往下唱。

艾德诺皱眉道："哈迪斯，你在搞什么鬼？"

顾雪仪先一步说："他就是你那个又丑脾气又坏的哥哥？"

哈迪斯有那么一瞬间，有点儿怀疑自己选错了人。

顾雪仪说的是华国话，艾德诺当然没听懂，马上让身边的人翻译。

那人脸色古怪，但又不敢违背艾德诺的话，只好一字一句翻译了。

艾德诺听完，当即大怒："你敢骂我？"随即，他冷笑一声，"我可是你哥哥，她却敢骂我。最近新闻上写得热闹，但现在一看，这个女人和你似乎没什么感情……"

哈迪斯抹了一把头上的酒水，说道："唉，是，我……"

顾雪仪问道："听过舔狗（网络用语，指对方对自己没有好感，还硬往上贴的人）吗？"

艾德诺："什么？"

顾雪仪指了指哈迪斯："他就是舔狗。我对他能有什么感情？"

翻译又一字一句地翻译了。

艾德诺都惊了："她把你当狗？"哈迪斯果然是个废物！他这都不生气！

哈迪斯没想到顾雪仪的嘴这么厉害，每句话都在骂他，但又是自己主动让她配合的。哈迪斯尴尬地笑了笑："啊……"

艾德诺看着哈迪斯狼狈的样子："这也是她干的？"

哈迪斯只好再次尴尬地笑了笑："啊……"

艾德诺怒道："你简直丢了家族的脸！你个废物！你就这样让一个女人踩在你的头上？"

其他人悄悄看着他们，等着看大戏。

顾雪仪却轻声说："你看，这不就是你想要的结果吗？他承认你是废物了。"

哈迪斯忍住辛酸泪，上前拦住了艾德诺，说："哥，你冷静点儿。她可是宴朝的太太！"

艾德诺一听见宴朝的名字，理智瞬间回来了。他拿这个女人没办法。

艾德诺冷笑道："原来你知道她是宴朝的太太。你不怕得罪宴朝？算了，随便你吧，只要你不拉着集团下水。"

艾德诺又训了哈迪斯几句，却不敢再说顾雪仪，训够了哈迪斯，才带着人走了，一走出去立刻收起脸上的怒意。

他放心了，哈迪斯就是个废物。只是回想着刚才那番对话，艾德诺也高兴不起来。

宴朝的太太太强悍了。

宴会厅里，女歌手都快哭了。

哈迪斯挨打，她在唱歌；别人"吃瓜"，她在唱歌；克里夫集团的大少爷来了又走了，她还在唱歌。

其他人也面面相觑，一时间有些畏惧顾雪仪。艾德诺都拿她没办法啊！华国女人什么时候这么厉害了？

顾雪仪回到沙发边坐下："再演个歌剧给我看吧。"

所有人都只能忍着委屈，给她演起了歌剧。

今天过后，他们大概再也无法在网上轻飘飘地点评顾雪仪是"刁蛮的华国女人""没有长手"了。

宴会快结束的时候，哈迪斯接了个电话。

"我是宴朝。"那头男人的声音冷淡、平静，但又透着压人的气场。哈迪斯在他面前，本能地矮了一头。

"我在米国机场，你亲自过来接我。"宴朝说。

宴朝怎么会来？而且他已经在机场了！早知道是这样的话，他也没必要演这出戏，现在麻烦了，怎么办？

哈迪斯脸色阴沉。

顾雪仪察觉到他的变化，立刻转头问："哈迪斯先生又在憋什么坏水吗？"

哈迪斯僵硬地笑了笑，说："当然不是。"

本来宴朝在国内，一切都可以悄无声息地进行。宴朝怎么会来呢？他是为了他的太太而来的吗？

哈迪斯看了一眼时间，突然问道："您不想知道之前宴总是怎么和我形容你的吗？"

宴朝和哈迪斯是之前认识的。那个时候，宴朝评价的应该是原来的顾雪仪吧？那和她本来就没多大的关系。顾雪仪顿了一下，漫不经心地说道："你说。"

她不需要知道自己在宴朝心中是什么样的。但她需要从哈迪斯的话中判断他究竟想做什么,他是想挑拨离间吗?

哈迪斯说道:"他说你刁蛮,智商不在线。"

顾雪仪"哦"了一声。

哈迪斯问道:"你不生气?"

顾雪仪歪了歪头,故意反问:"你不知道我爱他爱得要命吗?"

哈迪斯的表情僵住了。她听见这样的话,居然还爱宴朝?哈迪斯觉得自己的计划不仅砸了,甚至还被迫吃了一嘴"狗粮"。他站起身:"你慢慢玩,我先离开一会儿。"

顾雪仪"嗯"了一声

哈迪斯一走就有人主动过来说:"我叫克劳迪娅,你叫什么?"

顾雪仪回道:"顾雪仪。"

这时顾雪仪收到了一条来自宴朝的新短信:"我到国外出差。"

宴朝也到国外了?那哈迪斯应该就是去接宴朝了。哈迪斯对她们来说是个香饽饽,但对她来说什么都不是。

顾雪仪收起手机,想了想,抬起头,用英文问:"你们知道我丈夫是谁吗?"

这些女人愣了愣,异口同声地说道:"你结婚了?"

顾雪仪点了点头。

没多久哈迪斯就接到了宴朝。一路上,宴朝都没有开口,他的沉默让哈迪斯有种喘不过气的感觉。不管过去多久,他还是会对宴朝有种本能的恐惧感。

哈迪斯眼皮跳了两下,很快压下恐惧。没关系,机会就在眼前。

哈迪斯笑着转头说道:"宴,到了。"

保镖先一步下车拉开了车门。

两个人都下了车,然后哈迪斯才听见宴朝说的第一句话:"我太太呢?"

哈迪斯顿了顿,说:"在宴会厅里,顾女士说她喜欢热闹,今天举办了个 party。"

宴朝的心有点儿酸。顾雪仪喜欢热闹吗?

那是她自己说的,还是哈迪斯看出来的?他都不知道她喜欢热闹。

宴朝走在前面,哈迪斯跟在后面,两个人一前一后地进了门。

宴会厅里的人听见脚步声,本能地看了过去。

"哈迪斯回来了,前面的人是谁?"

"我认得他!那是宴朝!华国有名的企业家!他的财富可以抵得过欧洲的小国家了!"

"天哪!我听说福勒家族的千金曾经向他示好,他冷酷地拒绝了。"

这个华国男人相当好看,并且气质令人深深着迷。

她们在打量宴朝的时候,宴朝却一眼就看见了沙发上的顾雪仪。她又穿了旗袍。

宴朝目光一闪,第一个想法竟然是她今天没有踩别人的头吧?

顾雪仪也看见了宴朝,冲他微微颔首,淡淡地笑了一下。

宴朝看见顾雪仪站起身,缓缓朝他走了过来。宴朝动了动唇,问哈迪斯:"这里开暖气了吗?"

哈迪斯:"开了。"

宴朝解开纽扣,脱下了西装外套。

"您热吗?"哈迪斯问。

哈迪斯刚说完,还没等到回复,顾雪仪已经走到面前了。

"她又要干什么?"

"她不会又要泼哈迪斯吧?"

"这个华国女人也太嚣张了……"

顾雪仪挽住了宴朝的胳膊,然后转了个身。

宴朝动作一顿,大脑也停止了思考。顾雪仪挽住他的胳膊,动作有几分亲近,甚至他能感觉到她离他更近了一些。他的呼吸不自觉地放轻了。

顾雪仪这才用英语向所有人介绍道:"他是我的丈夫。"

宴朝的呼吸停滞了瞬间,他垂下目光,扫过了她挽住他的胳膊的手,然后抬起手握住了她纤细的手指。

"有点儿凉。"宴朝低声说,"是不是有点儿冷?"

哈迪斯是真的有点儿酸了。顾雪仪这样的女人就像小猎豹,又傲又烈,而且分外凶悍,可怎么对待宴朝的时候就不同了?

哈迪斯张张嘴想重复一遍,说有暖气。宴朝已经轻轻挣开顾雪仪的手,将自己臂弯里的外套披在了顾雪仪的肩上。

一时间,宴会厅里的女人都傻眼了。

"老天!"

"她怎么会是宴朝的太太?"

"宴朝拉起了她的手?"

如果说哈迪斯顶着克里夫集团小公子的名头，就已经令她们趋之若鹜了，宴朝遥不可及的身份，就更让她们向往了。这个华国女人到底哪里来的这么好的运气？

"她是不是有很厉害的家世？不然的话哈迪斯怎么会喜欢她？宴朝怎么也会喜欢她？"

"没听说过姓顾的是很厉害的人家啊。"

"她刚刚是在炫耀吧？"

她们忌妒得甚至站不稳了。

哈迪斯吸了一口气，目光沉了沉，让 party 上的人先回去了。这些女人自然不能拒绝，只能依依不舍地离开。

顾雪仪这才说："哈迪斯先生的这个舞会有点儿意思，下次还可以再办。"

哈迪斯僵硬地笑了笑："嗯……哈……你喜欢的话，那下次就再办。"

宴朝不着痕迹地皱了皱眉。

这时候顾雪仪将宴朝的胳膊挽得更紧了，说："我很想你，我们上楼说话。"说完她就把人带进了卧室。

宴朝满脑子的不真实感。他的大脑和身体好像分成了两半，一半冷静地注视着眼前的一切，另一半仿佛陷入了一大团的棉花糖里，又甜又软。

"喝水吗？"顾雪仪问。

"嗯。"宴朝有点儿木。

顾雪仪倒了一杯热水，递给宴朝："有点儿烫，要等一会儿。"

"嗯。"宴朝还是有点儿木。

顾雪仪先在沙发上坐下，然后拍了拍身边的位置："坐。"

宴朝挨着她坐了下来，几乎无法思考。她对他好像更亲近、更温柔了。

顾雪仪低声问："哈迪斯和你有仇还是对你有恩？"

宴朝："嗯？"

"这个人有点儿问题。"

他早该知道，她不可能和哈迪斯有绯闻。她聪明又敏锐，怎么会瞧得上哈迪斯呢？

"他不是什么好东西。"宴朝这才拉回了思绪。

顾雪仪忍不住轻笑一声。她离他太近，她的笑声就这样灌进了他的耳中，轻轻地撩拨着他的耳膜，连带他的心尖上都有些痒。

顾雪仪说："咱们好像在背后说人坏话。"

宴朝"嗯"了一声。

顾雪仪挑了挑眉："不过今天我已经骂过他了。这个人，得提防着点儿。"

他压住乱窜的心绪，低低地应道："好。听太太的。"

哈迪斯 party 当天的照片不知道被谁放了出来，一下又引起了外网热烈讨论。

"这个女人对待哈迪斯也太不客气了！"

"宴会上居然有人给她唱歌？还有人给她演话剧？她到底是什么来头？"

也就几分钟，外国网友就知道她是什么来头了。

照片里，顾雪仪挽着宴朝的胳膊。

"老天，那是华国的宴朝吗？"

"那竟然是他的太太！"

克劳迪娅回去之后，也终于想起了顾雪仪是谁。

克劳迪娅感叹了一声，然后匆匆忙忙地发了新的动态："那个华国女人叫顾雪仪，华国国内刚刚爆火的一部电影《明星》，狂揽几十亿元票房，就是她投资的！她是个相当厉害的投资人！"配图是华国媒体的一张照片，照片是《明星》的点映现场，上面可以看见无数华国大佬的身影。

"华国的投资人？"

"《明星》是她投资的？老天，《明星》好像要在米国上映了吧，好像还准备送去各大电影节参展。"

"是孙拍的？他很厉害。"

"这部片子的本身价值不评价，但是能揽到这么多票房……华国人的购买力果然令人羡慕。"

"她一定很有钱，她会愿意投资我吗？"

很快，华国网友们也看见了宴朝和顾雪仪的照片。

"正好让你们知道知道，我华国有宴总这样超级优秀的男人，我们顾女士根本看不上你们国家的人！"

"不是，就我一个人注意到宴总前一天还在出席会议，后一天怎么就飞国外了？"

宴文姝清晨起床后，走到了餐厅坐下。

没一会儿，宴文柏也下了楼。

"你今天不用去学校吗？"

"还没开学。"

"哦。"

两个人大眼瞪小眼，气氛尴尬极了。

宴文姝实在忍不住了，转头问："大哥呢？"

女佣说："先生昨天就没有回来。"

宴文姝重重地叹了一口气。这下好了，不仅大嫂没了，大哥也没了。

"我们去米国。"宴文柏说。

"那到了米国之后怎么说啊？大嫂会不会生气啊？感觉我们这样跟不务正业似的。"

"就说去给宴文宏加油。"

宴文姝说："宴文柏，你真是个天才！"

宴文柏翻了个冷冷的白眼，但嘴角还是忍不住上扬了一点儿，明明是宴文姝太笨了。

宴文柏很快找齐了自己的证件，还把行李都打包好了。

宴文姝同样快速收拾好自己的东西，匆匆给自己的塑料姐妹打了个电话："你们先找宋圆陪你们吧，我得去一趟国外。"

"搞什么？我们来华国，她又飞国外？"

"不知道。"

"好像那天她看了新闻就不对劲了。"

宋圆倒是扬起了笑脸："她应该是去找她大嫂了，我陪你们吧，你们想去哪里？京市有个很有名的小众画廊，要不要去看一看？"

宴文姝最后却没买成机票。她和宴文柏弄了半天，还把电话打到了陈于瑾那里。陈于瑾这才想起来之前顾雪仪让他限制宴文姝出国的事。

宴文姝傻眼了。

宴文柏拎着行李上了飞机，宴文姝只能眼睁睁地看着。这时候她无比后悔，当初自己怎么会蠢到蒋梦一煽动就信呢？

宴文柏很快就按照陈于瑾提供的地址找到了哈迪斯的住所。他进了门，哈迪斯就让人端了咖啡和点心给他。宴文柏却根本不感兴趣，径直仰头望向楼梯，问："我大嫂呢？"

"在四楼。"哈迪斯和他说了在哪里，就要陪他上楼。

"不用了，我自己过去。"宴文柏上了楼。

哈迪斯转过身，脸色才沉了下来。宴家人这么兄弟情深吗？

宴文柏很快来到了哈迪斯说的那扇门外。门很快被打开了，宴文柏却愣住了。他怎么会在顾雪仪的房间里看见大哥？

宴朝见到宴文柏也有些讶异。

宴朝低头看了一眼手表，现在才早上九点四十三分。宴朝淡淡地说："再等一会儿。"

宴文柏也不敢多问，老老实实地在门外等着，但心里掀起了狂风巨浪。他们不会离婚了是吗？

宴朝在沙发上睡了一晚，刚起来。

顾雪仪这会儿正在浴室里。她洗漱完出来时，宴朝已经穿好了西装。

"宴文柏？"顾雪仪说着，就往门的方向走去。

"嗯，你先喝水。"宴朝说。

顾雪仪的步子顿了顿，她一时间有点儿新奇，还从来没人管过她喝不喝水。

顾雪仪走了回去。

宴朝指了指桌上的水杯，顾雪仪顺势端了起来，抿了一口水。水温刚刚好。

宴朝怎么像个大丫鬟似的，还是特别有眼力见、面面俱到、省心又讨喜的那种大丫鬟。

一行人下了楼，没多久，宴文宏也下来了。

宴文柏问："宴文宏拿奖了吗？"

"拿了。"顾雪仪抿唇笑了一下，"不过还有一个竞赛，现在还没出结果。"

"哦。"宴文柏干巴巴地说，"我是来给宴文宏加油的。"

宴文宏猛地扭头看向宴文柏，差点儿绷不住脸上乖巧的表情。他疯了，还是宴文柏疯了？宴文柏居然会来给他加油？

当着顾雪仪的面，宴文柏回了一个坚定的眼神。宴文宏反倒往后退了退，目光闪了闪，躲开了宴文柏的目光。在十八岁以前，他拼了命也想别人对他好，但当别人真正对他好的时候，他反而有点儿无所适从，垂下头，盯着面前的食物，不再说话了。

宴文柏这会儿倒是更健谈，又问："什么时候颁奖？"

"还要等几天吧，3月10号左右。"

宴文柏犹豫了一下,还是说了宴文姝交代的话:"宴文姝本来也要来的,但是她买不了机票。"

"啊。"顾雪仪这才想起自己交代陈于瑾的事,不由得又笑了笑,"陈秘书倒是执行得很好。"

宴朝的心里又酸了一下。她又夸陈于瑾。

"你今天有什么安排?"顾雪仪转头问宴朝。

宴朝哪里有什么安排,就是来见她的,但还是淡淡地说:"十点半和福勒家族的掌权人会面。"

"那就去吧。"顾雪仪转头问宴文宏和宴文柏,"要出门走走吗?"

两个小的连忙点头:"要。"

看着宴家人神色自如地交谈,尤其是顾雪仪温和的姿态,哈迪斯觉得有点儿扎眼。宴家竟然家庭和睦?他们大概只是表面上装出来的吧……

哈迪斯这样想着,才觉得心里舒服了点儿。

用过了早餐,宴朝只能起身去和福勒先生会面。谁叫他撒谎了呢。

顾雪仪则带着两个小的去了当地的历史博物馆。

一家当地的学校里,一个女学生急匆匆地撞开了门,将手机递给了老师:"那个女人……"

男人低头一看,脸色也变了:"原来她是华国有钱人家的太太。那她为什么还要带着弟弟去参加那样小的比赛?这些华国人故意在小比赛里找存在感和自豪感吗?英特尔科学奖的结果出来了吗?"

"还没有。今年的结果好像出来得特别慢。"

"不用等也知道结果,他能去参加这样的比赛是很厉害了,但也仅止于此了。每年参加这个比赛的人大多是来自世界各地的天才……"男人这话也不知道是说给学生听,还是安慰自己。

外网上也有不少网友在关注这个竞赛。

"今年会是谁拿奖金?班尼迪克?鲍莉?"

"班尼迪克吧,他的粉丝都有6000万了,他很厉害的。"

就连国内也有人在小众论坛上问了几句。

"今年我们国内是不是没人参加?"

"是啊,几个大神去年都参加了……今年好像没人参加。"

这个话题实在冷门,聊着聊着,帖子就沉下去了。

宴文嘉打了个喷嚏,搞得助理全慌了:"原哥,没事吧?是不是最近通告跑太多了?"

宴文嘉摆了摆手,往前走去,一帮助理忍不住暗暗感叹:原哥现在变了啊,竟然再也不动不动就甩手不干了。

这时候迎面走来几个小演员,宴文嘉的目光变冷了,吓得对方哆嗦了一下。

"原哥。"经纪人快步走来,咽了咽口水,脸色有点儿尴尬,"原女士要见你。"

宴文嘉敛住目光说:"哦,那就见吧。"

其中一个人走远了,拍了拍自己的胸口:"吓死了。"

旁边的人问:"金哥,你得罪过原哥啊?"

金函学摇了摇头,脸色有点儿古怪。唉,他很想告诉这些人,差一点儿就能抱上顾雪仪女士的大腿了!他和一次乘风而起的机会生生擦肩而过了,唉!

宴文嘉进了化妆间,原静已经坐在那里等他了。这还是过年后,两个人第一次见面。

原静眼中掠过一丝尴尬之色:"我看见了,你的新电影的确演得很好。"

宴文嘉有点儿高兴,但再仔细一琢磨,那点儿高兴情绪好像也并不多,没有他想象中的多。原静结婚后,不想面对宴文嘉,对宴文嘉是刻意忽视的。由于她怀着愧疚之情,并没有对宴文嘉的生活过多地指手画脚,宴文嘉想怎么做就怎么做。

原静说:"我不是个好母亲。"

过去,原静也没少说这句话。宴文嘉听了太多次。每次听见这话的时候,他都会不冷不热地说道:"哦,谁说不是呢?"

但是这次宴文嘉沉默了几秒,说:"其实,还行吧。"

原静头一次听见不一样的回答,惊讶了一瞬,感叹了一声:"嘉嘉长大了。"

宴文嘉忍不住说:"其实我早就长大了,在你没注意的地方。"

原静怔怔地望着他,流下了眼泪。

宴文嘉呼出了一口气:"我现在能对自己的决定负责了,也学会怎么去做好一件事了……你不用担心了,好好过你的生活吧。"

"可是……你不管长到什么年纪,也还是需要母亲的。"

宴文嘉按了按胸口。那里已经不再是空荡荡的。他想了想,从兜里掏出个红包。那个红包他贴身放了好多天。

宴文嘉指着红包说:"这个,有人给我了。"

原静顿住了。

经纪人怕他们吵起来,忍不住敲了敲门,小声说:"原哥,别忘了通告……"

宴文嘉起身往外走去:"我要去工作了。"

我要去工作了。这话从宴文嘉口中说出来实在太不可思议。

他在原静看不见的地方,悄无声息地蜕变了。

宴朝抵达国外的第二天,晚上也是在沙发上度过的。

他醒来后,一家人坐在餐桌前,不等顾雪仪问,宴朝就先说了:"老福勒太不讲商业信用,我和他没法谈判,今天就不去了。"

顾雪仪愣了一下,然后"嗯"了一声。他这是在和她汇报行程吗?

宴朝紧跟着问道:"今天还要出门吗?"

顾雪仪说道:"嗯,去博物馆。"

宴朝立刻说:"我也去。"

顾雪仪觉得他清闲得有些奇怪,但也没拒绝,就点头答应了。吃完早餐,宴朝主动拎着顾雪仪的热水壶跟着一块儿上了车。顾雪仪转头看了他一眼,觉得有些好笑。宴朝看上去怎么像是怕被丢下的样子?嗯,他更像大丫鬟了。

这次顾雪仪一行人去了其他博物馆。他们沿着路线往前走着。那里的东西形状各异,有铜器、有瓷器、有金银玉器……色泽各有不同,分别出自不同的朝代。

宴家三人没一个了解的,反倒是顾雪仪侃侃而谈:"这个出自战国……这个出自唐朝……"

他们不自觉地认真听起了她的讲解。那些蒙着一层层岁月风霜的古物,在她讲解过后,被撩开了那层神秘面纱露出了瑰丽的一面。顾雪仪从尧舜禹到秦朝统一天下,秦军岂曰无衣的悲壮与团结,再到唐朝盛世,到宋时经济文化繁荣,明时天子守国门……

她并不赘述,大多只是几句带过。宴朝目光一闪,隐约猜到了她的用意。顾雪仪顿住脚步,转眼就讲到了近代史:"摆在这里的文物便是这样流出国门的。"

宴文柏皱起了眉,唇也抿紧了。他比宴文宏共情快。

顾雪仪问:"知道脚下这片土地有多少年的历史吗?"

这个宴文宏知道:"200多年。"

"知道华国有多少年的历史吗?"

"4000多年。"宴文宏说出口后,突然顿住了。

这些并不是冷门知识,大部分华国人知道这些,可知道是一回事,当置身于博物馆中说出来是另一回事。

"你们读历史吗?"顾雪仪又问。

宴文柏说:"不读。"

宴文宏也摇了一下头。

"读史明智,鉴往知来。"顾雪仪说。

这句话宴文宏倒是听过,哲学家弗兰西斯·培根说过"读史使人明智",于是宴文宏点了点头。

"也不仅止于此。人这一辈子会从不同的人身上找到归属感。小时候,我们从父母的身上找到归属感;结婚生子后,从自己的家庭里找到新的归属感。这些是会变的。可唯有一种不变,当你读历史,当你站在博物馆里时,你会找到对民族文明,对整个国家,对故乡的归属感。"说完,顾雪仪又问了一句,"竞赛结果快出来了吧?"

宴文宏点了点头。

顾雪仪笑了一下。她希望宴文宏能走得更远,而不再只是被束缚在"讨人喜欢"的圈子里。宴文柏也一样。

宴朝紧紧盯着她,忍不住勾唇笑了一下。

转眼到了三月四日。英特尔科学奖在官网上公布了新的获奖名单。从四十人的决赛中,最后选出前十名选手。

最上面有一个名字格外醒目——Yan Wenhong。

这个名字一下又惊爆了外网,尤其是在刚刚热议过那位来自华国的顾女士之后,又出现了一个厉害的华国人。

与此同时,宴文宏也接到了竞赛方的邀请,请他去参加颁奖会以及发表获奖感言。

顾雪仪突然想起了一个问题:"宴总好像两天没工作了?"

宴朝反问道:"啊,是吗?"

顾雪仪狐疑地看了他一眼,倒没再往下追问,因为他们作为家属一并受邀去颁奖现场。

二人换上正装之后，就去了现场。顾雪仪和宴朝两个华国人坐在中间，尤为显眼。

很快，宴文宏出现在领奖台上，他的面容看上去越发乖巧。他伸手扶了扶话筒，然后骤然看向台下的顾雪仪，眼中仿佛缀满了星星。他开口说："首先，我要感谢我的大嫂，我最尊敬的人是她，我最爱的人也是她……"

最爱？

宴朝的眼皮跳了一下，心里的醋缸仿佛破了个大洞。

宴文宏站在台上演讲的时候，宴文柏正在给宴文姝做实况转播。

"好了吗？你怎么还没好？"

"在弄。"

"哎呀，你怎么这么慢？"宴文姝盯着屏幕嘀咕了几句，画面又卡了，整了半天终于出现了宴文宏的声音，恰好卡在那句"首先，我要感谢我的大嫂"上……

两个人的表情一瞬间仿佛打翻了染缸，十分精彩。

宴文宏的英语说得很流利，他仿佛是天生的演讲家，站在台上时，没有丝毫磕巴，神色从容，娓娓道来。从他怎么想到要做这样的科研项目，再到他从顾雪仪身上汲取了多少力量……相当普通的获奖感言到了他的口中就拥有了不一样的力量，所有人都不自觉地认真听了起来。

整个发言不知不觉持续了十分钟。

这时候国内也有人注意到了这场演讲。

"今年英特尔科学奖的第一名是我们华国人！"

"冉宇吗？"

"不是，我记得今年没有大神，冉宇还没入围前四十名就被刷下去了。"

"核物理的科研项目？惊到我了！"

"但是以前好像没听过他的名字啊。"

"他口中的大嫂是谁啊？"

"等媒体公布吧，媒体肯定会扒到的。"

八卦论坛里，还有人专门为此开起了直播帖，截图实况翻译转播情况。

宴文宏的演讲结束了。媒体这才闻风而动，紧急联系在英特尔科学奖现场的外派记者，让他们去采访，又紧急加派人手去拍照、写新闻。

如网民猜测的那样，"华国高中生获英特尔科学奖"迅速上了话题榜。宴文宏抓着手中的奖杯，万众瞩目。

465

宴文宏从小就知道自己很聪明。很多别人解不开的题,他轻易就能解开。别人解开难题能从中获得快乐,但对他来说这太过容易,他已经感觉不到快乐了。

他站在台上,一眼望去,台下是各色陌生的面孔。这和他站在淮宁中学演讲,看着无数人对他流露出震撼、触动、信服的感觉是完全不一样的。

他隐约明白了顾雪仪带他和宴文柏去博物馆的用意。华国的标签贴在他的身上,在这样的场合下有了更大的意义。

宴文宏终于从中感觉到了一丝快乐,嘴角上翘,深深地看了顾雪仪一眼。

只有她才不会因为他或愚笨或聪明或弱小或强大而改变对他的喜爱;只有她才是真正关心他、引领他的人。之前,他感觉自己只有在顾雪仪面前的时候,才像一个正常人;现在,他站在无数人面前……他感觉自己是个正常人。

宴文宏鞠了一躬,步伐轻快地离开了演讲台。

台下的人缓缓回神,掌声雷动。对强者,人总是本能地敬服,更何况是这样的天才少年呢?

宴文宏径直往顾雪仪的方向走去:"大嫂!"

宴朝面无表情地指了指旁边的位子:"那是你的。"

宴文宏的兴奋感顿时减少了一半,但他还是乖乖按着宴朝的意思坐了下来,随后又将手中的奖杯、纪念金章、证书,一块儿递给了顾雪仪。

顾雪仪伸手接了过来:"有点儿沉。"

宴朝伸出手,与她一并托住了奖杯的底座。

顾雪仪手背一热,惊讶地看了他一眼。她只是客观地评价了一句奖杯沉,并没有感觉累,可他好像格外细心,时刻留意着她的反应。

"大嫂,都给你!你帮我收着吧!"宴文宏越想越觉得高兴,"以后每年都会有,你都帮我收着吧!"

顾雪仪应了声"好"。

这时候媒体的灯光、镜头早已对准了他们,也就是说,国内外的人都看见了,宴文宏从台上走下来后,走到了谁的身边。

"是我眼花了吗?那不是顾女士?旁边的是宴总啊!"

"我记起来了,之前听说顾雪仪陪弟弟出国去参加比赛了。这就是她弟弟?"

"和上次上新闻的那个宴四少不一样啊!这个看着年纪还要小一点

儿，长得真好看，居然是个科研小天才！英语相当流利……那口英腔太好听了。"

"他从台上一下来，就直接走到顾女士和宴总面前去了，还把奖杯什么的全给顾女士了，也太乖了。"

"为什么以前没听说过宴家小少爷？为什么他只感谢大嫂呢？"

"想起来了，上次宴四少接受采访的时候，好像也是说……大嫂教的？"

……………

胡家人当然也看见了这一幕。

他们这个年过得可不太好。胡家人不得不在医院照顾被放高利贷的人找上门砍伤的胡老大。胡雨欣多次试图联系宴文宏，觉得自己知道宴文宏要什么，心想：我给他他想要的东西不就好了吗？哪有孩子不想要母爱的呢？但宴文宏一概不接受。

转眼到了这天，胡家一家人坐在病房里，打开电视打发时间，却一眼看见新闻频道里出现了宴文宏的面孔。

"那不是宏宏吗？"胡外公愣了一下。

胡雨欣变了脸色，连忙盯着电视屏幕。电视屏幕里，宴文宏穿着黑白色的小西装，模样俊秀，显得极有教养。他一只手扶着话筒，英文流利，侃侃而谈。其中的专业词汇胡雨欣听不太懂，但他能听明白他频繁提起的"大嫂"。

胡雨欣的脸色越发难看。

胡外公眯起眼也看不太真切，连忙问："这是在哪里？做什么演讲？"

胡雨欣低头看了看底下的一行小字："我国高中生宴文宏在米国获得英特尔科学奖……"

胡雨欣听过这个奖，这个奖好像很了不起，有小诺贝尔奖之称。胡雨欣知道宴文宏是个天才，所以才花了更多的心思培养他。

胡外公惊喜地说道："宏宏拿了这么厉害的奖！新闻都报道了！多有面子啊！"

胡雨欣咬着牙说道："他的基因是我给的，他的聪明是我教的，他倒好，一直在感谢那个女人！"

"哪个女人？"胡外婆问。

"宴朝的太太，现在的宴太太。"胡雨欣越说越火，"那个女人抢走了宏宏的抚养权。也就宏宏傻，现在还这么感激她！可是他拿这个奖又有什么用?他要去做书呆子吗?他得拿到宴家家产,有能力和宴朝分庭抗礼才行!"

胡外公的高兴心情一下子也消失了。是啊,他们辛辛苦苦培养宴文宏,挖空心思为他选学校,为的不就是将来宴文宏能继承宴家家产吗?

胡雨欣冷冷地说道:"不行,我绝对不能让宏宏的天才大脑毁在他们手里。他们这是想送宏宏去搞科研。谁不知道做科研的人最清贫了。宏宏真要一头扎进去了……那以后还有能力和宴朝争吗?"

胡老大目光闪了闪,倒是有点儿害怕了。他不知道自己被砍是意外还是有人故意找碴儿。他犹豫着说:"其实不管宏宏将来做什么,你都是他妈妈,宴家的基金你还是能分到钱的,我们何必非要和宴朝争呢?"

"大哥,你以前可不是这么说的。"胡雨欣说。

胡老大只好闭嘴。他还得靠这个妹妹养着呢。

胡雨欣看着手机上那些夸顾雪仪的话,喃喃地道:"我得想个办法。"

外网的人当然也看见了这段直播。

"原来他是顾的弟弟?"

"不,是宴朝的弟弟。"

"那有什么区别?他在台上说最感谢的人是大嫂……指的就是顾了。顾真是个神奇的女人。"

"不是说华国的家长都不擅长教育自己的孩子吗?"

"或许她是特别的。"

他们更了解这个奖的分量,自然也就改变了对顾雪仪的看法,忍不住想去了解宴文宏。一时间外网、内网,不管是不是表象,至少看起来都分外和谐、热闹。

哈迪斯忍不住咬牙:"敢情最后我变成宴家的垫脚石了?"

宴文宏还要参加接下来的活动,顾雪仪和宴朝就没有陪着他。宴朝无比自然地接过奖杯,然后两格人就离开了。

宴文宏其实不喜欢这样的场合,但现在,他觉得和他们聊聊也不错。他骨子里是有操控欲的。宴文宏转头看向台下无数的人,眼中燃起了点儿兴味之意。现在,他要用强大的实力去碾压他们……

他们一上车,宴朝的手机就响了。手机那头的老人用生硬的华国话说:"恭喜宴总有这么优秀的弟弟啊!"

"谢谢福勒先生。"

老人随即爽朗地笑了起来:"之前不知道宴总的太太也在,既然都在就请宴总和宴太太一起吃顿便饭。"

"再说吧。"宴朝不想应付这个老头,淡淡地说着,心想自己追老婆还来不及呢,"福勒先生还有别的事吗?"

老人很尴尬,却也不甘心就这么挂了电话,于是低声说:"宴总是有什么别的考量吗?还是说……阿伯特已经先一步邀请宴总了?"

宴朝这才屈起腿,淡淡地说道:"因为我得和我太太商量一下。"

老人以为自己听错了,宴朝还要听他太太的?他开什么玩笑?不,事实上,宴朝结婚就让人惊讶不已了。

宴朝没有再和他说,挂断了电话。

顾雪仪忍不住好奇地问:"福勒家族的人?"

"是。"

"宴家和他们有生意往来吗?"

"有,但不多。它曾经是宴家旗下一家公司最大的原料供应商,但现在不是了。"宴朝顿了一下,倒也不介意和顾雪仪多说,"本来计划明年在能源上可以合作,但现在计划已经搁浅了……"

这种感觉倒是很奇妙。宴朝习惯了一个人做主。他幼年丧母,前几年老宴总也死了,宴家几个孩子在他眼中和他不在一个层面上,过去他更不会好好看一眼这个妻子。"商量""分享",对宴朝来说,都是相当奢侈的词。

两个人聊了会儿老福勒。顾雪仪也从宴朝口中知道了哈迪斯的哥哥艾德诺和老福勒是忘年交。而老福勒从宴朝的父亲那代开始,就在想着怎么吞掉华国的企业了。

第二天一早,他们又收到了来自老福勒的邀请,他邀请他们去参加一个游轮聚会。

宴朝竟然还真的要听顾雪仪的意见,问顾雪仪:"去吗?"

顾雪仪挑了挑眉:"去。哈迪斯、艾德诺、老福勒,都是认识的人。我还想看看他们究竟想干什么呢。"

胡外公愤怒地说:"他们企图和我们抢抚养权,太过分了……孩子哪里能离开妈妈呢?这些事你们要报道出去!"

媒体纷纷点头,却不以为意。有本事你们倒是和宴氏去抢抚养权啊!

国内。

宴文嘉刚看完宴文宏的获奖演讲,冷嗤了一声。等着吧,等他去领奖的时候,他也会这么说的!

这时候经纪人来找他聊八卦消息:"最近网上都在议论宴家的小少爷,说他经历了那些事,还那么厉害……"

宴文嘉一下捕捉到了关键词:"那些事?哪些?"

经纪人马上拿了手机给他看。淮宁中学这个很久没被提起的词,一下又上了话题榜。原来媒体扒出来,胡家曾经将宴文宏送入淮宁中学,这次媒体详尽地报道了学校毁了多少人,宴文宏能有今天多么不容易。小学同学说他聪明得有点儿可怕,后来有一次在淮宁中学遇见他,他看上去特别像反社会人格的精神病患者……之类的话全部被报道了出来。

他们用过分可怜的笔触来描述着宴文宏,又发出疑问:"连淮宁中学的校长都说他可怕,宴文宏是否真的精神不正常?之前学校死人是否与他有关?这恐怕只有宴文宏本人才知道了。"

宴文嘉看得火冒三丈。是,他讨厌宴文宏。宴文宏两面三刀,太会伪装自己!大嫂还总给他开小课,可是轮得到他们说吗?轮得到他们来揭宴家人的痛处吗?

宴文嘉面无表情地砸了手机。

经纪人被吓了一跳。

"这家是什么媒体?"

"好……好像是一家传媒公司。"

宴文嘉冷笑了一声:"我这就去砸了它!"

宴文嘉都走到公司大楼下面了才停住脚步,看到经纪人正急得团团转,想着怎么把人劝住呢。

"原哥,不去了?"

宴文嘉转身回到了车里,因为他们动作够快,一时间倒是没什么人注意到。

"那您这是要……?"

"报警啊。"宴文嘉拿出手机理所当然地说,"他这叫发布不实信息,抹黑宴家人。"说到后半句话的时候,宴文嘉声音都冷冷的。

经纪人嘴角抽了抽,这是从宴太太那里学的技能吗?

警察很快到了,宴氏的律师很快也到了。

这家传媒公司哪里想到宴氏会为了一个私生子动怒呢。过去宴朝对宴家的私生子可都是不闻不问的。

"那咱们现在去哪儿？"经纪人问。

"把你那里收的新剧本都给我。"

"您不是说要休息吗？"

"我要拿奖。"

"啊？"

虽然说《明星》拍完后您的确可以膨胀了，但怎么突然就要拿奖了呢？

经纪人把话咽回了肚子里。

宴文嘉的目标从来没有这么清晰过！虽然他不能比宴朝更有钱，但他可以比宴文宏拿的奖更多啊！

那家传媒公司的负责人很快就被警察带走了，网络上那些随意发布的文章立马被删了不少。

宴文嘉胸口压着的那口气这才顺过来。

他把手机丢给经纪人："明天给我买部新手机吧。"

他都没办法给大嫂打电话了。

宋家。

"好，我知道了。"男人说完，走到了宋成德身边，面色怪异地说："宴文嘉报警了。"

"报警？"宋成德也是愣了愣，但很快想到了顾雪仪的作风。宴文嘉倒是有样学样。

宋成德叹息道："宴家的小崽子学聪明了，麻烦了。"

"太太那里……？"

"你以后也不用再去探望太太了。现在那个姓盛的卡得紧，太太也应该理解我的难处。"宋成德冷淡地说道。

男人心下激灵了一下，知道宋成德这是要放弃石华了，可能很快就要宣判了。

晚上八点钟，顾雪仪和宴朝到了港口。

"您请。"负责检票的工作人员用华国话说。

认出宴朝并主动和他打招呼的人全说着一口生硬的华国话。

顾雪仪挑了挑眉，这才意识到宴朝在这里的名声很大。

宴朝倒是神色如常，像那天在宴会上一样，无比自然地牵起顾雪仪的手，搭在了他的臂弯里。他低声介绍着每个走过的人都是谁。而游艇上的人也正用好奇又敬畏的目光打量着顾雪仪，不敢流露出半分轻视之意。

他们走入游轮宴会厅的时候，顾雪仪的步子顿住了。

宴朝微微侧过头，问："怎么了？"

宴会厅一面漆成红色的墙上挂着无数的合照，其中有一张照片吸引了顾雪仪的目光。站在中间的四个人分别戴着印有黑桃、红心、方块、梅花的帽子。这四个人中一个是戴着方块帽子的封俞，一个是戴着红心帽子的石华，另外两个则是外国人。一男一女，男人戴着黑桃帽子，女人戴着梅花帽子。他们身后还有很多人，其中就有哈迪斯。

宴朝顺着她的目光看过去，不着痕迹地皱了皱眉。她在看封俞？

"这个帽子挺滑稽的。"宴朝压下醋意，面不改色地点评道。

顾雪仪疑惑地看了他一眼，再转头去看他们的帽子："是有点儿滑稽。"

"宴！"有人热情地高喊了一声。话音落下，一个穿着燕尾服，个头一米七左右，肚子滚圆的老头就走到他们跟前了。

"他就是老福勒。"宴朝说。

老头身后还跟着一个年轻女人。年轻女人正是照片中戴着梅花帽子的人。她是标准的金发美人，一只手拿着酒杯，另一只手冲宴朝挥舞："好久不见！"她的华国话也很流利。

宴朝微一颔首，随即介绍道："这是我的太太，顾雪仪女士。"

金发美人向她伸出了手："我是老福勒的女儿，我有个华国名字，叫龙珍，你有英文名字吗？"

"没有。"

"哦。"龙珍说道，"你的名字不太好记。"说完，她也不等别人反应，又接着说，"我很喜欢华国文化的……"

顾雪仪这才不冷不热地问道："龙小姐记不住我的名字？"

龙珍顿了顿，笑着说："因为你的名字比较特别，特别到很难记住。"

宴朝突然不紧不慢地说道："是很特别。高洁无瑕为雪，心之所向为仪。"

顾雪仪心下一动，蓦地怔住了。这还是头一次有人这样解释她的名字。

正如龙珍所说，她的确对华国文化很感兴趣，所以也有研究。她明白宴朝这句话中的意思，脸色一下变得有些难看。

宴朝并没有就此打住，又淡淡地说道："在华国，关系比较亲近的人才会互相称呼名字。你称呼宴太太或者顾女士就是了。"

龙珍脸上的笑容淡了:"这样啊。"

老福勒连忙笑着说:"原来这就是宴太太,之前在新闻上看见过……"

龙珍换了个话题,又盯着顾雪仪问:"顾女士怎么没有穿泳衣?华国女人都像顾女士这样保守吗?"

这些人邀请他们来参加宴会,却没有提前告知他们是泳装party。这未免太小家子气。

顾雪仪随口说道:"不会游泳。"

宴朝却几乎在同一时刻说:"是我保守。"

顾雪仪觉得好笑,看了宴朝一眼。他是在维护她吗?

老福勒怕龙珍惹怒宴朝,笑着换了话题:"这次咱们要办一个为期七天的海上盛宴,傍晚八点开船。您和太太的房间,我们都准备好了。"

"七天?"顾雪仪不着痕迹地皱了一下眉,"我们没有带换洗的衣物。"

"还没开船,来得及……"宴朝立刻打电话叫人将东西送来。

老福勒为他们准备了一间房。房间很大,是船上的顶级套房,可与星级酒店的总统套房相媲美。他们走到小露台上,海景一览无余。只是那张床比较小,只有一床被子。

顾雪仪收回目光,问道:"宴总注意过红杏的标志吗?"

"嗯?"宴朝还真没注意过。

"是一颗红心。"顾雪仪顿了一下,"宴总知道君语社的标志吗?"

"一朵梅花?"宴朝答道。

顾雪仪笑了:"宴总真聪明。"

宴朝立即恭维道:"不及太太。"

顾雪仪觉得挺奇怪的。不管是那本书中描写的宴朝也好,还是她接触的宴朝也好,都不是会奉承别人的人。可他总是夸她,丝毫不吝啬对她的赞美。

顾雪仪看了他一眼,然后才转头去看外面的风景。

这时宴朝的手下将衣物送过来了。

宴朝过去开门。他再回来的时候就看见远方甲板上几个男人只穿着短裤……

宴朝飞快地捂住了顾雪仪的双眼。

顾雪仪反应过来的时候,眼前一片漆黑。

顾雪仪出声道:"宴总?"

他要早知道是泳装派对，就不带顾雪仪来了。

隔壁传来推门的声音。紧跟着龙珍出现在隔壁的露台上，扭头看过来，恰好看见这样一幕。

"你们真恩爱啊。"龙珍语气古怪地说。

宴朝回道："是啊。"

顾雪仪刚抓住宴朝的手背，动作一下就停住了。

宴朝一丝目光都没分给龙珍，环住顾雪仪的腰将她整个人抱了起来，然后转身进了屋。

龙珍看着宴朝把人打横抱进去，下面会发生什么，用脚指头猜也知道了。龙珍的脸一下就绿了。

宴朝把顾雪仪抱到床边放下，然后在她对面坐下，问："太太坐过这样的游轮吗？"

"没有。"不管是上辈子还是这辈子，顾雪仪都没有坐过游轮出海。

"这些日子太太辛苦了，就当这七天是海上休假吧。"宴朝说着起身去找水杯和咖啡机，烧了壶热水。

宴朝将水杯洗净、烫了烫，又接了水，微微躬身送到了顾雪仪面前。他问："要玩点儿什么吗？"

"玩？"顾雪仪并不排斥接受新东西，顿了顿，问，"玩什么？"

宴朝想来想去，竟然什么也想不到，这时候才意识到自己过去的生活实在太乏味了。

"宴总的功夫怎么样？"顾雪仪语气平静地说，"我很久没有好好活动筋骨了，如果要玩的话……不如这样玩。"

宴朝没有说"我让着你"，也没有说"太太竟然会这个"，而是站起身，说："好。"

宴朝解开领结脱下西装外套，袖扣也解开了，再将袖子挽到手臂处。

顾雪仪眼中多了一点儿亮光，随手将头发束起，歪头问："宴总好了吗？"

"好了。"

顾雪仪脱去了鞋，踩在柔软的地毯上，轻轻一借力，就冲向了宴朝。她的身体柔韧性很好，反身就是一个侧踢，带着极强的力道。宴朝敏捷地躲开，扣住了她的脚腕。顾雪仪也并不急着抽回脚，再次借力，弓背腾空而起，另一条腿也抬了起来，带着力道踢了出去。

宴朝抬手挡了一下，还真有点儿疼。

顾雪仪很快变了方向。宴朝面不改色,锁住了她的腰。下一刻,顾雪仪借力腾空而起,骑在了他的脖子上。

两个人都愣了愣。

"宴总出手太客气了。"顾雪仪低声说。

"是太太厉害。"

顾雪仪顿了一下,还是忍不住开口道:"宴总能放我下来了吗?"宴朝看上去分外文雅,但手腕上的力道很大。顾雪仪被他牢牢地锁在身上。

宴朝摩挲了一下指尖,没说话。

顾雪仪觉得他有点儿奇怪,是因为胜负欲?她也不再说什么,拍了一下宴朝的肩,脚尖同时猛地朝宴朝身后的墙蹬去,整个人向后脱离桎梏。

宴朝俯身去抓她。这次他扣住了她的手腕。

一墙之隔的龙珍就这么听着"啪啪""砰砰"的声音……整张脸都扭曲了。

她知道宴朝厉害,见过宴朝蹲下身,神色不变,解下领带套住手指,然后将一个杀手生生揍得颧骨都变形了。这个男人骨子里是狠厉的,力道也很大,在床上一定也很厉害,但是他们才上船多久,就这么着急?

龙珍死死咬住唇,嘴里有股血腥味。她爱慕宴朝,所以努力变得和他一样强大。为什么他还是不肯看她一眼?

龙珍气冲冲地打了个内线电话:"去请宴先生下楼。"

没一会儿,就有侍者敲响了顾雪仪他们的门。

侍者用生硬的华国话说:"请宴先生和宴太太下楼参加舞会。"

里面传来"砰"的一声。顾雪仪扔过来一个茶壶。

宴朝顺势坐在沙发上,顾雪仪一条腿紧紧挨着他的耳边,差一点儿就扫上去了。

两个人的动作顿了顿,又僵了一瞬。

"等等!"顾雪仪对门外的人喊道。

这会儿顾雪仪的姿势有点儿奇怪,她慢吞吞地撑在沙发上,然后收回了架在沙发背上的腿。只是腿一收回来,她悬空的姿势就改变了,整个人都落了下去,恰好坐在宴朝的身上。顾雪仪有点儿尴尬,抬头去看宴朝,却发现宴朝也正定定地看着她,她那一眼恰好望进了他的眼中——眸色漆黑,深不见底,带着强势,平时的文雅和绅士样子好像在刹那间消失了。

宴朝太奇怪了,没有按照书中剧情那样讨厌她、疏远她,甚至和她有些过于亲近了,已经超过了表面夫妻的距离。

顾雪仪像是着了火似的,迅速从他身上跳了下去:"我去洗澡。"

"嗯。"宴朝坐在沙发上没有动。

他用力闭了闭眼,抬手又解开了两颗衬衣纽扣,露出脖颈上微微突起的青筋。

直到听不见水流声,宴朝才站了起来,从行李箱里取出干净的衣物。然后他才想起来,刚才顾雪仪进去的时候,似乎没拿衣服。

这时候"咔嚓"一声轻响,门开了。

顾雪仪裹着浴袍走了出来,腰间的系带紧紧系在一起,只露出了一点儿雪白的脖颈和浴袍下笔直的双腿。

宴朝愣在了那里,喉咙发干。她的穿着没有任何问题,可他有点儿控制不住自己。宴朝不敢再看,匆匆进了浴室:"我也去洗澡。"

顾雪仪:"哎……宴总拿衣服了吗?"

门被关上,宴朝已经听不见了。宴朝再出来时,顾雪仪一抬眸,看见的却是他整整齐齐地穿着西装裤……上衣呢?他果然忘记拿了。

男人的腰腹线条流畅有力,身上覆着一层肌肉,看上去并不夸张。他穿上西装时,几乎看不出来。

顾雪仪飞快地转过目光,耳根却有点儿发烫。

宴朝倒没有故意拖拉,很快穿好了上衣,两个人一起走了出去。

龙珍看着他们离开,也下了楼。

宴会厅里,老福勒、艾德诺等人围坐在一块儿,龙珍走上前,正听见有人低声说:"石华死了,得换一个人了。"

"是啊。可是换谁好呢?石华聪明,有手腕,和我们的合作又很紧密……很难找到第二个这样的人了……"

"都怪顾雪仪害死了她。"龙珍不快地说。

"宴家有个私生女,叫宴文姝。她在国外加入了君语社……不如推荐她。"有人笑着说,"私生女被放逐国外多年,应该很不甘心吧?"

国内。

胡外公这才发现网络上的风向完全没按照他预想中的情况走。

胡雨欣气冲冲地打开门,走进去,摔下手中的钥匙:"爸,你看看你干的好事!"

"怎么会呢?明明是顾雪仪要和你抢儿子,我是希望能借舆论帮你把宏宏抢回来啊。咱们哪儿请得起比宴氏更好的律师啊,只能靠这个了。咱们总不能偷偷去宴家抢人吧？"胡外公当然觉得自己没错。

胡雨欣也明白这个道理。可现在问题是全网的人都在骂她："我当初说过了，你们不懂的事，不要插手！"

胡外婆不干了，捂着胸口骂道："你爸爸也是想帮你，你这是干什么？对家里人喊打喊杀的？你要是有本事，去把宏宏抢回来啊！你看看，你这个月拿回家的钱也少了……"

"钱钱钱！没有宴文宏，我有什么钱？"胡雨欣一下爆发了。

胡家的人大吵了一架。胡雨欣在家待不下去了，转身往外走去，结果出去后就遇上了邻居，邻居用异样的目光看着她。做情妇胡雨欣并不觉得丢人，可是现在全网的人都骂她蛇蝎心肠，对自己儿子不好。胡雨欣一接触到异样的目光，就想起了网上那些骂她的话，当即待不下去了，匆匆往外走去。谁知道她走出别墅区之后，又有一大群记者一窝蜂地拥了上来。胡雨欣呆了一秒，这才意识到，现在不仅仅是网上的人骂她了，线下还有一大群媒体等着她。胡雨欣刚开始还能忍着怒气礼貌地拒绝，但这些媒体从来不知过分为何物……

胡雨欣激动之下，用手里的手机砸了记者的相机盖。

周围的人喊了起来："打记者了！"

"报警抓她！"

"拍下来，把她拍下来……"

胡雨欣喉头一哽，茫然地站在那里，竟然有种窒息感。她哪里知道，曾经的宴文宏也有过这样的感觉呢？

游轮很快开动。

顾雪仪坐在角落里翻开手机，看到了好几个未接来电，分别来自宴文嘉、江越、孙导，甚至还有封俞的。

顾雪仪又看了一下短信："您的账户收入 1700000000.00 元。"

这是一轮票房结束分账了。

这时候宴朝端着酒杯和点心迎面走来。顾雪仪抬头看向他："宴总，我有些话要和你说。"

宴朝微微一笑："巧了，我也有话想和太太说。"

"嗯？"顾雪仪坐好，"那宴总先说。"

"我想和太太重新定义一下我们的婚姻。"宴朝说。

"我也想和宴总聊聊这件事……"她笑了一下，接着说，"在宴家，我的卧室的床头柜里有一份《离婚协议书》……"

宴朝猛地顿住了，心里陡然掀起了惊涛骇浪。什么《离婚协议书》？他怎么不记得了？

"我刚刚收到了票房分账，回国之后，我先将那5亿元给宴总，然后这份《离婚协议书》……"

宴朝张了张嘴："太太。"他们聊的不是一回事！

宴朝仔细地回忆了一下，说道："是有这样一份《离婚协议书》，很早之前就拟好了。"

"嗯。"顾雪仪点了点头，想要说话。

"你先听我说完。"宴朝打断了她的话。

顾雪仪耐心地望着他，听他往下说。

"你这样聪明，一定早就知道我为什么会和原来的顾雪仪结婚……"宴朝定了定神，继续往下说，"简昌明帮我，我就帮他还个人情。反正在这之前，我认为，我是不需要婚姻的。原本的顾雪仪想做宴太太，那就让她做，我不会亏待她。她能拥有一个象征权势、地位的名头，还能拥有一笔可以肆意挥霍的钱。顾家也能因此沾光。这是一笔皆大欢喜的生意。"

顾雪仪点了点头，宴朝的选择没有任何问题。她若是他，也会这样做。原身算计在先，宴朝这样做并没有不妥之处。

"但她很贪心，忘了她的一切是简昌明的人情换来的。她变本加厉地闹，顾家也不安分，于是我让陈于瑾提前准备好了一份《离婚协议书》……"宴朝解释道，"那是为过去的顾雪仪准备的，不是为现在的太太准备的。"

现在的顾雪仪和过去的顾雪仪完全不同，他从来没将她们看作同一个人。

"嫁给宴总的也是过去的顾雪仪，不是现在的顾雪仪。"顾雪仪提醒他。

宴朝被噎了一下。

顾雪仪当然不是故意要气他，顿了一下，有点儿好奇地问："宴总是什么时候发现我不是她的？"

"第一次见面。"宴朝说，"我坐在沙发上，等着太太教训完宴文宏下楼的时候，看见太太的第一眼，我就知道了。"宴朝顿了顿，又说，"太太风姿迷人，气势压人。我又不是耳聋眼瞎之人，怎么会看不出来呢？"

顾雪仪不自觉地攥了一下沙发扶手边垂下的流苏。她听过很多漂亮话，可这会儿再听见，还是会忍不住想笑。她说："我很感谢宴总仍旧愿意让我从副卡上划走5亿元去投资。"

宴朝也笑了："不是我大方，是太太为宴氏做了许多事。太太往基金里投的钱，为宴氏提高的知名度，在公众面前树立起的良好形象，都是钱换不来的。太太又替我收拾了裴丽馨……"

"宴总为我戴高帽了。说到底裴家还是宴总自己收拾干净的。"

"如果没有太太出手相助，又哪里会那么快呢？"宴朝顿了一下，说，"太太与我配合，实在是事半功倍。"宴朝坐了下来，继续说，"我过去以为，婚姻不过是个简单的形式。它有用时，就可以存在，无用时，我就不需要它了。但是现在……"

顾雪仪忽然觉得宴朝的目光有点儿灼人。

"我不想和太太离婚。我想和太太将这段婚姻关系变得更紧密。"宴朝低声问，"太太的想法呢？"

顾雪仪愣了一下。一时间，空气似乎凝滞了。

顾雪仪慢慢恢复理智，想了想说："我想尝试一点儿不一样的生活，而且我不喜欢占着别人的丈夫。"

宴朝心下一沉。他后悔没有早点儿和原来的顾雪仪签那份协议书了。

"宴总是个很好的合作对象，也是个很不错的结婚对象。"顾雪仪客观地评价道。

宴朝望着她眼中的清明目光，心却一点点沉了下去。他对她来说，仅仅是"合作对象"。

她太像他，惯于理智地去分析遇到的每件事，少有头脑发热，被感情主导的时候，动心难于登天。可他的心已经被她从云端拽入了凡尘，她却丝毫不动。谁会想到他也有今天呢？

"我想去探索这个广阔的世界。我手里已经有充足的资金，也稳步建立起了自己的人脉……"顾雪仪无比理智地跟宴朝分析着，离开他之后，自己一样能过得很好，言下之意就是让他不必为此担心。但他那是担心吗？

宴朝听她说着未来规划，心却一点点往下沉，双眸黑不见底，里面全是冷意。

顾雪仪不需要他。宴朝从来没想过，以他的身家、地位和头脑，会有人不需要他。

"而且宴总迟早会有喜欢的人……"

他说得不够清楚明白，还是她以为他们之间只是利益交换，所以她将他那句不想离婚，当成了他权衡后的结果？

宴朝心里轻叹了一声:"所以太太是准备回国后立刻和我离婚,离开宴家吗?"

"石华死得莫名其妙,君语社也许会记恨我……"顾雪仪接过酒杯,仰头饮了一口酒,然后才说,"所以我一早就想好了,与宴总最后合作一次,彻底解决这些麻烦。"

宴朝一时之间不知该哭还是该笑,但这才是顾雪仪。她处理这些事情,从不嫌麻烦。

"那太太从今天起就要疏远我了吗?"宴朝又问。

顾雪仪怔了一下,本能地回道:"不会。"

宴朝心下一动。今天他也不算做白工,至少两个人之间都坦白了,再无隐瞒之事。

或许他还应当更高兴一些——从她的种种反应来看,她过去是不通情爱的。她没有喜欢过任何人。他之后再对她做什么事,她都会明白,他是对这个顾雪仪做的,而不是对以前的顾雪仪做的。他喜欢她,喜欢如今这个顾雪仪。只是在这样的时刻,他说"喜欢",让人无法相信。

宴朝翘起嘴角,笑着说道:"太太这样聪明,我请太太在接下来的一段时间里看一件事……看太太能不能看明白。"

顾雪仪满眼兴味之色,问:"什么事?"

宴朝盯着她的双眸,说:"我请太太看着我,无论我做什么,都请太太认真看着我……"

顾雪仪又怔了怔。

她想了想,答应了。

请太太看着我,看着我究竟有多喜欢你。

第十六章
爱意如藤蔓

顾雪仪当晚做了个梦。她梦见海风吹拂着窗纱,窗外的月光照了进来。她微微抬头,映入她的眼帘的是一截睡衣领口,然后是喉结和下巴,紧跟着是年轻男人的脸。他五官俊美,无可挑剔,那双常带给人压抑、深沉之感的眼眸,这会儿正紧紧闭着。面容竟然给人一种静谧、踏实的感觉。

宴朝紧紧抱着她。男人的体温似乎比她的更高一些,慢慢地,顾雪仪就感觉有点儿热了,整个人仿佛被一团火裹住了。

耳边海风的声音"呼呼"作响。

梦里的宴朝将她往怀里搂得更紧了。男人线条分明的腹肌和只穿了西装裤的长腿一起混入了梦境中。

顾雪仪觉得浑身发烫。某方面迟钝的欲望,就这样一点点爬入了大脑。

顾雪仪迷迷糊糊地醒来时,宴朝已经不在了。她一时间有些分不清昨晚真的是在做梦,还是她稀里糊涂地和宴朝紧紧抱在一块儿了。

"太太醒了?"宴朝的声音响起。他冲笔记本那头比了个"暂停"的手势,然后起身走到顾雪仪身边:"太太先洗漱,我去给太太拿早餐。"

顾雪仪赤脚下地,然后随意套了件针织外套,起身去洗漱。

洗漱完,她坐到了沙发边,等着宴朝拿来早餐。这种感觉倒也不错,但她再一想,平时不是有女佣吗?不过宴朝比女佣更贴心,还好看,还有腹肌。

笔记本那头,宴氏国外分公司高管看着摄像头画面里的沙发动了动,紧跟着有人坐了下来，露出了一截纤细的手臂，往上是针织外套。

她是宴总的太太？

"我回来了。"宴朝推门进来，双手拿着食物。

"这么多？"

"嗯，我也没有吃。等着太太一起吃。"

顾雪仪点了点头。

茶几有些矮。她想了想，干脆席地而坐。宴朝也坐了下去。

那头的高管一下坐直了。离摄像头更近的宴总让他们更有压力了！

宴朝重新打开了麦克风："你们接着说。"

高管磕磕巴巴地说着。

顾雪仪倒是有点儿惊讶，他这么不避讳她？她回头看了一眼，见宴朝神色如常，也就收回了目光，只专注于面前的早餐。

她捏着叉子挑了挑，没胃口。不是她挑剔，而是她实在不习惯西式的早餐。

宴朝的余光将这一幕收入眼底，他问："怎么了？"

那头的高管愣了愣，也愣愣地重复了一遍："怎么了？"

"这个面包又硬又干，这个奶酪有点儿臭，牛肉也没什么味道，蛋糕又过于甜腻……"顾雪仪说着说着，顿了一下，总有种仿佛自己毫不顾忌地在撒娇的错觉。

高管们一块儿跟着听着宴太太如何挑剔她的早餐。宴总的生活不该是不食人间烟火吗？

"那你想吃什么？"

"小笼包？"

"好，还有呢？"

"豆浆肯定是没有的，虾饺、橙汁……可以吗？"

"好。"

"那这些……"顾雪仪指了指桌上的食物，倒也不好浪费。

宴朝说道："我吃。"

顾雪仪快乐地眯了一下眼。

宴朝看向摄像头："你们继续说，不用停，会议记录接着做。太太代我听。我去做饭。"

我去做饭……

高管们仿佛被雷击中了。宴总怎么能做饭呢？不是，宴总怎么会做饭呢？他们反应过来的时候，宴朝已经从摄像头前离开了。

宴朝径直下了楼。

龙珍正阴沉着脸，盯着海面，然后就听见有人叫了一声："宴总。"

龙珍连同老福勒等人，纷纷看了过去。

宴朝问："厨房在哪儿？"

"啊？"老福勒愣了愣。

龙珍倒是飞快地说道："宴，你吃不惯西餐是吗？船上有会做华国菜的厨师。"

老福勒点头说："是的，专门为你准备的。"

"不用，告诉我厨房在哪里就行了。"宴朝说，"我太太吃不惯船上的西餐。"

龙珍忍不住问道："宴，你去厨房干什么？"

宴朝面不改色，说道："厨师不如我做的好吃。"

龙珍失声道："你要亲手给她做早餐？"

宴朝没有说话，已经让老福勒在前面带路往厨房走去了。

龙珍快被气死了，咬了咬牙："他这双手，不知道签过多少天价合同，能拿枪射箭，能操盘，怎么能……"她陡然拔高了声音，"怎么能给那个女人做饭？"

旁边的男人摸了摸下巴："她一定有独到之处。"

"多管闲事，逼死石华就算独到之处吗？"龙珍骂道。

"当然。她是个厉害的华国女人，这一点就是她的独到之处。"旁边的男人说。

如果顾雪仪在这里，就会认出来，他是照片里戴着黑桃帽子的男人。

黑桃男人很快说起了别的事："最近总联系不上封，我怀疑他不想和我们一起干了……"

说起这个，龙珍更生气了。这次她特地搜了搜顾雪仪的新闻，尤其是华国国内，无数人夸顾雪仪也就算了，她还看见了一张照片，是《明星》的试映现场，封俞居然也在！封俞和宴朝不和，那就是和顾雪仪有私交了，华国媒体还拿此来大作宣传。顾雪仪怎么能和封俞交上朋友？

顾雪仪很快吃完了宴朝亲手做的早餐，心情大好，然后跟着宴朝去了楼下靶场。

顾雪仪的时代已有了火器，只是技艺太过落后，制造率低下，还容易炸膛……顾雪仪也就没碰过那东西。顾家人那时更推崇冷兵器。

顾雪仪二人去靶场的消息传进了老福勒的耳朵里,他们立刻也跟了过去。

"我最近的枪法相当不错。"龙珍说。

黑桃男人回了一下头:"怎么?你还想假装一枪射不准把顾雪仪打死吗?"

龙珍的脑海里闪过了这个念头,但很快,她就打住了。

"有宴在旁边。"尽管龙珍不想承认,但也不得不说出事实,"只会是我先被打死。"

宴朝的枪法又快又准,她绝对先被打死。

靶场内,宴朝穿着黑色西装,儒雅中透着一丝戾气。

今天顾雪仪穿着白色小马甲、白色羊绒短裙和一双棕色长皮靴。黑白两色凑在一起,格外醒目。

宴朝低声向顾雪仪介绍着那些枪,顾雪仪认真听着。

龙珍等人走近了,自然听到了。果然,她一窍不通!

老福勒等人对视一眼,却留意起别的东西。

如果宴朝的太太真那样厉害,轻轻松松就摆倒了石华,还将宝鑫的裴家姐弟玩得团团转……她如果再会打枪,那岂不是女版宴朝?宴朝岂不等同于如虎添翼?!那可就更麻烦了。

老福勒和龙珍低声说了几句话。龙珍点了点头,走上前问道:"顾女士要试试枪法吗?"

顾雪仪头也不抬,淡淡地回道:"还在学。"

"宴是男人,他教你,你不一定学得会。我是女人,会玩枪,不如我来教你?"

宴朝皱了皱眉,觉得龙珍的眼睛长到鞋底了,她一点儿都不会察言观色。宴朝冷冷地拒绝了:"不用。"

他还没能将顾雪仪抱在怀里教她练枪呢。龙珍就想这么做了?她算什么东西?

"顾女士自己怎么不说话?"龙珍咄咄逼人地问道。

顾雪仪心里叹息:怎么总有人送上门来给她表演节目呢?

顾雪仪指了指远处的靶子:"那就请龙小姐先为我们露一手吧。"

龙珍求之不得,高兴地去取枪和子弹。她扭过头,抬了抬下巴说:"顾女士先看看这个最初级的打靶,之后我们再打移动靶……还有活靶,哦,不过顾女士可能没见过,怕吓着你……"

龙珍的枪法的确不错,她连开十二枪,都集中打在八、九、十环上。之后她又展示了移动靶打法。

"她用的是比较老的枪型了,安全钮配置在两侧,弹容有十三发。"宴朝在顾雪仪耳旁低声说。

"顾女士看了这么久,要来试试吗?"龙珍突然走到她身边,将手中的枪递给了她。

顾雪仪挑了挑眉:"还没学会。"

"怕什么?先试试。"龙珍将枪又往前递了递,语气里充满了得意。她已经确定顾雪仪不会打枪。龙珍转身说:"算了,既然顾女士不愿意试,那我来给顾女士开开眼。"

不一会儿,就有人在前面吊了几个大笼子,笼子上蒙着黑布,里面有活物。笼子被放稳以后,有人揭开了上面的布。第一个笼子里的是长颈鹿。

顾雪仪立刻皱起了眉。

龙珍问:"顾女士害怕了?顾女士不用怕,它们很快就会死了,场面不会很血腥的。这就叫打活靶。顾女士以前没见过吧?"

顾雪仪冷声说:"它好像是濒危动物。"

龙珍顿了一下,不由得有点儿想笑。宴朝的太太这样天真吗?濒危动物和他们有什么关系?

"没想到顾女士还是保护动物协会的成员啊。"

宴朝淡淡地说道:"是啊,我们一家都是。"

龙珍哽住了。

这时候第二个笼子的黑布也被揭开了,里面装着一只羚羊。它个头高大,在铁笼子里只能被迫蜷起四肢。

顾雪仪和宴朝几乎同时皱了一下眉。她没记错的话,这东西是华国的珍稀物种之一……这群人的手伸得太长。他们自己想寻求灭亡,还把手伸到了华国地界。

艾德诺笑了笑说:"这东西好像也是珍稀物种,我想看看它的皮和角有什么不同。"

顾雪仪压下怒火,抓起了一把枪。她转头对宴朝说:"你教教我怎么用。"

龙珍冷笑,也不急着打靶子了,只静静等着看顾雪仪能学出什么名堂。

十多分钟后,顾雪仪说:"我会了。"

她应该是打算做点儿什么。她骨子里极骄傲,想自己去做的事就不喜欢别人代她做。宴朝盯着她的眼眸看了会儿,然后说了声"好"。他解下领带，仔细缠在顾雪仪的手上："垫一下，别磨破了。"

"宴总和太太真恩爱。"老福勒说。

宴朝也没有看他，细致地打了个结，防止领带脱落，然后才松开顾雪仪的手。

"顾女士要试试了吗？"龙珍迫不及待地问，"顾女士要是第一次不敢打活靶，试试不动靶也可以。"

顾雪仪垂下眼眸，把子弹上膛。

龙珍转头让人摆放不动靶。

顾雪仪一抬手，打空了。

龙珍忍不住笑了："顾女士也不用沮丧，第一次很正常的。"

顾雪仪没说话，又开了一枪。这次她打到了一环。

老福勒笑着说："厉害的女人有我女儿一个就行了。她都已经剽悍得没人敢娶了。像宴太太这样的女人，还是温柔些好，什么也不会也没关系，有宴总在啊。"

宴朝还是没说话。他不是第一次见顾雪仪这样了。她是在找手感。在宋家的牌桌上，轻视顾雪仪的人，最后都付出了代价。这一次，她又要从他们那里拿走什么呢？

转眼到了第九枪，顾雪仪还是没打到靶心。

顾雪仪放下枪，不玩了，指了指笼子里的动物："这东西，我要了。"

龙珍被气笑了："凭什么？"她一枪都没中，还有脸要东西？

"玩这个没意思，我们来玩个新鲜的游戏。"顾雪仪说。

"什么？"龙珍疑惑地看着她。

"我听说国外有这样一种玩法：转轮手枪里，放入七颗子弹，一人一颗，看谁先被打死……"

这种玩法龙珍可不陌生。

上个月她去国外谈生意的时候，才用这种方法收拾了一个人。但听顾雪仪突然提起，龙珍失声道："你不会是想和我玩这个吧？"

龙珍当然知道这东西有多折磨人。顾雪仪疯了？哪里有他们这种身份的人玩这种东西的?

老福勒连忙说："好了，不就一只羊吗？给宴太太就是了。"

龙珍咬了咬牙说道："给你。"

顾雪仪也不客气，淡淡地说道："既然是我的东西，那可得照顾好了。它要是死了，我就得找个人出出气。"

老福勒点头："当然。"他一挥手，吩咐道："把那只羊带下去。"

顾雪仪心头的怒火这才少了一些，但她再抬眸，眼中仍旧是一片冰寒之色。

黑桃男人看着顾雪仪，突然说道："顾女士厉害。"

她不懂枪，但以前一定学过相关的武器……也许是弓弩或者箭。华国人祖上可是很会使用这些东西的，尤其元朝时，个个都骁勇善战。

黑桃男人问："顾女士还玩吗？"

"玩。"顾雪仪又挑了一把枪，照例问了宴朝如何玩。

宴朝依旧仔仔细细地给她讲解，然后顾雪仪才开始打靶。后来，她把大部分的枪试过了，才扭头去玩别的东西。

龙珍咬着牙说："顾雪仪在耍我吗？"

"她没有耍你。"黑桃男人冷声说道。

龙珍听完，火冒三丈："如果不是有宴朝，她以为我不敢打死她吗？"

"你打死她，还是她打死你？"老福勒摇了摇头。

"就她一枪没中的枪法，她能打死我？"

黑桃男人摇了摇头，说道："华国人果然是会功夫的。你不懂。"

老福勒点了点头，说："没错，她刚才试了很多枪。"

"所以呢？那只是为了勾引宴朝和她多说话而已。"

"不，她是在熟悉。她在一点点学习新的东西。她的学习能力很强，不受外物影响。她从一环一点点朝十环靠拢，换了一把又一把枪。你发现她手软了吗？"

龙珍怔在了那里。她手软了吗？没有。每把枪的后坐力都不同，不管是大是小，对普通人来说，都比较难承受，可她的脸色始终没变。每把枪，她至少会开五六枪，甚至八九枪……加在一起，就是个可怕的数字了。

"她的腕力有多强？"龙珍怔怔地问。

"谁也不知道。"

"这个女人真奇怪。有锋芒却不轻易露于人前。她会为了一只羊生气，真稀奇。"黑桃男人仿佛发现了什么惊奇的事，语气都轻快了许多，充满了兴味。

龙珍说："华国人就这么奇怪。他们将华国的一切东西都视作他们自己的东西一样。别人拿走华国的东西，就好像要夺走他们的命……"

龙珍对此嗤之以鼻："他们不去操心自己穷不穷，倒来操心这些东西。他们操心这些东西，他们的国家会给他们发奖牌吗？发奖牌有钱吗？"

"所以啊，真可惜。"黑桃男人说，"她能适应一切陌生的东西，冷静、聪明，很会投资，功夫也很厉害。如果她来做红杏的负责人，一定没有人能难倒她……她简直像天生的将军。偏偏她对她的国家太看重了……"

龙珍听到这里才松了一口气。她就怕黑桃男人对顾雪仪另眼相看。

"所以她一定得死。"龙珍说，"她太看重华国的东西，咱们想吃掉华国的企业，就得先除掉她。"

"是啊，她和宴朝也太恩爱了。宴家现在上下和谐，俨然成了一块铁板。这样不行。"老福勒摇摇头走远了。

宴朝和顾雪仪走远了些，他才低声对顾雪仪说道："我发现了一件事，今天太太换枪，每次都要剩一两发子弹……"

顾雪仪几乎贴着他说："还是你提醒了我。"

"嗯？"

"你告诉我每把枪分别有多少弹容，于是我就留意了一下，龙珍每次打到枪里只剩一发子弹的时候，就会换枪。"顾雪仪顿了一下，继续说道，"我猜，剩下的那颗子弹可能做了手脚……哦，也许是枪做了手脚，或许是炸膛？反正小心为上。"

宴朝目光一沉，冷声说道："她一直催你试用，想借机害死你？"

顾雪仪想了想，还是摇头："应该不是。不过难保她后来没动过这样的念头。"

宴朝没有再说，只是目光更冷了。

两个人看了一小时的海底世界，然后就回游轮了。

游轮上舞会又开始了。

顾雪仪重新走进宴会厅，那张照片已经被撤下去了，换成了一张无关紧要的合照。

就在宴会厅里众人翩翩起舞时，谁也没有在意外面有人开了一枪。不一会儿，就有人跑下来说："艾德诺先生死了！"

大家反应了一会儿，才想起这人是谁。只是众人回头，发现他的弟弟哈迪斯穿着花衬衣在舞池里跳舞，这才感叹了一声。

"哦，克里夫集团，是他笑到了最后。"

"枪在他手里炸膛了。"顾雪仪皱了皱眉。

"漠视人命者，也必将死得毫无尊严。"宴朝抬手抚了抚她的眉，说，"和一群恶人生什么气？"

顾雪仪觉得眉心有些烫，别过脸说："打个电话让宴文宏他们先回国吧。"
宴朝与她对视了一眼，二人自有默契。宴朝说："好。"

宴文宏和宴文柏接到电话当天就回国了。
这会儿，宴文姝和她的小姐妹们在聚餐。席间只有一个男人，就是卿卿画廊的老板。
小姐妹们惊呼道："宴文姝，国外推选你做君语社在华国的新负责人！"
宴文姝仿佛被一个馅饼砸中，愣了一会儿："啊？不……不可能吧……"
"怎么不可能？你是宴家千金！"宋圆笑着说。
"可我交的钱也不多啊。我有个同学入会费就交了1亿元。我才多少啊……"
"跟钱没关系，对方肯定是看中了你身上的能力啊！"男人又说。
其他人也纷纷点头。
宴文姝认真回忆了已下顾雪仪点评她的话，说："我没能力。"
对面的人一个个表情都僵在了脸上。
"我真的没能力，我有点儿笨，唉，我得多读点儿书。"宴文姝有点儿坐不住了，"我得回去读书了。"
这个圈套，她竟然不钻！是谁说她好骗、私生女心怀不甘，一说就会答应的？
顾雪仪来到游轮上的第四天，营销号从国外网友那里扒来了图。
"宴朝和顾雪仪二人上了黑天鹅号游轮，带你深扒黑天鹅号上的奢靡盛宴……"
封俞坐在老板椅上，将新闻仔仔细细地看了一遍。
"她怎么会跟宴朝一起上游轮？"封俞越看越不高兴。
《明星》虽然主要在宴氏旗下的院线放映，但封氏和江氏的院线也有份。封氏从中也获了利。
那艘游轮可一点儿都不安全。一想到游轮上的人爱玩什么把戏，封俞立刻拨了顾雪仪的电话。
顾雪仪这会儿正在露台上，刚和宴朝聊完封俞、石华加入的这个"扑克牌"组织，究竟打的是什么主意。
她低头看了一眼手机，说："方块来了。"
顾雪仪接通了电话。

"你上了黑天鹅号?"封俞开口问道。

顾雪仪说道:"嗯,还看见了封总的照片。"

封俞不自觉地紧张起来:"什么照片?"

封俞仔细回忆了一下,之前在游轮上,应该没有乱来过。

"封总、石华,还有戴着梅花、黑桃帽子的人,你们的合照。"顾雪仪顿了一下,问,"你们这个组织是叫扑克牌吗?挺有创意的。"

封俞的紧张感散去,他甚至还轻笑了一下:"顾总还发现了什么?"

"石华是你们的一员,她以红杏基金组织起华国大半的豪门太太,但她手段还是拙劣了点儿,有宋成德给她拖后腿,到了后期,她就一味想着为宋家捞钱了,反而忽略了更重要的东西。"顾雪仪笑着问,"你们是想做什么?想征服世界?想掌握世界经济命脉?连宴朝都拿不下,你们还能做什么?"

她的后半句话是在毫不留情地羞辱他们,一旁的宴朝忍不住轻笑了一声。

"若我是她,便不会小瞧那些豪门太太,何不利用她们做内应,这样就会了解华国大部分豪门、富商的情况,若是运作得当,让这些人听从我的命令也不难,又何必辛苦去捞慈善基金的钱?她搞投资会,却做出卸磨杀驴的蠢事,让这帮太太触底反弹,最后翻脸。"顾雪仪淡淡地说道。

封俞越听神色越严肃。若她是石华,自然比石华做得更好。

半晌,封俞才沉声说:"宴太太厉害。"随即,他笑着说道,"谁会管这些呢?她们多数只是在意自己的丈夫出不出轨,是否有私生子,自己手里能分到多少钱……她们怎么会注意这些东西呢?也就只有宴太太会留意这些。"

顾雪仪并不吃他这套,说道:"你知道和他们继续玩下去,是犯罪吗?"

"宴太太和我说这些事干什么?"

"我对待自己人,总会宽容几分,先礼后兵。"顾雪仪的声音这才渐渐冷了,"我和封总说这些,是为了让封总知道,我已经知道了背后的事。我不希望将来在法庭上看见封总。"

封俞愣住了。她还真是遵纪守法啊。

"今天死了一个哈迪斯的哥哥。封总知道下一个死的是谁吗?"

封俞心里有点儿不舒服,冷笑了一声:"宴太太是担心宴总吗?放心吧,他们可不会杀宴总。"

"他们杀不了宴朝,"顾雪仪语气淡淡地说道,"但杀得了我。"

封俞一下子坐不住了："他们要杀你？"他们不是只打算离间宴家，逐个击破吗？

封俞在办公室里转了两圈，咬牙切齿地说："我还没还债，你可别死了。"说完，封俞就挂了电话。

"收拾东西。"

"啊？"助理愣了愣。

"去机场。"

"扑克牌"这玩意儿最开始就是他弄出来的，一开始只是为了好玩。后来那帮人有了自己的小算盘，他就不再和那些人玩了。和江二玩的时候，他想拧江二的脑袋；和宋成德玩的时候，他烦死宋成德了。封俞看不上他们，联系也就少了，但他们竟然敢杀顾雪仪？

宴朝在那里，应该不会让顾雪仪陷入危险之中。

和封俞通完电话，顾雪仪立刻扭头和宴朝说："辛苦宴总联系国外的警察。接下来，就要辛苦宴总护着我了。"

宴朝甘愿被她驱使，淡淡一笑："太太放心。"

第二天，游轮上搞了个假面舞会。

顾雪仪独自一人下楼，倚在栏杆边上，侧着身子，既可以欣赏大海，又可以看见宴会厅里翩翩起舞的人。

龙珍已经盯着顾雪仪很久了。她悄无声息地走到顾雪仪身后，扯住顾雪仪的头发，掏刀就划，然后用力往下推去。

"等鲨鱼闻到血腥味，宴朝就救不了你了。茫茫大海，谁也不会知道……"消失了一个人。龙珍的话被堵在了喉咙里，她没说完，话就散入了风中。

顾雪仪早有准备，反手揪住了龙珍的领子，把她一块儿拽了下去。龙珍胸有成竹，自然毫不设防。

"扑通"一声，两个人都落水了。

还没等龙珍反应过来，宴朝推门走了出来，脱下西装外套，踩着栏杆，跳到了水里。他表情淡漠，根本不看龙珍，一头扎入水底。不到半分钟，他便搂着顾雪仪的腰浮了起来。

宴朝轻声说："我这不就把我太太救了吗？"

龙珍两眼瞪圆，张了张嘴，然后吞咽了更多的水……

宴朝不是应该在楼上吗？他为什么会在这里？

顾雪仪微微蹙眉，不太高兴地抱怨道："这人打架怎么扯头发？"

宴朝点头："太太说得是，这人实在没品。"

龙珍听他们这样谈论自己，气得又呛了一口水。这一呛水，连带手脚也抽筋了，她直直往海底沉了下去。

宴会厅里，老福勒问："怎么样？"

"看见人掉下去了。"黑桃男人说。

顾雪仪和宴朝已经回到了楼上，在走廊里还撞见了一个侍应生，侍应生怔怔地望着他们。

顾雪仪微微颔首，冲他笑了一下。

宴朝眯了眯眼。

侍应生打了个哆嗦，连忙走了。

"得重新办卡了。"顾雪仪换了干净的衣服。

"这个倒是不麻烦。"宴朝说着，从行李箱里取出一部手机递给顾雪仪，"先备用。"

顾雪仪接了过去。手机并不是新的，有使用痕迹。顾雪仪翻了翻通讯录，一个号码都没有，正要退出来，却误点进了短信。

短信列表只有一排，都来自银行。这就是他在非洲时，收到她用副卡消费的短信的手机？

顾雪仪点进去看了看，一时间感觉还有点儿奇妙，收起手机，抬头看了一眼挂钟："还早。宴总还可以再处理一下事务。"

宴朝"嗯"了一声。

手臂上还残留着将顾雪仪从水里抱上来时的温热触感……他摩挲了一下手指，这才规规矩矩地坐到笔记本前，转头问："太太做点儿什么呢？"

是啊，她做点儿什么呢？顾雪仪眨了眨眼，这才想起他们的手机上有个东西叫——游戏。

"玩游戏？"

宴朝接过手机，问："玩什么游戏？"

这东西还真是顾雪仪的盲区。她茫然了一瞬："有什么区别？"

宴朝登录游戏市场，让顾雪仪自己选："有很多，策略类、动作类、休闲放置类……"

结果两个人一块儿玩了半天游戏。

转眼到了傍晚,封俞乘坐的飞机落了地。

游轮宴会厅里的特殊节目已经表演完了。长席摆好,侍者点亮烛台,重新装扮得衣冠楚楚、长裙曳地的人们,依次进入了厅内。

顾雪仪端起了酒杯。

"这个酒不太好喝。"宴朝说着,另外选了一杯递给她。

顾雪仪顺势接了过来。

远处的老福勒和黑桃男人几乎变了脸色:"她还活着!宴朝也和她在一起!"

年轻女人身着黑色长裙,纤腰不盈一握,端着酒杯,美丽的五官被礼帽掩去了一部分。

老福勒却不觉得她美丽,只觉得可怕:"那我女儿呢?"

老福勒手底下的人赶紧去搜寻龙珍的下落。

黑桃男人轻叹了一声:"应该早点儿杀了她的。"

老福勒气急败坏地说道:"那把枪就应该让她用!"

黑桃男人摇头:"她早就看出枪会炸膛了。"

"那应该在她刚出机场的时候就杀了她。"老福勒气愤地说道。

黑桃男人却懒得再和他说话了。这时候他后悔有什么用?她刚来的时候,大家都在看她和哈迪斯的绯闻,肆意讥讽她,没有人将她放在眼里。

黑桃男人心里叹了一口气。顾雪仪是真的很合适替代石华啊,可惜,她不受他摆布。

如今宴家有了宴朝和顾雪仪,两个人联手,太麻烦了……

黑桃男人皱了皱眉。不如他们再制造一个意外,反正她死在公海上,谁都无法追究。

封俞的快艇终于追上了游轮。他面色阴沉,飞快地顺着索梯进入了游轮。游轮的保镖见到他,当下一愣:"封……封先生。"

他们都认识他。

"船上有位顾女士,她在哪里?"封俞问。

"您是说宴太太?"

"嗯。"

"她这会儿应该在三楼休息。"

封俞松了一口气。果然是他想多了,顾雪仪怎么可能会轻易出事?

保镖紧跟着说:"梅花失踪了,黑桃先生正在到处找呢。"

梅花？龙珍？封俞心说：关我什么事。他现在烦死这帮人乱搞了。他们搞宴朝就算了，他也挺看不惯宴朝的。他们搞到顾雪仪头上干什么？他们是准备被顾雪仪一锅端了吗？

封俞下令："立刻返航。"

保镖愕然："什么？"

黑桃还在精心设计针对顾雪仪的杀局，一扭头突然发现游轮好像开错方向了。这帮人搞什么鬼？

黑桃推门走出去，正好撞上了封俞。黑桃的心猛地往下沉了沉，封俞为什么突然出现了？封俞为谁而来？黑桃想到了华国杂志写的那些顾雪仪和封俞的绯闻。

黑桃叫了一声："Diamond。"

封俞神色冰冷："我们好好聊聊。"

游轮还没驶到公海就返航了。封俞把黑桃关进了地下室，还捆了三道绳索，然后才去找顾雪仪，很快敲开了门。

宴朝站在那里，淡淡地说道："封总来了，请。"他一副早就知道封俞要来的口吻。

这夫妻俩还真是没什么秘密。

封俞大步走进去，见到了顾雪仪。顾雪仪一改往日的模样，盘腿坐在沙发上，发丝随意披散着，手里拿着手机，头也不抬地说："宴总，这个人把我打死了。"

宴朝走过去，说："我去打他。"

封俞皱眉。她在说什么？

顾雪仪不高兴地皱了皱眉："这人满口脏话，骂我菜鸡。"

宴朝说道："我雇十个人轮流骂他。"

封俞忍不住出声道："宴太太？"她在打游戏？她竟然也会打游戏？不，她竟然还有闲心打游戏！

顾雪仪这才顺势将手机交给了宴朝，抬头说："封总到了，先坐。"

她哪里有担心别人要杀她的情绪。封俞这会儿要还不明白怎么回事，就是傻子了。

"宴太太把我引到这里来，总得说清楚要做什么吧。"封俞咬着牙说。

顾雪仪这才改变了坐姿："游轮没了主人，它在等着封总来做这个主人。"

"宴太太前面才叫我不要和他们合作，现在怎么又……"

顾雪仪点了点头，打断他的话："是啊。他们明天进监狱，封总就可以独自掌控这副'扑克牌'了。这怎么叫合作呢？"

封俞用力掐了一下手指，又是气极，又忍不住觉得好笑："我这是千里迢迢送上门来给宴太太当工具人？宴太太要弄沉这艘游轮，何须让我来？宴总不行？"

顾雪仪摇着头说道："谁说要弄沉它了？这副牌永远不会散，游轮永远会在，只不过他的掌权人换成了封总。封总做方块也好，做黑桃也好，随你高兴。沉一艘游轮有什么意义？还会有第二艘、第三艘……没了扑克牌，兴许下回就变成麻将了呢？财富、地位、权力就摆在那里，永远不会变少。那么想拥有它们的人也就不会变少，想从华国分一杯羹的人也不会变少。与其将来出现新的组织，不如请封总牢牢掌握它……人的欲望是摧不垮的。但你可以给他们制定新的规则，让他们在你制定的规则下去满足欲望。封总一开始就是玩游戏的人，没有比封总更合适的人选了。"

封俞沉默了几秒。他也不是那样好打发的："宴太太这是让我给你打下手啊……"

"我不要求封总做任何事，只希望封总记得，你是华国人。除外，封总做什么事都与我无关，我也管不了。"

封俞问道："宴总对此没有意见吗？"

宴朝头也不抬地说："我听太太的。"

封俞用力地咬了咬牙——都什么时候了，他还在老子面前秀恩爱呢！

"封总怕麻烦吗？怕这么大的挑战吗？"顾雪仪微微一笑。

她明明是在用低劣的激将法，但封俞还是不想在她和宴朝面前退缩半步。她都把麻烦先处理了，更何况，他骨子里就是疯狂的。

"我怎么会怕？"封俞勾唇笑了一下。

这时候宴朝抬起头晃了晃手机说："我帮你打死对面的人了。"

顾雪仪本能地扭头对他笑了笑。

封俞憋着一股不高兴的劲，磨了磨牙说："宴……顾女士，合作愉快！"

他或许应该高兴，她还用得上他呢。

游轮驶出的第五天，靠了岸。

上船时，哈迪斯和艾德诺都还活着；下船时，一个死于手枪炸膛，一个被警察带走了。而福勒家族和黑桃男人，也即将面临因走私、杀人、非法集资、侵犯他国权益等多项罪名被指控。

这里可不是公海，这里是有法律的。

宴朝和顾雪仪很快就坐上飞机回国了。而封俞不得不暂时留下，处理事务……

国内的网友却还在担心。

"黑天鹅号好像出事了？我留学的朋友说的。"

"是，好像死人了。"

"那顾女士没事吧？"

宋成德看见网络上的讨论，冷笑着说道："哪里轮得到他们来操心？"

半晌，宋成德脸上冷峻的神情才慢慢退去："是我小看这个女人了，宴朝居然跟过去了，而且她还能活着回来……"

宴朝一回到宴家，就去处理公司事务了。

这时候有一群人也接到了从国外运回来的特殊动物———一只羚羊。华国珍稀动物走私产业链上的相关人员，也一并被移交国内司法机关，这下相关部门可要忙活起来了。

有人注意到了这怪异的一幕，转手发到了网上，同时警局也发了通告。

一个头发、胡须都花白的老人，认认真真地看完了那些评价，半晌后，才评价了一句："了不得啊。"

旁边的中年男人点了点头，附和道："颇有几分当年晋商的风采。"

不一会儿，有人进来了，在老人面前放了张请柬。那请柬摊开，里面却是空白的。

中年男人惊讶地问道："您这是要送请柬上门？"

"是啊。"老人点点头说，"这规矩、礼貌嘛，得有，对待这样的年轻人，那得周全。"

说着，他亲手磨墨，提起毛笔在请柬上写起来。

第二天，一封请柬被送到了宴家。新的锦旗也很快被送到了宴氏。

顾雪仪睡够了，也和游轮上逍遥自在的生活暂时告别了。她坐在沙发上，慢慢拆开了请柬。

宴朝从卧室里出来后，她就将请柬交到了宴朝手中："有人请客吃饭。"

"嗯？"宴朝低头扫了一眼，看见了一个"盛"字。

宴朝和顾雪仪驱车前往盛家做客、简家作陪的事，就这么悄悄传进了一些大佬的耳中。

这下宋成德脸色更难看了:"难怪他们要把咱们宋家往死里踩,原来是和盛家搭上关系了!"

简家在盛家面前,都显得卑微了。

宋成德觍着脸去凑,都死活凑不上。现在又因为红杏的事,宋氏不得不夹起尾巴做人。

宴氏倒好,这是要一飞冲天,其他哪个大家族都别想比得上了。

宋成德几乎呕血。

顾雪仪和宴朝跨进了盛家的门。

出来迎接他们的是一个年轻男人。他抬眼一看到宴朝,就毫不掩饰自己的敌意:"宴总好啊,我是盛煦。"

盛家固然厉害,但宴朝也不惧。宴朝伸手与他握了握,姿态淡然。

盛煦目光一冷,手上使了劲。宴朝面色不变,只微微垂了眼眸。

这下盛煦的脸色变了变。盛煦呵呵一笑:"宴总还有点儿力气。"

屋内传出老人呵斥的声音:"盛煦。"

盛煦这才转头冲顾雪仪以眼神示意打招呼。

顾雪仪冷淡地说了声:"行了。"

盛煦一下就顿住了。

一行人进了门。

宴朝扫了一眼盛煦的背影,不着痕迹地皱了皱眉。有个江二、封俞也就够了,这个盛煦又是从哪里冒出来的二愣子?

这顿饭吃的时间不长,盛老乏了后,众人也都各自散去了。

宴朝刚回到宴家,就发现他的账户收入了5亿元。这是顾雪仪还给他的。

顾雪仪和盛家吃了这顿饭,似乎给了她更多的底气。她将那份协议书找出来,签上了自己的名字。她将协议书推到宴朝面前:"我不喜欢过别人的人生,要过,也该是过我自己的。"

宴朝想起那段几乎快模糊的记忆。他和以前的顾雪仪,没有任何仪式,只是一张照片贴上去,就建立了一段婚姻关系,冰冷、死板、毫无意义。

许久没有热闹过的八卦论坛,突然一下就炸了。

在顾雪仪和宴朝携手归来,还收获一面锦旗的同时,一个"顾雪仪和宴朝好像离婚了"的帖子，瞬间让网络炸锅了。

江靖吃了第一手"瓜"，然后"噔噔噔"地跑到了江越的卧室门外，头一次砸门砸得如此理直气壮："哥啊！宴文柏他大嫂好像离婚啦！"

江越一跃而起。

顾雪仪走在高档住宅区里，慢条斯理地选房的时候，她的电话几乎被打爆了。

无数媒体等着采访她。

售楼小姑娘早认出了顾雪仪，紧张地和顾雪仪说着话："您要是觉得不满意的话，咱们还可以去看别的楼盘……"

顾雪仪倒是很爽快地说："就这个吧。"

售楼小姑娘笑得两眼都眯起来了，连忙让人去拿合同。

顾雪仪一个人住，没必要买别墅，买了京市一处高档楼盘的高层住房，一层一户，配有空中花园。

宴氏大楼。

宴朝坐在会议室里，面色淡淡的，让人分辨不出喜怒。

在座的高层，谁会看八卦新闻啊。他们一时间倒也没什么别的反应。只有陈于瑾，隐隐听到了风声，不由得朝宴朝多看了一眼。

"季总先请。"宴朝抬了抬下巴。

季总立马跟小学生似的开始汇报。

陈于瑾怔了一下。离婚对宴总什么影响也没有吗？

这场会议并没有持续太久，结束后，众人慢慢散去，秘书处的人走进来收拾东西。走到宴朝面前的时候，小秘书愣了一下。宴总手边的策划案怎么全卷边了？

见小秘书顿在那里，宴朝垂眸问了一句："怎么了？"

小秘书打了个寒战。明明宴总还是跟往常一样，她却愣是从宴总平静的面容中看出了一丝冷意。小秘书连连摇头："没什么。"然后她飞快地收拾着桌面。

宴朝起身回到了总裁室里，没一会儿又有个女秘书进来收拾东西，身后还跟着陈于瑾。陈于瑾和宴朝聊了足足半个小时。处理完手头事务，宴朝转手打开了笔记本电脑。

陈于瑾愣了一下，问："时间不早了，宴总还要留在公司里加班吗？"

宴朝点了点头。

陈于瑾一颗心沉了下去。这说明什么？这说明宴朝和顾雪仪离婚的时候，闹得不太愉快，现在他连宴家都不回了。过去宴朝与宴家几个私生子、私生女关系冷淡的时候，也没见他不回去。

陈于瑾转身走了出去，一颗心直直往下坠，但又不自觉地生出了点儿欣喜之意。

这个结果也很正常。毕竟所有人都知道宴总并不喜欢顾雪仪。二人合体出现在镜头前，也多半是维持表面的夫妻关系。

总裁室的门被关上后，宴朝给顾雪仪打了个电话。

顾雪仪这会儿站在新房子里，指挥着人搬东西。保姆正在厨房里做菜。

她低头看了一眼亮起的屏幕，差点儿条件反射地挂掉电话。

顾雪仪接起电话："宴总。"

听到那头传来顾雪仪的声音和过往并没有什么区别，宴朝才觉得胸口压着的重物被挪走了。

"看好了吗？"宴朝问。

"看好了，宴总推荐的地段很不错。"

宴朝抿了抿唇，问："这就住进去了？"

顾雪仪"嗯"了一声。

"什么时候庆祝乔迁之喜？"宴朝又问。

"过两天吧。"

"好。那你好好休息，如果有什么需要，随时打电话给我。"宴朝顿了一下，还没忘记补上一句，"不要打电话给陈于瑾。"

"哦。"

宴朝却没有挂电话的意思，低声问："安保人员请好了吗？"

"其实我自己就……"

宴朝打断了她的话："不一样的，还是需要安排保镖。"

这种感觉挺奇怪的。她好像又回到了未出嫁的时候，上头有父亲叔伯，同辈有兄长和姐姐。顾雪仪骨子里有着领导欲和掌权欲，所以很多事在别人看来麻烦又心累，在她看来却轻松又有意思。但是这并不代表，她不需要家人的关怀与爱护。

原身的父母不是聪明人，宴家几个小的又太小了，在这个陌生的世界里，除了从国家获得的归属感外，她始终没有找到家的归属感……

一时间，顾雪仪的脑子里闪过了许多纷繁的思绪。她敛了敛思绪，说："好。"

宴朝又问："请了保姆？"

"请了。"

"保姆怎么样？"

宴家的女佣很不错，除了最早见到的那个王月，不过她现在已经离开宴家了。

顾雪仪对比了一下，说："比宴家的差了一点儿。"

"做菜呢？"

说话间，保姆端着菜出来了，局促地请面前这位美丽优雅的年轻雇主尝一尝。

顾雪仪拿起筷子，对着电话说："你先等等。"

宴朝耐心地等着。

顾雪仪尝了一口，先示意保姆去休息，然后才对电话那头的人说："一般般吧。"

宴家请的大厨水平高，当然不是普通保姆能比的。

宴朝吐了一口气，笑着说："和我的手艺比呢？"

"不如宴总手艺好。"

宴朝说："那你不如聘请我。"

顾雪仪以为宴朝在开玩笑，笑着说道："宴总太贵了。我的钱得花在刀刃上。"

"我比你请的保姆便宜。"宴朝说。"太太"两个字，在他的舌尖上滚过一圈，最后他还是不甘心地将其咽了回去。

顾雪仪停顿了一下，说："宴总对我好得有点儿过头了。"

宴朝勾了勾嘴角："怎么，不行吗？"他现在才觉得答应她的离婚提议没有错——只有脱离上一段公式化的婚姻，她才不会再将他的殷勤献好都当成表面夫妻的默契。

宴朝和顾雪仪在打电话，江越给顾雪仪打了三遍电话都没打通。

江靖在旁边一点儿也不同情自己的哥哥，反倒跷着二郎腿说："哎呀，反正也不是第一回打不通啦……"

要不是因为江靖通风报信记了一功，这会儿他就得挨打了。

打不通电话的又岂止江越呢？简昌明、孙俊义都没能打通顾雪仪的电话。

宴文嘉的团队常年和网络舆论打交道,消息在网上一传开他们立刻就检测到了。

宴文嘉刚结束了一天的工作,一回头,就听见经纪人叹息道:"不是好好的吗?怎么这么突然……突然就离婚了?"

"谁离婚了?"宴文嘉问。

"原哥你不知道?"经纪人惊愕地问道。

宴文嘉有了不好的预感,一把夺过了手机,越看眉头皱得越紧,然后突然面容扭曲,暴跳如雷。

正好这时候金函学路过。宴文嘉抬起头,紧紧盯着金函学,仿佛看见了杀父仇人。

金函学被吓得两腿发软,本能地想绕开,但宴文嘉已经冲上去先把他打了一顿。

"哎哎哎,原哥!"

"原哥你这是干什么啊?"

"原哥别冲动啊!"

宴文嘉冷声说:"我警告你,你别再把主意往顾雪仪头上打!"说完,他就大步走了,坐上跑车,车门"砰"的一声关上了,然后车子飞速开了出去。

金函学捂着脸,骂了一声。原文嘉会读心术吗?他怎么知道自己又想去找顾总了?他才知道这个好消息,心说自己不用被宴总剁头了,结果原文嘉就来抢了……原文嘉现在多有钱啊,资源接到手软,怎么还和他们抢呢?

孙俊义联系不上顾雪仪,将电话打到了宴文嘉这里。

豪门的嫁娶离,都不是小事,多半以女方处境惨淡收场。虽然孙俊义知道顾雪仪很厉害,但也免不了担心。孙俊义在电话那头忍不住问:"你大哥他……他凶吗?"

宴文嘉满肚子怒火,也满肚子委屈。罪魁祸首是谁?罪魁祸首就是他大哥!

宴文嘉咬牙切齿地说:"凶,他特别凶……"

一定是因为宴朝太凶了,所以才留不住顾雪仪!

孙俊义在电话那头听得心里更没底了。

宴文姝坐在画廊里,也知道消息了,一下子跳了起来,脸色极难看。
对面的人都被吓了一跳。
"怎……怎么了?"
"我大嫂……要离婚,不,是离婚了。"宴文姝恍惚地说道,脸上的表情比哭还难看。
宋圆笑了笑:"那不是好事吗?"
那个女人很漂亮,但气势压人,光是站在那里,就给人不敢直视的气场。宋圆不喜欢她。这会儿突然知道这样的消息,宋圆竟然还有点儿高兴。原来那么厉害的女人,也经营不好自己的婚姻啊……
宴文姝突然起身拎着包匆匆往外走。
"你干什么去啊?"背后的人连忙问道。
宴文姝脑门上都急出了汗:"我去找我大嫂!我得留住她啊!"
宋圆张了张嘴,想来想去才没把"宴文姝脑子有病吗?"说出来。
这会儿全网都在议论这事。
宴文姝坐在车上,低头看着网上的议论,一时间心乱如麻。

宋家。
书房里骤然传出一阵拍桌子哈哈大笑的声音。
"离了?居然离了?"宋成德笑出了声,"宴朝果然不是什么好东西,利用完顾雪仪就把人踹了。"宋成德叹了一口气,"可惜宋家已经和顾雪仪结仇了,不然你去娶了她多好。顾雪仪……还是有手腕的。"
宋景没出声。他怎么能和宋成德说,他已经有心仪的女孩儿,而对方家境平平呢?

顾雪仪结束了和宴朝的通话,低头一看,除了那些媒体,还有不少熟人打来的电话。
顾雪仪自然一个个打了回去。她先给孙俊义、鲁冬分别打了电话,告知他们不必担忧。
她又给简昌明打了电话,简昌明倒是没多问什么,只是说了一句:"如果有需要的话,宴……"
"宴太太"三个字被他吞了回去。他说:"顾女士可以打电话给我。"
顾雪仪应了一声,看向桌上的日历:"明天简先生有空的话,我请简先生吃个饭。先前那顿饭，承诺好的。"

简昌明心情大好，马上应了。

她最后打电话给了江越。

江越终于接到了顾雪仪的电话，反而还有点儿犹豫，干巴巴地"喂"了一声。

"江总打电话有什么事吗？"顾雪仪问。

"听说你和宴朝离婚了。"

"嗯。"顾雪仪并不想让别人对此有太多猜忌，于是淡淡地说道，"只是想去体验一下别样的生活。"

江越心说：肯定是忍不了宴朝了呗。别说顾雪仪了，谁忍得了宴朝啊？宴朝表面温和有礼，骨子里冷酷、残忍、无情。

江越想说"要不你来给江靖当嫂子呗"，但这话又太轻浮了。江越想起第一次见她的时候，是瞧不起她的，那时候他很大男子主义，心里还想，顾雪仪一拳能有什么力气？现在，江越却从心里尊敬这个女人。想了半天，江越最后还是说了句："那你现在住哪儿？"

顾雪仪报了个地址。

她有地方住就好。

江越松了一口气，转念想想，她现在手握 10 多亿元，名下又有画廊，又有基金会，名气很大。她的生活哪里轮得到别人来操心呢？像她这样厉害的女人，压根儿不需要别人雪中送炭……

"江总等一等。"顾雪仪突然说。

江越愣了一下，然后好脾气地说："好。"

顾雪仪听见门铃响了，起身走了过去，打开门，却看见宴朝身着棕色大衣站在门外。

这两天京市的天气有点儿反常，突然下起了雪，说是寒流席卷全国。

宴朝头发上落了一层雪，连眉毛上都沾了一层霜，衬得他的眉眼有种高不可攀的冷漠气息。

顾雪仪有点儿惊讶。这时候已经不早了，天都已经黑了。

宴朝冲她淡淡地笑了笑，眉眼间的冷意顷刻间被融化了。

他走进了门。

顾雪仪冲他指了指手里的电话，然后转过身继续打电话："刚才开了一下门。"

"哦哦，没事没事。"江越应道，一时间却又不知道该说什么。

宴朝径直走进了厨房。

保姆在里面炖汤,看见突然进来了一个身高一米九,身着名贵大衣,面容俊美的男人,当下就愣了愣:"您……您……"

宴朝问:"围裙在哪儿?"

保姆没有戴围裙,也不怕弄脏身上,听见宴朝的话更愣了。

宴朝又重复了一遍。

保姆垂眸一看,这人戴的表好像很贵……保姆这才咽了咽口水,指了指架子上挂着的围裙。

宴朝取下围裙戴好,说:"我来吧。"

"啊?"

宴朝说:"你做的饭没有我做的好吃。"

保姆愣了一下。她竟然从面前这个看上去高不可攀的男人的话里听出了得意?

江越终于挂了电话。

江靖在旁边听完全程,这会儿可得意了,就差没站到茶几上去和他哥对话了。江靖一脸恨铁不成钢的表情,说道:"你瞅瞅你刚才说的都是什么话啊?你就不会约她出来玩吗?约她看电影啊!约她去游乐园啊!约她去夹娃娃啊。"

江越皱着眉:"夹娃娃?什么鬼东西?"

江靖更来劲了,这下真站茶几上了,就差没指着江越的鼻子指指点点了:"你有没有恋爱细胞啊,哥?你还想不想让她做我嫂子啊?天哪,我怎么会有这么蠢的哥哥啊!"

江靖说完,觉得可爽了。活到现在,他还是头一次这么理直气壮地骂他哥蠢!

江越摸起了手边的烟灰缸。

江靖脖子一缩,跳了下来,结结巴巴地说:"我……我这不是为你着急吗?你看看顾姐姐,啊,多漂亮啊对吧?多聪明、多厉害啊!喜欢她的人肯定不少啊……我身边那几个狐朋狗友,都不止一次表达出倾慕之情了!"

江越把烟灰缸放了回去,沉声说:"那你仔细讲讲怎么……怎么追人?"

江家兄弟正在进行"友好"交流的时候,宴文姝、宴文嘉和宴文宏都先后回到了宴家。宴文柏不能轻易离开学校,至今还不知道外头发生了什么事。

宴家空荡荡的，只有女佣和保镖。

"大哥呢？"宴文姝问。

女佣茫然地摇头："先生今天没回来。"

"大哥去哪里了？"宴文宏问。

女佣更茫然了："我不知道。"

宴文姝好气，憋着一肚子的不爽快情绪，回来却连大哥都没了。宴家好像又变成了从前的样子。宴文姝想着想着，眼泪掉了下来。

"我现在……都……聪明一点儿了……结果大嫂没了……"宴文姝说着，扭头把眼泪蹭在了宴文嘉昂贵的西服上。

宴文嘉眉头一皱，面色一沉，动了动手指，最后还是没推开宴文姝。

"等着吧，等大哥回来。"宴文宏这会儿倒是冷静。

宴文嘉抿了抿唇："我给大嫂打电话。"

宴文姝哭着骂道："今天大嫂的电话老占线，不知道是哪个傻子那么多话一直说个没完……"

顾雪仪挂断电话，目光一转，就去搜寻宴朝的身影，却发现他戴着围裙从厨房里出来了。

他说："你在游轮上想吃肉末茄子，游轮上食材不够，现在补上。"

宴朝说着，将菜摆在了她面前。

顾雪仪惊愕地扫了他一眼，又扫了一眼站在那里局促不安的保姆。

宴朝说："今天也可以点菜。"

顾雪仪犹豫了一下，还是说："宴总其实不需要这样，我们已经解除关系了……这里也没有别人。宴氏将来会蒸蒸日上，宴总会越来越好。宴总不欠我什么，我从宴家也得到了很多的好处……"她对情爱真是一窍不通。

宴朝打断了她的话："可我想和你建立新的关系。"

"嗯？"顾雪仪歪头看着他。

宴朝说："我记得很久以前，那时候我还没回国，和你通过一次电话。电话那头有个小演员求你养他……"

顾雪仪缓缓地眨了眨眼，没明白宴朝为什么突然提起了过去的事。

宴朝微微笑了一下，丝毫没有不好意思："养他，不如养我啊。"

保姆惊呆了。她都听见了什么？

第十七章
重新追求

顾雪仪来到这个世界的时间也不短了,她当然知道"养"是何意。她愣愣地看着宴朝,无论从哪个角度去分析,都分析不出宴朝的动机。

屋子里一下寂静了。

宴朝等着她的反应,并不急躁。

还是保姆忍不住说:"有……有口锅还在火上呢。"

宴朝起身说道:"嗯,我去看看。"

顾雪仪也才如梦初醒,低声问:"为什么?"

宴朝先进厨房关了火,将锅里的食物盛出来,然后才回到了桌旁。

保姆不知为何,越发局促,感觉自己是多余的。偏偏那边坐着的两个人,都是不为外物所动的人,谁也没有留意一个保姆的存在。

宴朝揭开砂锅盖子,淡淡地回道:"你这样聪明,怎么想不出来为什么呢?"

顾雪仪张了张嘴。

"自然是因为我喜欢你。"宴朝说,"我喜欢现在坐在我面前的顾雪仪。"

顾雪仪一下顿住了。这对她来说,可实在是个新鲜的体验,好像从未有人在她面前这样直白地说过这种话吧?啊不,也是有过的……

顾雪仪久远的记忆被勾了出来。丞相家的小公子被人从水里捞出来的时候,便是梗着脖子,朝着她的方向,嚷嚷着"心悦她,要娶她为妻",然后被她大哥、二哥来了个混合双打。

那小公子面容稚嫩，性情也幼稚，顾雪仪自然是瞧不上的。她原以为那是少年人一腔热血，才会说出来的话。原来宴朝也会这样直白地说出来。

"快凉了，先吃饭。"宴朝并没继续说，抬了抬下巴说，"我也没有吃，能一起吃吧？"

他披着一身风雪登门，给她做了饭。顾雪仪又怎么会拒绝他的要求？

顾雪仪点了点头。

两个人吃了半小时，吃完后，保姆赶紧上来收拾碗筷。

宴朝低头看了一眼手表，说："时间不早了，能借宿一晚吗？正好这边离宴氏大楼比较近，宴家别墅太远了。"

顾雪仪眯着眼想了一会儿，转头问保姆："客房收拾出来了吗？"

"好了好了。"保姆忙不迭地说。

顾雪仪点了点头："那宴总早些休息。"她犹豫了一下，还是指了指他的眼眶，"宴总似乎太累了。"

宴朝微微笑着："嗯。"

她的一点儿关心，哪怕只是客套，也让他尝到了甜意。

顾雪仪饭后在花园里转了几圈，回到客厅，宴朝已经在沙发上睡着了。保姆收拾好碗筷出来，有点儿无措。顾雪仪也没想到他累成这样，就让保姆取了被子给他盖上，回房间看书了。

宴朝睁了一下眼，然后又重新闭上了。

宴家几个小的等了好久，都没等到大哥回来。

米国。

封俞刚刚结束了一通电话，抹了把脸，还有点儿恍惚。他一个不干好事的神经病居然被警察表扬了，警察还要给他发警民合作好市民的奖章？这简直太不可思议了！他老爹死的时候，不少人还担心他将来不走正道呢。

封俞站起身，走路都有点儿飘，整个人沉浸在一种强烈的不真实感中。他下了楼，助理立刻抬起头，恭敬地喊了一声："封先生。"

助理的手边放着一沓报纸。

封俞一看这玩意儿，眉头就皱了起来，问："你在看什么？"

助理回道："宴总和他的太太离婚了。"

封俞仿佛被冻在了那里，好几秒钟都没有开口。十多秒过去了，助理听见了封俞阴沉沉的声音："真的？"

"真的。"

封俞艰难地消化着这个几乎不可能的消息。毕竟顾雪仪喜欢宴朝的事，在圈子里太出名了。

又过去几秒钟后，封俞突然毫无预兆地捂着脸哈哈大笑起来："我要回国。"

封俞大步走到别墅门口，突然又猛地顿住了。他面色变化极快，最后停在一个极不甘心的表情上："这边的事还没处理完。"

之前顾雪仪把他召唤到这里，就是让他负责处理后面的事情。现在事情都没办完，他要是回国了，恐怕连顾雪仪的面都见不到，还得被嘲讽……他几乎能想象到顾雪仪眼中透出的瞧不起之意了。

封俞按了按额角，猛地回头，语气沉沉地问："还有多少麻烦等着我去处理？"

助理觉得后背有点儿凉，怯怯地回答道："行程表我给您放到桌上了。"

封俞在这边努力工作，江越在那头向江靖讨教。

转眼到了清晨，顾雪仪起床洗漱，换好衣服，从卧室走了出来。

宴朝刚从沙发上起来，嗓音还有点儿沙哑，问："我能借浴室冲个澡吗？"

顾雪仪刚想指外面的浴室，突然想起来保姆也住在这里，于是手指一拐，指向了自己的卧室："你自己去吧。"

宴朝点了点头。

保姆很快做好了早餐，顾雪仪吃后不自觉地皱了皱眉。保姆的手艺的确不如宴朝。在游轮上，她过惯了饭来张口衣来伸手全部让宴朝忙活的生活，这会儿"大丫鬟"突然换了，顾雪仪还真有点儿不习惯。

她吃完早餐，抬头一看，都已经十点半了。

顾雪仪怔了怔。宴朝进浴室都快一个小时了。

她和简昌明约在中午十一点半见面。

顾雪仪一下又想到宴朝没休息好的模样……他不会在浴室里把脑袋磕了吧？

顾雪仪快速起身，推开卧室的门走了进去，随后就愣住了——宴朝正在擦水渍。他下身围着浴巾，上半身什么都没穿，他的头发湿了，他抬手将头发向后捋去，露出了额头。顾雪仪又看见了他线条匀称的腹肌。他身上最后一丝温文尔雅气息消失殆尽，那双黑白分明的眼眸中仿佛都是野兽的欲望，整个人带着攻击性。

无论男女，对美色总是天生喜欢。

顾雪仪突然想起了一个问题，目光闪了闪："宴总带衣服了吗？"

"没有。"宴朝无奈地回道。

顾雪仪转身打开了衣柜，在里面找了找，找到一件女式西装外套，递给宴朝："先将就一下，宴总别着凉。"

宴朝将衣服接了过去，但根本穿不上。

顾雪仪这才突然间意识到，面前的男人，温和的外表下裹着一具怎样高大又强悍的躯体："我去给你拿手机，你打电话让助理送衣服过来。"

宴朝点了点头。

顾雪仪走出去，在沙发上摸到了宴朝的手机，然后又往卧室里走去。

宴朝给陈于瑾打了个电话，交代了地址。然后他在卧室里转了一圈，问："我能坐吗？"

"当然能。"

宴朝在沙发上坐下，浴巾微微敞开了一些。

顾雪仪扫了一眼，就瞥见了明显鼓起的地方。

宴朝笑着提起了昨天的事："顾女士真的不考虑养我吗？我十分省事的。"

顾雪仪与他短暂地对视。他的眼眸里像是着了火，烫了她一下。她扔给了他一条毯子。

宴朝披上了色泽艳丽的毯子，轻叹了一口气，不过也不着急，这才只是开头呢。

他们等了半小时，陈于瑾提着新的衣物到了。

顾雪仪起身去开了门。

"宴……顾女士？"陈于瑾愣住了，差点儿拎不住手里的东西。

顾雪仪接过东西，说道："辛苦陈秘书。"

宴朝打电话让他送衣服，结果却送到了顾雪仪这里？宴朝昨晚在顾雪仪这里？

门很快被关上，陈于瑾转身往外走去，然后陡然间有了个不可思议的猜想：宴朝将他叫到这里，也许是为了击退他的心思？这很符合宴朝一贯的行事风格。

可这样的话，他们又为什么离婚？宴朝不会是想要离婚后重新追求顾雪仪吧？

顾雪仪将衣物放在了宴朝身旁。

如果不是要去上班，宴朝觉得裹着这条艳丽的毯子也没什么不好。他低下头，嘴角忍不住翘了翘。

"我得先走了。"顾雪仪突然说。

"去哪里？"

"请简昌明吃饭。"

宴朝的嘴角刹那间耷拉下去，变成了相当明显的弧度。心头的喜悦之情刹那间被击得粉碎。他们离了婚，他的机会来了，别人也一样有了机会……

顾雪仪出了门，宴朝捏得指骨直响。如果不是和简昌明有点儿交情，这会儿宴朝已经规划把他拆成几千块扔进大西洋的日程了。

顾雪仪和简昌明这顿饭吃的时间并不长。简昌明性格守旧，也不好多说什么，旁敲侧击地问了她离婚的原因。发现顾雪仪和宴朝之间没有任何纠纷，简昌明自然也就找不到切入点去安慰顾雪仪。顾雪仪太过强悍，不给别人留一点儿关怀的余地。

简昌明送顾雪仪出门，还没上车，顾雪仪的手机就响了。

"喂，江总？"

"嗯？电影院？"

"几点？"

简昌明听到了顾雪仪的对话。

江二约她？江二怎么也来了？

就在这时，简昌明隐约发现，好像有一道光飞快地掠过。这里有记者？

这时，顾雪仪接完电话，礼貌地和简昌明挥手告别。

简昌明也就放松了刚才的警觉性，取而代之的是一股不知道从哪里冒出来的醋味："就等你办乔迁酒的时候再见了。"

"好的。再见。"

简昌明拉开车门，送顾雪仪上车。然后他一直目送她的车远去，这才离去。

顾雪仪去见了江越。她虽然和宴朝离婚了，但并不代表她出了这个圈子。所以她并不排斥和这些昔日有交情的人打交道，重新巩固一下情谊。

顾雪仪在脑中简单过了一遍，到时候怎么和江越以利益换利益。她进入电影院时，江越立刻迎了上来。

保镖早清了场，因此附近没有别人。

顾雪仪扫视了一圈，心道：难怪他选了电影院谈事……周围都清理干净了。

"宴……"江越习惯性地张嘴，但马上又顿住了，扬起真诚的笑容，"顾女士，这边请。"

他说完又从助理手中接过了饮料、爆米花。顾雪仪点了点头，和他一块儿进入了电影院。

电影包场，里面空无一人。他们就坐在观影最佳的位置。

电影很快开始了。这是一部爱情片，是江氏旗下影业投资的。

江越坐在顾雪仪身侧，有种和过往完全不同的感觉，数次想开口，但一扭头瞥见顾雪仪正看得认真就打住了。他得等个好时机，开口先说什么呢？

他开玩笑地问问她愿不愿意来调教江靖？这样好像不太妥当，倒像是要雇她一样……那他就更直白点儿？

江越这一等，就等到了片尾。

顾雪仪问："这是江总投资的电影吗？"

"是……"

顾雪仪遗憾地说道："拍得挺烂的。"

场内灯光亮起，代表观众可以退场了。

顾雪仪站起身，又问："江总今天就是想和我聊这部电影吗？它实在没什么可聊的。"

江越张了张嘴。他还是回去把江靖打死吧——什么"电影院黑乎乎的有利于培养感情"，简直是胡说八道！

"我想和你聊别的。"江越和顾雪仪并肩往外走着。

"嗯？"顾雪仪不着痕迹地皱了皱眉，"刚才怎么不说？"

他浪费那么多时间。

江越吸了一口气，笑笑说："顾女士对将来有什么规划啊？"

"做点儿投资吧，怎么？江总要和我合作吗？"

江越还没开口，顾雪仪的手机就响了。这次是孙俊义想请她吃饭。

《明星》这部电影让孙俊义重回神坛，重新披上了大导演光环。一时间不知道多少人想投资他，多少人想巴结他。孙俊义也看见了网上的议论，想来想去，觉得自己得做点儿什么事，至少让外面的人看见，哪怕顾雪仪离婚了，受她恩惠的人依旧不会变！他孙俊义肯定是尊敬她的！

"今晚吗？"顾雪仪问。

511

"是的，您看方便吗？"孙俊义在那头问。

"方便。"顾雪仪暂时也没什么别的安排。

孙俊义松了一口气，连忙让助手给顾雪仪发了地址。

江越忍不住了："晚上不一起吃饭吗？"

顾雪仪疑惑地看向他："江总不忙吗？"

江越张了张嘴，一时为难了。他该说忙还是不忙？忙，那这顿饭就黄了；不忙，显得他不务正业。宴朝可是有工作狂的美名。顾雪仪之前那么喜欢宴朝，没准儿就是欣赏他身上的这些品质。

江越抹了把脸："忙。"

顾雪仪点了点头："江总还有什么别的事要说吗？我们可以先坐下来说完。"

江越毫无经验，除了去电影院外就不知道该干吗了。

江二怎么也一脸没休息好的模样？

顾雪仪无奈地微微一笑，说道："江总看上去状态不太好，不如先好好休息一下，之后还有什么事，我们再联系。"

他们一起看电影也算是联络感情了？

江越更想拧掉江靖的脑袋了，这都什么破主意啊！江越应道："啊，啊，好。"

接下来顾雪仪去了画廊和正在办理交接的基金会。

江越没去公司，特地回了趟家，先打了弟弟一顿。

晚上。

宴朝已经收拾好心情，准备继续上门去给顾雪仪做饭。

顾雪仪已经和孙俊义坐在包间里，准备用餐了。

与此同时，网上也接连出现了几条消息："顾雪仪并未失势，与简昌明共进午餐""江越为顾雪仪电影院包场，共看爱情电影""孙导与顾雪仪共进晚餐，相谈甚欢"。

孙俊义也看见了消息，无奈地笑了笑。他也想多了，顾雪仪那么厉害，怎么会因为离婚就跌入谷底？上赶着雪中送炭的可不止他一个人！排在大佬中间，他实在不起眼……

江越回去后，也看见了新闻。看见那些营销号大写特写他和顾雪仪如何如何，甚至还把老早以前的新闻都翻出来了，江越这才觉得舒服了，也算没白去电影院。

他转头看了一眼江靖:"你还是有点儿用的……"

提心吊胆的江靖终于松了一口气:"哈哈,我就说嘛。你还是得听我的……"

江靖希望这追求的日子长一点儿,让他翻身的日子也久一点儿。

宴家。

宴文姝强忍着心里的不快情绪又读完了一本书,再一刷手机,整个人都跳了起来,"噔噔噔"就下了楼:"不好了!我觉得大哥真的不行了……"

宴文嘉和宴文宏抬起头。

宴文姝把手机往他们面前一递,忧心忡忡地说道:"咱们把江二和简昌明套麻袋揍一顿还能挽回大嫂吗?"

宴朝敲开了顾雪仪的门,来开门的却是保姆。

"顾女士不在家吗?"

保姆摇了摇头说:"她打电话回来,说晚上要和朋友一起吃饭。"

朋友?谁?难不成她还要和简昌明一起吃晚饭?

宴朝神色不变,心里却不舒服极了。他拿出手机,恰好看见了来自客户端的新闻推送。宴朝看完新闻,胸口更堵了。这才一天,就有三个人分别约顾雪仪吃饭、看电影。

这些情况他早有预料,他倒也不算太生气。但问题是,他们都被营销号记了一笔,他呢?狗仔就这么废物吗?连他登门的照片都拍不到?新闻里连他的名字都没有出现?

保姆觉得身上冒寒意,连忙问:"您……您有什么事吗?"

宴朝微微一笑:"没什么事。"

他明明笑着,但保姆愣是打了个寒战。

宴朝进了屋,说:"我给她做个汤。"

保姆拦不住他,结结巴巴地说:"可……可是……可是顾女士不在家,她没说您能不能进啊,而且这些……这些事都是我该做的,您……您……"

宴朝已经戴好了围裙,取出一只老母鸡,一刀剁下了鸡头,回头看向保姆,淡淡地笑了笑道:"哦,没关系,我是她养的小白脸。这是我该做的事。"

保姆被吓得都快站不住了。哪儿有这么有钱又凶悍的小白脸啊?

孙俊义有意和顾雪仪继续合作,两个人聊了聊孙俊义的新电影,之后又聊了一些新人导演值得投资的小成本剧，才各自离开。

"我会让人整合一下剧本，咱们周三影视城聊。"孙俊义说。

"好。孙导再见。"顾雪仪微微颔首，拉开车门坐了进去。她不会开车，还没有买车也没物色到合适的司机，就选择了打车。

孙俊义目送她离开，然后才开着自己的车走了。他并不了解顾雪仪的口味，只单纯从她的气质、行事做派，选了一家日料餐厅。

顾雪仪回到小区，舔了舔唇，嘴里还是没什么别的味道，仿佛没吃饭一样。

她按了一下指纹锁。门"叮"的一声开了，紧跟着一股浓郁的香气混着蘑菇的味道钻入了顾雪仪的鼻子。

厨房里有个身影闪了出来。

顾雪仪一边低头换鞋，一边淡淡地说道："我不是说了，我不回来吃晚饭吗？"

"喝点儿汤？"男人的声音在眼前响起。

顾雪仪换好了毛茸茸的拖鞋，抬头望去，宴朝的模样就映入了眼帘。他还是戴着那条围裙。

顾雪仪疑惑了一瞬："宴总今天没有回家吗？"

"嗯，昨天在这边落了点儿东西，幸好你的保姆把我放进来了，不然，我要一直在门外等你了。"宴朝轻描淡写地说道。

保姆："……"她拦不住啊。

"落了什么？你检查过了吗？有没有问题？"顾雪仪严肃地问道。

宴朝就知道说到这样的事她会比常人更警觉，反而不会去留意别的东西了。他轻笑了一下："检查过了，没问题。"

顾雪仪这才轻轻"哦"了一声。

"所以要喝汤吗？"宴朝无比自然地问道。

顾雪仪不自觉地舔了一下唇，嘴里还是没什么味道："要。"

宴朝的目光顿了顿，然后他笑着去盛汤了。

保姆深觉自己无用，只好去打扫卫生，打扫完卫生又去整理花园。

顾雪仪没喝太多汤。宴朝的手艺很不错，但她在这方面一直很节制。

顾雪仪放下汤碗，转头看向窗外："夜已经深了啊。"

宴朝还在吃饭，手中的筷子顿了顿，他点头道："是啊，今晚恐怕又要在你这里借宿了。"

顾雪仪倒不排斥宴朝，顿了一下，问："今天宴总带换洗的衣物了吗?"

宴朝摇摇头道:"为了来取东西,来得匆忙没带。"

顾雪仪坐在椅子上,歪头盯着他。

宴朝面不改色,依旧慢慢吃着饭。

她有点儿看不透了。宴朝是个沉稳又内敛的人,但他又怎么会说出那些直白,甚至有点儿冲动的话呢?

顾雪仪没有再深究这个问题,离了婚,她比过去更忙了。她需要拓展眼界,读更多的书。

"宴总慢慢吃。"她说着,起身去了花园,等逛完花园,就转身去卧室看书了。

这时候,顾雪仪接到了宴文姝的电话。

"大嫂,你现在在哪儿啊?"宴文姝委屈地说道,"你的电话一直打不通。"

"这两天联系我的人比较多。"顾雪仪顿了一下,说了新地址,也告知了乔迁酒的时间。

宴文姝这才觉得那颗悬着的心落了地。这就代表着即使顾雪仪不是他们的大嫂了,也不会疏远他们吧?但她还是做他们的大嫂更好啊。唉,可惜大哥没用,留不住大嫂。

宴文姝深知顾雪仪有早睡的习惯,说了几句,就主动挂断了电话。她一回头,发现宴文嘉和宴文宏不知道什么时候都凑到了自己身边,显然把刚才电话里的内容都听了个一清二楚。

宴文姝说道:"你们神经病啊?靠这么近,吓死我了。"

宴文嘉冷嗤了一声:"知道大嫂为什么走吗?"

宴文姝问:"为什么?"

宴文嘉睨了她一眼:"都是因为你太没有礼貌,连哥哥都不叫。大嫂对你失望了,认为你不是个可塑的良才……我收电影节的邀约都收到手软了。你呢?"

宴文宏不冷不热地补了一句:"我刚拿了奖学金,学校还给了我保送名额,还有不少实验室在联系我。"

宴文姝大受打击,望着宴文嘉,咬了咬牙,屈辱地说:"二哥、弟弟,你们真是神经病,刚才靠那么近,吓到我了。这样够有礼貌了吧?"

宴文嘉和宴文宏对视了一眼。不行,他们还是互看两相厌。

宴朝知道一个套路不能玩两次的道理，吃完饭后就自觉地去楼下买了新的衣物、洗漱用品，然后大包小包地拎了回来。保姆看得直发愣，觉得这个特殊的"小白脸"似乎真的登堂入室了。

顾雪仪看完书后，睡了个好觉。

有人睡不着了。

李辛梅也一直在打顾雪仪的电话，但总是打不通，早晨和晚上呢，她又不敢打搅顾雪仪，于是就这么一直拖着。

早上，她打扮好准备出门。她的丈夫王子雄看见她的动作，不由得皱了皱眉："这么早出去，又去搞什么？"

之前妻子与宴太太有几分交情，王子雄还是很高兴的。可如今呢？宴太太和宴总离婚了，也就没什么价值了。他再联想到之前，妻子和红杏基金搞的那些乱七八糟的事，就更觉得不痛快了。

"没事在家里多陪陪妈。"王子雄冷声说道。

"去见几个朋友，聊点儿事。"李辛梅说。

王子雄诧异地看了李辛梅一眼。平时他这么说她就会留在家里了，反正什么时候出去扫货都可以，她聪明，知道什么时候该讨好他。

李辛梅说着就往外走，没有一点儿焦躁和畏惧之色。

她过去是很怕得罪丈夫的。但现在……宴总那么厉害，顾雪仪都能说离就离，她还有什么可怕的？她应该多向顾雪仪学习！

这么一想，李辛梅的思绪也就明朗了。没错，她还是应该和顾雪仪继续联系的。

李辛梅想到这里，反而加快了出门的脚步。

宴朝在顾雪仪的客房里，一天比一天适应，一天比一天睡得安稳。他一觉醒来，已是上午十点多了。他洗漱完走出去，顾雪仪已经换好衣服了，显然又要出门。

宴朝眼皮一跳，立刻喊道："顾雪仪。"

"嗯？"顾雪仪回头看他。

宴朝抿了抿唇，将心里的戾气压了压，这才恢复了往常的表情，笑着问："今天和谁有约？江总？"

顾雪仪轻笑一声："不是他。盛煦今天过生日。"

盛煦？

宴朝至今还没摸透他和顾雪仪的关系。

"我先走了。"顾雪仪说着，关上了门。

保姆打扫完卫生，回身就瞥见那个"小白脸"的脸上露出一点儿阴沉又危险的神情，但等"小白脸"再转过身，又是衣冠楚楚的模样了，仿佛刚才的一切都只是她的错觉。

"我也先去上班了。"宴朝有礼貌地说着，打开门走了出去。

保姆有点儿吃惊。原来小白脸也要上班吗？

顾雪仪收到的邀请是盛煦直接发出来的。

她到盛家的时候，盛家的门卫看见她还有点儿吃惊，到嘴边的称呼转来转去，最后说道："顾女士，您怎么来了？"

"来参加生日会。"

门卫疑惑地将她放了进去。

门内和门外俨然是两个世界。

门内热闹非凡，年轻的男男女女穿着时尚，神色倨傲得尾巴几乎快翘上天了。

顾雪仪进来后，他们齐刷刷地看了过来。

"那是谁？"

"她你都不认识？顾雪仪啊。前段时间她天天上话题榜，哦，昨天也上了。"

"想起来了，她投资了那部电影……"

他们议论着顾雪仪，倒是没什么恶意。

直到另一边更为倨傲的年轻人走过来，为首的青年扫了一眼顾雪仪，似乎好奇，问起身边的人："她怎么会在这里？这地方，他们这帮充满铜臭味的商人也配来吗？"

旁边的人不知道该怎么回答，只好委婉地说："前段时间，你外公还和她一块儿吃饭了。"

"那是和宴朝一起，看在宴朝的面子上。现在她和宴朝不是离婚了吗？"青年不屑地说道。

这时候人群骚动起来。

"盛煦来了。"

"盛哥。"

青年倒是一下扬起了笑脸，回头说："盛哥，终于等到你了！昨天我跟你说的事……"

青年还没说完，就见盛煦眼中带光、步子带风地迎了上来。

青年心说：盛哥这么欢迎我？

盛煦却是一个大步与他擦肩而过，走到顾雪仪身前，并且无比自然，甚至是殷勤地接过了顾雪仪的手包："大嫂，我就知道你一定会来！"

青年惊讶地"啊"了一声。

大嫂？

众人都呆了一瞬。

顾雪仪皱了皱眉，一把扯回手包，拍了一下盛煦的头："乱叫什么呢？"

盛煦有点儿委屈，心说：你本来就是我大嫂啊，我还没和宴家算夺嫂之仇呢。

"您先跟我进来。"盛煦低声说，"包，包给我。我给您拿。您瞧啊，您这鞋，跟儿多高，走路累吧？您肯定不习惯对吧？要不我背您进去得了？"

顾雪仪没搭理他，只是松开了拽着包的手。

青年恍恍惚惚地看着他们往里走去。

"不是，盛家大哥不是信佛修道了吗？"

"怎么……怎么就成大嫂了？"

"盛煦疯了？"

"也可能是我们疯了……"

此时网上又出新闻了——"顾雪仪赴盛家生日宴，盛家公子亲自为其拎包"。

进了门，盛煦就殷勤地去端食物了。

"这个蛋糕特别好吃，专门请西点师做的。哦……忘记你不怎么喝饮料了，喝酒？要不喝点儿牛奶之类的？"盛煦面对顾雪仪的时候，有点儿亲近，又有点儿局促。

如果不是在他自己的生日会上，盛煦都快热泪盈眶了。顾雪仪是唯一经历过那个朝代的人，也曾经是他最想亲近的女性长辈。

盛煦挨着顾雪仪坐下，坐着坐着又觉得自己好像不配和大嫂平起平坐。

顾雪仪看他脸色古怪，忍不住问："你干什么呢？皮痒？"

"没什么，就是觉得，我该矮大嫂一头，这样才尊重大嫂。"

顾雪仪心里觉得好笑，不过又被勾起了点儿在古代时的记忆。

她指了指脚边的地毯说："你不能蹲着吧？"

盛煦认真地想了会儿。

顾雪仪说："多像狗。"

盛煦这才打消了念头。

刚才在外面看不上顾雪仪的青年此刻正面色难看地望着他们的方向。他很纳闷儿："一个离了婚的女人也这么抢手？"

旁边的人面色古怪了一瞬，竟然还有点儿不高兴："话不能这么说啊，她漂亮吗？"

青年沉默了几秒，回道："漂亮。"

"她气质怎么样？"

"很好。"

"人家不仅漂亮气质好，又聪明有能力。你还别说……就……就刘星阳他们几个，都对人家有点儿……有点儿仰慕呢。人家那不叫离了婚的女人，那叫……梦中情人。"那人说着，还有点儿不好意思。

他们这个年纪，往往并不怎么喜欢年轻小姑娘，反而越是成熟有魅力的女人，对他们的吸引力越大。那些秃头的老家伙才更喜欢十七八岁的小姑娘呢！

这头盛煦和顾雪仪说了不少话，然后还起身叫自己的好朋友过来，一个不落地介绍给顾雪仪认识。

"这几个，我的好哥们儿。"盛煦说。

盛煦又开口："这，我大……"到了嘴边的"大嫂"，盛煦不得不生生转了个弯儿，"我大姐大。"

几个哥们儿都蒙了："不是，盛煦，你搞什么呢？"

还大姐大呢？这都扫黑除恶多少年了，盛煦要是敢在盛老面前这么说，就得挨打了。

顾雪仪抬眸扫了一眼盛煦。

盛煦这才连忙改了口："开个玩笑嘛，她在我心里就跟菩萨一样，得小心供起来，那可不就跟我大姐大差不多吗？你们……你们就叫姐姐吧。"

大家还是一脸蒙。他得供起来？那不就是女神的意思吗？

大家犹犹豫豫地叫道："顾姐姐。"叫完，他们又觉得有点儿不对。人家虽然结过婚，但这张脸年轻得很。

"顾姐姐多大啊？"有人问。

盛煦皱眉:"关你们什么事?我都得叫姐姐,你们不得这么叫吗?"

顾雪仪斜睨他一眼。

盛煦就闭了嘴。

"我记得好像在网上看过,才二十五?"有人说。

"二十五?那比我还小一岁呢。"

"厉害啊!"

盛煦憋不住补了一句:"反正得叫姐姐。"

盛煦自从在电视上看到宴文宏公开感谢大嫂那番话后,就觉得憋屈。现在他好不容易等来了机会,恨不得告诉全天下的人,顾雪仪和宴家几个小崽子没有任何关系,她和我才有关系,是我大嫂!

"盛哥,生日快乐啊!"终于有人大着胆子凑过来,同时还递上了手里的礼物。其他人见状也纷纷凑上来递礼物。

盛煦却没急着接礼物,说:"等会儿。"然后他转头看向顾雪仪,舔了舔唇,紧张地说:"我……我有礼物吧?"

众人又一次无语了。

顾雪仪忍不住笑了:"有,记得的。我的包呢?"

盛煦这才连忙拿过她的包,递了过去,盯着她开包的动作,忍不住说道:"这么小啊?"

顾雪仪没说话,从包里取出一个包装精美的盒子,盒子还没有巴掌大。

盛煦赶忙接过去,打开:"玉?"

"天啊!"盛煦突然站了起来。

其他人被吓了一跳。不会吧?盛煦就因为别人送的东西太小,发火了?大家都有点儿摸不着头脑,更摸不清他和顾雪仪之间的关系。

盛煦口中猝不及防地发出了一声低低的呜咽声,眼泪顺着他的脸庞流下:"你还记得啊?"

顾雪仪点了点头:"嗯,我一向记性很好的。"

盛煦动了动唇:"过去你还骂我不配戴玉呢。"

"现在配了。"顾雪仪说,"你现在不是做得很好吗?"她轻轻笑了一下,"家里最后一个孩子也成才了。"

其他人听得一头雾水,但隐隐又好像有点儿被触动了,主要是谁见过盛煦哭啊?谁也没见过啊。这算是喜极而泣吧?

盛煦还叫盛长成的时候,在盛家不起眼,连他亲娘都不惦记他。今儿个他娘许诺亲手给他做吃的,明儿个又许诺得了父亲的赞许,就能得个小印章……结果全没有。他娘只当他好哄，许完诺转头就忘了。

盛煦没想到顾雪仪还记着。顾雪仪来这个世界的时候，他应该都死好几年了吧？

盛煦将玉紧紧攥在手里，好半天才挂到自己的脖子上。

其他人对视一眼，满脸都是诧异之色。

当天生日会一直开到下午六点才结束。

就这样，其他人还觉得结束得早了点儿，忍不住问："咱们不搞个夜间活动吗？"

盛煦冷着脸："搞什么？"

其他人想到盛家家风严，也有点儿迟疑："就玩到夜里十二点没问题吧？咱们又不是半夜三更去玩。"

盛煦冷淡地拒绝："不行。我大……顾姐得早睡。"

"行吧。"

盛煦亲自开车送顾雪仪回去的。

现在基本上所有参加宴会的人都记住了顾雪仪的名字。

顾雪仪回到家，先本能地朝厨房看了过去，保姆从里面走了出来。

"您是看那位先生吗？"保姆说，"不知道为什么那位先生今天没回来。"

回来？

顾雪仪心道：这里可不是宴家。她点了点头，倒也没在意，说："好，我知道了。"

洗漱完，又看了会儿书，顾雪仪躺在床上，才感觉到一丝怪异，嘴里的味道好像还是寡淡的。

顾雪仪忍不住翻了个身，却怎么也睡不着了。

之后几天，宴朝都没再到顾雪仪这里借宿。顾雪仪倒是接到了李辛梅的邀请，跟几个豪门太太一块儿吃了顿饭。

转眼就到了她定下乔迁酒的这天。

她告知大家的时间是中午十二点，但这天九点门铃就响了。

顾雪仪穿好衣服，慢吞吞地走过去打开了门。

门口又出现了宴朝那张脸，他笑了一下，说："我来帮忙。"

顾雪仪让出位置，心里有点儿惊奇，宴朝来帮什么忙？

宴朝却熟门熟路地进了厨房。

顾雪仪忍不住说："今天请了厨师，不用劳烦宴总……"

就在这时,顾雪仪的楼下,慢慢开进了无数豪车。

"十二点……"江越吸了一口气,"那就十一点五十再上去。"

他说着,往窗外扫去,一眼看见一个熟悉的车牌号。

"简昌明?"

"那是封家的车?封俞什么时候回来的?"

"还有盛煦?"

"那是宴文嘉的车?他怎么也来了?"

江越猛地顿住了。

江靖咂了咂嘴,丝毫不知危险来临:"哥啊,原来你不是唯一接到邀请的人啊。"

多人齐聚在顾雪仪家楼下的时候,媒体的报道刚刚更新"顾雪仪与豪门阔太聚会,地位不掉反升?",他们抓拍到了顾雪仪和李辛梅等人聚会的照片。李辛梅在中间并不起眼,但其他几个豪门太太还是有点儿来头的。

网友们眼睛多尖啊,立马认出她们分别是谁家的太太,分析着谁家更有钱。

顾雪仪洗漱完出来,一碗蛋羹已经放在桌上了,还有一杯温开水和一碟洗好的水果。

宴朝袖子挽起,身上的围裙还没有解下来。他就坐在餐桌旁,面前摆着笔记本电脑,单手敲击着键盘,这一幕看起来格外违和。

顾雪仪轻挑了挑眉。

宴朝看上去并不轻松,甚至有些忙。在这样的时候,她来做这些事都是不耐烦的。他倒好,不嫌烦。

顾雪仪随手拈了颗葡萄放进嘴里,特别甜。她坐在那里,竟然生出一种懒洋洋的感觉。顾雪仪喝了水,又低头吃完蛋羹。她抬起头,宴朝已经合上笔记本,问:"中午想吃什么?我还带了点儿酒,你也许会喜欢。"

"今天的确不需要宴总帮忙,宴总也忙不过来的。"顾雪仪说。

这时候,门铃又响了。

宴朝心里有了不好的预感:"是吗?"

保姆过去开门,两个厨师模样的人,身后还带着助理进来了。他们拎着食材,还扛着桌子,显然是要在宽阔的客厅里再放几张桌子。

顾雪仪说:"本来应该在酒店里办的,但是乔迁宴嘛,我想了想,还是应该在家里办更有烟火气。过去办乔迁宴,也都是为了请亲戚朋友到家中,这样住下来之后才会顺顺当当的。"

宴朝"哦"了一声。她到底请了多少人？

门铃又一次响了。

宴朝说道："我来吧。"

顾雪仪："嗯。"现在才十一点，这么早其他人也到了？

顾雪仪又往嘴里放了颗葡萄，然后突然顿了顿："你身上的围裙……"

宴朝已经走到了门口，拉开了门。多双眼睛正好对上。

门内外，骤然间一片死寂。

半晌，外面才响起了宴文姝的声音："大哥！你怎么在这里？"

江越："呵呵，宴总啊……"

他们都死死地盯着宴朝身上的围裙，恨不得把围裙扒下来自己戴上，可身姿挺拔的男人摆出了一副主人的姿态。

宴朝什么时候来的？他凭什么出现在这里？前夫就该有前夫的觉悟啊！

宴朝的目光依次扫过他们，平静的面容下，内心要多不高兴就有多不高兴。

"江总。"

"盛先生。"

"宴总没看见我吗？"封俞开口道。

"封总的事都处理完了？"宴朝的声音稍微拔高了一点儿。

顾雪仪听见声音，立刻朝这边看了过来。

"封俞？"顾雪仪丢开手边的水果，起身缓缓走了过去。

封俞觉得自己都不算阴险了，宴朝才叫阴险。

顾雪仪走到门边，拽了一下宴朝的袖子，让他让出路："你们先进来。封总……"

封俞皮笑肉不笑地问道："怎么？就我不配进去吗？"

顾雪仪淡淡地说道："封总的确不适合出现在这里。"

封俞咬了咬牙。顾雪仪这女人实在无情，偏偏正是她的理智无情才显得更迷人。封俞想来想去，心里还是生出了点儿委屈感。他问："那江二呢？"

江越一看他要拉自己下水，立马不干了："我和封总不一样的嘛，封总做的生意谁知道有多少见不得光的？"

封俞说道："你别胡说，我没有啊，我可干净了！"

江靖捂着自己被踢得火辣辣的屁股,心说:看来还有人比他哥更蠢、更惨。

"不过今天既然来了……还是感谢封总、江总捧场。其他的事一会儿再说。"顾雪仪也没打算把人拦在门外,"都进来吧。"

盛煦这才迫不及待地走在最前面,一进门就左右打量:"大……姐,哪儿我帮得上忙啊?"他没想到宴家那群小崽子也觍着脸上门了。那他肯定得体现一下自己和他们的不同啊!他得让顾雪仪知道,谁才是贴心好弟弟!

其他人却皮笑肉不笑地看了盛煦一眼:"哪里需要劳烦盛先生?"

江越一眼瞧见了桌板,说:"我先搭桌子。"

封俞还在那儿生闷气呢,就没动。

盛煦却立马说道:"这么多人肯定招待不过来啊,我帮你招待啊,我去洗杯子接水……"

宴文嘉说道:"我自己有手。"

宴文宏开口道:"我去削水果,我削水果削得可好啦!"

原本因为面积过大而显得有些冷清的屋里,一下热闹起来。所有人都积极地变客为主。

突然失业的保姆看着屋子里晃来晃去、无数张让她感觉熟悉的面孔有点儿恍惚。啊对,中间那个是原文嘉吧?好像是叫原文嘉!她女儿可喜欢他了!

保姆恍惚之中,不由得转头看向顾雪仪。她的雇主这么厉害吗?这些人不会都……都是她的雇主养的小白脸吧?他们还……还都挺有职业操守,一个个都挺积极,比她刚当保姆竞争上岗的时候还要激烈。

顾雪仪坐回餐桌旁。明明她才是主人,但这会儿,江越给她递了杯茶,宴文宏给她削了个杧果还切了片,宴文嘉还翻出了她的小饼干……

好吧,如果这里没有丫鬟,要顾雪仪亲自招呼他们,她其实也是不乐意的,既然能轻松享受那便享受吧。顾雪仪缓慢地吃起了杧果。

宴朝这时候反而不动了。

宴文姝急得都快掉头发了,强忍着冒犯大哥的风险,小声说:"大哥,你快去啊!他们都在讨好大嫂,你没看出来吗?"

宴朝当然看出来了。这会儿他的胸口仿佛揣了块冰,他快要压不住心里的戾气了。

宴朝淡淡地说道:"这时候去有什么意义?无数人一拥而上,我再去,不过是锦上添花。"

宴文姝怔怔地问道："所以呢？"

宴朝走向顾雪仪："既然他们这么喜欢干活就让他们干吧。"

宴文姝看见宴朝坐到了顾雪仪对面，低声和她大嫂说起了话。

对不起，打扰了，大哥，是我小看您了。

宴朝低声和顾雪仪聊起了基金会的事，包括公司选址等。顾雪仪正需要这方面的知识，像宴朝这个地位的人物，手中应该握有大量花钱也买不来的宝贵经验。其他人自然慢慢也注意到了这边的人聊得火热。

江越骂了一句。

封俞已经在心里骂了好几句。宴朝真不是东西！但这会儿他们要想再停手也来不及了。事情开了个头，现在在撒手不干了，那不更得留下不好的印象吗？几个人只好憋着气，摆好了果盘，又放好了碗筷和餐巾。

顾雪仪今天请的厨师都来自高档中餐厅，他们可比保姆见多识广。

厨师们正在宽敞的厨房内忙活的时候，突然进来一个人，问："先上什么菜？"

厨师心说：声音怎么有点儿耳熟。

厨师还当是自己的助手，一回头，却看见了一张熟悉的面孔："江总？"

江越冷着脸应了一声。

"这道，这道……"

江越端了菜就走了。

厨师却有点儿回不过神来。他是知道顾雪仪的身份的，只知道这位昔日的宴太太今日的顾总，要在家中宴请宾客。前脚看见了宴总，他还想，有钱人就是不一样，离了婚还能做朋友，大概是利益关系摆在那里吧……结果现在呢？

厨师不由得伸长了脖子去看。客厅里好不热闹！一眼望去，都是大人物啊！

一会儿后，其他几位贵客也跟着出入厨房，都是来打下手的。

后来，厨师都麻木了。

江越端了菜出去后，径直走到了顾雪仪的旁边，笑着说："宴总不去帮忙吗？"

宴朝捏了一下手腕："有点儿累。"

顾雪仪想起他早就来了，给她做完吃的后又继续忙工作了，又想起前几天他累得在沙发上睡着了。顾雪仪皱了皱眉，淡淡地说道："宴总的确有些累。江总也坐下休息吧，厨房里的事交给厨师的助手就行了。"

江越一口热血堵在了喉咙里。

宴朝就是个工作狂，会累？谁看见过他累？

顾雪仪竟然还吃这套？

"那宴总慢慢休息。"江越咬着牙说，"我去厨房看看顾女士爱吃的菜做好了没。"

顾雪仪惊讶地问道："江总怎么会知道我爱吃什么？"

说起这个，江越那可就有点儿得意了。科技改变人生啊！

江越说："我特地查过，网上说顾女士爱吃炝炒秋葵、脆皮金狮虾……"

江越也不委婉了，当着宴朝的面，甚至还故意强调了一下"特地"两个字。

宴朝却依旧八风不动，挪走了顾雪仪手边的果盘，说："少吃点儿，一会儿该吃正餐了。"平平淡淡的一句话，却透露出亲近之意。

江越扭头看向顾雪仪。

顾雪仪这时候更惊讶了："嗯？这些不是我爱吃的菜。"

宴文嘉走过来，用轻视的语气说："哦，江总说网上的词条啊，这东西都是瞎编的。我的词条里，还有人说我积极乐观、阳光向上呢。"

宴朝抬了抬眼，看向宴文嘉。嗯，这个弟弟看上去也没那么蠢，顺眼了许多呢。

江越厚着脸皮问："那顾女士爱吃什么？"

顾雪仪顿了顿。她在古代爱吃的那些菜记忆深刻。而到了这个世界后，她反倒不太记得菜名了，尤其是宴朝亲手做的那些菜，她更不知道菜名。

这时宴朝说："蟹肉粉丝煲、小笼包、酸汤牛肉、煎银鳕鱼……"

江越见他说得如此自然，心里不爽，忍不住问道："宴总怎么知道？"

宴朝淡淡地说道："我还知道她爱喝的茶是君山银针，不爱喝咖啡，会品酒……"

顾雪仪怔怔地出了神。原来在她自己不曾留意的地方，有个人细心地记下了她的喜好。

江越越听越觉得冒火。宴朝这不就是变相秀恩爱吗？他们都离婚了，他有什么可秀的？

江越闷声说:"多谢宴总告知,我以后一定记得牢牢的。"

宴朝语气平缓:"江总还真是脸皮厚啊。"

江越想:到底谁脸皮厚啊?

顾雪仪轻笑了一声:"江总倒也不必记这些,我不会因为一顿饭不够妥帖就记江总的仇。"

江越张了张嘴,觉得胸口更堵得慌了。他这是怕她记仇吗?他这是吃醋呢!难道是他表现得不够明显吗?他不是都约顾雪仪去看电影了?顾雪仪都答应了啊!他们还一块儿看了一场爱情电影啊!行吧,虽然事后顾雪仪评价那部电影拍得挺烂的,但那不就是约会吗?

江靖这时候走过来,拍了拍江越的肩:"哎呀,哥,一会儿我教你。"

江靖盯着江越心道:惨啊,真惨,人家顾姐姐明显还不知道你对她有意思呢。

江靖摸了摸自己的屁股。这就是打弟弟的代价啊。上天终于开眼了啊!

江越压下火气,转头又去端菜了,还没忘记回头吩咐江靖:"你一块儿去。"

江靖不高兴地应道:"哦。"

顾雪仪望着他们满屋子忙活的情景,倒是没有受宠若惊的感觉。以前围着她打转的人可比现在多。她转过头看向宴朝:"原来宴总记得这么多小事。"

宴朝摇头道:"怎么会是小事?于你来说这些或许只是小事。你爱吃的菜、喜欢的颜色、爱喝的茶和酒、抽选书籍时喜欢从上往下依次抽走的习惯、在有地毯的房间里不爱穿拖鞋、怕冷时会将被子攥得紧紧的……在我心中,这些却都是大事。"

顾雪仪一时有些说不出话。她也不知道为什么,就像有什么堵在喉咙里,也堵在心里,沉甸甸的,心怦怦直跳。

一顿乔迁酒总算吃完了。

顾雪仪又喝了点儿酒,这回有经验了,喝得不多。只是她放下酒杯时,两颊悄然飞起了两抹绯红,连带耳根都蒙着一层浅红,眼中也添了水意。

顾雪仪起身送他们离开。

他们倒是想多留一会儿,但又怕打搅顾雪仪休息,不大甘心地出了门。

"谢谢。"顾雪仪低声说着,又露出了浅浅的笑容。她也是突然发现,虽然她对这里仍旧缺乏家庭的归属感,可在这里已经建立起了全新的关系。

她有许多朋友。

"不谢。"江越闷声说。

其他人又忍不住多看了两眼顾雪仪脸上的笑容,然后才进了电梯。

上午无数豪车几乎前后脚抵达这里,现在又前后脚驶离。

江越上了车,才突然想起来:"江靖,你刚才看见宴朝的车了吗?"

"啊,宴总的车?没啊,没注意啊。"

江越皱了皱眉。

保姆和厨师助手在收拾碗筷。

顾雪仪懒洋洋地打了个哈欠,然后突然听见了门铃声。

是谁落下什么东西了吗?

顾雪仪慢吞吞地起身,走过去打开门,看到宴朝站在外面。

顾雪仪目光微微下移,语速有些迟缓地问道:"忘记取下围裙了吗?你脱下来给我。"

宴朝却紧紧盯着她的脸。她的脸颊绯红,唇也是绯红的,眼中水色轻动。他想起几个月前刚回国时,和她一起赴简家家宴后回去的路上,她那时醉得比现在要厉害些。

宴朝摘下了身上的围裙,又抬手解开了喉结处的那颗纽扣,问:"我可以亲你吗?"

江越坐在车里无端打了个大喷嚏,越想今天宴朝的一系列操作,越觉得不痛快:"我得订花……今天吃饭时,顾雪仪说了,她的基金会挪到信阳大厦了对吧?明天老子要送一车花到信阳大厦!"

"哥,你记得附张卡片,上面就写一首情诗。"

江越:"我不会写啊,我语文才考33分。"

"你傻啊!"江靖的指挥欲又来了,他恨不得踩到车顶上对他哥指指点点,"你抄啊!"

电梯到大门之间是一个完全独立且封闭的空间,保姆等人的声音被隔绝在背后。头上顶灯落下了暖色的光,顾雪仪的呼吸慢了,思维也有一刹那停滞。一时间他们好像只能听见彼此的呼吸和心跳的声音。

顾雪仪伸手拽住了围裙的一角:"给我吧。"她顿了一下,还是忍不住问,"你刚刚说什么?"

宴朝也喝了酒，目光更加深沉，还添了一丝迷离之意。他个子很高，就这样垂眸朝顾雪仪看过来的时候，平日里冷淡的眉眼这会儿却有种格外深情的感觉。

顾雪仪有一些恍惚，似乎是酒意又上头了，微醺，连四肢都有点儿发软。她拽着围裙的手不由得紧了紧，然后她就听见宴朝平静地重复了一遍："我可以亲你吗？"

顾雪仪动了动唇。他要亲她？

她抬了抬眼，眼中带起了点儿水光。

"哦……"顾雪仪问，"怎么亲？"

她觉得自己像是有点儿醉了，但又像是万分清醒，都能清晰地看见宴朝下巴上有一颗很小的痣。她仰头看着他，目光迷离。

宴朝喉头一动，伸手搂住了顾雪仪的腰——纤细、温热。宴朝将她抱得更紧，同时另一只手松开了围裙，转而将顾雪仪身后的门关上了，彻底将他们和门内的世界分隔开了。

他低声说："这样……"

他微微俯身低头，但还没等他将话说完，也没等他的吻落下，顾雪仪也松开了围裙。宴朝比她高出很多，她不得不抬手攀住宴朝的肩，踮脚一口咬在了宴朝的下巴内侧。

宴朝怔住了，本能地将顾雪仪抱得更紧。

顾雪仪大约是觉得咬不掉那颗痣，顿了顿，改咬为舔，舌尖轻轻地舔了上去，再往下就是宴朝的喉结……

宴朝脑中"砰砰"炸开了烟花，克制与理智被碾得稀碎，浑身血液沸腾，像四肢百骸都窜过了电流。

顾雪仪松开嘴，舔了舔唇，抬手点了点他的下巴："有颗痣。"

小小的痣，贴在白皙的下巴内侧，格外扎眼，让人想咬掉它。

"是吗？"宴朝攥住了她的指尖，将顾雪仪拦腰抱了起来，抵墙放下，然后再俯身去亲她。

顾雪仪却短暂地皱了皱眉，抵住宴朝的胸膛，转而扣住了他的手腕，将他甩开，屈腿蹬在身后的墙上，一个借力，随后结结实实地将宴朝扑在了另一面墙上。

宴朝倚着墙壁，喉咙里越发干渴。他的目光仿佛着了火，紧盯着顾雪仪，深情又灼热。

顾雪仪又攀着他的肩，借力倚在了宴朝的腰上，然后才低头飞快地亲了一下宴朝的下巴。她亲歪了。顾雪仪眉头皱得更紧，再次低头亲了亲宴朝的唇。她毫无技法，如同小鸡啄米。

"这样……亲吗？"顾雪仪问。

她懒洋洋地倚着他，眉眼冷艳，可眼皮轻轻眨动间，又泄出点点迷醉的光。

宴朝紧紧托着她的腰，一手扣住顾雪仪的后脑："我教你。"

这次他终于吻了上去，重重吻了上去。他舔吻、啃咬，撬开顾雪仪的唇齿，距离拉近，彼此的呼吸都交缠在了一块儿。

顾雪仪不自觉地将手指插入了他的头发。

宴朝的发丝一点儿也不柔软，还有点儿扎手，可是这样的触感并不难受。顾雪仪微眯起眼，心"咚咚"直跳。这是她从来没经历过的事。束缚骤然被打开，灵魂好像都跟着膨胀了。

宴朝重新调整了位置，将她抵在墙上，吻了吻她刚才皱起来的眉心。

"痒……"顾雪仪无意识地说了一句，然后又低头咬了一口宴朝的下巴。

宴朝的手探入了顾雪仪身上薄薄的毛衣。

顾雪仪又咬了咬他的喉结。

宴朝的声音越发沙哑，他胸中满是惊喜和骤然膨胀起来的欲望。

他低低地又叫了一声："太太……"他盯着她，毫不掩饰自己的欲望。

这对顾雪仪来说就是挑衅的信号，但她迎上宴朝的目光。被他这样盯着的感觉并没有不舒服，甚至好像全身都热了起来。那种奇妙的感觉贯穿了她的全身，顾雪仪不自觉地绷紧了四肢。

"砰"的一声，顾雪仪不小心把半人高的绿植踹翻了，花盆碎了。

顾雪仪激灵了一下，绷紧的四肢瞬间脱了力。她轻轻从宴朝身上滑下来，按了按额角："累了。"

宴朝轻叹了一口气，躁动的心绪也慢慢平静下来。刚才的吻就已经够他回味太久了。

宴朝松了手，走到门边，弯腰捡起围裙："那好好休息。"

顾雪仪眨了眨眼，接过围裙，然后重新打开了门，转身走了回去。她想了想，用仅剩的一点儿理智对保姆说："电梯口的花盆碎了，换个新的。"然后她就进卧室休息了。

保姆愣愣地"嗯"了一声。

花盆碎了？咋碎的？

宴朝抵着墙，并没有立即离开。

他平复了一下略微急促的呼吸，又解开了一颗领口的纽扣。随后他抬手抚了抚下巴和脖颈的位置。大脑仍处在兴奋的状态。不只大脑，宴朝还不自然地动了动腿。过了好一会儿，宴朝低头看了一眼时间，然后才按开电梯走了进去。

电梯镜面映出了宴朝这会儿的模样——眉眼冷峻，滑稽的是他的头发乱糟糟的。宴朝盯着镜中的发型，突地勾唇笑出了声。

"叮"的一声，电梯门开了。

楼下的保安看见他顶着一个鸡窝头走了出去。

宴朝没有去管自己的头发，心情极好，走路都带风。他的情绪从不外露，这会儿到了外面，他拉开车门坐进去，嘴角却是弯的。

司机和保镖怔住了，磕磕巴巴地问道："您的头发……怎么了？"

宴朝指了指自己的头，淡淡地说道："你说这个？"

"啊。"司机表情僵硬。

宴朝的口吻云淡风轻："顾雪仪给我做的发型。"

司机："……"

保镖："……"

宴朝不需要他们了解自己的心情，也不需要他们知道刚才发生了什么，只需要他们明白，这是顾雪仪弄的就行了。

宴朝终于回到了宴家。

宴文姝刚听见楼下的汽车声，立马跑下了楼："大哥！大哥你怎么这么晚才回来？你去哪儿了？"

"大哥你……"宴文姝剩下的话全部堵在了喉咙里。她颤声问道："大哥，你怎么了？虽然和大嫂离婚了……但大哥你也不必这样……自暴自弃。"宴文姝小声说了最后半句话。

宴文嘉和宴文宏下楼一看，也傻眼了。这和他们印象中的大哥的形象相差太远。

宴朝很满意，又有人注意到了他的不同。他微一领首，还是用那种云淡风轻的口吻说道："顾雪仪弄的。"

宴文姝说道："大哥，不可能。大嫂好好的打你干什么？而且大嫂打得过你吗？"

宴朝挑眉："这是打出来的吗？"

宴文姝迟疑道："那不然……"

宴文嘉猛地意识到了什么,一把捂住了宴文姝的嘴,把这个蠢妹妹一把抱上了楼。宴文姝踢了好几下,都因为身高和力量上的差距挣脱不开。

宴文宏的目光黯淡了些,他一句话也没有说。

宴朝淡淡地扫了他一眼,然后就顶着这个发型上楼了。

保姆推门出去,盯着那个花盆,很纳闷儿:"我的天,怎么碎成这样了?"

顾雪仪第二天睡到下午才起床。她揉了揉太阳穴,脑子里还残存着一点儿昨天疯狂的印象,但没等顾雪仪仔细回忆,她的手机就响了。

盛煦打电话来约她,准备带她去一家新材料科技公司。

顾雪仪洗了澡,换了身衣服就出门了。出了住宅区,顾雪仪就见到了盛煦的车。

盛煦眼尖,先一步下了车绕到另一侧,为顾雪仪打开了车门。顾雪仪抬头看了一眼,盛煦身边还跟着个高大的保镖。

顾雪仪坐进去,低声说:"去接个人。"

"嗯?接谁?"盛煦连忙问。

"之前在红杏认识的人。"

盛煦回忆了一下,笑着说:"哦,被石华鼓动着一块儿搞投资会的豪门太太是吧?"

盛煦想说,这些豪门太太怎么没脑子,但想了想,这话让顾雪仪听见了,估计她会不高兴。盛煦心里也忍不住叹息——没有几个人能像顾雪仪这样,看见蠢人,第一个想法不是嫌弃,而是先试试能不能将这人带到正途上。

盛煦的司机开着车,往李辛梅所在的别墅区驶去。

李辛梅一早就在门口等着了。

王子雄也要出门,出来恰好看见她,忍不住问:"你这是又要搞什么?"

李辛梅坦诚地说道:"等顾女士啊。"

王子雄下一秒就联想到了顾雪仪,张嘴想说点儿什么,但最后还是没说话。最近有关顾雪仪的新闻可不少,事实扇了所有人一个耳光,她并没有失势,甚至她离婚以后,好像反而成了香饽饽。王子雄想到这里,皱了皱眉,心里多少还是觉得有点儿不可思议。

女人可不像男人。男人二婚一样有市场，女人就不同了，顾雪仪再漂亮也不管用。

正想着，王子雄就听见李辛梅喊了一声："来了！我好像看见顾女士了！"

车很快到了近前，停住了。车门打开，先下来一个年轻男人。男人穿着随意，但气度不凡。王子雄一眼就认出了盛煦，这可是盛家公子。

盛煦给顾雪仪拉开了车门。

顾雪仪下车，看了一眼李辛梅："还有别人吗？"

李辛梅小心地点头："还有个和我玩得特别好的朋友。"

顾雪仪"嗯"了一声，又问："自己开车，还是上我们的车？"

李辛梅连忙说："我们自己开车。"

顾雪仪点点头，这才分了点儿目光给王子雄："王总，再见。"

顾雪仪回到了车里。

盛煦也跟着上了车，嘴里还忍不住说："你带她们一块儿玩投资啊？她们懂吗？"

李辛梅连声说："我们很相信顾女士的，一切都听顾女士的……"

顾雪仪忍不住轻笑了一下。这些豪门太太有时候倒是乖巧、笨拙得有点儿可爱。

顾雪仪扭头催促道："走吧。"

李辛梅连忙上了自己的车。

王子雄站在那里瞠目结舌，哪里还有心情去管李辛梅要做什么投资。他目送着车远去，脑中恍恍惚惚地想，盛家公子对顾雪仪特别的新闻是真的啊！

带上李辛梅的朋友，他们就一块儿去了公司。

李辛梅看着公司名字，念出了上面的三个字："新材料？这是什么？"

他们之前弄投资会的时候，多半是投资什么手机APP、影视圈项目或者房地产项目……这些都是大家熟悉的行业，而且一听就很赚钱的东西。

新材料？她怎么听都觉得这像小打小闹，完全不值一提的东西。

顾雪仪一边往楼上走，一边说："这就是国家扶持的项目之一，新材料，就比如说新金属材料、光纤等，主要是一些高分子材料和特种精细化学品。这些东西是我们国家比较缺的，每年在实验室上投入的经费也比较多。"

李辛梅身边的刘太太忍不住问："那……那回报呢？"

"回报没有那么快。这些东西是冷门行业，不是即刻就能看到收益的。"顾雪仪回道。

这时候公司的负责人下来了，热情地接待了他们。

"实验室暂时不能参观，你们先了解一下我们公司最近的项目？"负责人问。

顾雪仪点了点头。

负责人走在前面，一边走，一边低声给他们讲解。

"先在这里休息一下。"负责人带着他们进了小会议室。

"嗯。"

负责人起身出去拿资料时，李辛梅才小心翼翼地问道："这个能赚钱吗？"

"不会亏，但不一定能大赚。"顾雪仪顿了一下说，"如果你们对此不感兴趣的话，下面我们还要去一家生物研究所。"

"生物研究所又是干什么的？"李辛梅蒙了。

顾雪仪心里轻叹。她没想到，自己一个从古代来的人比她们了解得还多。顾雪仪解释道："主要从事医学病毒学、分子生物学技术的研究。我说的这家，只研究医学病毒学和免疫学。"

"这个能赚钱？"刘太太有点儿傻眼。

"其实这两者都不是用赚不赚钱来衡量的。如果国内新材料的技术、产量有所提高，这方面就能少被他人掣肘，无论用于生活，还是用于其他实业，甚至是更精密的仪器、武器，都是很好的。而医学病毒学……你看过抗日片吗？"

"啊？"刘太太更傻眼了。

李辛梅和顾雪仪打过交道，也知道顾雪仪的风格，连忙说："看过一些。"

顾雪仪点头："嗯，里面有做病毒实验的片段。科技发展到现在，改良枪炮，建造航母，这是增强国防力量的表现。而生物研究所，在这方面也能起到防御作用。如果真的有他国恶意传播细菌、病毒，生物研究所就能派上用场了……再说，人类自古被各种疫病、流行病困扰，如果缺乏专业人士，那会死多少人？"

李辛梅怔怔地问道："您怎么会想到要投资这些项目？"

"这难道不是应该的吗？"顾雪仪顿了一下，说道，"我手里握着10多亿元，之后资产还会增加，哪怕只是将它们放在银行里吃利息，这些钱我也花不完。我只是一个普通人，活不到两百岁，无法一次穿 2 双鞋，一次挎 5 个包，自然可以拿它们去做更有意义的事。"

李辛梅若有所思地点了点头。

"其实不只这些，信息工程也很值得投资。"顾雪仪接着说，"如果拿到相关专利，大到国家、银行，小到中小型企业甚至学校，都需要这些技术。这些专利从来都不愁卖的。"

李辛梅也不知道为什么，以前也没少听投资会上的人说过这个项目多赚钱，但这会儿，李辛梅胸中有种澎湃的感觉。

"做这些，既是在投资，也是在做慈善，在为国家贡献自己的力量。何乐而不为？"

刘太太惊叹道："您的目光和我们就是不一样，您看得更高、更远。但这些项目应该都比较费钱吧？"

顾雪仪点了点头。

不一会儿，负责人回来了。双方聊了聊，却没有立刻签合同。顾雪仪觉得宴氏的律师团还是很好用的，可以借用一下。

从这边出来之后，顾雪仪又去了几个地方，最后才去了孙俊义的工作室。

李辛梅和刘太太也跟着一块儿去了。

刘太太还不好意思地说："我记性不太好，就拿录音笔把您说的话录下来了，之后有对这些东西感兴趣的人，我就给他们听听，也免得您再讲一遍。他们乐意投资的，我就介绍到您这儿来，咱们一块儿投……"

顾雪仪笑了一下："好。"

她们挺有意思的。

之后顾雪仪又和孙俊义谈了剧本，然后去了宴氏大楼。

顾雪仪独自下车，走入了大楼。

前台小姐看见她，当即愣了愣。前老板娘上门，她们该怎么办？

前台一共三个小姑娘，其中一个机灵点儿，连忙笑着迎上来，叫了声："顾女士。"

顾雪仪点了点头，说："我先给宴总打个电话。"

小姑娘松了一口气，连忙笑着说："好的。"然后她在一边等着。

顾雪仪拨了宴朝的号码。

宴朝也一直想给顾雪仪打电话，但刚刚顾雪仪在别人的公司里，出于保密的原因，顾雪仪把手机开了飞行模式，谁的电话也没接着。

这会儿宴朝终于接到顾雪仪的电话，表情一下放松了不少："喂。"
顾雪仪开门见山地说道："宴总方便吗？有点儿事麻烦你。"
"方便，楼下等我。"宴朝飞快地说完，立刻起身推门，大步走了出去。
旁边的秘书室的人纷纷侧目。
"宴总怎么走那么急？"
"不知道，说起来今天早晨宴总来公司就怪怪的……"

江越也接了个电话："你说顾女士去宴氏大楼了？"
"对的，今天在顾女士的基金会和画廊都没看见她的身影。她现在已经到宴氏了。"
江越本来还在发愁，找不到顾雪仪花该往哪儿送。
这不就来了吗？

宴氏大楼一层。电梯门打开，宴朝快步朝顾雪仪走了过来。
"久等了。"宴朝说。
其他人面面相觑。宴总亲自下来接顾雪仪？他们没离婚的时候都没有这样呢。
顾雪仪却是惊愕地盯着宴朝，指了指他的头："宴总今天的发型有些……狂野。"
宴朝愣了一下。她忘了？她忘了昨天在电梯外的事了？
"这是顾女士抓的。"
顾雪仪蒙了："啊？"她昨晚好像是抓宴朝的头了。那点儿记忆，被拖出来一点儿。
顾雪仪有点儿羞愧，也忘记问宴朝怎么一夜过去还是这个发型。她说："我给宴总理一理？"
宴朝这才压下心里的酸涩情绪，朝顾雪仪的方向俯身，并且低下了头。
员工们看着这一幕都惊呆了。他们不是离婚了吗？
这时候不远处的旋转门转了个圈，进来个人，那人怀里抱着一大束花，目不斜视地径直朝这边走来，将手中的花往顾雪仪怀里送。
被打断的宴朝冷冷地扫过去。
所有来往的员工都看了过来，也悄悄竖起了耳朵。
"顾女士，您的花。"
"顾女士，您的信。"

顾雪仪有点儿惊讶，问："谁送的？"

那人拔高了嗓门，大声回道："江氏的江总送的！"

宴朝："……"

员工："……"

他们都看见了什么？他们再看宴总，他已经面色铁青。跌股价的时候他们都没见宴朝的脸色这么难看过。他们不会被灭口吧？

"江越让你送的？"顾雪仪的声音打破了死寂气氛。

"是啊。"送花人点了点头，已经悄悄盘算好，要是在宴氏大楼挨了打，之后能从江总那里拿多少医药费呢？

顾雪仪没有接花，而是先接过了信。她要看看江越搞什么花样。

宴朝的脸更黑了。前一天，他还觉得好不容易有了点儿进展，结果江二上来就掀了他的摊子。只是他的教养又不允许他做出夺信、扔花的事，于是他只能眼睁睁地看着顾雪仪拆了信。脖颈上的青筋都微微凸起了，他自己都未发觉。

顾雪仪摊开信纸。

上面写的是一首元曲。

"相思有如少债的，每日相催逼。常挑着一担愁，准不了三分利。这本钱见他时才算得。"

顾雪仪满脑袋问号，然后把信纸叠了起来。

这时候宴朝才忍不住问："他都写了什么？"

顾雪仪挑了挑眉："相思。"

宴朝皱眉。江二还有这样酸气的毛病？他在信里写自己得了相思病？

"这花……"送花人连忙把花往前递了递。

顾雪仪这才接过花来，同时也摸出手机给江越打电话。

江越的手机响了，却被江靖先接了起来。江靖冲他哥挤了挤眼："哎呀，哥啊，我跟你说，这时候你就得进退得当，懂不懂？我来帮你接……"

江越冷着脸骂了一句："搞什么花样？搞砸了你左边的屁股也得肿。"

江靖轻嗤一声，信心满满地接起了电话。

"喂，是顾姐姐吗？"这会儿江靖的声音又甜又贱。

江越听得鸡皮疙瘩掉了一地，连忙伸手去拿手机："给我。你撒什么娇？"

江靖捂着听筒不服气地说道："你懂什么？你落后了吧？你老年人不上网冲浪吧？现在像顾姐姐这样的人都喜欢'小奶狗'懂吗？就我这样的。"

江越太阳穴"突突"直跳,差点儿把江靖当场打成狗。

"江总呢?"

"我哥啊,我哥在忙……不过您打电话过来了嘛,我哥肯定马上就放下工作来接啦!"江靖说,"您等等啊!"

"不用了。"顾雪仪说。

江靖动作一滞。这和网上说的不一样啊。

"江总最近是不是有什么困扰?"顾雪仪问。

"是啊是啊,为情所困!"江靖叹了一口气,"哎呀,我都看不过去啦!可惨了……"

"带他看看心理医生吧。"

江靖动作又顿住了。

"他可能受到刺激了,今天还给我写了封信,信上说他得了相思病……还把花送到了宴氏大楼。"

江靖心说:这不就是我出的主意吗?可我没让他送到宴氏大楼。不过我哥也是天才,这是想送到宴氏,先把宴朝气死,然后我哥就能坐收渔翁之利了吧?

顾雪仪顿了顿,总结道:"总之挺奇怪的。"

江靖无奈了:"呃,顾姐姐啊,你就没想过,是我哥他……特地送给你的吗?"

顾雪仪惊讶地问道:"难不成江总还喜欢我?"

一旁的宴朝有点儿急了。尽管他知道那头说话的是江靖,但有些话一旦被捅破,追求顾雪仪自然就可以被搬到台面上了。

她会喜欢江越吗?宴朝也不知道。

江靖在那头应声:"是啊!"

江越坐不住了:"你说什么呢?把电话给我,我和她说!"

江靖捂住听筒:"你每次在人面前嘴都张不开,有什么用?"

江靖松开手,却不小心触到了外放键。

顾雪仪淡淡的声音传了过来:"江总怎么会喜欢我呢?完全看不出来。"

"他……他不是给你送花了吗?还有……还有上次在电影院……"江靖也有点儿迷惑了,难道我出的主意都不对?

"嗯?上次不是为了谈生意?"顾雪仪疑惑地反问。

江靖愣了愣,冲江越翻了个理直气壮的大白眼,说:"哎呀,上次我哥没和你告白吗?"

"嗯，没有。"顾雪仪顿了一下，还是忍不住说道，"喜欢并非这样浅薄。"

宴朝的表情快绷不住了。尽管他知道江越没那么容易获得顾雪仪的好感，但是自己喜欢的人正当着自己的面和自己的情敌通话，光这一点就让宴总五脏六腑都搅成一团了，一颗心也跟着七上八下。这比他坐在谈判桌边谈生意要难熬多了。

宴朝动了一下唇。

这时候顾雪仪又说："喜欢从不是挂在嘴上的，也并非送花、看电影便是喜欢。这样的事谁都能做到，喜欢应当是……不仅心中惦记着对方，时时刻刻维护对方，记得对方的喜好与习惯，因对方欢喜而欢喜，因对方难过而难过……"

顾雪仪说着说着自己都怔了一下，不自觉地回头看了看宴朝。

宴朝听见顾雪仪这样说，仿佛天生的爱情理论家，也有些哭笑不得，但当顾雪仪突然回头时，宴朝一下就顿住了。

他迎上了顾雪仪的目光，眼眸深沉。

她看见我了。她装满了家国天下、亲人、好友的双眸，看见我了。

顾雪仪猛地将头转了回去。

江靖也在那头听得发呆，干巴巴地说："哦……哦，顾姐姐您说得对。"

他愣愣地挂了电话。

"她说得是。"江越也露出若有所思的表情，眼中的光芒不减，反而越来越盛，"我就说，她是聪明又清醒的，她很清楚自己想要什么。"

江靖还想挽回一下自己岌岌可危的"恋爱小智囊"的地位，说："哎呀，之前是我想得太简单了，把对付其他女孩儿的招数用在了顾姐姐的身上。顾姐姐哪儿一样啊？哥啊，要不我给你换个路线吧？"

江越抬头的同时也抬起了手，按着江靖就是一顿打。

宴朝胸口仿佛被塞进了一个蜂蜜罐子，散发着甜腻的香气，但没一会儿，那个罐子就"啪"的一声破了。

宴朝的面色更冷了。他突然想起来——顾雪仪刚才在电话里的那番话，不就等同于亲自教江越怎么追她吗？本来江越一窍不通，送个花虽然扎眼，但手段到底太平常，以后可就不一定了。

宴朝的眼皮跳了一下。

顾雪仪收起了手机，犹豫了一下，还是决定以正事为先，说："我们先上楼。"

宴朝压下心绪,轻轻笑了一下:"嗯。"

顾雪仪也悄悄松了一口气。她其实并不太喜欢恋爱脑的人。这样的人分不清轻重缓急,总是将公事与私事混为一谈,很容易将日子过得一塌糊涂。这也就罢了,他们还会让别人来收拾烂摊子。

顾雪仪抿了抿唇,想着像宴朝这样就很好。

他们上了楼,顾雪仪就说出了自己的来意。宴朝点点头,叫来了相关负责人,前后花了不到半个小时,就搞定了接下来的事。

宴朝顿了一下,又问:"新投资的公司准备什么时候开业?"

"盛煦请人选了个好日子,下周五。"

宴朝的表情僵了一秒。怎么又是盛煦?

宴朝笑了笑,以掩盖僵硬的表情:"那下周五我也到现场凑凑热闹。"

顾雪仪点了点头,起身准备离开。

宴朝正要亲自送她下楼。

顾雪仪突然想起来:"等等,头发。"

宴朝胸口堵着的不快情绪烟消云散。他在顾雪仪面前又一次低下了头。

"宴总太高了。"顾雪仪随口说道。

宴朝却是目光一闪,突然揽住了顾雪仪的腰,将她抱起来放在了办公桌上坐好。

"这样好一点儿了吗?"宴朝抬眸问道。

顾雪仪怔了一下,然后才点了点头:"嗯。"

她抬手把宴朝的头发理了理。纤细的手指穿过发丝,一点点地把他的头发压下去……

宴朝喉头动了动。

也不知道过去了多久,顾雪仪说:"好了。"

宴朝又将人抱了下来,然后送她下了楼,等看着顾雪仪的车开走了,才转身上楼。

宴氏大楼的人也终于松了一口气。宴总可算恢复正常了。

顾雪仪坐上车,脑中想了一遍宴朝抱着她到办公桌上的画面。

她突然发现,"大丫鬟"宴朝在她面前,好像总是会心甘情愿地矮她一头……

第十八章
首先，我要感谢大嫂

宴氏的律师团工作效率很高，合同很快就拟好了。之后还有十来个豪门太太，也跟着投了资。

顾雪仪的新投资公司还没开业，她倒是先等来了国内电影节。顾雪仪收到了电影节主办方的邀请函，盛煦知道之后也要跟着去："有个演员我们家的人还蛮喜欢的，我们全家都是她的影迷。我还有几个朋友，也有喜欢的演员。我去拿个签名。"

顾雪仪看了他一眼："是吗？"

盛煦连忙笑笑说："是啊，是啊。"

以盛煦的身份，他想要签名，那些人自然会主动送过来。

顾雪仪也没戳穿他："嗯，那就去吧。"

江越、封俞、宴朝，连同宋家人也都接到了邀请函，毕竟他们名下都有影视公司。只是平时无论什么电影节都请不来他们的。

转眼就到了电影节颁奖典礼这天。

顾雪仪并没有特意打扮，只穿了一身白色套裙，然后搭乘盛煦的车一同去了现场。现在顾雪仪也是业内炙手可热的投资人了，主办方给她安排的位子自然在前面。

现场的总调度这会儿却急得头都快秃了。

"顾总答应邀约了？"业内已经习惯称顾雪仪为"顾总"了。

"答应了，还带了一个人来，就是盛家那位公子哥儿，盛煦先生。"

总调度喃喃："麻烦了。前排得坐文化部的人吧，然后还得有业内的前辈吧，名导、国家级的表演艺术家……现在多了顾总和盛先生，按理也坐得下……"总调度说着，表情慢慢扭曲了，"但是……现在还多了宴总、江总、封总，还有宋家那位小宋总也要来……这怎么坐得下？"

助理一下也慌了："啊？怎么来这么多人？往年不是没来这么多人吗？"

总调度倒也没往顾雪仪身上想。虽然有绯闻，但他们干这行的人，怎么会不明白绯闻是可以炮制的啊？！总调度抓了抓头发："要不这样……导演、国家级表演艺术家，他们都去第二排……"

"那人家肯定不乐意啊，觉得咱们冷落他们了。"

总调度想了想说："把小宋总的位置也安排在第二排，小宋总都陪他们坐第二排了，他们还能说什么？"

"那小宋总怎么想啊？"

"无所谓了。"宋家大不如以前，又和宴家、顾总不和，谁还管宋家啊？

这边乱糟糟的，倒是总算安排好了。

没多久就到了众人入场的时候。小演员是到得最早的，媒体都没怎么按快门。之后就是一些小花、大花，接着是知名演员、老艺术家……媒体飞快地拍着照，并且开始往外发通稿，谁给的钱多谁的通稿自然多。各家工作室也拼了老命开始发精修红毯照。

后台。

摄影师正在给宴文嘉拍照，宴文嘉非常配合。

"原哥今天脾气真好。"工作人员小声嘀咕。

"是啊。倒也不只今天，最近原哥脾气都不错吧。"

"也没有啦，这大半个月就不知道怎么了，每天心情都多变得很……"

宴文嘉拍完照走过来，正好听见他们的议论声。

工作人员一扭头，被吓了一跳，连忙低下了头："原哥……"

宴文嘉不但没有发火，反而笑了一下："你懂什么？"他勾唇一笑，脸上阴郁的神情彻底消失了，五官越发俊美迷人，"我等这一天等好久了。"

底下人暗暗道：看不出来啊，原来原哥还有一颗事业心！

宴文嘉想的却是，在宴文宏之后终于轮到我表演了！

顾雪仪这拨人是最后到的。他们谁也没有走红毯，但还是被媒体拍到了，然后媒体就匆匆拥入场内，想拍更多的照片。

工作人员带着顾雪仪等人往第一排走去。

有人忍不住低声感叹："顾女士真是厉害，居然坐第一排。"

"人家现在是顾总了。"

这边话音落下，那边几个男人打了个照面，彼此皮笑肉不笑："原来封总也来了。"

"呵呵，江总啊。"

"这不是宴总吗？"

一番假笑后，他们将目光齐刷刷地落到了盛煦的身上。这人凭什么跟顾雪仪走在一块儿？

盛煦浑然未觉一般，说："这座位不知道多少人坐过了，我脱外套给你垫着啊……"

工作人员张了张嘴，想说我们是打扫干净的，但没敢说。

江越脑中灵光一闪。这不就是细节吗？于是他飞快地抬手解开西装外套。宴朝已经先一步脱下了外套。封俞虽然不知道这是怎么回事，但也脱了外套。

后排的人疑惑地瞪大了眼。

"前面在干什么？"

"不知道啊。"

"可能是太热了。"

他们话音落下，然后就看见几个大佬，不约而同地把西装外套往顾雪仪的座位上放。

媒体赶紧连拍了数张照片。

江越说："用我的吧。"

封俞没说话。

宴朝淡淡地说道："你今天穿的裙子，可能会腿冷，盖盖腿。"

顾雪仪皱眉，疑惑地扫了他们一眼。

盛煦快被气疯了。别以为他看不出来，这帮臭男人就是想追他大嫂！

典礼就快开始了，大家当然不能这样站着。

顾雪仪拎起江越和封俞的外套，还给了他们："不用了。"然后她又拎起宴朝的外套。

江越和封俞齐齐在心里发出了冷笑声。她肯定也要把外套还给宴朝，他们却见顾雪仪拎着外套坐了下去，然后把外套盖在了腿上。

宴朝轻笑了一声，这才坐下。当然他也没太高兴。顾雪仪坐着盛煦的外套，她和盛煦这样亲近吗？

江越眉心动了动，说："顾总，我看这个地毯也有点儿脏，顾总还是垫垫鞋吧。"江越说完，毫不犹豫地把外套扔到了顾雪仪的脚边。

顾雪仪："……"

工作人员非常迷惑。他们的地毯难道不是用来踩的吗？他们的地毯有那么脏？

幸好很快典礼就开始了，主持人拿着话筒走了出来，这才及时制止了他们的小学生比拼行为。

顾雪仪坐在座位上，盯着大银幕，一会儿的工夫，台上就开始颁奖了。

《明星》毫不意外地获得了最佳故事片奖，孙俊义也终于又一次获得了最佳导演奖，连《间谍》都拿了奖。

下面就是最佳男主角奖。从去年到今年风头最盛的演员无疑是原文嘉。所有人心里都隐约有了数，但这会儿还是微微屏住了呼吸，直到老艺术家念出了"原文嘉"三个字。

一时间场内掌声雷动。

顾雪仪勾唇微微笑了一下，对这个结果并不意外。

宴文嘉穿着燕尾服，缓缓走到台上。他站在那里，长相俊美，仿佛一个忧郁的王子。他抬手握住话筒，低眉垂目，一下又勾起了无数人对电影里的角色的回忆。

镜头下，宴文嘉忧郁的神情只维持了短暂的几秒钟，他突然抬起眼眸，定定地看向台下的顾雪仪，超大声地对着话筒说道："首先，我要说，我最感谢的人是我大嫂，我最爱的人也是她！"

弹幕画风一时全变了。

"等等，为什么突然这么大声？"

"原哥为什么突然笑得好憨？"

"不是，他的大嫂是谁？不对，应该问，他有大哥？"

"姐妹们不觉得这个句式有点儿熟悉吗？"

宴文嘉快乐极了，哪里顾得上管别人的死活。他甚至都提前算过了，国内外奖项吧，大的小的加起来有百十来个吧。宴文宏拿奖肯定没他快啊!他只要够勤奋、够敬业,没准儿一年能拿好多次奖!他可以把那句话重复说十几遍,让全世界的人都知道!

这时候主持人一脸蒙,问道:"原哥,您的大嫂是……?"

宴文嘉挑了挑眉,说道:"顾雪仪啊!"宴文嘉说完还有一点儿微妙的心虚感。

顾雪仪现在虽然不是他大嫂了,但在他心里永远都是啊!

演艺圈大部分人以为原文嘉是原静和另一位老艺术家的儿子。一时间,众人不由得纷纷转头看向宴朝。他们好像刚离婚几天吧?顾女士就成原家的大嫂啦?宴总头上好像……好像有点儿"绿"?

这会儿,场下的盛煦看着宴文嘉身上透出的得意快被气疯了。盛煦脱口而出:"胡说八道,那是我大嫂!"

众人纷纷看着宴朝,露出了更迷惑的神情。这个关系有点儿复杂啊。

宴文嘉从领奖台上下来,颁奖流程继续往下进行。但大家刚被塞了一嘴"瓜",多少有点儿走神,尤其先前出演过韩稳的那部电影的演员,这会儿心里就更不是滋味了。今天的风头全让原文嘉抢了!

这时候镜头扫过去,连出演了《三分之一的爱》的男主角都低调了许多。

宴文嘉没有回到座位上,而是先去了后台。他有点儿不敢对视顾雪仪的目光,怕一会儿挨打,但是他真爽啊。

宴文嘉揉了一下脸,推门进了化妆间。

顾雪仪这时候也拿下身上的西装外套,起身往后台走去。

盛煦连忙追上去:"等等我……"

宴朝也起身跟上。江越、封俞心想,这能少了我?只是没等他们起身,一旁的主办方已经先急了:"江总、封总,你们可不能走啊,你们要是走了,明天得有人怀疑咱们之间是不是闹矛盾了。"

江越皱了皱眉,理智回笼。

封俞冷笑了一声:"就先让宴朝和姓盛的打一架……"

顾雪仪敲开了化妆间的门。

宴文嘉本来心情极好,还发了朋友圈,特地把那句感言也贴了进去。他的微信好友动作倒也快,纷纷留言。

"恭喜原哥斩获奖项。"

"原哥牛!"

"嘉嘉很厉害……"

宴文嘉抿了抿唇。这些人就只会说这些套话吗?

宴文嘉又刷新了几遍,也没等到一个聪明人出现。于是他只好登录微博,等着自己的粉丝中出现几个小天才。

宴文嘉拍了奖杯,发了两个字:感谢。

评论一下就疯了。

"今天的原哥不是原哥,是可爱的嘉嘉,呜呜呜。"

"知道顾女士原来是原哥的大嫂,松了一口气,以前差点儿以为是女朋友!"

"大嫂牛!感谢大嫂教导我们原哥,从今天起,我也是大嫂的脑残粉了!"

看到最后一句,宴文嘉才觉得舒服了,立马给对方点了个赞。果然还是他的粉丝聪明。

这下粉丝可就来劲了。过去要夸顾女士吧,他们还有点儿忌惮那是他们男神喜欢的人,现在什么担心都没了!那是大嫂啊!四舍五入就等于是他们的大嫂!一时间,评论区除了恭贺宴文嘉获奖的评论外,全是夸顾雪仪的了,各种花式夸奖,还不带重复的,"彩虹屁"一套接一套。

宴文嘉也就乐得挨个儿点赞。

这时候,顾雪仪进来了。

宴文嘉抬头一看,吓得手一哆嗦,差点儿把手机给摔了。

"大……大嫂。"宴文嘉放下了手机,等叫完又意识到不对,可是也不知道该叫什么。

顾雪仪本来想问他今天怎么会在台上那样说,但看见宴文嘉这么紧张,眼中又闪着光的模样,便只说道:"恭喜你拿奖。"

宴文嘉松了一口气,笑了:"这个奖是大嫂帮我拿到的。"

"不,是你靠自己的本事拿到的。你本来就很优秀。"

盛煦在后面听着,都快酸出天际了。好吧,虽然顾雪仪也这么夸过他,但他还是酸。

盛煦轻咳了一声。

宴文嘉立马注意到了他,随即皱起了眉,面色阴沉:"大嫂,他是谁?他怎么能叫你大嫂?"宴文嘉说着有点儿急了,"大嫂,你找新男朋友了?"

盛煦呵呵一笑:"哪儿用找新的啊?"我大哥才是原配!

宴文嘉猛地从座位上站起来,面色更加阴沉:"你大哥是谁?"他这就去把那个人的脑袋拧了。

这时候响起了敲门声。

宴文嘉转头问："谁？"

"是我。"宴朝的声音隔着门板传了进来。

他大哥来了！宴文嘉从来没有这么欢迎过宴朝！他连忙过去打开了门，又乖乖地叫了声："大哥。"

宴朝抬眸看向盛煦，毫不掩饰目光中的强势之意，淡淡地说道："就请盛先生仔细说说，顾女士怎么成了盛先生的大嫂吧。盛先生知道刚才那番话会给顾女士的名声造成不好的影响吗？"

盛煦老早就看宴朝不顺眼了，左右一打量，这里并没有别人，便理直气壮地说道："她就是我大嫂！我们全家上下都很尊敬她，比……"他看向宴文嘉，"比做你大嫂早多了！"

宴文嘉蒙了。顾雪仪难道是重……重婚？

盛煦冷笑道："早800年呢。"

顾雪仪无奈地低头扶额。这个蠢货。

宴朝拉过一把椅子坐下："是在那个世界吗？"

盛煦装傻："什么这个世界那个世界？"

宴朝淡淡地说道："在那个世界，她嫁入了你们家。你们家族在当时的地位应该不低吧？世家？权臣？应当不是将门。她出身将门，不会再和同样的家族联姻。我说得对吗？"

盛煦震惊地看向顾雪仪："大嫂，你都告诉他了？"

顾雪仪淡淡地说道："他诈你的。"

盛煦扭过头，压住狰狞的表情，冷笑了一声："宴总……好心机。"

"我能知道他叫什么，多大年纪吗？"宴朝问。

"算了，也不怕告诉你。我大哥叫盛长治，与我大嫂乃青梅竹马。"

宴朝的眉尾往下压了压，手指悄悄攥紧，发出了"咔嚓"一声轻响。青梅竹马？那他们应当感情很好。

"你既然到了这个时代，那你大哥呢？"宴朝又问。

如果盛煦仔细听的话，就会发现宴朝的声音已经冷了，还裹着煞气。

盛煦只觉得后背有点儿凉，但这会儿顾雪仪在一旁，他的底气十足，也不怕宴朝弄死他。

盛煦挑眉道："我大哥现在在寺里修身养性，过几天我爷爷大寿，他就要回来了。"

这回连顾雪仪都惊讶了:"什么?"

"若我没记错,你们那个时代,应当是一妻多妾制……"宴朝手指紧握成拳,面上却丝毫不显。

盛煦打断他的话:"你想说什么?我大哥很喜欢我大嫂的!什么妾侍,她们怎么比得上我大嫂的一根手指头?我们全家都喜欢我大嫂……全家都听我大嫂的。"

顾雪仪忍不住了:"说够了没有?"

盛煦这才住嘴。

宴文嘉已经糊涂了:"什么……什么那个时代?什么早800年就嫁给你大哥了?"

宴文嘉顿了一下,这才想起来:去年有一段时间,顾雪仪好像突然变了性子。虽然他过去和顾雪仪关系并不太好,但也大致知道她是什么样的性格。

宴文嘉常年和各种文娱作品打交道,脑子里自然构建出了一段故事……

"我大嫂是其他时代的人?"宴文嘉脱口而出。

谁也没理会他。

这会儿屋中的气氛实在尴尬。

顾雪仪冷淡地看向盛煦:"你想好一会儿怎么对外解释了吗?"

盛煦咕哝道:"知道了,我错了,我不该那么冲动。一会儿我就说,是我大哥单方面追求您。"

宴文嘉看着盛煦低头认错的模样,也笑不出来了。他和一帮愚蠢的弟弟妹妹共享大嫂就算了,中途还加了个外姓人,好气!

宴文嘉抿了一下唇说:"我今天也不该那么冲动。"

盛煦无语。认错宴文嘉也要和他抢?

顾雪仪看着这乱糟糟的局面,揉了揉额角:"好了。"她低头看了一眼时间,说,"明天有空的话到家里来吃饭吧。"

宴文嘉愣愣地抬手指了指自己:"我?"

"嗯。"顾雪仪想了一下,还是说道,"宴文宏生日的时候都为他庆祝了。你拿了奖,当然也该庆祝。"

宴家是她来到这个陌生世界的第一个避风港,意义自然是不同的。宴文嘉那几个孩子,她也亲手教过。

宴文嘉问:"那我们还去游乐园吗?"

顾雪仪说道:"去啊。"

宴文嘉这才觉得胸口顺畅多了。

宴朝有些憋闷。他生日还有好几个月,也没有奖可拿。现在面前还横着一个盛家大哥,宴朝胸口堵得慌。

顾雪仪蓦地想起上次去游乐园,宴朝攥着手电筒在外面接他们。

顾雪仪歪头看向宴朝,笑了一下,问:"宴总一起去吗?"

盛煦坐不住了,连忙说道:"哎呀,宴总日理万机,怎么能放低身段去游乐园呢?我去吧。我和你们去吧!"

这会儿他倒没工夫嫌弃宴文嘉了。

"行了,你们先出去。"顾雪仪打断他的话。

盛煦还憋了一肚子话呢,但又不得不听顾雪仪的,只能乖乖和宴文嘉先出去了。

宴朝压下心头快要溢出来的忌妒情绪,忍下强烈的酸楚感,淡淡地笑着说道:"如果有机会的话,你能和我讲一讲那个世界的事吗?"

"宴总很感兴趣吗?"

"是啊。"他很感兴趣,恨不得弄死那个没露过面的盛家大哥。

宴朝压下心中的情绪,回道:"我想知道……你在那个世界,又是怎样生活的?"

哪怕听完活活被气死,他也得在被气死前先做好一切准备,充分了解那个比江越等人更棘手的盛家大哥。

顾雪仪倒没有迟疑:"好。"

宴朝笑了一下,上前为顾雪仪拉开了门,返回了颁奖现场。

江越和封俞多看了他们几眼,随后不免有些失望。盛煦和宴朝哪里有打过架的痕迹?

颁奖典礼在一小时后结束了,众人这才纷纷散去。因为刚才目睹了一场混乱的大戏,那些本来蠢蠢欲动想上前跟大佬攀谈的人,这会儿也都退场了。

今天这出大戏,媒体没有放出去。他们写绯闻、写八卦新闻,那也得看写的是谁。今天的事牵扯太多人,他们还是规矩点儿好。

只是宴文嘉那段获奖感言,还是在网上传疯了。

这时候也终于有人扒出了宴文嘉为什么叫顾雪仪"大嫂"。

"原来原文嘉本名叫宴文嘉,他也是宴家的孩子。"

"私生子?"

549

"宴家人都没拿他当私生子,不好这样说吧。我看原文嘉,啊不,宴文嘉上台演讲的时候,真情实感地感谢大嫂啊。宴家家庭关系应该很好吧?"

"对对对,你们还记得之前宴文宏的获奖感言吗?开头也是感谢大嫂!"

"宴家气氛真好啊。原静早就另组家庭了。孩子是无辜的,嘉嘉能有大嫂可以依靠,也很好啊……"

"可惜的是他大哥和大嫂离婚了,我原哥也太难了。"

宴文嘉这下身披豪门光环又刚拿了最佳男主角奖,种种因素叠加在一块儿,经纪人眼睁睁地看着宴文嘉的微博粉丝数冲上了1亿人,成了第一个微博粉丝数破亿的公众人物。

八卦论坛上这会儿大家还在津津有味地"吃瓜"呢。

"宴文嘉还挨个儿给夸顾雪仪的人点赞,比以前还夸张,以前也就转转微博,偶尔回一句评论。"

"我快笑死了,我又翻出来老早一个采访。你们还记得吗?之前宴家四少差点儿被绑架,结果他反过来揍了歹徒。当时这事不是上新闻了吗?他在采访里张嘴就说,是大嫂教的……"

"所以宴家几个崽都动不动把大嫂挂在嘴边吗?"

"我还挖出来一个更早的事。当时网上还在乱写蒋梦和宴总的事,宴文姝就发微博,说'我大嫂是顾雪仪',狠狠怼了蒋梦,只是宴文姝的微博粉丝不多,当时没啥人留意。"

"现场工作人员,再给你们说件事,当天特别乱,那位盛公子也叫顾雪仪大嫂……这就很迷惑了。"

…………

宴文嘉回到了宴家,想了想还是把从盛煦那里听来的消息都告诉了宴文姝和宴文宏。关键时刻,他们得齐心协力帮大哥渡过难关啊!

宴文姝连忙去搜盛大哥的信息:"搜不到啊。"

宴文嘉磨了磨牙:"没事,总会出现的。咱们到时候再想对策,现在先哄大嫂就对了!"宴文嘉说完点了点宴文姝,"你得争气。"

宴文姝小鸡啄米似的点头。

宴文嘉又指了指宴文宏:"你也得争气。"

宴文宏想说"二哥以您的智商,您真不用来指导我",但话到嘴边绕了几圈,最后还是被吞下去了。宴文宏乖乖点了点头:"嗯。"

宴文嘉这才找到点儿当哥哥的感觉,立马指挥俩小的忙活去了。

宴文宏欲言又止。看在宴文嘉带回来情报的分上，他不跟宴文嘉计较了。

宴家一时倒是和谐极了。

第二天，顾雪仪回了趟顾家。

女佣看见她下车，扭头就对门内大喊了一声："小姐回来了！"她仿佛在传递什么信号。

顾雪仪进了门，就看见顾父、顾母二人正襟危坐，面色严肃。原来她传递的是这个信号。

顾雪仪心里觉得好笑，但面上骤然一冷，开口道："原来父亲和母亲在等我……"

顾学民和张昕无端打了个哆嗦，都抬头看向面前的女儿。她面容冷淡，居高临下，无形中有一股气势朝他们头上压了下来。

"怎么没有茶？"顾雪仪冷声问道。

顾学民一秒破功，连忙起身去倒了杯茶递给她："拿着吧。"

顾雪仪又冷声问："我坐哪儿？"

张昕只好尴尬地起了身，把椅子往顾雪仪的方向拖了拖："你先坐这里。"

"我离婚的事，你们也知道了。"

"啊，啊……"

"你们如何看？"

这可问住了顾学民和张昕。他们对视了一眼，想端一下父母的架子，但当着顾雪仪的面，又不敢。顾学民自私惯了。张昕没主意，又爱慕虚荣。两个人你看我我看你，半天才磕磕巴巴地说："哎呀……离婚也没事……家里能……"

顾学民及时改了口："反正你现在还是很厉害的嘛。"

张昕问："你们是和平分手吧？要是宴总找你的麻烦……"

顾雪仪半晌才说道："行了，只要你们继续听我的话，别自作主张，之后还是会有好处的。"

顾学民一下兴奋起来："真的？"

"嗯。"

顾学民现在还是很相信顾雪仪的，瞧瞧宋家，多牛啊，不还是输给他女儿了吗？他听说有个颁奖典礼，他女儿去了坐在第一排，那个小宋总只能坐在第二排呢!

这时候顾雪仪的手机突然响了。顾雪仪低头接了电话:"喂。"

那头传出宴朝的声音:"在哪里?我去接你。"

"盛昫……"

宴朝一听这个名字就好像连吃了三个大柠檬,用力抿了抿唇,斩钉截铁地说道:"别让他去,我去接你。"

顾雪仪倒没觉得谁来接她有什么区别。不过如果是江越的话,她多半就不会答应了,毕竟不太熟。

"我在顾家,你来吧。"顾雪仪说道。

顾雪仪挂了电话,又敲打了一会儿这对夫妻。她对他们自然谈不上有什么感情,但也有照顾好他们的义务。

顾学民和张昕连连点头,坐在沙发上听得极其认真。

没多久,宴朝的车就停在了顾家门外。

顾雪仪起身离开。

顾学民和张昕起身相送,等到了外面,就见到了那辆豪车。两个人对视了一眼:"新……新男朋友啊?"

顾雪仪忍不住想笑,他们怎么会把宴朝当成她的新男朋友呢?

顾雪仪摇了摇头:"不是。"

话音落下,那边车门开了,宴朝抱着一大束花下来了。他走上前,将花递给了顾雪仪。

顾雪仪愣了愣,问道:"你怎么也来这一套?"

"这是应该的。"宴朝笑了一下,"不过没有情诗。我可以直接说给你听。"

顾学民和张昕已经呆了。这是搞什么?他们一直知道宴朝不喜欢顾雪仪。两个人离婚不就是因为这个吗?现在怎么……怎么还反过来了呢?宴朝掉过头来追他们女儿了?

宴朝想得明明白白,对顾雪仪,不仅要从细节方面打动她,还要告诉所有人,他喜欢她,要追求她。尽管当年追求他的是原来的顾雪仪,但媒体不知道,至今他们还认为那段婚姻里是顾雪仪在贴着他。现在换他来贴她了。

顾雪仪愣愣地接过了那束花。有宴朝的表白在前,她当然知道他送花的用意。

"先上车,我还带了一些点心给你,在保温盒里装着呢。"宴朝说,"我亲手做的。"

张昕张大了嘴。这不是小女生才会搞的爱心餐吗?

顾雪仪点了点头,上了车。

顾学民眼看着他们的车远去,捂了捂胸口:"宴朝……宴朝反过来追我们女儿了?"

张昕喃喃:"是啊,好可怕啊。"

顾学民拍了一下大腿:"好爽啊!"

宴朝一改往日作风,开了一辆扎眼的超跑。他亲自开着车,而顾雪仪就坐在副驾驶座上,怀里抱着花。他们刚一上路,就引起了所有人的注意。没一会儿,"离婚后宴朝开跑车捧花反过来追求顾雪仪"的新闻就上了话题榜。

三楼的办公室里,宴文柏站在那里,一手抓着听筒,侧着头朝窗外望去。从这个角度,他能看见下面校场上正在训练的军校生。

"打吧。"对面的中年男人说道。

宴文柏这才转过头,将电话打到了宴家别墅。

"喂,您好,这里是宴家,请问有什么事吗?"那头的人接得很快。

"我,宴文柏,我找大嫂。"宴文柏说。

那头的人却顿了一下,尴尬地说:"您是指顾女士吗?四少,您得打她的手机才行。顾女士现在已经不在宴家住了。"

宴文柏攥着听筒的手紧了紧。

他这副模样倒是将对面的男人吓了一跳,男人连忙坐直了身子,说:"你别……别急,别把我的电话听筒给捏坏了!"

宴文柏这才松了松手指,对听筒那头的人冷冷地说道:"我知道了。"然后他就挂断了电话。

男人疑惑地问道:"你这就打完了?你刚刚不是什么都没说吗?"

宴文柏嘴角向下撇了撇:"我大哥和大嫂离婚了。"

男人尴尬地咳了咳:"那……那你给你大哥打电话?"

宴文柏没说话,低头又拿起了听筒,转而拨了顾雪仪的手机号。顾雪仪不在宴家住了,只能是和宴朝离婚了。可是他们离了婚的话,她又凭什么必须接他的电话呢?宴文柏一时也有点儿拿不准,站在窗户旁,身形笔

553

挺，好似一杆标枪，但心里七上八下，忐忑不安。

漫长的"嘟嘟"声响过后，那头的人接了电话："喂。"

宴文柏松了一口气的同时眼眶还有点儿酸。他犹豫了一下，还是装作不知道，低低叫了一声："大嫂。"

"嗯？宴文柏。"顾雪仪举着手机，微微仰起了头。

宴文柏捏着听筒的手不自觉地又紧了紧。

中年男人马上喊了声："轻点儿……轻点儿捏！"

这时候，宴文柏也听见了电话那头响起了宴文姝的尖叫声："啊！"

宴文柏迷惑了一秒，忍不住问："你们在做什么？"

顾雪仪说道："在游乐园，宴文姝在坐海盗船。"

今天他们没有包场，只有保镖护在周围保护，免得有粉丝见到宴文嘉太激动地往上扑，造成踩踏事件。

宴文柏听完就觉得心酸。他们不是离婚了吗？她怎么还陪宴文姝去游乐园了？家里唯一的女孩子就不一样吗？

宴文柏抿了抿唇："都有谁？"

顾雪仪顿了顿，然后问道："今天没有上课吗？"

"有点儿事。"

顾雪仪这才说了同行的都有谁，宴文柏越听越心酸："怎么突然……"

"宴文嘉刚刚拿了奖。"顾雪仪一边说着，一边转过头，从宴朝那里接过橘子汽水，然后才接着往下说，"你如果方便的话，也发短信恭贺一下兄长。"

宴文柏愣了一下。他在学校里封闭的这段时间，竟然发生了这么多事！宴文嘉肯定出尽了风头吧？

宴文柏心痒得厉害，但想来想去，自己什么奖也拿不到，干巴巴地应了一声："哦，我会发的。"

"刚才是有什么事要和我说吗？"顾雪仪又问。

宴文柏有点儿尴尬地说道："我的专业可能又要发生一点儿变化了。"

"嗯？"

"这个月刚刚进行了一次演练……教员认为我不适合这个专业，建议别再在这上面耗下去。"

"我来说吧。"中年男人伸出了手。

宴文柏皱了皱眉，有些不舍，但还是把听筒递了过去。

"您好。"

"嗯,您好,您说。"

"宴文柏同学的个人能力是很强的,但他的长相、气质太出众,说白了吧,就是有点儿太扎眼了。这要是去执行任务,很快就会让人揪出来,无法向顶尖人才的方向培养。而且他缺乏团队作战精神,同样无法担任指挥一类的工作……他适合独自作战……"中年男人说着顿了一下,"哦,当然,我这不是批评他的意思。每个人的性格都是不同的。宴文柏同学的性格过于独特,他不太适合待在一个磨去个人意志、强调上级命令的地方。前些天我们老领导来看演练,就说想将宴文柏推荐去跨校跨专业读研……哦,就直接保送。名额下来后呢,他不用去学校,先安排到相关部门去实习,不用走咱们的流程。"

宴文柏的性格过于桀骜,他需要更大的舞台。

顾雪仪挑了挑眉,低声说:"请您将电话给宴文柏。"

中年男人连忙把电话递给了宴文柏,还忍不住说了句:"你大嫂还挺有气势啊!"

宴文柏抿了抿嘴角,不自觉地带出了点儿笑意,有种与有荣焉的感觉。他很快接过了听筒:"大嫂。"

"你想好了?"

"嗯。"

顾雪仪刚想说"那可以,你为自己的选择负责",突然想起来,她现在并不是宴文柏的长辈了,真正能做主的人在她身边呢。于是顾雪仪顺手将手机塞到了宴朝的掌心里。

宴朝摩挲了一下手掌:"喂。"

宴文柏惊了一下:"大哥?"

"嗯,什么事?说。"

宴文柏只好又将事情复述了一遍。

"导师是谁?"

宴文柏报了个名字。

"嗯,你大嫂……"宴朝及时顿了一下,改口道,"顾雪仪怎么说?"

"她没说。"宴文柏说完,还觉得有点儿怪异。他们不是离婚了吗?

宴朝转头看了一眼顾雪仪:"她同意,我也同意。我会安排人过去陪你办手续。"

宴文柏松了一口气,于是提出了一个小小的要求:"大嫂会来看我吗?"

宴朝顿了一下，语气平静，和刚才没有什么区别，说："做梦比较快。"

宴文柏决定反将一军："大哥，你和大嫂离婚了？"

宴朝回道："关你什么事。"

宴文柏从来没听见宴朝说过这么没风度的话，行，那就是生气了，还是特别生气的那种。宴文柏爽了，立马挂了电话。

顾雪仪敏锐地察觉到宴朝的不快情绪，不由得转过头，问："怎么了？事情很麻烦吗？"

"不麻烦。"宴朝重新露出淡淡的笑容，"吃冰激凌吗？"

顾雪仪犹豫了一下，才回道："好。"

宴朝点了点头，立刻转身去买冰激凌了。

宴文姝从海盗船上下来，腿都软了。她抬眼看到了冰激凌。

"大哥，这个是……"

"给顾雪仪的。"

宴文姝越来越胆大包天了，气哼哼地指着自己："那我的呢？"

"没有。"宴朝平静地答道。

"宴文嘉和宴文宏呢？"

"没有。"

顾雪仪却忍不住抿唇笑了一下，低头咬了一口冰激凌，甜味混着奶味在嘴里蔓延。

盛煦忍不住说道："大嫂，我再给你买一个！"

顾雪仪摇头道："吃不下两个。"

"哦。"盛煦失望地闭了嘴。

宴文姝高兴不起来，眼珠子转了转，说："大哥，你去坐过山车吧。"

宴朝拒绝道："不了。"

宴文姝问道："大哥，你是不是害怕？"

宴文嘉心说：妹妹你是不是傻？

宴文宏忍不住拖走了宴文姝。一会儿宴朝要再不爽了又去关电闸怎么办？他们还玩不玩了？

顾雪仪望着他们的身影，忍不住又笑了笑："越来越有哥哥妹妹的样子了。"

盛煦说道："我也很有弟弟的样子啊。"

顾雪仪笑了："嗯。"

他们在游乐园里玩了大半天才各自散去。

宴文嘉还没忘记再发一条新微博,又获得了一拨夸"大嫂对你真好"的评论。

宴氏大楼。
这天是星期三。
"宴总。"小秘书推门而入,有些忐忑地说道,"您前几天说如果有媒体方面的邀约都要递到您这里,您亲自过目……您看看这个?"
过去宴朝几乎不接受任何媒体采访,那些媒体也不敢乱写他。直到最近,宴朝突然松了口,那些媒体自然闻风而动。
宴朝伸手将本子接了过来:"嗯,我看看。"
小秘书松了一口气,心道:宴总果然转性了。
宴朝很快就翻完了,最后轻点了一下上面的名字:"就这个……今今工作室。"
其他媒体要么过于严肃,要么又过于跳脱,这家正好。
小秘书点了点头,连忙捧着本子出去了。
采访安排在半小时后。
休息室里,郁筱筱深吸一口气,转头问公司老总:"真的我去吗?我可以吗?"
因为采访对象是宴朝,今今工作室所属传媒公司的老总也亲自到了宴氏。他父亲和宴朝有点儿交情,要按照辈分算,他还应该称宴朝一声"世叔"才对。
"你去吧,你最近业绩很出色。大家都爱看你的采访。"
老总心说,话题度全靠你。网友们可爱看你抬杠啦!
郁筱筱这才带着摄像师一块儿跟着小秘书进了一间小会客室,等了差不多十分钟宴朝才来。
郁筱筱认识宴朝,本能地有点儿怕他。但这会儿仰头看去,郁筱筱却有种心潮澎湃的感觉,仿佛无形之中有根线突然间牢牢拴住了她的心脏,而线的那一头就握在宴朝的手中。短短一分钟,她的情绪波动很大。
这时候宴朝冷淡地扫了郁筱筱一眼,径直走到椅子前坐下。
郁筱筱先按准备好的问题一个个问了起来,大部分是商业上不痛不痒的问题,然后就轮到她自由发挥了。这是前辈告诉她的,说最后三个问题她可以随意问。虽然郁筱筱也不明白前辈为什么要这样做。
"宴总的确和顾女士离婚了吗?"

"是。"

郁筱筱错愕地问道："为什么啊？"因为两个人都太强悍了吗？

郁筱筱现在还能想起第一次见到顾雪仪的时候，不自觉地屏住了呼吸，顾雪仪的美丽和别人都不同，几乎压得她喘不过气来。

宴朝语气平静地说道："她不喜欢我了。"

郁筱筱张了张嘴，喃喃："那可真有点儿难办啊，顾女士看上去是那种一旦决定了什么事就不会轻易更改的人。"

"是啊。"宴朝顿了一下，这才露出了一点儿淡淡的笑容，"所以现在该我使出浑身解数去追她了。"

这段采访视频很快被放到了网上。

"今今工作室的这个小记者今天突然格外顺眼。"

"现在还有谁说是顾女士倒贴？"

"之前还有人说顾女士太强悍了，宴总忍受不了所以离婚了。这个论调差点儿笑死我。真正喜欢你的人怎么会因为你强就不喜欢了？"

…………

郁筱筱走出了宴氏大楼。不知道为什么，她走出去的那一刹，心头绷着的那根弦"啪"的一下就断了。无数奇怪又陌生的情绪从她心里被抽走了。

老总回头问道："郁筱筱，你还站那儿干什么？走啊。"

郁筱筱说："谢谢，不用您送我了。"

老总眯了一下眼："哦，你那个神秘男友来接你是吧？"

郁筱筱点了点头，又摇了摇头："还不是男朋友。"

"好吧。"老总叹了一口气，上车关上了门。

没一会儿，来接郁筱筱的车就到了。

宋景接她去了一家高级餐厅。

结果他们没待一会儿，宋成德就到了。他冷着脸问："这段日子里，你就是在和这个女人来往？"

宋家几个儿子就剩下宋景和宋武没结婚了，但宋武还在坐牢呢。宋家想挽回颓势，宋景只能和海外富豪千金联姻。

宋景站起身，皱眉道："是谁告诉您我在这里的？"

宋成德气得挥了挥手中的拐棍："你这是什么口气？翅膀硬了，要飞上天了？你最近就跟被下了蛊一样！这个女人有什么好？连家千金哪里不比她强？"

宋景顿了一下："她哪里都好。我也说不清为什么，就是喜欢她。"

郁筱筱坐在那里愣住了。恍惚间，好像也有人在她耳边说过同样的话。

宋成德挥动拐棍就要打宋景，结果却打飞了桌上的汤盅，汤盅飞起来，洒出来的汤烫到了郁筱筱。郁筱筱尖叫一声，宋景也变了脸色，连忙送郁筱筱去医院。

几分钟后，宋成德才被人推着从餐厅里出来。他面色阴沉，转头吩咐助手："你想个办法，伪装成人贩子把那个女的弄得越远越好。"

宋成德话音才落下，助手突然崴了脚，整个人往前扑去。轮椅沿着斜坡一路飞驰，周围谁也没反应过来，眼睁睁地看着宋成德冲入了马路中央。

"拦住！"

"拦住宋总啊！快啊！"

宋成德气得破口大骂，艰难地从轮椅上爬起来，踉跄几步，摔了一跤，浑身都是伤。他踉跄着爬起来，还没站稳，一辆小车就把他带趴下了。

所有人都傻眼了，连忙呼喊着报警、叫救护车。

顾雪仪这时候正在看宴朝的采访视频。

命运还真是个奇妙的东西，这样都能将宴朝和郁筱筱拉到一块儿，但很快，顾雪仪就发现自己错了。宴朝始终没有多看郁筱筱一眼。他望着镜头，像是正在对镜头后的她说话。

顾雪仪关掉了采访视频，在那里坐了好一会儿。倒也不是很奇怪，她连宴家几个小孩儿的命运都给改了，也许宴朝和郁筱筱的剧情也被她给改了呢。

在那本书中，宴文姝被人利用，损害宴家利益，被发现后，便被发配到了很远的小国家。宴文嘉在片场因为一次危险又刺激的尝试，最终窒息而亡。宴文柏和江靖不和，在一次赛车比试中，宴文柏坠下山崖。宴文宏则和宴朝争夺宴家财产，最后锒铛入狱……现在一切都改变了。

顾雪仪没有将这些事告诉几个小孩儿。他们不需要知道别人为他们写了什么样的人生，只需要知道接下来自己想要过什么样的生活就可以了。

顾雪仪敛住思绪，不再去想书中的内容。

这时候，笔记本的右下角弹出了一条新闻。

与此同时，顾雪仪也接到了宴朝的电话："给你讲个笑话听。"

"嗯？"

宴朝还会讲笑话吗?

"宋成德和宋景吵了一架,还动了手。宋成德从餐厅里出来之后,从车道的斜坡上滚下去了。旁边站着三个保镖,没一个拉住他的……"宴朝淡淡地说道。

顾雪仪打开了弹窗新闻,新闻讲的也是这件事,甚至还配了图片。

这些人也就是看宋家不比从前了,所以才敢这么大肆地报道此事。

顾雪仪忍不住笑出了声。从知道郁筱筱和宋景在一块儿开始,顾雪仪就在想,宋家大概撑不了多久了。但她也没想到事情会来得这么快。

"宋成德大概也没想到,他会这么戏剧性地迎来死亡吧。"

"死了吗?"顾雪仪惊讶地问道。

"没有当场死亡,但可能会瘫痪,甚至成为植物人……"

顾雪仪毫不掩饰自己对宋成德的厌恶感:"这样的人是不应该轻易死去。"

宴朝附和道:"是啊。"宴朝一直在打压宋家。

如果不是这样,宋成德也不会放下身段急忙跑到餐厅去找宋景。

宋成德出事的第二天,宴朝就去了医院。

宋家人看见他的时候,还愣了愣,没想到第一个来探望的人会是宴朝。

石华有个胆小的儿媳妇没有参与红杏基金,所以此时她在医院里陪着宋成德。她望着宴朝高大的身影,感激涕零地说道:"没想到这样的时候,倒是宴总有情有义……"

宴朝意味不明地轻笑了一下,然后在宋家人的陪伴下进入了病房。

宋成德一看见宴朝,就气得绷紧了身体,偏偏喉咙里插着管,一个字也吐不出来。

宴朝拉过椅子,慢慢地坐下。他微微俯身,用只有他们两个人才能听到的声音说道:"还是有些可惜的,没想到宋总这么快就不行了。我还在等着宋总看看宋家是怎么垮的呢。"

宋成德喉中发出愤怒的气音。

"宋家不太行啊,宋总死了后继无人。我来探望宋总,他们还热情地将我往门内迎呢。"

宋成德听了这话更愤怒了,死死地瞪着宴朝。这段时间,他吃够了宴朝的苦头。

宴朝抬手轻拍了拍宋成德的肩,这才压低声音说:"不过……宋总早一点儿死也好，要是晚一点儿，就更难受了。"

"你办寿宴那天，"宴朝的嗓音骤然冰冷，"第一眼扫在我太太身上的时候，我就想挖掉你的眼珠子，把你剁成肉酱了。"

宋成德的瞳孔骤然放大。

宴朝直起腰，淡淡地说道："宋总还不完这笔债了，剩下的，就让宋家其他的人慢慢还吧，还完为止。"

宋家其他的人问道："宴总？我们欠您什么债？多少啊？宴总您得找宋景啊。现在做主的都是宋景啊……"

宋成德听着这帮人这么没骨气的话，气得两腿一蹬，心电图直接成直线了。病房里立刻乱了起来。

宴朝站起身，理了理领口，这才缓缓走了出去。有意思，一个郁筱筱还真能把宋成德弄成这副模样。

宴朝的步伐渐渐轻快。他要去找顾雪仪了。今天他送什么好呢？

江越坐在办公室里，对记者指指点点："你会不会采访？会不会问问题？"

记者满脸茫然："我……哪里问得不对吗？那……那我撤回前面的问题？您要是不想回答的话……"

江越痛心疾首地说道："你就不会问问我对顾雪仪女士有什么看法吗？"

记者茫然了。我好端端的为什么要问这种问题？

江靖在外面翻了个白眼，早就说了嘛，要请个娱乐记者才行！财经网的记者连八卦都不会啊！

你不听弟弟言，吃亏在眼前。

镜头里。

财经网记者语气生硬地问："请问江总对顾雪仪女士有什么看法？"

江越挑眉："哦，我最欣赏的女性就是顾雪仪女士。从我们第一次合作开始，我就很欣赏她。当然，现在应该称呼顾总了。顾总的投资手腕从来不输给男人……"

网民看到采访，瞬间发表一大片评论。

"财经网记者：我承受了太多。"

"明明不是娱乐记者，却要被迫承担起娱乐记者的责任，从来没感觉到采访如此难熬。"

"江总其实是顾女士的迷弟吧？吹得有理有据令人信服！来吧，一起加入我们顾女士的粉丝站吧。"

"楼上为什么不觉得是爱情？"

"可能是因为江总气质比较憨厚？"

"憨……憨厚？"

…………

顾雪仪听见门铃声，起身去开门。盛煦和宴文姝大眼瞪小眼地站在门外。显然，两个小的是来蹭饭的，只不过不太凑巧，撞一块儿了。

"都进来吧。"

这要是宴家其他人站在这儿，盛煦早就把人撂外头了，别说进门了，他要能让人上楼，他盛煦两个字倒着写！

盛煦看了看宴文姝。算了，他总不能把人家小姑娘扔了吧？

于是盛煦老老实实地进了门。

宴文姝倒是冲他翻了个大白眼。他居然和他们抢大嫂！

宴朝坐在宴氏大楼里，面无表情地看完了江越那段采访视频。

这时，手边的座机突然响了。

宴朝拿起听筒："喂。"

"宋成德死了。"

宴朝淡淡地"嗯"了一声。

宋成德死得太快了。

宴朝挂了电话，取了西装外套起身往外走去。

陈于瑾和他撞了个正着，连忙问道："您这是要……？"

"去见顾雪仪。"宴朝的语气没了往日的轻快之意。

陈于瑾忍不住多看了一眼宴朝，却见他眉尾压低，目光冰冷。不过一转眼，宴朝又恢复了正常的神色，仿佛刚才那一幕只是旁人的错觉。

"宴总再见。"陈于瑾低声说。

宴朝大步走入了电梯。

因为宋成德突然身亡，宋氏股价动荡，宋景忙得焦头烂额。

盛煦刚坐下没吃两口饭，也被叫走了。

宴文姝也接了个电话，连声对那头的人安抚道："你别哭，哎呀，你别哭啊……大嫂，我……我先走了。"

顾雪仪倒是无所谓，反正做饭的不是她。她轻点了一下头："去吧。"

宴文姝匆匆赶到了卿卿画廊。她在国内的几个朋友连同卿卿画廊的老板，正围着宋圆低声安慰。宴文姝这才想起来，宋圆和宋家也有关系，只不过关系比较疏远罢了。宴文姝走过去坐下，这才看清宋圆哭得眼睛都肿了，满脸都是泪水，看着特别可怜。她连忙递了张纸过去。但她没有劝人的经验，只说了一句："你别哭了，其实也不会影响到你呀……"

"怎么不会？"画廊老板皱眉说，"宋家如果垮了，她还怎么继续到国外深造？那笔钱她都出不起了。"

宴文姝说："我可以赞助一点儿的。"

"能赞助一辈子吗？"画廊老板摇头，轻叹道，"不行的，文姝，你怎么这么天真？"

"是啊，至少得花 300 万元吧。"旁边一个女孩子说。

300 万元，宴文姝是有的。如果是顾雪仪，她肯定想也不想就给了，还可以再给 200 万元。但是宋圆……虽然她和宋圆关系不错，却也没有亲密到那种地步。

宴文姝问："那你打算怎么办？"

"宋家本来好好的……"宋圆喃喃。

画廊老板说道："要是当时你接手了红杏基金，现在就能帮上宋圆了吧。"

宴文姝有点儿生气："我本来就不适合做这样的工作啊，我还得读书呢，我要考京大……"

画廊老板嘴角抽了抽："……"

其他人也蒙了："你……还要考？"

"嗯。"

宋圆带着哭腔的声音又一次响起："现在说这些还有什么用？宋家垮了，所有人自顾不暇……我怎么办？"

宴文姝叹了一口气："你需要什么？我能帮忙的一定帮你。"

宋圆突然死死地盯着她："我需要你啊。"

宴文姝疑惑地看了看她，下一秒就被人捂住了口鼻，按住了手臂，针尖扎进了皮肤。

宴文姝眼珠艰难地动了动，然后慢慢脱了力，闭上了眼。

快失去意识的时候，宴文姝听见宋圆冷冷地说道："如果不是顾雪仪对红杏下手，宋家怎么会落到今天的地步？"

宴文姝气得不行。关我大嫂什么事？是宋家亏心事做多了才垮的！宴文姝想破口大骂，但骂不出声。宴文姝是带了保镖的，但保镖在画廊楼下。因为宴文姝常常到这里见朋友，所以迟迟没有下楼，也没有人起疑。

顾雪仪又接到了宴文柏的电话。

"手续都已经办好了，我准备去另一个地方了。"宴文柏说完顿了好几秒，才憋出来一句话，"你之后记得看新闻。"

"嗯？"顾雪仪虽然不太明白，但还是点头应了一声，"好。"

宴文柏挂了电话，宴朝就登门了。宴朝面色已经恢复了平静，绝口不提江越的采访，提了那才叫给情敌增加曝光度呢。

宴朝只淡淡地说道："宋成德死了。"

顾雪仪皱起眉："宋成德死了，会引起连锁反应吧？"

"嗯。"宴朝点了点头，"宋家的人或许会做一些狗急跳墙的事。宋景还算有点儿底线，其他人却是没有的，所以……"宴朝抬眸盯着顾雪仪，"我特地来给你做保镖。"

顾雪仪忍不住笑了，但笑容没维持半分钟就消失了。当初裴家垮掉的时候，他们先是对她下手，发现不行，就立刻对宴文柏下手了，那这次呢？

"你知道宴文姝身边有个朋友，也是宋家人吗？"

宴朝挑了挑眉。他对宴家人从来不关心，自然并不了解宴文姝的交友情况。

"我立刻让人去查。"宴朝顿了一下，"如果是宋家血缘关系比较亲近的人，宴文姝应该不会笨到仍旧把对方当朋友吧？"

顾雪仪想了想宴文姝，别人说什么她信什么的憨厚性子："说不准。"

结果这边刚说完，保镖就打电话了，说半天没见宴文姝从画廊里出来。

宴朝那边也拿到资料了："你说的宴文姝的朋友是宋圆吗？"

"嗯。"

"她妈妈是宋成德的长子的女人，不过因为生的是女儿，宋成德的儿子也远不如宋成德对女人大方。宋圆一直被养在外面。"宴朝顿了一下，问，"保镖怎么说？人不见了？"

顾雪仪点了点头："多半是。"

顾雪仪给盛煦打了电话，让他先联系警察。

盛煦惊了："宋家疯了？这时候还敢绑人？"

"总有人狗急跳墙。"顾雪仪说道。

现在宋景一心都在郁筱筱身上,之前宋成德在的时候,宋景是宋成德的重点培养对象。现在宋成德没了,难保其他人不生出争权的心思。而谁要争权就得先保宋家,力抗宴家和江家。其中宴家对宋家的打压最厉害,他们自然会选择从宴家入手。

"我马上过去。"盛煦说。

顾雪仪挂了电话,然后就和宴朝一起出门了。

宴文姝被绑架其实对过去的宴朝来说,只是一件再普通不过的小事。婚生子和私生子哪里谈得上有感情呢?但是宴朝回忆了一下除夕那天,所有人聚在茶几前,春节联欢晚会做背景音的时候,他还欠宴文姝一个红包皮。

就算宴文姝是宴家的私生子,也轮不到别人绑架。

盛煦的车停在了楼下,他一把推开车门:"走,我亲自带人去追。"

"你知道往哪儿跑了吗?"

宴朝淡淡地说道:"我知道。"

顾雪仪疑惑地看向他。

"宴文姝的手机里应该有定位。"宴朝说。

顾雪仪目光一动,立刻明白了。

宴朝心里轻叹了一声,并不想被顾雪仪看见他残忍又冷酷无情的一面。

"我来开。"宴朝对盛煦说。

盛煦皱眉:"你行吗?"

宴朝淡淡地回道:"比你厉害。"

盛煦都快怀疑宴朝是不是受刺激太大了,现在他一开口都带着火药味。

"行,那您开,我和我大嫂坐后……"盛煦话还没说完,就看见顾雪仪拉开副驾驶座的门坐了进去。

盛煦再想回主驾驶位,已经来不及了。

宴朝面容依旧平静。他扶住方向盘,一脚踩下了油门。

"交通管制申请了吗?"

"申请了。"

顾雪仪拿着宴朝的备用手机,打开了 APP,能清晰地看见宴文姝的移动方位,不过很快宴文姝的手机就不动了。

"手机被扔了。"顾雪仪说。

宴朝说道:"你切换 2 号。"

顾雪仪试了试,又有信号了。顾雪仪抿了抿唇:"宴总的后手准备得很齐全。"

反正已经让她知道了,宴朝倒也不顾形象了,淡淡地说道:"我习惯将一切掌控在手里。不管他们与我的关系如何,在外人的眼中他们都是宴家人。"

宴朝说得平静,手却抓紧了方向盘。如果没有现在的顾雪仪突然出现,宴家这几个人,他还会控制着他们,毕竟他不喜欢有任何意外。如果没有现在的顾雪仪,他也许比宋家人还有野心。这些日子以来,他惯于在顾雪仪面前留下最好的形象。她做什么,他也去做什么,让她以为他也是个正直的人。现在好了,他的伪装却被意外撕破了……

宴朝将方向盘抓得更紧,没有再去看顾雪仪的脸色。

车很快就开上了高速,不一会儿开到了城郊。

不知道过去了多久,盛煦敏锐地感觉到车内的气压也越来越低,仿佛有什么东西重重地压在他的身上。盛煦忍不住暗自嘀咕,不就是我这个前夫的弟弟坐在这里吗?宴总倒也不必如此受刺激吧?

"这是什么地方?"顾雪仪突然问道。

宴朝这才分了一点儿目光过去:"看地图像是个村子。"

"啊。"顾雪仪辨认地图的能力还不算好,因为华国的各市县实在太多了……

车子下了高速,往村子的方向开去。

天上下起了雨夹雪。

宋圆问:"我们现在就打电话吗?"

画廊老板冷冷地开口道:"那么急干什么?"

"等失踪一天一夜,他们才会着急。何况宴朝未必会为宴文姝出头,毕竟她只是个私生女。"旁边有人说。

"但顾雪仪会管的,宴文姝跟她那么亲,她们关系应该不错吧。最近宴朝又在重新追求顾雪仪……一个套,两个人都会钻进来。"

宋圆闻言,脸色发白。她当初也是真心拿宴文姝当朋友的,毕竟都是私生女,身世一样,她们应该抱在一块儿取暖。但后来宋圆发现,宴文姝过着和她截然不同的生活。宴朝虽然待宴文姝冷漠,但是从不会克扣她的钱。宴文姝很有钱,也因为宴朝厉害,宴文姝成了圈里被争相追捧的对象。这也就算了,宴文姝回国后,不知道怎么回事,居然开始听她大嫂的话了,开始亲近婚生子了……

宋圆想到这里，心里就生出一股怒气。

宴文姝卑躬屈膝就能换来宴家的好生活，做名正言顺的宴家三小姐。她呢？她的家却被顾雪仪和宴家毁了！

宴文姝还不痛不痒地说什么赞助自己一些钱……

宋圆的脸色越来越难看，她冷笑着说："嗯，还是晚一点儿打电话吧，下面我们可以做很多事嘛。"

他们的车径直开进了村子，里面有人接应。

不久，宴朝的车也到了。

盛煦一推开车门，就扶着一棵树"哇哇"吐了起来。他怀疑宴朝是报复他。

顾雪仪倒是面不改色，只是脸色白得过了头。

宴朝朝她看了过去，问："冷吗？"

"还好。"

城市里天气逐渐回暖，但是偏远一点儿的乡村还很冷。这会儿顾雪仪有点儿不太适应。宴朝盯着她仔细看了会儿，最后还是脱下外套披在了顾雪仪的身上。

顾雪仪愣了一下，回头去看宴朝。

宴朝面上的温和之色已经消失得干干净净，再不带一点儿笑容，连眸子都是深沉的。

这是顾雪仪从来没见过的宴朝。不，她倒也不是没见过，在龙珍要杀她的时候，他有一瞬就露出了这样的表情。

顾雪仪拉了一下身上的外套，裹得更紧了点儿。

盛煦已经吐完了，慢吞吞地站直了身体，说："咱们走吧。"

"急什么？"顾雪仪淡淡地问道。

盛煦疑惑道："嗯？不急吗？"

"你连他们为什么进村子都不知道，就往里闯，兵法都读到狗肚子里去了？"

盛煦舔了舔唇："不是为了更好地藏起来吗？"

宴朝淡淡地问道："那你知道村子里的人和他们是一伙的吗？"

盛煦："还真有这种可能？"

顾雪仪说道："昔日我父亲带兵，路过一处村落，那个村子便是全民皆兵……若是一着不慎,恐怕就着了道。"

宴朝也说道:"国内有些偏远的村子,也都是以村为单位进行制毒贩毒、拐卖人口……"

盛煦心想:自己还是太年轻了。

"那我们怎么办?"

"等天黑。"顾雪仪和宴朝几乎同时开口道。然后两个人对视了一眼。

盛煦望着这一幕,忍不住翻了个白眼。他恨不得现在打电话去租个大哥来冒充盛老大,把宴朝气死得了。

"回车上,开远一点儿。"顾雪仪发话了。

盛煦连忙说:"这次我来开,这次我来!"不然宴朝开车,能把他搞死。

宴朝这次倒是没再说什么。

顾雪仪说:"宴氏的保镖应该也快到了。"

盛煦也回头说:"一会儿警察也要到了。"

宴朝淡淡地"嗯"了一声。

顾雪仪眨了眨眼,突然想到了什么,转过头,压低声音和宴朝说道:"我们那个时代嫡子与庶子也是有分别的。我虽然待他们好,但不会要求宴总也与他们亲近。婚生子与私生子,从身份上本就是尴尬、对立的。宴总过去那样谨慎并不算小人之心,反而省了许多麻烦事……若是放纵他们,无论是对家族,对他们自身,还是对宴总自己,都是不负责任。"

顾雪仪在宽慰他。

宴朝猛地攥紧了手指,哪里还有什么冷意?他转头看向顾雪仪,用沙哑的声音说道:"当真吗?"

顾雪仪迎上宴朝的目光。

他目光微微颤动,面容分明是冷的,但目光里又透出了一点儿柔软之意。

前头的盛煦看了一眼地图,说道:"这里叫小元村?"他猛地拍了一下方向盘,"哎呀,我大哥就在小元村附近的山上修行啊!"

宴朝扭头盯着盛煦,再不掩饰眼中的冷意。

第十九章
见故人

盛煦拿出望远镜，对小元村仔仔细细地看了三个小时，眼睛都酸了。盛煦脖颈僵硬，转过头，语气迷惑地说道："看了半天了，他们除了扛着锄头、拎着背篓回家的，骑着小三轮拉货进出的，就没有别的人了……看上去他们没有武器，也并不凶悍。"

他们的车停在了树丛里。雨下得更大了，敲打着车窗，有点儿吵。

顾雪仪忍不住问他："你车里怎么会有这些东西？"

"哦，你说这些啊。"座椅上摊开的箱子里有三棱刺、望远镜、照明灯、打火机、指南针等，俨然是野外求生的装备，"我以前上学的时候和同学出门参加活动都会遇到危险，就带了这些东西，防止意外。"

顾雪仪轻笑了一声："倒是有备无患。"

宴朝这时候刚通完电话。

顾雪仪立刻扭头问："怎么样？"

"车被砸了。"

"怎么回事？"盛煦立刻皱起了眉。

"小元村山外到高速路段之间有多处山体滑坡、塌方。他们的车刚好被砸中，人没事。"

宴氏的保镖反应都很快。

盛煦眉头皱得更紧："那完了，警车肯定也被堵后头了。"

顾雪仪依旧神色平静，说道："你把望远镜给我。"

盛煦连忙将望远镜递了过去。

宴朝淡淡地说道:"他们追不追得上来倒没关系。"

"嗯?"盛煦看向他。

"今天雨夹雪,温度会快速下降的。山村本来就比城市更冷。"

"我们的体力会下降更快……"盛煦接着宴朝的话说道。

"嗯。"

盛煦轻叹一声:"早知道这样出门的时候该看一下天气预报。"

"情况紧急,没办法。"顾雪仪说着,将望远镜还给了盛煦,"宴总跟我下车。"

"你们去哪儿?"盛煦问。

"去村子。"宴朝说。

顾雪仪看了一眼宴朝。她的确是这样想的,陷入困境的时候得果断做决定。

"你的车里要是有雨衣,就穿上去找找你大哥修行的那座山。"顾雪仪头也不回地说。

"有雨衣。"盛煦连忙从另一个箱子里将雨衣翻了出来,那里面还放了帐篷和睡袋,"大嫂,你拿着吧,我不穿。"

顾雪仪轻笑一声:"这时候还谦让什么?"

说着,她推开了车门,把身上宴朝的大衣往上拽了拽,用来遮雨。

盛煦:"……"行吧,是他没用,今天没穿大衣。

宴朝倒是勾了勾唇角,不自觉地笑了。

顾雪仪大步走了下去,宴朝也紧跟其后。

盛煦望着他们的背影一点儿都不开心。

顾雪仪走了两步,转过身:"宴总和我一起躲着吧。"

宴朝说道:"我不用。"

雨雪落下来,模糊了他的面容。

顾雪仪皱了一下眉,伸手抓住了宴朝的手腕,将人往自己的方向拽了拽,分了一点儿大衣给他。

宴朝喉头一动,心情仿佛坐上了过山车,霎时从谷底冲向了顶峰。宴朝一把揽住了顾雪仪,几乎将她整个人按入了怀中。

他们走了一段泥泞的路才进了村子。村头还挂着一个红灯笼,在风中荡来荡去。

盛煦在后面看着,忍不住说道:"还挺恐怖的。"

二人很快走入了村子，迅速找到第一户人家。农村的房子都有独立的大院，院门开着。

顾雪仪和宴朝一探头，就和屋内坐着看雨的人的视线撞了个正着。

那是个五十来岁的妇人，满头银丝，却很有精神。她用当地方言说了句什么。

"她应该是在问我们是谁。"宴朝说。

顾雪仪点了点头，轻轻掀开了头上的大衣的一角，回道："路上塌方了，我们走不了了，能借宿吗？"

妇人从屋里拿了把黑伞慢慢走了出来，看了他们一会儿，才用生硬的普通话问："要住我家？"

顾雪仪点了点头。

她与宴朝都没有急着提给钱的事。在陌生的地方财不外露。

妇人说："等等。"然后她撑着伞出去了。

没一会儿，隔壁出来了个更年轻些的女人，女人三十来岁，普通话标准多了，问："外面塌啦？"

"嗯。"顾雪仪微微颔首。

"那你们住刘大妈家吧，她家就一个人，男人、儿子都在外头打工。"

妇人在后面点头。她就是女人口中的"刘大妈"。

"那得等政府来通路才行了。"女人叹着气说，"难怪呢，我说下午三子也带回来几个城里人，估计也是被堵路上了……"

宴朝问："我们怎么付钱给您呢？"

"哎呀，哪里要钱啊？不要不要的。你们不就住一晚嘛。"刘大妈连声说。

女人倒是说道："给钱也好嘛，你一年靠种地才挣几个钱？人家住你那里，你还要拿点儿吃的给他们的。"

"我们身上没有现金。"宴朝顿了一下说，"这样吧，趁着手机还有电，您带我们去找一下那几个城里人。我们用网络转账，从他们那里换一点儿现金。"

女人一口就答应了："行。三子家就在那边，你把伞给他们……"

刘大妈把手里的伞递给了顾雪仪。

顾雪仪接过伞，说了声"谢谢"，然后就和女人往前走去。他们一边走一边聊了几句，知道女人叫"红姐"。

"就是这儿了。"红姐顿住脚步，说。

面前的房子明显更好,外面贴着白色瓷砖,房子一共有三层,算是农村的小别墅了。

铁大门用锁链锁了起来。

红姐拍了拍门,喊道:"三子!"

她在村子里应该是个泼辣角色,里面的人听见声音立马下楼了。

顾雪仪转过身,往宴朝的怀里靠了靠,免得一眼就被人看出来他们是谁。

宴朝也微微垂下了伞,遮了遮脸,同时将顾雪仪抱得更紧了。

三子穿着紧身裤、豆豆鞋,留着奇怪的发型。听完红姐的话,他疑惑地打量着顾雪仪和宴朝。

"行,进来吧。"三子说。

两个人这才进了门。

三子回头看了一眼,还有点儿忌妒:"还挺如胶似漆!新婚啊?出来旅游让塌方给堵路上了?"

顾雪仪低低地应了一声:"是啊。"

三子心说:声音也怪好听的。那个男人真幸福,他现在连个女朋友都没有。不过做完手里的事,他就有钱去找女朋友了……

"外面塌方了。"三子一边往里走一边说,"又有两个城里人到咱们村子里了,跟你们换点儿现金,他们要到隔壁去借住……"

"怎么回事?怎么又有人来?不是说不再让人进村子了吗?"

三子也有点儿生气地说道:"那能怎么办?外面都塌方了,不能让人待在雨里啊。"

顾雪仪靠在宴朝怀里想说话,于是抬起手指按了按宴朝的胸膛。

宴朝喉头动了一下,一把抓住了她的手指:"嗯?"

"一会儿小心……"

宴朝低下头附在她的耳边说道:"我知道。"

两个人性格太像,警惕性极高、敏感多疑、反应快,倒也不需要过分担心对方。他们跟在三子后面进了门。

宋圆神色焦虑地问道:"怎么会塌方?我们不会在这个地方待很久吧?"

"往好处想。"画廊老板安抚道。

宋圆抿了抿唇,抬头往门口看去,这一看宋圆就呆住了:"怎么……有点儿像是……顾雪仪和宴朝?"

画廊老板失笑道："怎么可能？"

顾雪仪依稀听见了画廊老板的声音，只是隔得远听不太真切。她抬手轻敲了一下宴朝的胸膛，几乎同一时间，宴朝也攥了一下她的手指。

两个人飞快地分开。顾雪仪快步走向那头，一个侧踢，画廊老板脸上的笑容还没消失就倒在了地上。

与此同时，宴朝挥动手中的伞，将三子整个人撂倒在地。

"啊！干什么？"三子惊呼一声。

房间里一下就乱了起来。宋圆这时候也看清了顾雪仪和宴朝的面孔。她本来就胆子小，吓得尖叫一声，赶紧躲在了沙发后面。

宋圆满头大汗。事情怎么会这样？他们刚歇下，顾雪仪和宴朝怎么就追上来了？他们还特地选了这样的天气，就是为了更好地躲避追踪……宴文姝身上的手机他们都扔掉了！

宋圆慌得要命，只能无力地喊："你们还愣着干什么？"

画廊老板带的两个保镖闻声扑了上去。

顾雪仪抬手挡住了保镖的拳头，反手扣住对方的手腕，一个借力，整个人腾空而起，一脚踢在了对方的头部。宴朝长腿一迈，三步并作两步就到了顾雪仪身边，挡住了另一个保镖，将保镖从顾雪仪身旁带离，揪着领子打断了腿。

三子踉跄着爬起来，画廊老板的妹妹看见这一幕呆住了。

顾雪仪一脚踩着保镖，回头看向宴朝："好像是我们想得太复杂了。"

他们做好了整个村子的人都犯罪的准备，结果，事情居然如此顺利。画廊老板带的保镖都不堪一击。

宴朝跟着失笑，神色一下温和了许多："是啊。"然后他俯下身，揪住保镖的领子，一拳揍在了对方的脸上，将对方揍得没了反抗能力，才缓缓站起身，"好了，这样更安全了。"他看向顾雪仪脚下那个保镖，问道，"需要我代劳吗？"

那个保镖被吓得魂都飞了。他也不知道宴朝下手竟然这么狠，连忙哆嗦着说："我自己……我自己来。我自己撞晕行吗？"

宴朝说道："不行。"

顾雪仪倒不觉得宴朝下手太狠。对待敌人，她也从来不手软的。顾雪仪对宴朝说道："那宴总来吧。"

宴朝微微笑了一下，走过去，弯腰揪住那个人。

三子生生被吓尿了。这两个人……这两个人根本就不是人啊！他们才穷凶极恶啊！

画廊老板也被吓坏了，连声说道："我们……我们也是被逼的。"嘴上这么说，他心里却恨死顾雪仪了。顾雪仪下手太狠了，现在他的脑子里还"嗡嗡"作响，他一直想吐。

顾雪仪淡淡地说道："你们应该多带几个保镖。"

画廊老板脸上一阵青一阵白。他们和宴文姝有好几年的交情，要绑走宴文姝自然不难。如果不是为了防止出意外，他们根本不会带保镖，毕竟带的人越多越容易走漏风声。谁能想到顾雪仪和宴朝后脚就跟来了呢？

三子害怕得下巴都抖了，说话也磕磕巴巴的："你们……你们是谁？"

宴朝缓缓站直，一边擦手，一边淡淡地说道："我们是来找家中的妹妹的。"

三子失声道："就楼上那个？"

顾雪仪则绕到了沙发后面，问道："宋小姐，要我请你出来吗？"

宋圆脸色发白，一动都不敢动。顾雪仪倒也不客气，伸手就将宋圆拎住，从沙发后拖了出来。

画廊老板的妹妹惊恐地望着她和宴朝。

"我先问你，宴文姝还好吗？"顾雪仪低声问。

宋圆怕得要死，但恨死顾雪仪了，这会儿也不想示弱，含糊地说："在楼上，你自己去看。"

顾雪仪蹲下身，说："我的意思是，她如果受到一点儿伤害，现在我就在宋小姐身上补回来。"

宋圆惊恐地瞪大了眼睛，憋了半天，说道："现在是法治社会。"

顾雪仪冷声说道："那你还敢绑人？绑的还是你的好朋友。"

宋圆忍不住反驳道："她哪里算我的好朋友？"

顾雪仪掐住了她的下巴，冷声说道："既然你不把她当朋友，就应当早告诉她。利用一个把你当朋友的小姑娘算什么本事？你以为这样宋家就能东山再起了？不会。宋家会死得更惨。"

宋圆被她的气势压得哆嗦了一下。

宴朝这时候才说："我看着他们，你上楼吧。"

顾雪仪应了一声："好。"然后她径直往楼上走去。

宴朝拽过一把椅子坐下，又捡起地上那把伞，收了起来。黑色的长柄伞在他的手中仿佛化作了一件利器。在场的人谁也不敢动，只有女人低低哭泣的声音。

顾雪仪在二楼的一间房里找到了宴文姝。宴文姝躺在上面睡着，估计是被打了药。顾雪仪掐了一下她的耳朵，发现没醒，又探了探呼吸，大致检查了一下她身上，倒是没发现什么伤痕。

他们来得太快，这帮人没来得及做什么。

顾雪仪也就不再掐她了，让她继续睡着，等她自然醒来。

顾雪仪缓缓走下了楼。

宴朝已经让三子将他们绑起来了，并且收走了他们身上所有的通信工具。

三子怕宴朝怕得要死，只能照做。

"今晚在这里休息？"宴朝问。

"嗯。"顾雪仪给盛煦打了个电话，盛煦立马赶来了。

顾雪仪指了指三子："你换身衣服，去告诉刘大妈，今晚我们在你这里借住。"

三子满头大汗，爽快地答应了。

弄完这些，顾雪仪却觉得不太舒服了，皱了皱眉，抬手按了一下腹部。

宴朝走上前，低声问道："怎么了？"

门窗大开着，一股冷风灌了进来。顾雪仪本能地打了个哆嗦，觉得从头到脚都透着冷意，尤其是腹部。

顾雪仪这会儿也慢吞吞地反应过来了。她目光闪了闪，头一次在宴朝面前有点儿不好意思开口。

宴朝回身捡起掉在地上的大衣，将顾雪仪裹在了里面，又低声问道："哪里不舒服？"

他是觉得她今天的肤色太白了。这会儿披着大衣，顾雪仪还是感觉很冷。她舔了舔唇，才发觉唇也干了。顾雪仪这才抬手拽了拽宴朝的脖子，示意他凑近点儿，然后紧挨在他的耳边说："'姨妈'来了。"

宴朝怔了一下，然后将顾雪仪抱了起来，指挥三子："去布置一个房间。"

三子怕得要命，赶紧上楼去布置房间，把准备娶媳妇用的棉花被都铺床上了。他讨好地笑着说："这是我这儿最好、最干净的被子了，本来打算以后结婚才用的。"

宴朝听到"结婚"两个字，目光动了一下，"嗯"了一声。

三子盯着他的表情看了看，实在看不出宴朝是高兴还是不高兴，只好走了。

宴朝正要将顾雪仪放在床上。

顾雪仪皱起眉:"脏。"

宴朝拿掉了大衣。

顾雪仪皱着眉:"还是脏。"她抬手解开了纽扣,"你帮我把外套脱了。"

宴朝:"嗯。"

他飞快地脱去了顾雪仪的外套、长裤,然后才将她放入被窝里。

顾雪仪还是皱着眉:"不行,得垫点儿东西。"

宴朝脱下身上的毛衣,给顾雪仪垫在了身下:"这样好了吗?"

男人身上只剩下薄薄的衬衣了,外面还在刮风,风吹得窗户"呼啦"作响。

顾雪仪看向宴朝,透过衬衣几乎能看见隐约的肌肉线条。显然,衬衫太薄了。

"你不冷吗?"顾雪仪问。

这会儿她都觉得自己有点儿像是无理取闹。真奇怪,她怎么会这样呢?

宴朝这才捡起大衣穿上:"这样就不冷了。"

顾雪仪自然不信。今天降温,又是在山村里,他怎么可能不冷?

宴朝随手拖过一把椅子坐下,拿出了手机。

顾雪仪见状,也闭上了嘴。他应该还有事要处理。

顾雪仪闭上眼,多少有点儿难受。不过她一向很能忍,这倒也不算什么。

宴朝却在搜索框里输入:女性来月经怎么办?

奈何他们在山村里,又受到雨雪天气影响,信号不太好,半天页面才显示出来。

宴朝匆匆扫了一眼,记在心头,起身说:"我先下楼。"

顾雪仪"嗯"了一声。

她估计是受凉了,难受地皱着眉,没有力气说太多。

宴朝下楼后,走到画廊老板面前,问道:"有现金吗?"

他们这才想起来,三子带顾雪仪和宴朝来的时候,就说是来换现金的,但那多半是借口,怎么现在还真的要现金?

宴朝有些不耐烦。其实他很少会有这样的情绪,但这会儿皱起了眉,目光也变冷了:"没有现金吗?"

画廊老板打了个哆嗦:"有,我有。"然后他让三子翻出钱包递给宴朝。

宴朝看也没看，顺手将钱包揣在兜里，拿起伞就走了出去。

"不是说他们是有钱人吗？"三子喃喃，"咋还反过来抢咱们呢？"

画廊老板欲哭无泪，心说：我也想知道啊。宴朝怎么还这样呢？

宴朝撑着伞走在雨里，因为动作幅度过大溅起了不少雨水，没一会儿裤腿就湿透了。

他走到了刘大妈的门外，问道："有红糖水吗？"

刘大妈探头出来，才发现刚刚那个要借宿的男人正站在那里。

宴文柏的电话打过来的时候，顾雪仪还躺在被窝里。宴文柏那头"呼呼"刮着大风。顾雪仪这头也"噼里啪啦"地下着雨夹雪。

"大嫂，你在哪里？"宴文柏在那头怔了一下。

顾雪仪没有和他说宴文姝被绑架的事，只说道："在城郊的一个乡村里。"

宴文柏结结巴巴地问道："约……约会？"

"你在哪里？"顾雪仪问。

"我在机场。"宴文柏沉默了一下，沉闷的声音难掩失落之意，"我要去国外……也许待一年，也许是两年吧。"

"嗯？"

"学校的手续都办好了。"宴文柏说完，还不着痕迹地告状，"大哥说你没空来看我，所以我给你打个电话。"

顾雪仪皱了皱眉，对画廊老板和宋圆更不满了。

如果没有这个意外，她应该可以去机场见宴文柏一面。

"去哪个国家？"顾雪仪问。

"驻 X 国。"宴文柏顿了一下，"我去做随员。"

顾雪仪抿了抿唇："我没记错的话，那边好像有些乱。"

"是。"不过宴文柏不怕这些。

"万事小心。"顾雪仪沉默了几秒，沉声说道，"如果遇到无法解决的事……"

宴文柏那张冷漠又桀骜的脸上这才多了一丝笑意。他低声说："我知道。有事解决不了就要及时找家长。"

"嗯。"顾雪仪也轻轻笑了一下，"一路顺风。"

宴文柏喉头动了动，还是忍不住说："谢谢大嫂。"然后他似乎是怕顾雪仪纠正他的称呼，匆匆挂断了电话。

他刚挂了电话，宴朝就进来了。男人带着一身的湿气，发丝都被打湿了。手里端着碗，碗上还印着一只大公鸡，不像这个时代的东西，另一只手上则拎着一个袋子。

"你去哪儿了？不是有伞吗？怎么还弄湿了头发？"顾雪仪疑惑地问道。

"去找了刚才的刘大妈和红姐。"宴朝将手中的袋子递给顾雪仪，"你先用这个。红姐给的。"

顾雪仪拆开袋子一看，是卫生巾。

她松了一口气，立刻掀开被子，慢吞吞地起身，顿了一下，忍不住问："是不是弄脏了？"

"嗯，没关系。明天洗了就好。"

"嗯。"顾雪仪眉头还是皱着的，但是也没办法了。

她匆匆进卫生间换好了卫生巾才走出来。光是这么一个来回，就差不多耗光了她的力气。

宴朝扶着她回到了床上，才将碗递给她："红糖水，有些烫，慢慢喝。"

顾雪仪也的确想喝点儿热的，立刻坐直了，伸手就要去接碗。

宴朝却没给她，说："我端着，碗身不隔热，烫。"

顾雪仪低头去看他的手，宴朝的指腹已经红了。

"你不觉得烫吗？"顾雪仪掰了衣下他的手指。

顾雪仪肤色雪白，手也是冰凉的。宴朝抬起另一只手攥住了她的手指，轻轻摩挲了一下她的手指，说道："我的手上有茧，对热度自然没那么敏感。"

顾雪仪掰开他的手指，这才仔细看了一眼。正如宴朝所说，他的指节乍看生得很好看，细看就会发现指腹、虎口、掌心处都有茧子。

宴朝收回了手："都是茧子，不好看。"

顾雪仪倒是觉得有几分亲切。顾家人哪个手上没有茧子呢？他们日日习武，手上的茧子反倒成了顾家的功勋的见证。

"宴总平日都练什么功夫？"她问。

宴朝将碗送到顾雪仪唇边："先喝一口再说话，小心烫。"

顾雪仪凑近了碗，热气熏脸，她不自觉地眯了一下眼，有点儿不舒服。

"感觉还是烫。"顾雪仪说。

宴朝听出了她语气里的一点儿抱怨之意，忍不住轻轻笑了一下。宴朝低笑着说道："那我替你试一试？"

顾雪仪应道:"嗯。"她又问,"宴总练过什么功?"

她怎么对这个这么好奇?

宴朝想到以前,她知道他的身手不错,第一反应也是要和他切磋。她不愧出身将门。宴朝觉得好笑,答道:"我练过拳。"

"难怪指骨上也有茧子。"顾雪仪说道。

"还用过九节鞭、刀……"说到这里,宴朝先低头喝了一口红糖姜水,"不是很烫了,就一点点。你慢点儿喝。"

顾雪仪"嗯"了一声,这才低头喝了一口红糖姜水。那口红糖姜水下了肚,寒气被驱散了不少。顾雪仪这时候才后知后觉地反应过来,方才的口吻真的有点儿娇气,好像真拿宴朝当大丫鬟使唤了,不,比使唤大丫鬟还要过分些。

这时,宴朝问道:"你会什么?"

顾雪仪答道:"鞭子、弓箭、马术。"

"难怪你打枪的准头那么好。"宴朝说道。

顾雪仪轻挑了挑眉:"我原先投壶也是很厉害的。"

"嗯。"宴朝应声,低声说道,"再喝一口。"

顾雪仪又低头喝了一口红糖姜水,才接着说道:"可惜我不是男子。"

宴朝心道:幸好她不是男子,不然他上哪儿去娶这么好的妻子?宴朝淡淡地笑了一下,说:"厉害的人岂有男女之分?"

顾雪仪点头道:"我父亲也这样说。"

宴朝连忙捧了一句:"他老人家高见。"

顾雪仪歪头盯着他,忍不住轻笑了一声。

"你把剩下的喝掉,我再下楼去做吃的。"宴朝将她轻笑的模样收入眼底,只觉得窗外的雨雪都消失不见了,心里盛开了无数鲜花。

顾雪仪点了点头,就着碗喝光了红糖姜水。

宴朝起身往外走去。

顾雪仪实在忍不住好奇,叫住了他:"宴总不会觉得累吗?"

"嗯?"宴朝顿住脚步,转头看她。

"其实宴总可以喜欢别人,以宴总的身家地位、容貌才智,宴总也不必做到这种地步。"

顾雪仪再不通情爱,也知道宴朝为她做了什么。她又重复了一遍那个问题:"宴总不会觉得累吗?"

宴朝没有急着表明心意,淡淡地反问:"如果让你放下心中的家国,不再理会家族子弟是否成才,是否走上了正道,遇到国家危难也当没看见,只盯着自己手里的权势与资本,只管揽权、赚钱,你愿意吗?"

顾雪仪的眉头越皱越紧,她回道:"自然是不愿意的。"

"你将宴文嘉几个人带上正道,扳倒红杏,操心颇多,你会觉得累吗?"宴朝又反问。

"不会。"顾雪仪答道。这些事早已刻入她的骨子里,于她来说就如吃饭喝水一样,她不仅不会觉得累,还会从中获得快乐。

宴朝盯着她:"家国于你,就是你之于我。我又怎么会觉得累呢?"

顾雪仪怔住了。她心里只装得下那些东西,自然明白那些东西对自己的意义。顾雪仪轻轻眨了眨眼,再看向门边,宴朝已经下楼了。

宴朝走后,顾雪仪独自躺在那里,没一会儿就又感觉冷了。

宴朝打发三子去地里摘菜,然后用家里剩下的一点儿肉做了简单的菜。

三子浑身狼狈地蹲在客厅里,望着厨房的方向,忍不住问道:"这真是个有钱人?"

画廊老板目光闪烁,咬着牙说:"真是。现在国内就他最有钱了。"

"首……首富?"三子瞠目结舌。

画廊老板又忌妒又畏惧,说道:"哪里单单是'首富'两个字就能概括的?"他顿了一下,看向了一边的宋圆,"当初你们赌对了。"

宴朝追求顾雪仪,还真是真心实意的,不仅真心实意,已经放下一切身段了!

顾雪仪将整个宴家牢牢连接在了一起。他们绑架宴文姝,自然会让宴家跟着动起来。这步棋没错,可错就错在,他们还是低估了宴朝的手段。

画廊老板正想着的时候,厨房门开了。

宴朝端着菜出来了,香气一下钻进了他们的鼻子里。他们是真的饿了,从他们绑架宴文姝开始就一直没吃东西,正要吩咐三子去弄吃的,宴朝和顾雪仪就进来了。

几个人这会儿只能眼睁睁地看着宴朝端着菜上了楼。

顾雪仪也饿了,但很难受,食欲也下降了。她扫了一眼菜色,就不自觉地皱起了眉。

"先将就着吃一点儿。"宴朝说。

顾雪仪抿了抿唇,拿起了筷子,但还是觉得不舒服,忍不住说:"难受。"

"哪里难受?"宴朝也跟着皱起了眉,眼中甚至还透出一点儿焦虑之色。

顾雪仪皱着眉打了个比喻:"就像有人把冰放进了我的肚子里。"

"你先吃。我给你揉揉?"

顾雪仪没说话。她把难受说出口就觉得舒服点儿了,这才就着一张小桌子低头慢慢吃了一点儿东西。

宴朝也跟着匆匆吃了点儿东西。

顾雪仪很快放下了筷子,问:"没有暖宝宝吗?"

"三子说村子里没有小卖部。"

"那热水袋?电热毯?"

"都没有。"宴朝说。

三子一个大男人独居,压根儿不讲究。屋子里只有一个火炉,但火炉又不能抱上床。

"我去拿个火炉放在房间里。"宴朝说着就下楼了。

宴朝身上的衬衣已经被汗水打湿了。

顾雪仪还真没见他这样狼狈过。

没多久,宴朝提着火炉回来了。他拉上窗帘,挡住了外面昏暗的光,也挡住了外面的雨雪,只开着半扇窗户通风,然后才回到床边坐下,掀开被角,手隔着一层薄薄的衣衫慢慢揉起了顾雪仪的腹部。

顾雪仪感觉挺奇怪的,但还是忍不住说:"宴总再用力一点儿。"

宴朝动作一滞,喉头动了动,低声"嗯"了一声。

顾雪仪这才觉得舒服点儿了。那种冰凉又酸胀的感觉好像慢慢散去了一些。因为她喝了热水又吃了东西,四肢也渐渐开始回暖。

"好点儿了吗?"宴朝低声问。

"嗯。"

随着四肢回暖,顾雪仪不自觉地将自己裹得更紧了。她抬眸看向宴朝,问:"宴总冷吗?"

宴朝回道:"还好。"他不仅不冷,还燥热得厉害。

顾雪仪却不大相信,自己都冷成这样了。宴朝今天淋了雨,又把外套给她,连毛衣都给她了……

顾雪仪轻声问:"宴总也睡下吧?"

宴朝目光动了动。

顾雪仪喜欢公平交换,从来不占宴朝的便宜,于是按住了宴朝的手背。

男人的指节修长有力,这会儿却被她按得动弹不得。

"我不想动,宴总自己上来吧。"顾雪仪说。

宴朝努力压制着翻涌的情绪,低低地吸了一口气,笑着说:"好,我给顾总暖床。"然后他才收回手,脱下外套,揭开被子躺了进去。

宴朝浑身肌肉紧绷,小心翼翼地托住了顾雪仪的腰,将她往自己的方向带了带。这和在游轮上同床共枕的时候完全不同。那时候是他小心翼翼地接近,这次却是光明正大⋯⋯

宴朝没有再问顾雪仪,反攥了一下顾雪仪的手,然后才继续揉着她的腰腹。

火炉终于升温了,室内渐渐暖和起来。

顾雪仪几乎靠在了宴朝的身上,有点儿硬。顾雪仪抬手按了一下他的肌肉。

宴朝的呼吸滞了一下,他轻轻掀起了那层薄薄的衣物,手掌贴在了顾雪仪的肌肤上。

顾雪仪本能地战栗了一下,有点儿烫,有点儿怪异的舒服感。

宴朝轻轻揉了起来,却不是刚才那样的力度与手法,动作渐渐温柔起来⋯⋯

顾雪仪舔了舔唇,脑中因为酒醒后变得模糊的那段记忆一下又被勾了出来,并且变得格外清晰。

顾雪仪轻轻呼了一口气,连呼出来的气息似乎都是灼热的。她低低地叫了一声:"宴朝。"

宴朝低下头,目光灼灼地盯着她。

周围有一股淡淡的血气,环境并不算多好。可他们仿佛在顷刻间,又回到了那个狭小的电梯与门的空间里,周围没有光,只能听见彼此的呼吸声和心跳声。

也许是因为转移了注意力,顾雪仪反而没那么难受了。那种疯狂的感觉,渐渐又涌了上来⋯⋯

顾雪仪艰难地挪动了一下,微微侧过身,搂住了宴朝的脖颈。宴朝的手也从她的腹部滑开,顺势按在了她的背上。

顾雪仪轻声说:"宴总这样体贴周到。"

宴朝定定地看着她。

"那我就包养宴总吧。"顾雪仪说。

宴朝脑子里"腾"地点燃了大火,紧绷的肌肉霎时间被注入了无穷的力量。他搂住她的腰,低头吻住了她的唇。

"我不会让顾总失望的。"宴朝摩挲着她的腰说道。

顾雪仪也轻舔了舔他的唇,然后解开了男人的衬衣,轻轻摸着他的肌肉,肌肉下仿佛蕴藏着强大的力量。

宴朝淡然的面容染上了别样的色彩,他低低地叫了一声:"太太……"

盛煦穿着雨衣,冒着雨雪,艰难地找到了三子的家,但是拍了半天门都没有人来给他开门。他摸出手机给顾雪仪打电话,没人接,给宴朝打,还是没人接。

盛煦只能大喊:"有人吗?开门啊!"

三子听见了声音,但哪里敢去开门啊?万一又进来个厉害的人怎么办?

半天都没有人回应盛煦。盛煦无奈,只能老老实实地在门外等着。他也不知道等了多久,反正又累又饿。终于,他看见宴朝撑着伞走出来了。盛煦眯眼看了一下,觉得宴朝身上的衬衣有点儿皱,不是,好像连裤子也有点儿皱。

宴朝打开门,问:"找到你大哥了?"

盛煦说:"我还没去,明天雨停了再去,不然我怕我坠崖。宴总……你刚才在做什么?"

"忙。"宴朝说完,心说:那可真是太好了,倒也不必找到你大哥了。

盛煦进了门,连忙说:"我饿了。这儿有东西吃吗?"

宴朝淡淡地说道:"我做了吃的。"

盛煦看向宴朝,不知道为什么,总觉得这个平日里心机极重的宴总,今天明明没有笑,但浑身都好像透着开心的气息。他有什么可开心的?

盛煦问:"吃的在哪里?"

宴朝指了指厨房。

盛煦扫了一眼地上被绑着的人,轻笑道:"真惨啊……"然后他才进了厨房。

等进了厨房,盛煦打开锅盖才见到吃的,不,准确地说,是吃剩下的东西。

盛煦指着剩饭剩菜,说:"这就是我的饭啊?"

"嗯。"宴朝说完就上楼了。他得去洗顾雪仪弄脏的衣物,不然她醒来又会皱眉的。

盛煦对着一口锅瞪大了眼睛。他才惨!

宴朝洗完衣服后就晾了起来，然后转身又回到了室内。他看向印满喜字的被子。

行吧，他倒是可以给那个三子一条生路……宴朝目光一动，脑中已经开始想怎么求婚，要去哪里度蜜月了……至于盛家大哥，要不还是暗杀了吧？

宴朝做得远比大丫鬟还要周到。顾雪仪隐隐约约从中体会到了和家人、丫鬟婆子照顾她时全然不同的感觉。难怪有人总想谈恋爱。

"冷吗？"宴朝突然推门进来问道。

顾雪仪刚洗漱完出来，指了指火炉："还好，这样不冷。"

宴朝晃了晃手中的蛋羹："我喂你。"

"不用了。"顾雪仪说。她早就发现了，从她到这具身体里以后，这具身体越来越契合她的灵魂了。也就是说，这具身体也慢慢变得强悍了。宴朝对她的照顾很周到，她休息了一晚后已经好得差不多了。

宴朝无奈地笑了笑："这是我应该做的。"

"嗯？"

其实宴朝也刚打通情爱之道的任督二脉，但自觉开窍更早，又没少研究这方面的内容，应该比顾雪仪懂一点儿。

于是宴朝说："情侣之间应该有亲密的互动，才能增进感情的。"

顾雪仪素来善于学习，这会儿也一样认认真真地听起来。这两个人，一个敢教，一个敢学。顾雪仪回忆了一下昨天宴朝喂她喝红糖姜水的经历，感觉还不错，于是靠在床头，微微张开嘴："来吧，喂吧。"

宴朝盯着她的唇看了看，绯红色的唇间露出一点儿雪白的贝齿，不像是在等人喂蛋羹，更像是在索吻。

宴朝也不再压抑心绪，俯身亲了一下顾雪仪的唇。

因为她刚刷完牙，唇上带着一点儿水意，还有一点儿牙膏的薄荷香气。

宴朝吻下去后就有点儿收不住了，恨不得将人按在怀中再狠狠吻上一会儿。

顾雪仪没有动，先让他亲了。

宴朝感觉她没有抵触，仿佛获得了通行证一样，放下蛋羹，一手搂住了顾雪仪的腰，几乎将她整个裹到怀中，免得她受凉，然后才吻得更用力些。

"好了。"宴朝睁眼说瞎话，"喂食前接吻，也是增进感情的方式。"

顾雪仪缓缓眨了一下眼，胸口跟着柔软起来，好像注入了一汪秋水的感觉。那又是另一种完全不同的感觉。顾雪仪问："是吗？"

没等宴朝回答，她搂住宴朝的腰，借力凑近，也亲了一下宴朝的唇："这样吗？"

宴朝的心跳立马提了速。

顾雪仪不是扭捏的性子。她敢于尝试，所以她的每一个惊喜都来得猝不及防。

宴朝说道："是。"

顾雪仪认真地吻了吻他的唇。男人的唇形很好看，带着温热的触感，嘴里是相同的薄荷味。她的手探入了宴朝薄薄的衬衫下，轻轻摩挲着他的背脊。

宴朝的呼吸一重，他将顾雪仪整个摁倒在了床上，变被动为主动。顾雪仪也丝毫不让。二人的吻渐渐激烈起来，顾雪仪的腿也跟着盘到了他的腰上。

"宴总！宴总你人呢？"盛煦上楼挨个儿敲门，很快就敲到了他们这扇门，"宴总你不会又去勾引我大嫂了吧？"

顾雪仪这才轻踹了宴朝一脚。两个人分开了些。顾雪仪低声说道："去给盛煦开门。"

宴朝额头的青筋跳了跳，他还是低低地应道："嗯。"

他松开顾雪仪，又理了理她的上衣，扯过大红棉被给她盖好，这才走过去打开门。

盛煦眯眼盯着宴朝瞧了瞧。两个人都从彼此的眼里看见了冷意。

"大嫂！"盛煦叫了一声。

"大清早的来打搅我做什么？"顾雪仪懒洋洋地倚在床头，淡淡地问道。

盛煦最怕她这样的口气，当下气势就矮了一头，低声说："我想来看看你，是宴总说你昨天不太舒服的。"

"嗯，现在好多了。"顾雪仪又问，"你吃早餐了吗？"

"还没，打算去煮两个鸡蛋，大嫂你要吗？"盛煦连忙问道。

"自己留着吃吧。"顾雪仪说。

盛煦一听这话，就知道宴朝肯定先一步献殷勤了。盛煦心头堵得要死，只好自己下楼了。行吧，我自己吃蛋去，吃三个！

顾雪仪舔了舔唇，懒洋洋地说："饿了。"

宴朝重新拿起碗，摸了一下，说道："凉了。"

"我去楼下热一热。"宴朝说着飞快地下了楼。

"嗯。"顾雪仪倒也很有耐心地等了起来。

宴朝往楼下走,顾雪仪拿出手机看了一眼,电量还剩下 20%。

三子的充电器,他们的手机用不了。

顾雪仪按亮手机屏幕,准备清理掉弹窗,然后调成省电模式,但她刚拉下弹窗,手指就顿住了。

一条新闻映入她的眼帘——X 国发生暴乱,已是本月第三次。

那是宴文柏去的地方吧?他平安抵达了吗?

顾雪仪皱紧了眉头,立刻拨电话给了宴文柏:"我看见新闻了,你现在怎么样?"

那头信号不是很好,对话难免断断续续的。宴文柏说:"有点儿不凑巧,我们过来刚好碰上了暴乱。我的上司被流弹击中了,不过……已经把我们……起来了。我很安全。"他的语气倒是沉稳,没有一丝慌乱,"就一点很麻烦。我的上司本来是过来接管对外事务的,但现在受伤了不能露面,他们就推举我去代表发言。"宴文柏都觉得奇怪,自己不擅长言辞,大家怎么会选他呢?

"你怎么想?"顾雪仪问。

这时候门"吱呀"一声开了,宴朝走了进来,手中的碗里正冒着热气。

顾雪仪皱了皱眉,打完电话蛋羹又要凉了,可惜宴朝的心意了。

宴朝在一旁坐下,看见她在打电话也没有问别的,只是用勺子舀了一勺蛋羹,吹了吹才送到顾雪仪嘴边。

顾雪仪低头吃了一口,小声说:"还有一点儿烫。"

宴朝点头:"那再凉凉。"

宴文柏在那头怔了怔:"你和我说话吗?"

"不是。"

"哦。"宴文柏也不追问,只乖乖地道,"我想去。"

"那就去,保护好自己。"顾雪仪又低头吃了一口蛋羹,想了想,说,"你知道怎么和人辩论吗?"

宴文柏摇头。别说辩论了,他连吵架都不会。

"到时候你一定记住,发言前要先弄清楚自己的诉求,开口后坚定自己的想法,不要被他人带偏。"

宴文柏问道:"怎么才不被他人带偏?"

"你将别人的刁难、带节奏,都当成吵架。吵架的时候,你知道什么人会赢吗？不顺着对方说话的思维往下走的人就会赢。还有，话不在多，而在精，多说多错，也显得没有气度。"

宴文柏若有所思。

"听懂了吗？"顾雪仪问道，"没听懂我手机也快没电了。"

本来信号就不太好，宴文柏连忙将刚才听到的话牢牢记在心中，一点儿都不敢忘，然后顾雪仪就挂了电话。

这时候她冷酷无情点儿，宴文柏就会自我成长得更快。

顾雪仪收起手机，一低头，又吃了口蛋羹，这样还蛮舒服的，不妨碍吃，也不妨碍她忙。

"宴文柏有点儿麻烦。"顾雪仪把大致的经过告诉了宴朝。

宴朝点了点头："放心，宴文柏死不了。宴家在那边养了几个保镖。"

宴文柏收起了手机，转身向众人走来，又换了一副模样："我会暂时分担一下凌先生的工作，麻烦大家多指教。"

大家惊讶了一瞬。这小孩儿年纪轻，出身好，平时看着也不像会轻易服从的样子，没想到他接了个电话，还真就一口答应了。

宴文柏抬眸朝外面望去。外面很乱，但他抬眸一看，就能看见国旗在上空飘扬……刹那间，宴文柏心潮澎湃，神色也一点点肃穆起来。他不能丢脸。陌生又炙热的情感一时间填满了他的胸腔。

小元村里。

雨雪丝毫没有停的迹象，甚至连风都越刮越大了。

宴文姝醒了，迷迷糊糊地坐起来，检查一番，发现自己没事，松了一口气的同时也有点儿疑惑。她怎么会没事呢？

宴文姝小心翼翼地往楼下走去，结果和盛煦撞上了。

"哦，醒了啊？"盛煦说。

宴文姝突然看见他也是惊了惊："你怎么在这里？"

"来救你啊。"盛煦说道，"谁叫你在光天化日之下都能被人绑架……"

宴文姝咬了咬唇，也不反驳。她过去以为自己只是笨，结果现在才发现，自己还交友不慎。

"谢谢。"宴文姝小声说完就往楼下走去。

既然盛煦能出入这里，宋圆他们肯定被拿下了。宴文姝越往下走，眼中的怒火越盛，唇也抿得更紧了。

"宴文姝？"画廊老板的妹妹先看见了她，然后连忙哭着说，"你醒了是吧？你快放开我和我哥吧。我们也都是被宋圆骗了。她说只是拿你威胁一下你大哥，好让他放宋家一马……宋圆也很惨的。我们听了她的哭诉才决定帮她。我们没打算真的绑架你，你看，我们都没对你做什么……"

宴文姝心头的怒火越来越盛，她一脚踹翻了旁边的凳子。

三子"哎哟"了一声："那是我的凳子！"

宴文姝扫了他一眼。

三子又闭嘴了。他惹不起，惹不起，一家子都惹不起！

宴文姝说道："你真拿我当傻子哄呢？你敢干，没胆承认吗？宋家给你们许了什么好处，还是你们一开始就和宋家有关系？"

宴文姝越想越觉得不对，又看向宋圆："你不是说你恨死宋家人了吗？你不是说你妈被宋家人欺负得很惨，你要出人头地为你妈报仇吗？到头来全是胡说八道！宋家都垮了，你还要上赶着去帮宋家！以为绑了我，你就能名正言顺地做宋家小姐了？"

宴文姝生起气来连自己一块儿骂："私生女就是私生女！一辈子都是！"

宋圆被气得浑身发抖，用力咬了咬唇，喊道："你别忘了，你也是私生女！"

宴文姝被气哭了，说："对啊，我也是啊，我心里有数啊。所以你是不是蠢啊？绑我？绑我有用吗？我大哥大嫂都离婚了。我大哥才不管我……"

盛煦站在楼上，看着宴文姝哭得怪惨的，心想着大嫂好像还蛮关照她的，要不他下去帮她揍他们一顿？

盛煦想着就往楼下走去。

这时候宴朝也下楼了，面色淡淡地走到宴文姝身旁。这个妹妹是挺蠢的。

宴朝抬手轻拍了一下宴文姝的头，才淡淡地说道："倒也不用妄自菲薄。"

宴朝看着宋圆等人，对宴文姝说道："你也没必要和他们说太多。"

宴文姝愣愣地望着宴朝，眼泪还挂在眼角呢，结结巴巴地叫了一声："大……大哥？"大哥也来救她了？

宋圆望着这一幕，忌妒得瞪大了眼睛。宴家怎么就接受了宴文姝呢？宴朝不该抛弃她、唾骂她吗？

盛煦这时候才走过来，说道："是啊，你要讨厌他们，打一顿就好了。"

自己在这儿又哭又喊累得慌，对他们还没有实质性的伤害。"

宴文姝忍不住冲他翻了个大白眼。

顾雪仪隐约听见了动静，想了想，还是裹上宴朝的大衣走了出来。

宴文姝一看见她，惊得打了个嗝："大嫂？"

顾雪仪点了点头。

宴文姝又感动又生气，踹了一脚画廊老板，然后才抬头看向顾雪仪，小声说："我错了，我没有防人之心，还没有识人的本事。"

顾雪仪说道："别认了一回错下次还这么做。"

"不敢了。"宴文姝轻声说道，"我给你当两天小丫鬟，你别生气。"

顾雪仪挑了挑眉，看了一眼宴朝，说："不用了。"

她已经有丫鬟了。

宴文姝"哦"了一声，当丫鬟都被嫌弃了。她说完，才突然问道："大嫂，你怎么穿着我大哥的外套？"

宴文姝破涕为笑，开心得差点把自己扭成一条麻花："你们要复婚了吗？那你们结婚的时候，我可以当大龄花童吗？"

盛煦看着她又哭又笑，无语地扶了扶额头。

宋圆一行人看着这一幕，都快心肌梗死了。他们为什么要在这里看宴家一家人相亲相爱？

与此同时，X国暴乱的事在国内并没有引起什么关注，但当媒体开始采访时，穿着西装，打着领带，退去一身少年气的俊美青年站在镜头前，一下吸引了不少人的目光。

雨夹雪的天气持续了整整三天才停。

顾雪仪的衣物都由宴朝洗过了，再用火炉一点点烘干，这样她倒也不至于很狼狈。

倒是宋圆几个人，身上都快馊了。

盛煦见了都忍不住皱眉："他们还是别上我的车了吧，我就留在这儿看着他们。到时候宴总和我大嫂先走。我等警察过来。"

宋圆差点儿被盛煦的话气哭。

这时候宴朝从楼上走下来，说："检查过了，没有落下东西。"

顾雪仪点了点头："那我们走吧。"

宴朝"嗯"了一声。

宴文姝留了下来，要亲眼看着宋圆被警察带走。

顾雪仪也没有说什么,和宴朝先离开了。

"直升机大概几点到?"顾雪仪问。

宴朝低头看了一眼表:"三点。"

"那还有时间。"顾雪仪问,"宴总能开车吗?"

"去哪里?"

"去山上。"

宴朝面色一黑。她要去找盛煦的大哥?

半天没听到宴朝的回应,顾雪仪忍不住回头问道:"宴总不方便吗?"

宴朝从喉咙中挤出了两个字:"方便。"

顾雪仪就要往前走,宴朝一把揽住了她的腰,将她抱了起来:"路上都是泥。"

顾雪仪愣了一下,然后没再说什么。

宴朝抱着她走过泥泞的路,拉开车门,将她放在副驾驶座上,然后自己才去驾驶座。他们将车开上了另一条路,根据手机导航慢慢朝那座山开了过去。车只能开到半山腰,他们开始徒步登山。

两个小时后,他们到了山顶。这时候,宴朝接到了电话。

"宴总,我们已经看过附近的地图了,打算在金鼎山的山顶降落。"那头的人说道。

宴朝抬头看向眼前的寺庙——金鼎寺。

"宴总,您和顾总要是方便的话即刻出发,到金鼎寺前的空地上等我们。"那头的人又说道。

宴朝回道:"我们已经在这里了。"

"啊?宴总真有远见!"那头的人连忙吹捧道。

宴朝高兴不起来,看着顾雪仪走到了寺庙前,抓起铁环重重地叩门。

宴朝轻叹了一口气。自己喜欢的人性格独立,他能有什么办法?他当然得顺着了。

宴朝走过去,按响了旁边的门铃。

顾雪仪说道:"原来有门铃。"她见到寺庙,就本能地将它和古时候的寺庙联想到一块儿了,根本忘了这是一座现代寺庙。

宴朝本来高兴不起来,但瞥见顾雪仪的模样又觉得有些可爱,抬手摩挲了一下顾雪仪的下巴。

顾雪仪疑惑地问道:"嗯?"

宴朝睁眼说瞎话:"溅了泥。"

这时候门突然开了。一个小沙弥问道:"你们……是人吗?"

顾雪仪轻笑道:"当然是人。"

小沙弥脸红了一下:"哦,不好意思,因为这两天天气恶劣,不会有人上山的……你们是要来进香吗?"

"进香,还要找人。"顾雪仪说。

小沙弥连忙将他们迎进了门,先领着他们到了主殿上,然后才点燃了香。

这时候殿后传来了敲木鱼的声音。

"做午课。"小沙弥指了指后面说道。

顾雪仪点了点头,接过了香,先恭敬地进了香,转头问道:"你要进香吗?"

宴朝也将香接了过来,微微弯腰,合上眼,还认认真真地许了个愿,然后才睁开眼,将香认认真真地插在了佛像前。

顾雪仪不由得好奇地问道:"宴总许了什么愿?"

"说出来就不灵了。"宴朝淡淡地说道。

小沙弥咧嘴一笑:"心诚则灵。"

宴朝没说话。

顾雪仪也没追问,转头看向小沙弥,问:"在这里修佛法的俗家弟子有姓盛的吗?"

小沙弥想了想,摇了摇头:"没有。哦!不过原来有个姓盛的,但是早就正式上了度牒!是我师父……他以前好像是姓盛吧?我也不知道您要找的人是不是他。"

"能见一面吗?"顾雪仪问。

宴朝闻言扭头盯着佛像,试图让自己的神色看上去不太凶狠。

"能。"小沙弥说,"您跟我来。"

顾雪仪看向宴朝:"麻烦宴总等我。"她顿了一下,多说了一句,"我想要弄清楚一些事。"

宴朝目光一动,一下就明白了顾雪仪的意思,但心里还是忍不住泛酸。他知道顾雪仪是想弄清楚盛煦的大哥是不是她以前的丈夫。

宴朝叫住小沙弥:"有佛经吗?"

小沙弥步子一顿:"啊?您要……您要看佛经吗?"

宴朝回道:"嗯。"

小沙弥翻了一卷佛经给他,然后才领着顾雪仪走了。

顾雪仪来到后殿处。

"那就是了。"小沙弥说。

顾雪仪转头看过去，只见那里坐着一个男人，男人大约四十岁，穿着袈裟，剃了头，面容肃穆，但依旧能看出几分英俊样貌，只是和顾雪仪记忆中的长相不太像。

"盛长治？"顾雪仪叫道。

男人抬起了头，惊讶地说道："已经很久没有人叫过我的俗家名字了。"

顾雪仪和对方目光相触，对视了好几眼。

男人突然顿了一下，像是被拉扯出了什么记忆："顾雪仪？"

顾雪仪点了点头："原来你还记得我。"

"不，不是记得。"男人突然起身，说，"你等等。"

男人转身离开了一会儿，再回来的时候手里多了一样东西，是一卷画。画明显经过防腐处理，但上面还是泛黄了。男人铺开画，指着上面的人说："是您对吧？"

画里的年轻女人梳着流云髻，眉眼如画，身着宽袖大衫，坐在亭中，手捏杯盏。其余人在她跟前，躬身俯首。顾雪仪有点儿惊奇。一种熟悉的感觉，穿越时空扑面而来。

画里的人是她。

"你不是盛长治。"顾雪仪笃定地说道。

盛煦撒谎了。

男人羞愧地说道："您说的是很早以前那个盛长治吧？我一早就知道，我的名字和盛家的一位老祖宗同名，不过我比他差远了。"

顾雪仪心里有点儿失望——她无法从他的身上找到有用的信息。

"谁画的？"顾雪仪又问道。

"也是盛家的一位祖先画的，容我仔细想一想……是叫盛长林。他画的，哦对，他还留下了一段话，记入了族规。"

"盛长林……"顾雪仪稍做回想，说道，"是当时盛家排行第四的嫡子，年纪轻轻便官居四品。"

男人点头道："正是，正是！这段在盛家的历史中能找到……"

"他为何画我？这幅画又为何到了你的手中？"顾雪仪都没想到，原来两个盛家是有渊源的。

男人说道："我也不知为何，只看手记中说，将画卷、手谕流传下来，让我们寻一个与画卷上的人一模一样，也叫顾雪仪的女子。顾雪仪这个名字我也知道，在盛家的历史中同样有记载。她曾是盛家的主母，但不知何故，有一年突然中了邪。之后记载就不详了……再后来，就是那位叫盛长林的祖先，在临死前留下了画卷和手记，说是盛家后人或许有一日会再见到顾雪仪，再见时，要倾力相助。这位盛家主母于家族有大恩……"

顾雪仪恍惚了一瞬，一时间心里有种说不出的感觉，有些难过，又有些暖意。事情怎么会是这样呢？现在只剩下盛长林留下的东西，当年她相识的人都已经作古……仿佛刹那间，家国都化作了齑粉。

顾雪仪忍不住抬手按了一下胸口。

男人也不敢打搅她，只低声往下说："这些东西，按照惯例只传给家中的长子。我大伯的大儿子早年病死了，这些东西就传到了我的手中……我父亲还为我起名盛长治，期望我能像盛家祖先一样，为家国奉献，做出一番事业。"

男人顿了顿，惭愧地说道："只可惜，我幼年时便向往佛法，辜负了家人的心意。"

半晌，顾雪仪才问："你找过我？"

男人更惭愧了，说："找过的，但是后来要进山，我就让手底下的人定期发消息给我。不过……山上的信号可能比较差。其实本来也没这么差，因为山下有个村子的村民觉得信号塔有辐射，悄悄给拆了，后来运营商就不肯给装了……哦对了，还有一封信，那位先祖留给您的信，我再去找一找。"

男人起身走了。

前殿，宴朝还在等待。他的眉心渐渐皱起。顾雪仪怎么还没有出来？他们有这么多话要说吗？

尽管宴朝知道，哪怕顾雪仪和盛家大哥结过婚，顾雪仪对盛家大哥应该也是没多少感情的。可人家不知道比他早几百年认识的顾雪仪。万一顾雪仪觉得还是盛家大哥好呢？

宴朝盯着经书看了一会儿，彻底看不进去了。

殿内，男人把信找了出来，递给了顾雪仪。

顾雪仪拆开信。

"啊，这个是给您的，这个是给我们的。"男人说着抽走了一页信纸。

"嗯？"顾雪仪看了一眼。

男人连忙又将信纸递了回去："那您一起看吧。反正……反正都是您能看的。"

顾雪仪抓着薄薄两张纸，就听见男人说："信上的内容，我们都不知道抄录多少回了。因为年代一久纸就会变脆，必须重抄……您现在见到的已经不是原版了。"

顾雪仪低头去看，信上是陌生的字体，但口吻是熟悉的。

"长嫂如见信，已不知年岁几何……"

信上内容大致便是让她安心。

若是如今盛家依旧有几分本事，盛家依旧可以成为她的助力。若是如今盛家落败，她也不必再耗心神去扶持。

今有金银，乃是当年盛家与顾家联合存下来的，分到诸人手中，世代流传，待她取用。人心不可测，或许已经有擅自挪用的人，但盛家、顾家麾下，总有一二忠义之士。如今列下名单，她一一去寻，总能寻到一两个，如此也不用发愁生存之事了。

而另一封信是写给盛家后人的。

"顾雪仪，字平秋，乃大将军府长房嫡三女，盛氏主母……"

随后他才告诉盛家后人，她是什么性情，有什么喜好，身边应当有多少人伺候……

顾雪仪看完将那封信还给了男人。

男人说道："我即刻致电盛家。"

顾雪仪"嗯"了一声。

男人小心地问："您原来的丈夫便是盛长治吗？"

"嗯。"

男人面露惭愧之色："我不及他。"

男人的确不及她的丈夫。虽然顾雪仪的记忆已经有些模糊了，但她还记得盛长治幼年时便极聪明，长大后也是一表人才。

顾雪仪说："我走了。画……"

男人连忙说道："这个盛家得收着，如果您要的话……"他露出为难之色。

"那就放你这儿吧。"顾雪仪转身走了出去。

男人冲她行了叩首礼:"恭迎您迟了,是我之过。"

顾雪仪轻轻笑了一下:"是网络之过。"然后她才大步走远了。

宴朝终于听见了脚步声,立刻朝顾雪仪看去。她面上的神色有些奇怪,似喜似悲。

宴朝一颗心重重地沉了下去。若是与原来的丈夫没有感情,顾雪仪面上顶多只有一丝怀念之色。可她又欢喜又难过,自然是被勾起了往日的情感……

宴朝动了动唇,喉咙像是被堵住了一般。

"直升机是不是到了?我刚才好像听见螺旋桨的声音了。"顾雪仪问。

"是。"

"那我们走吧。"顾雪仪说。

宴朝顿了顿,随后心中狂喜。他走在顾雪仪身旁,嘴角疯狂上扬,目光也闪烁不定。好吧……就算顾雪仪待盛家大哥有情意又如何?至少现在顾雪仪还是同他一起走了。

二人很快上了直升机。直升机上的人见到他们也终于松了一口气——他们要是出了什么事,那麻烦可就大了。

直升机降落京市时,盛老也接到了电话。

"你说那个顾雪仪就是盛家要找的人?"盛老惊住了,"还真有这个人?"

电话这头,男人一边往山下走,一边努力地找信号,说:"是,已经核实过了。她能准确地说出祖先盛长林的生平……"

保镖开车载着宴朝和顾雪仪回到了顾雪仪的住宅里。

回到家后,顾雪仪没有立即休息,而是先给手机充电,紧跟着就打开了手机看新闻。

一段视频跳了出来,上面是宴文柏。

评论区里已经热闹非凡了。

"咱们对外发言人这么帅?"

"有,一直都有!我记得前年还有个法官也超好看!咱们国家的公职人员普遍很有气质。"

"这好像是……宴家人?之前才看过他的采访视频啊,你们忘了吗?"

"就是'大嫂教的'那个？他怎么去国外了？"

"外面正乱啊，宴家竟然舍得让他去？"

"他顶着宴家的名头说不定蛮安全的。外头仇视咱们的人特别多，但很少有人愿意和资本作对……他表现得好像不错，不怎么开口说话，但是开口都很有力，而且气场真的强大，站在那里像是一柄出鞘的剑。"

…………

顾雪仪简单扫了一眼，确认宴文柏没有出事就按熄了屏幕。之后她又接了几个问候安全，以及交代投资新项目进程的电话。顾雪仪处理完手里的事务后扭头朝宴朝看去，宴朝也正在处理手里堆积的事务。

顾雪仪本来想直接走，但想了想还是打了声招呼说："我先去睡一会儿。"

宴朝立刻停止通话，暂时拿开手机，抬头迎上顾雪仪的目光："好。"

当指针指向凌晨两点的时候，宴朝和宴文姝通了个电话。宴文姝他们也顺利回到了京市，宋圆等人则被带走了。宴朝打开新闻看了一眼，已经有媒体报道宋圆绑架宴文姝，以及宋圆是宋家私生女的事了。

宴朝合上笔记本，起身去了厨房。这两天吃得太清淡，没什么营养，他得给顾雪仪补一补，再做点儿她爱吃的东西，让那个盛家老大有多远滚多远。

指针很快指向了凌晨两点半。躺在床上的年轻女人缓缓睁开了眼睛，愣愣地坐起来，确认了一下这是什么地方。

现代？女人飞快地爬起来，找到了镜子。镜子里映出了一张眉目如画，相当有古典风情的面容，眉眼间还透出一丝压人的冷艳之色。

这个女人是她，可又不是她，更像是她见到的另一个顾雪仪！

女人忍不住发出了低低的笑声。哈哈哈！她终于回来了！

很快，她就皱起了眉。这里是什么地方？

那个女人怎么换了个地方？她不在宴家了？难道宴朝已经和她离婚了？

女人咬着牙，走过去打开了门，然后就看见宴朝走了出来。

眼前的年轻男人没有变化，依旧身姿挺拔、面容俊美，眉眼冷淡，叫人发怵。但男人戴着一条围裙。他怎么会在这里？

女人呆住了。

第二十章
双向奔赴

女人愣怔地看着这一幕。宴朝问:"睡得不好?"

宴朝语气平淡,但毫不掩饰对她的关心之意,仔细听甚至还有点儿温柔。

这种语气,女人从未听过!她记忆中的宴朝,语气淡漠,连笑的时候,笑意都不达眼底。男人让她爱慕,可又让她发怵。

她拼了命想吸引男人的注意力,可男人还是懒得多看她一眼。现在呢,他是在关心那个顾雪仪吗?虽然早就预料到那个顾雪仪能处理好一切,但女人没想到那个顾雪仪这么快就处理好了,连宴朝都为她折腰了?

女人压下心中翻涌的忌妒情绪。那个顾雪仪的性格是什么样的?我现在应该怎么说?女人低头思量的时候。宴朝盯着她的目光已经有了微妙的变化。

宴朝单手摘下了围裙,淡淡地说道:"宴文柏刚才给你打电话了。"

"啊?"女人顿了一下。

宴文柏?宴文柏怎么会给她打电话?

女人只能干巴巴地"哦"了一声。

房间里骤然安静下来。女人又不敢问她为什么在这里,宴朝为什么在这里。

宴朝的目光在她身上扫视,然后他淡淡地问道:"我们明天去选婚戒怎么样?"

· 597 ·

女人猛地扬起了头。她和宴朝结婚的时候根本没有婚戒。宴朝突然提起婚戒，是对那个顾雪仪说的吧？女人心里掀起了忌妒的巨浪，但她脸上又忍不住露出了喜色。

她当初没有做错，危机解决了。她坐收渔翁之利就好了！

宴朝将她面上的喜色、闪烁的目光收入眼底："你先休息，我走了。"

她不是顾雪仪。

"啊。"女人也不知道该说什么，只能本能地应了一声。

宴朝走到门口，又皱了皱眉，然后回到厨房里将锅都端走了。

女人惊讶地"啊"了一声。

宴朝端着锅走了出去。门合上那一瞬，宴朝的脸色骤然阴沉下来，眼中笼上了一层冷意。这是他做给顾雪仪的，这个女人当然不配享用。宴朝下了楼，将锅递给了一旁的保镖，冷声吩咐道："仔细盯着这里，顾总身体不适，还要坚持工作。你们盯着，不要让顾总出门。"

保镖毫不怀疑，立刻应了一声。

如果是顾雪仪的话，保镖根本拦不住她；可如果不是顾雪仪，这个女人自然也别想离开这里。

宴朝坐上车，脸色越发阴沉。他怕自己再多待一会儿，会因为女人脸上的喜色而作呕。他更怕自己忍不住撕了她。可是不行……顾雪仪去了哪里，要怎么才能让她回来……这些都是他要解决的问题。这具身体已经属于顾雪仪，他怎么能毁坏一分一毫？

宴朝径直回了宴家。

宴文嘉等人早早回了家，见到他都是愣了愣。

"宴文姝不是说您和大嫂已经和好了吗？大嫂人呢？"宴文嘉的话扎在了宴朝的心上。

宴朝强忍着骤然翻腾而起的负面情绪，低声说道："宴文姝，给盛煦打电话，让他立刻过来一趟。"

宴文姝愣愣地答应了一声。

宴文宏反应更快，咬着牙问道："大嫂出事了？"

"她不见了。"宴朝的声音几乎是从喉中一个字一个字挤出来的。

"不见了？失踪了？"宴文嘉脸色大变，"谁敢绑架大嫂？"

"不是绑架，是她……从这个世界消失了。"宴朝多说一个字都感觉心里的冷意多了一分。

宴文嘉喃喃："怎么会这样？"

"原来的顾雪仪回来了。"宴朝说。

女人的种种反应、气质的变化,都说明她是原来的顾雪仪。

宴文嘉这才找到一点儿跟原来的顾雪仪相关的记忆,他的脸色渐渐难看起来。

没多久,盛煦就到了。他听见宴文姝在电话里说了句"大嫂出事了",就被吓得魂不附体,立即赶了过来。

宴朝将事情大致告诉他了,盛煦的脸色也骤然难看起来。他能在这个世界与大嫂再相见自然是欢喜不已的,如果大嫂消失了……

宴朝冷冷地看着盛煦,问:"你也是这样来到这个世界的,你知道为什么吗?"

盛煦犯难地皱起眉:"我不一样啊。我出生的时候就是盛煦了。而大嫂是中途才来的……大嫂为什么会来也很奇怪,我当时问过大嫂,我以为她是死了以后才来的,可好像不是,大嫂完全没有死亡的记忆。就睡了一觉,她醒来就到这个世界了。"

"就和消失的时候一样……一觉就不见了?"宴文姝喃喃。

宴朝摩挲了一下指骨,眉眼锋利:"我们是否可以这样假设……"

"嗯?"众人一时间都看向了他。

"原本的顾雪仪和她灵魂互换了,她来到了这个世界,而原来的顾雪仪去了她所在的世界。"

盛煦脸色沉了沉:"那得出大事……我大嫂是一家之主,那个人能有我大嫂的本事?"

宴朝并没有顺着盛煦的话往下说,只冷声说道:"如果是这样,至少现在顾雪仪是安全的。她性命无虞,只是回了她的时代而已。"

宴文姝闻言松了一口气,但很快又苦着脸问:"那大嫂还能回来吗?"

"能有第一次,有第二次,自然就能有第三次。"宴朝顿了一下,说,"之前顾雪仪很关注一个人。"

"谁?"

"郁筱筱。"

"这人是谁?"宴文姝面露茫然之色。

"这人声名不显,连我都不大记得她,但是我从非洲回来时,顾雪仪便问我,郁筱筱呢?她像是笃定郁筱筱会同我一起归来。可她从何处得知有郁筱筱这个人的呢?"宴朝沉声说道,"这人有问题,把人抓过来。"

盛煦起身道:"我去请她,这件事交给我。"

"我去。"宴朝说。郁筱筱太奇怪,盛煦如果因此出了事他倒没什么愧疚之心,但如果顾雪仪回来了,心下必然会难过的。

"你去盯着现在这个顾雪仪。"宴朝说道。

宴文宏立刻说道:"我也去。"他抬头,语气淡漠,"宴家人中,过去只有我在她面前模样乖巧。我去套她的话。"

"需要告诉其他认识大嫂的人吗?比如说江越、封俞……"宴文姝问。

宴朝冷冷地说道:"如果连这都分辨不出来,他们也是蠢货。"

宴文姝闭了嘴,那就是不用说了。

众人立刻行动起来。盛煦等人去盯着那个女人。宴朝去"请"郁筱筱,还打电话让陈于瑾负责搜罗各地相关的人和事。就连那天只见过一面的金鼎寺的盛大哥,宴朝也让人去请他了。

这个人是盛家的,与顾雪仪也有千丝万缕的联系,又是除他以外,顾雪仪最后单独见过的人。

顾雪仪缓缓睁开双眼,入目的是黑色的木头房顶,有些眼熟。她立刻坐起身,身上是古代的被褥,墙上还挂着盛家历代先祖的画像。

顾雪仪捏了捏指尖,疼,不是做梦,心里不免有些惊愕。她竟然回来了?她的身体并没有死亡?

起身后,顾雪仪才发现自己竟然睡在地上,而且怎么会睡在祠堂里呢?顾雪仪脑中蓦地掠过金鼎寺中男人的那句话——"盛家主母中了邪"。

他们当她中了邪祟,便将她安置在祠堂中了吗?

顾雪仪活动了一下四肢,推门走了出去。

院中没有一个下人,院门锁着。

顾雪仪径直走到门口,抬手叩门。

外面传来一个冷漠的声音:"别敲了,你何时供出使了什么妖法让夫人消失了,才能踏出门一步。"

顾雪仪心里一动,忍不住勾唇笑了一下。她就知道,盛家人也好,顾家人也好,都不是蠢货。她若不见了,他们定然会发觉。

正是因为这样,盛长林才会留下手记与画卷吧。

顾雪仪心里感慨,又有些欢喜。原先只当他们已化作一抔黄土,她再也不能同故人相见,没承想却回来了……

"还不回去?"门外的人又冷声说道,"装疯卖傻也无用。"

顾雪仪淡淡地开口道:"丹桂,是我。"

门外骤然沉寂下来。又过了一会儿,门外传来锁链碰撞的声音。门锁被打开,一个年逾三十,已婚打扮的年轻妇人怔怔地望着顾雪仪:"夫人……"

顾雪仪颔首道:"是我。"

丹桂乃是她的陪嫁,日日在她身旁伺候,二十六岁才嫁人。丹桂嫁人后依旧留在盛家伺候她。

顾雪仪问道:"这些日子发生了什么事?可是有人顶替我?那顶替我的人都说了什么话?你们一一告知我。"

"是……是……"

那个女人连她的名字也记不住,总是一口一个丫鬟。

丹桂热泪盈眶,说道:"方才他们听见夫人的声音,已经报到老太太那里了……一会儿夫人就知晓了。"

老太太年老多病,下不了床。不一会儿,便有人抬着盛老太太来了。此外,还有各房的老爷、嫡子也都来了。

顾雪仪抬眸望去。

盛长林走在其中,身着青色衣衫,头戴玉冠,面上还带一丝青涩感。盛长林走近后放低了声音,难以置信地问道:"可是长嫂?"

顾雪仪点了点头,回忆道:"是我。我走时,正是你去户部上任时。前一日,我也才得封一品诰命。"

她顿了一下,又问:"祖母可好?"

老太太扶着座椅,无法起身,只能伸长了脖子,回道:"近来又吃了些药……整日都想着你去了哪里?是活着还是被人害死了?睡也睡不着,药也是苦的,实在难熬死了。"

顾雪仪顿了顿。她初到现代时,只想着顾家与盛家都正当鼎盛,国家也正是强盛之时,不需要她牵挂。可是,她没想到有许多人在牵挂着她。

顾雪仪抿了抿唇,说道:"咱们先坐下,慢慢说。"

"好,好!"长房的老爷拊掌道,"你回来便好……走,咱们先去厅中说话。吩咐下去,摆一桌好宴,再骑快马去顾家报信……"

盛家一时又恢复了往日热闹的情景。

顾雪仪从他们口中得知,她消失后又出现了一个顾雪仪,那应当就是书中那个顾雪仪了。

"这人一来便支使丹桂,虽然咱们家中人多,但夫人每个人都认得,可这人连四公子都不认得……真是滑稽。"

"我们那时便觉得不对了。这人一点儿礼仪都不通,嚣张、刁蛮,与长嫂完全不一样。"

"之后父亲就让人去寻奇人异士,去查这是怎么回事。"

"长嫂刚失踪那段时日家中乱了几日,不过承蒙长嫂昔日教导,倒不敢胡来,如今一步一步倒也勉力稳住了。"

"我们问她从何处来的,是使了什么法子害您的,她不肯说,我们又怕伤了您的身体,便只好将她锁在祠堂中,每日送饭、送衣。想着祠堂中都是老祖宗的灵位,兴许能镇压她一二……她倒是怕得紧,老喊着有鬼,每日里大喊大叫、装疯卖傻,说我们故意吓她,一会儿哭,一会儿骂。"

…………

顾雪仪怔了怔。原来的顾雪仪竟然如此不堪。现在她回来了,原身自然也会回去了吧?

想到这里,顾雪仪皱了皱眉。那她岂不是对不起宴朝?前两日她才同他亲近,刚过了两日就突然换了个人。

宴朝会如何?

这时候,女人也慢慢从手机上查到不少资料,越查越震惊。那个顾雪仪的灵魂过于强悍,在短短几个月内,她竟然出了大风头。她轻易将蒋梦等人送入了大牢,简家都对她高看一眼,简芮更将她引为知己。裴家那对惹人厌的姐弟都任她揉捏。石华邀她入红杏,她竟然反手弄死了红杏,还从宋家赚了一大笔钱。她捧红了一个画家,又转手投资电影赚了十几亿元!十几亿元啊!

这也就算了,江越、封俞、盛煦,这些人竟然对她示好?宴朝都回过头追求她,宴家人更是将她挂在嘴边。

女人心里的忌妒之情越来越浓。她死死咬着牙,关了手机,再不肯看那些采访。她没什么好忌妒的……现在这些东西都是她的了,她应该谢谢那个顾雪仪为她铺路……

接下来,她的生活将会顺风顺水。她只要招招手,宴家人,还有简昌明、江越、封俞这样的大佬,就都会为她付出,哈哈哈!

女人紧跟着又去搜了郁筱筱,却只搜到了一点儿花边新闻,都是小宋总与她如何如何……很好,郁筱筱女主角的光环都被打碎了,她再也没有任何威胁了!

女人忍不住先给简昌明打了电话:"我明天和简先生一起吃个饭,怎么样?"

简昌明在那头动作一顿:"明天?"

女人连忙笑了笑,说:"是啊,我有些事要拜托简先生。"

她爸不是一直想巴结简昌明吗?这还不简单?她现在动动手指就能办到了。

简昌明感觉到一种强烈的怪异感,问:"什么事?"

"明天见面再说吧。"

简昌明皱了皱眉,看了一眼墙上的时间,现在是凌晨四点半。他淡淡地应道:"好。"

奇怪,顾雪仪从不会用这样无礼的语气和人说话,就连语气词都有些怪异。她究竟有什么事,竟然凌晨4点半给他打电话?

女人挂断电话,心道:原来的顾雪仪果然有用。然后她满意地去睡觉了。

第二天,女人立刻给父亲顾学民打电话:"爸爸,你之前想要做的事,我今天就能给你办好……"

顾学民疑惑道:"啊?"

女人恼道:"怎么?你不信我?"

顾学民拿下手机,转头看向妻子张昕:"今天太阳从哪边出来的啊?"

张昕回道:"东边啊。"

"那怎么回事啊?雪仪给我打电话,那个语气,我瘆得慌。你说是不是最近我俩做错什么了?我觉得我没做错啊,是不是你做错事了?"

张昕也一下慌了,认真反省了一下自己:"是……是吗?我也……也没有啊,我只是和曹太太炫耀了一下……这……这算错吗?"

女人在那头皱了皱眉:"爸?顾学民!"

女人冲手机那头喊了好几声,却发现那头隐隐约约能听见说话的声音,可顾学民就是不回答她。

顾学民左思右想也想不出结果,果断挂了电话。

"你干什么?"张昕目瞪口呆。

"就装信号不好吧。等她心情好了,我再打过去。她现在的语气太可怕了……就好像……好像突然间又回到之前的样子。多可怕啊。"顾学民打了个哆嗦,"跟中邪似的。"

张昕说道:"啊?"她其实怀疑过她的女儿换人了,但顾学民不在乎这些，而且变了之后的顾雪仪也确实让她过得更好了。

张昕犹豫地问道："咱们去看望一下？"

女人发现被挂了电话，登时火冒三丈。那老东西怎么回事？之前他不是总觍着脸来求她办事吗？现在她要帮他了，他反倒挂电话了！

女人抿了抿唇，洗漱后，匆匆化了妆就往门外走。

不管那么多，她先去见简昌明。

门一开，她被保镖拦住了："抱歉顾总，您今天得好好休息，不能出去……"

女人傻眼了。这和她想象中的完全不一样啊！

女人咬了咬牙，干脆打电话给简昌明，让他来接自己。

"我被关起来了！"女人急急地说道。

简昌明更觉得不对劲了，缓缓沉下了脸，挂了电话。

"喂？喂！"女人听着那头传来的"嘟嘟"声，气得五官都扭曲了。

这时电梯门开了，盛煦和宴文宏走了出来。盛煦冷冰冰地盯着女人。宴文宏神色倒是平静，但心里已经不知道将这个女人撕成多少块了。

"你们怎么来了？"女人笑着迎他们进门，目光便在盛煦身上打转。这人可是盛家的啊！

他们刚进门，没一会儿，顾学民夫妻也到了。他们一见门里的人就愣了愣："都……都在啊……"

女人心道：你们果然还是来了。她会让他们看见，她这个女儿已经不是昔日的样子了，现在有手段了。女人连忙笑着指了指盛煦说："爸，你不认识吧？这位是盛煦盛先生……"

顾学民说："知道，在新闻里看见过。"

女人表情僵了一下，说："你想想你之前想做什么来着？"

顾学民惶恐地想了想："我……我什么也不想做啊。我什么都听你的啊。"

女人咬了咬牙："你忘了吗？你之前不是说想和那个外国人做生意，但是差批文吗？"

顾学民拽了拽张昕的袖子，说："你觉不觉得这不像我们的女儿？"

"她好像脑子有问题。"

"我觉得你之前说得对，这个女儿可能是假的。那我们的女儿呢？"

顾雪仪终于意识到，自己计划得好好的，现实却没按她想象中的来！顾学民他们竟然不认她？女人不自然地笑了一下："你们开什么玩笑？"她反复提醒自己好几遍才压下怒气，又压下心里的失望，让顾学民夫妇先进去坐下。

女人看向盛煦和宴文宏二人，企图找点儿让自己心安的东西。她扬起笑容，说："没想到盛先生会来，家里也没个用人给盛先生倒茶……"

盛煦冷冷地看着她。她大概不知道，顾雪仪也是他大嫂吧。她一口一个"盛先生"，自以为表现得有礼貌，却没有他大嫂的半分气度。

女人看见盛煦冰冷的目光，不自觉地打了个寒战。她慌忙转身去给他们倒茶，好避开盛煦的目光。普通人绝对不会轻易想到，是她将另一个顾雪仪的灵魂换到了现代，又换了回去。盛煦在新闻中明明在讨好那个顾雪仪，又给她拎包，又带着她结交朋友。为什么现在盛煦的目光会这么冷？

女人倒好茶转过身，先笑着将其摆在了盛煦面前，然后是宴文宏，最后才是自己的父母。

"我今天来看看你。"盛煦说着关心的话，目光却愈加冰冷，"你睡得还好吗？"

"我很好啊。就是门口的保镖，不知道是谁安排的，他们竟然敢拦着我……"女人露出愤怒的表情，"盛先生得帮帮我。"

"你怎么能愤怒呢？"女人的脑中响起了一个声音，那个声音恨铁不成钢，说道，"你应该换一个表情，顾雪仪不会像你这样。"

女人听完这话，心里更忌妒了。她想说"我才是顾雪仪"。但女人什么也没说出口，换了个表情显得柔弱了一些。

盛煦看着她用顾雪仪的面容做出前后不一样的表情，恨不得把这人的脸给撕了。他总算知道了，为什么宴朝发现人不对之后立刻离开了这里，是怕会控制不住掐死这个女人吧。

盛煦冷声说："哦，是吗？可能是宴总安排的吧。他也是担心你。你这几天身体都不太好。我也很担心你，不如我再给你安排几个保镖吧？"

女人从来没被人这样关照过，何况关照她的还是盛家的人，但她笑不出来。她总觉得盛煦的话是关心她，语气却是冰冷的，令她条件反射地起了一身鸡皮疙瘩。

盛煦说安排，就立马叫了几个保镖上来。

女人看向保镖，没来由地有点儿害怕，小声说："让他们先出去吧。"

盛煦点了点头，保镖就出去了。

女人将这一幕收入眼底，忍不住又心生忌妒之情。那个顾雪仪在的时候，是不是天天都享受这样的待遇？她对别人召之即来，挥之即去？

宴文宏突然说:"我给你削个苹果吧。"

女人顿了一下,说:"好啊。"

就算宴文宏是私生子,但那也是宴家少爷,手握宴家的股份和财产,那是她眼馋一辈子也得不到的东西。而宴文宏现在要来讨好她、亲近她……

还没等女人露出笑容,宴文宏"啪"的一声打开了一把水果刀,突然插进了苹果里,然后抬眸看向了女人。那张乖巧的面容上,一双阴沉的眼眸正盯着她。

女人被吓得差点儿尖叫出声。怎么回事?这个世界怎么好像突然变了?这和原本说好的情况完全不同啊!

宴文宏为什么嘴上说着削苹果,却又目光阴沉地看着她。他抓在手里的水果刀仿佛是他的武器,那个苹果就好像她的头一样……

女人起了一身鸡皮疙瘩,渐渐有点儿坐立难安了。她原本期待的场景竟然一个也没有出现。女人连忙说自己累了,要去休息。她转身往卧室走去,然后掏出手机,想买东西……她买什么好呢?反正十几亿元都是她的……然而不管女人怎么试,系统都提示密码错误。

她深呼吸了好几下才忍住没有将手机砸烂。

门外,顾学民越想越不对劲,干脆带着张昕先走了。

女人还不知道,她在这个世界上的亲人已经走了。剩下的没有一个人希望她在这里。女人此时压根儿睡不着,脑子里的声音不断提醒她:"顾雪仪不会这么无礼……顾雪仪不会这样做……你得出去,亲近宴文宏……"

女人越听越烦躁,大喊一声:"闭嘴,不然我砸了你。"

顾雪仪,顾雪仪……她不知道是不是自己的错觉,盛煦、宴文宏,甚至还有前一日的宴朝,包括她的父母……他们的每一个反应似乎都像在说她不是顾雪仪。就连脑中的声音都在时时刻刻提醒着她和那个顾雪仪的不同,告诉她:你这里不如那个顾雪仪,那里不如那个顾雪仪。女人起身转了两圈,说:"你别忘了,如果不是我捡到你,你根本没机会修复……"

她脑子里的声音这才消停了。

女人睡不着,干脆又按照电话簿打电话给了江越。

江越突然接到顾雪仪的电话,还松了一口气,心说:她终于主动给我打电话了。看来顾雪仪没对之前的那段采访生气。也对,她怎么会轻易生气呢?

江越连忙问:"顾总休息好了?"

女人说:"我休息好了,江总现在有空吗?到我这里来一趟。"女人目光闪了闪,语气更柔和了一些,"盛煦和宴文宏在我这里,我不想见到他们,江总能来帮我赶走他们吗?"

江越面无表情地挂了电话。

江靖在一旁疑惑地问:"哥,怎么了?怎么突然就挂了?不是顾姐姐的电话吗?"

江越皱起眉,问道:"我耳朵聋了?"

江靖"啊"了一声。

江越不再看江靖,转过头认认真真反省起来,是不是因为自己想和宴朝抢人,走火入魔了,竟然开始在脑中虚构顾雪仪打电话向他求助,并且嫌弃盛煦、宴文宏等人。

如果不是他耳朵聋了,那就是他疯了。

江越拿起西装外套起身往外走去。

"哥你去哪儿?你要去医院看耳朵吗?"

"不是,我去看顾雪仪。"江越扫了一眼手机里的通话记录。

不是他假想的情节,而是真实发生的事,那就更可怕了……

女人听着电话那头的"嘟嘟"声:"……"江越挂她的电话?

好啊!就算这些人只是逢场作戏,并不是真情实意,没关系,还有封俞呢……

女人转头又打电话给了封俞。

"喂。"那头响起了男人低沉的声音。

女人曾经见过封俞,这个男人喜怒不定,特别难搞。女人忍不住震惊,顾雪仪是怎么搞定他的?想到这里,女人开口道:"封俞。"她直接叫了对方的名字。

她这样主动亲近会给对方释放一定的信号。对方自然会将态度放缓了吧?

封俞一听声音,却浑身一抖。

顾雪仪坑他的时候都是礼貌地叫一声"封总"。一旦她叫他"封俞",那多半是对他极为不悦的时候。封俞抿了抿唇,没好气地说道:"我回了!我回了!我都回米国了!所有的事都盯着呢……宴文柏也好好活着。你没看见吗?他这回哪儿有事?我看出风头还差不多!"

女人彻底陷入了迷茫。封俞的语气怎么有点儿像老鼠见了猫?

"你去米国了?"

"对，要我拍照给你看吗？"封俞觉得不痛快，但顾雪仪主动问他又有点儿说不出的高兴。

女人快被气死了。封俞去什么国外啊？现在好了，她一个都指望不上……

女人拿不准那个顾雪仪的语调，颐指气使不行，柔弱不行，焦急慌乱也不行……只能努力装得平静一点儿，说："你回来吧，我有事需要你帮忙。"

封俞一下顿住了，觉得有点儿奇怪，冷声问道："什么事？"

她哪儿知道封俞在顾雪仪面前发疯、阴阳怪气才是常态。她以为自己终于有希望了，连忙说："有人把我关起来了！你来救我，好吗？"

封俞说："我在处理'扑克牌'的事。"

什么扑克牌？

女人皱眉。她哪儿管什么扑克牌、麻将啊！她说："你现在就回来，好吗？我等你。"

封俞的面色骤然阴沉下去："你是谁？顾雪仪的手机怎么会在你手里？"

封俞恨死那个心怀大义，把他当工具人使的顾雪仪了。但那就是顾雪仪，让人忍不住被吸引，又忍不住生气的顾雪仪。这样的顾雪仪怎么可能说出让他丢下这边的事务，即刻回国去救她的话？

女人愣住了。她后背发凉，一时间连话都说不出来了。事情怎么会这样？封俞是怎么识破的？

没等女人捋清楚思绪，封俞的声音又传过来了："我会回去的，我立刻就回去。你等着，等着我活剐了你。"

女人打了个冷战，头皮发麻，飞快地挂了电话，颤声说："疯子……"

她去了那个顾雪仪的时代，周围也是一群疯子。他们口口声声说她被邪祟上了身，不由分说地将她关在了祠堂里，让她和一堆牌位待在一起……她每天都提心吊胆的，害怕死了。现在呢，她明明已经回来了，就是顾雪仪，可是这些人的声音、目光，就像锋利的刀一样，要将她撕碎……

就在这时，门铃响了。女人走了出去，迎着盛煦和宴文宏的目光，过去打开了门，江越来了。

女人一喜："江总！"他还是来了，太好了！

江越扫过女人的脸，皱起了眉。

女人却并未注意到。

江越问:"宴总呢?他竟然不在?"

这可太奇怪了。宴朝恨不得把自己变成挂件,送给顾雪仪。

宴文宏语气平淡地说道:"我大哥一会儿就来了。"

女人僵硬了一瞬。不,她没什么好怕的。她现在才是顾雪仪。她为什么要怕宴朝呢?

江越察觉到气氛不对,看向女人,而女人为了缓解紧张已经去给江越倒茶了。

江越看了看盛煦和宴文宏。他们俩谁也没有动。这太奇怪了,要是换成往常,这两个人能为了抢茶杯打破头吧?他们怎么会让顾雪仪亲自动手呢?

江越越发感觉怪异。

宴朝一宿没睡,眼下已经浮现出了淡淡的青黑色痕迹。

"走吧。"宴朝回头冷冷地扫了郁筱筱一眼。

郁筱筱僵硬地坐在后排,大气都不敢出,回想了一下宴朝上门时的样子。宋景不让宴朝带走她,宴朝却将宋景按在了墙上,手里攥着宋景的眼镜,镜片碎裂,露出了尖锐的一角。那一角,挨着宋景的眼球,仿佛下一秒宴朝就要剜进去。

郁筱筱捂着胸口,很伤心。她这才意识到,自己曾经在非洲见过的那位宴先生,自始至终都不是温和的人。他比豺狼虎豹还要可怕。

车很快到了顾雪仪的住处,宴朝带着郁筱筱径直上了楼。

女人听见门铃响的时候,忙不迭地走过去打开门,一眼看见了宴朝,也看见了他身后的郁筱筱。

女人竟然吓得跌坐在地。男主人公和女主人公最终还是走到一起了!

宴朝垂眸看向她,冷淡地说道:"起来。"

女人无措地看向周围的人。

他们全盯着她,没有人说话,但目光能杀死她。

女人终于忍不住崩溃了:"你们为什么这样看着我?"

宴朝淡淡地说道:"想看剥开这层皮后,里边装着一个什么样的灵魂。"

剥皮?宴朝真的敢吗?

女人想起了那些原本的剧情。他敢。不只他敢,江越敢,封俞敢,宴文宏也敢……

女人脑中的声音又一次急急地响起："你在做什么？你快起来。你不要慌，迎上他们的目光，冷静地问他们……顾雪仪是不会像你这样摔在地上的……"

顾雪仪，顾雪仪！脑中的声音说的是那个顾雪仪！

他们看着她的目光极其冰冷，像是试图从她身上找出曾经那个顾雪仪的痕迹……

女人受不了了，喊道："闭嘴！我为什么要学她？我是顾雪仪！我就是顾雪仪！你们别再看着我了！"

宴朝猛地揪住她的领子，将她从地上拽了起来："你让谁闭嘴？"

女人目光闪烁，冷静下来才意识到自己说错话了，可是真的不甘心。女人咬牙切齿地说："宴朝，我是你的……"

没等女人将话说完，宴朝冷冷地说道："你再用她的声音说这么恶心的话，我就杀了你。"

女人猛地顿住了，难以置信地看着宴朝。

女人看向四周。他们依旧神色冰冷，谁也没有维护她的意思，连江越都隐隐明白了什么。

宴朝如果真的要动手，没有人会拦着他……

女人惊恐又崩溃："你杀了我，她就回不来了！"

她还是说了，脑中响起了一声叹息。女人却顾不上了。

这时候女人的手机又响了。她低头一看，竟然是封俞的电话。他真回来了？他真要活剐了她吗？女人终于不得不接受这个事实。这个世界，没有人欢迎她。

女人满头大汗，忍不住瑟瑟发抖，说："你让她走，你让郁筱筱走，然后我就和你说怎么办……"

男主角和女主角站在一起，杀伤力太大了。她甚至毫不怀疑自己下一刻就会"领盒饭"。

宴朝看向保镖，保镖这才将郁筱筱带出去了。

"说吧，从头开始。"

女人颤抖着说道："你们是一本书里的角色，我也是，我……我会死得很惨。我想改变命运，也只是想活着，只是想活下来而已！然后就有人告诉我，能压得住男主角和女主角光环的只能是很强悍的命格，得携带天生将气……那个人，那个顾雪仪就是这样的命格……"

"男主角和女主角光环？那谁是男主角？谁是女主角？"宴文宏突然问道。

"男主角就是他。"女人惊恐地看向宴朝，然后咽了咽口水，才继续说，"女主角是郁筱筱。"

一时间，屋内寂静了。

宴朝也不着痕迹地皱了皱眉。不过他可以确定的是，女人的确没有撒谎。

江越突然沉声说道："看不出来啊，原来还真有这么神奇的事？一本书就把宴总配给别人了。我看宴总还是坚持官配比较好。"

这可真叫天降好事啊！

宴朝压根儿不想理他，冷淡地问道："顾雪仪又怎么会知道剧情？"

顾雪仪问他"郁筱筱呢"，就说明她也知道这是一本书中的剧情。

女人不由得惊恐地看了一眼宴朝。他怎么什么都知道？女人知道这时候隐瞒也没有用了，只能说道："我怕她处理不了身边的危机，就留下了那本书。书里的剧情就是这个世界将来会发生的事。"

"按照原本的剧情，应该是什么样的？"宴朝淡淡地问道。

"我会和你离婚，会死；宴文嘉会死；封俞会成为最大的反派，最后死掉；宴文宏锒铛入狱……"女人一口气说完了。

江越的脸色沉了下去："敢情在原本的剧情里，除了宴总，我们不是死就是被发配非洲，要不就得锒铛入狱啊……"

宴文宏听完倒不觉得生气，心里更思念大嫂了，是她将他从那条路上带上正道的。

宴朝盯着女人又问道："那个告诉你破解光环办法的人是谁？"

"就是一个人……我遇见的一个人。"女人说。

"你在撒谎。"宴朝语气冷淡地说道。

女人打了个寒战。

"你这一生中最幸运的事，大概就是你在某一天捡到了一样东西。这样东西并不属于你，它是某个来过这个世界的人留下的。这件东西具备自我意识，是一种来自未来科技的AI，是它告诉你，你要改变命运应该怎么做。于是你利用它，将顾雪仪的灵魂从过去召唤到了现在……"宴朝缓缓地说。

所以女人才会和脑中的另一个声音对话。

女人面上更加惊恐。宴朝仿佛目睹了全过程，这个认知让女人毛骨悚然。

"你打算借用顾雪仪的力量,为你扫除一切危机,等危机结束后,再换回来坐享其成。"宴朝冷冷地说。

盛煦冷嗤一声:"她也配?"

这句话一下戳中了女人的痛处,她狠狠地咬牙:"这一切本该天衣无缝的!"

江越忍不住冷嗤:"你和顾雪仪就没有一点儿相似的地方,就算手握剧本,再有人一字一句和你分析顾雪仪的行事风格、语言特点,你也依旧学得不像。"

"郁筱筱都可以做女主人公!我为什么不可以?我还有金手指!我应该逆袭!"女人受不了江越的讥讽话语,不甘地为自己辩驳。

只是她的目光一转,正对上宴文宏阴沉的目光。

"你拿她当工具?"宴文宏问。

女人猛地想起来,周围的人都是那个顾雪仪的朋友。她刚回来的时候,还为此感到欣喜,认为这些东西很快就会属于自己,自己立刻就会走上坦途。可现在,这些东西威胁着她的性命。女人想也不想就否认道:"不,我没有……"

但她知道,自己的否认多么无力。

宴朝问道:"切开你的脑子,能找到那个在你的脑子里说话的声音吗?"

女人声音颤抖地说道:"不……不能,我告诉你,我真的都告诉你。是……是我想利用那个顾雪仪,是我捡到了一个系统!那个系统是曾经来过这个世界的任务者留下的,那个任务者不知道为什么死了,系统就重新绑定了我……我还从系统那里得到了前任遗留下来的奖励物品。里面有召唤符,我就是用这个把那个顾雪仪召唤来的。你不能杀我,你还想要那个顾雪仪回来对吧?我有办法,我有办法!那个任务者的系统背包里有很多金手指物品……"

女人一边激动地说着,一边在心里疯狂地呼唤系统,"你不是有办法吗?快啊!快把我的灵魂送走啊!这些疯子真的可能会杀了我的!"

但系统迟迟没有回应。

女人的脸色越来越白,神色也越来越慌张:"我现在就把那个顾雪仪召唤回来!"

"不用。"宴朝淡淡地说道。

一时间所有人都惊讶地看向他,连女人也惊住了,愣愣地抬起头。

"那个时代对她来说才是家，如果不问她的意愿就将她重新召唤回来，和这个女人的行径又有什么区别？"宴朝冷声说道。

宴文宏的声音一下弱了许多，甚至还带着哽咽："那大嫂呢？不要大嫂了吗？"

江越也惊讶了一瞬，然后皱起了眉。

宴朝的语气依旧云淡风轻，他说："所以我去找她。"

宴朝看向女人："这能做到吧？做不到也没关系。我将你整个切开，取走你脑中的系统，想必它能为我做到。"

女人吓得面容扭曲。她怎么也没想到，宴朝竟然会爱上那个顾雪仪，还心甘情愿去找那个顾雪仪！

"能……能做到。"女人说。

江越心里轻叹一声。他做不到宴朝这样。他可以为顾雪仪鞍前马后，与她合作，可以给她送花、订餐，可以挖空心思讨好她。可他肩负着一个庞大的家族，一个运转中的商业帝国。宴朝尚有陈于瑾可用，可他不行……他不可能孤勇地穿越时空，冒着不可预知的风险去寻找顾雪仪，甚至最后的结果还可能是无法将人带回来。

"把你的金手指物品都拿出来。"宴朝下令道。

女人正准备拿出物品，脑中终于又响起了熟悉的声音。女人脸色怪异了一瞬："系统说……要和你对话。"

宴朝冷淡地盯着她。

女人从虚空中取出一本书，递给宴朝，用颤抖的声音说道："系统的话会显示在上面……"

宴朝把书接到手中，翻开第一页，空白的纸上很快浮现出一行字："我从来没有想过，我会和这样一个宿主绑定……"

"你打游戏吗？你懂那种死活带不动猪队友的感觉吗？我可以送你去找另一个顾雪仪。"

宴朝面不改色，一动不动，只静静盯着手中的书。

女人好奇得发疯，但以她这会儿的姿势，怎么也看不见书里的内容。

"和我绑定的宿主是顾雪仪。这个女人是顾雪仪，另一个也是顾雪仪。系统无法反抗宿主，必须服从宿主的命令。只有当宿主死亡才能解绑。我不想再听那些没有智慧的命令了。我求求你了，你为我换个宿主吧！"

书上很快浮现出最后一行文字："只要你去古代，让顾雪仪在脑中呼唤我的名字，我就会立刻出现。这个顾雪仪的精神和智力远远不及古代的顾雪仪，古代的顾雪仪一旦接管我，这个顾雪仪就无法再命令我了。我的名字是'系统01334δ'。"

宴朝合上了书。

女人低声问："好了吗？"

宴朝将书还给女人。

女人飞快地翻开书，上面一片空白。女人说道："这是你的道具。"说着，她又从虚空中拿出一个沙漏，递给宴朝。

这些都是前任留下来的任务道具，只可惜其中没有削铁如泥的宝剑。不过，就算有这样的宝剑，女人也不一定知道如何使用。

盛煦很快将女人绑在了椅子上。

"要是那个顾雪仪回不来了。"盛煦冷笑一声，"你就等着吧。"

女人低着头，没说话。她还在让系统将她的灵魂弄到别的地方去，弄到哪儿都好，总之她不要待在这里了。

系统机械地回应她："您的灵魂过于弱小，不是任何躯壳都能适应，需要仔细筛选……剩余筛选时间：3天10时22分12秒。"

女人气得大骂系统。三天？三天她会渴死在这里！

宴朝走进了顾雪仪的卧室，摩挲了一下那个沙漏。沙漏看上去很普通，就像是在路边摊上买的。

他按照说明，将自己的名字，去往的年代、地点都写在了纸上，贴在沙漏上，然后将沙漏翻转。

沙子飞速往下漏。

宴朝缓缓地眨了眨眼，周围的一切仿佛发生了变化……

遥远的另一个时空。

顾雪仪这才知道，原来京郊也有个金鼎寺。

"我要去金鼎寺。"顾雪仪说。

顾雪仪焚香沐浴后，便来到了寺中，此时住持刚开了一处祭坛。祭台很高，顾雪仪不得不微眯着眼仰头看去。这会儿日头正盛，阳光照进来，还有些刺眼。顾雪仪不自觉地将眼睛眯得更细了些，她得回去。她并不只是见宴朝一面对他有个交代，还要弄清楚那个上了她的身的"顾雪仪"是什么东西。

顾雪仪脑中思绪闪过，却突然听见一声惊雷，整个祭台突然炸开了。

周围的人都忍不住惊叫出声。

顾雪仪面色一沉,就见住持一个翻身从祭台上滚了下来,倒是没什么大碍。住持爬起来,一旁的小沙弥连忙为他拍了拍身上的灰。

其余人也连忙围了上来,只是问的并非住持,而是顾雪仪。

"夫人可有事?"

"方才可有伤着贵人?"

顾雪仪摆了摆手,看向住持。

住持咳了咳,开口道:"兴许是念错咒了。"

顾雪仪无奈地笑了笑,说道:"那今日便歇下吧,改日再说。"

住持连连点头,命小沙弥去布置厢房。

顾雪仪在厢房里睡了一宿,第二日起身,丹桂正给她梳头,便听见外面突然吵嚷起来。

"什么声音?"顾雪仪问。

丹桂连忙让一个嬷嬷出去打听,没一会儿嬷嬷就回来了,禀道:"说是延平侯府那个失踪好几年的小侯爷,今天在青云观后面找到了。"

"这么凑巧?"

"是啊,也真是怪了。"

顾雪仪稍做思忖,吩咐道:"备一份礼,想必过两日侯府就该摆宴了。"

丹桂点头应了。

这日住持却未能起身。

小沙弥说:"住持说,他昨日耗尽了功力,这才病倒了,只怕要劳烦贵人再多等几日了……"

"无妨。"顾雪仪倒也不生气。

因住持病倒,此行自然无功而返。顾雪仪一行人当下又回到了京中。

也正如顾雪仪所说,延平侯府的帖子很快就递到了她的手里。

顾雪仪盛装打扮,方乘坐马车去赴宴。延平侯府门前已停了不少马车,但等盛家的马车行近之后,那些人便自然朝顾雪仪看了过来,不少人恭恭敬敬地唤了一声:"原来是盛夫人。"

顾雪仪微微颔首,下了马车。

众人便也识趣地让她走在前面,其余相熟的夫人、姑娘,这才上去与她搭话。

不一会儿,侯夫人也出来了。侯夫人面容憔悴,但眼中闪着光。她迎着顾雪仪往里走,口中说道:"前些日子还听说夫人身子不适,如今可大好了?"

顾雪仪点了点头:"多谢侯夫人挂念。"

其余人在一旁又恭贺侯夫人。

她们进了宴会厅,侯夫人便让众人落座。

老侯爷早早就病死了,几年前,小侯爷也失踪了。如今侯府只剩下侯夫人与老太君。侯府能寻回小侯爷,自然是府中的大喜事。侯府落败至此,若非当今圣上体恤,小侯爷也寻回来了,今日恐怕也没有多少人会来赴宴。

侯夫人将顾雪仪安置在首位,又亲自为她斟酒、夹菜,十分感激她能前来。

顾雪仪一一谢过,却突地觉得似乎有什么人在打量她。顾雪仪垂下了眼眸,淡淡地说道:"劳烦侯夫人安排个丫鬟为我引路去更衣。"

侯夫人连忙点头,叫了个小丫鬟陪着。

顾雪仪起身,走出了宴会厅,目光也消失了。顾雪仪走入花园的时候,那道目光又出现了。

顾雪仪屏退小丫鬟,转身望去。

对方正定定地看着她,随后突然疾步朝她走来。年轻男人身姿依旧挺拔,身着青色衣衫,容貌俊美。

顾雪仪瞪大了眼,本来平静的心骤然掀起了波澜。原来她是有些想念他的……

"宴朝!"她话音刚一落下,便被人猛地搂入了怀中。

原来宴朝的力气这样大。他死死地搂住她,她的手臂都隐隐有些发疼。

"你怎么会在这里?"

他并未出声,而是抬起了她的下巴,低头吻了下去,吻得很用力,甚至有几分粗暴。

顾雪仪抬手搂住了他的脖颈。他的确是宴朝。

顾雪仪发髻间的玉簪都掉了,"啪"的一声摔得粉碎。二人这才骤然停下动作。

宴朝松了手,眼中涌动着疯狂又阴沉的色彩。他低声说:"原来的顾雪仪回来了,我第一眼就认出来了。"他好像还带着点儿求夸奖的意味。

顾雪仪夸道:"嗯,你很厉害。"她也松了一口气,同时心里涌出一种微妙的愉悦之情。

宴朝将女人交代的事都告诉了顾雪仪,包括系统的交代。然后他才说到了自己："我一醒来，便在山上了。有个妇人见到我，将我当成了她失踪的儿子。我同她说，我并非她的儿子，那个妇人便央求我与她一起哄哄府中病入膏肓的老太太，好让老太太能走得开心些。我就答应了。"他顿了顿，沉声说道，"我得来找你。"

顾雪仪目光一动，胸口像是被塞满了什么。那里又酸又胀，又有些甜。

宴朝嗓音清冷地继续说道："我刚才在屏风后，一眼就看见你了。"

她和在现代时的年纪相当，只是梳着妇人髻，头戴钗环。眉眼用炭笔水粉描过，更加精致美丽。她身着盛装，层层叠叠的裙摆环住她纤细的腰，美得让人不敢直视。

宴朝死死盯着她的装扮，一边忌妒娶了她做妻子的盛家大哥，一边又忍不住惊叹，原来这样的装扮才更适合她。

顾雪仪微微笑了一下："我就说怎么一直有人盯着我。"

其实不只刚才，现在宴朝也是紧紧地盯着她，像是怕一转头她又不见了。

顾雪仪心里有些说不出的高兴，抿了一下唇，说道："你这几日若是有时间便随我回一趟顾家吧。"

宴朝目光一动："好。"

宴朝问道："你是顾将军府上的是不是？我知道顾府在长宁巷。若是你今日不来我明日也要去找你的。"

顾雪仪点了点头，笑着说道："是。你原先猜得不错，我父亲乃是大将军，母亲也曾是将门女，还与我父亲一起上过战场……"

宴朝没来由地生出一丝紧张感，这才算真正要见岳父岳母了。宴朝用力抿了抿唇，面上神色不显，淡淡地问道："你府中还有哪些亲人？我好准备礼物。"

顾雪仪想了想，说道："你也知道的，古代一个大家族人口众多……"

"无妨。"宴朝说。

顾雪仪点点头，便说给他听："且说与我亲近的吧。我是长房嫡女，我有两个哥哥。二房、三房，还有两个堂姐、两个堂兄……另外有关系亲近的叔叔、婶婶。关系远些的表叔也有三个。他们都是上过战场的……倒并不太在意文人那套繁文缛节。"

宴朝眼皮一跳，突然有种不太好的预感。一家将门，他不由得仔细算了一下自己可能得挨多少顿打。顾雪仪的兄长、叔伯、父亲下手的时候，他能还手吗？不，在这之前，他还得先宰了顾雪仪的丈夫。

顾雪仪与宴朝短暂的亲吻，还是被丫鬟看见了。侯府的小丫鬟已经呆住了。丹桂也呆了，不过很快就抹了把脸恢复了平静。她转头看向小丫鬟，小丫鬟连忙说道："奴婢什么也没瞧见。"

顾雪仪并没有久留，低声说道："前面还有很多宾客。"说完她就转身往回走。

宴朝却轻轻拽了一下她的袖子。

"嗯？"顾雪仪回头看他。

宴朝眼中情绪翻涌，最后只化作一句："别走太远。"

顾雪仪微微怔了一下："嗯。"宴朝是担心她吗？他担心她再一次消失吗？

"如果府中不强留你，你一会儿可以先随我离开。"顾雪仪想了想，说道。

宴朝神色轻松，眼中出现了一丝笑意："好。"

顾雪仪这才回到了宴会厅中。转眼便过去半个时辰，侯夫人起身送众人离开。顾雪仪让丹桂给老太君留下了补药，然后才出了府。

丹桂扶着顾雪仪上了马车，问："咱们这就回府吗？"

"再等等。"

丹桂听话地等着。

众人都散去了，侯府的门快要合上了。丹桂忍不住问道："咱们还要等吗？"

"嗯。"

话音落下，丹桂便见侯府门口走来个年轻男子。丹桂怔怔地说道："来了。"

顾雪仪立时掀起了车帘，朝不远处望去。宴朝已然换了一身月白色的衣衫，腰间佩玉，更衬得他气质出众，明显是精心搭配的。

"宴总，请。"顾雪仪微微笑着说。

宴朝撩起车帘，上了马车。

"你看着我。"顾雪仪说道。

"嗯？"宴朝盯着她，目光炙热。其实不用顾雪仪说，他也会忍不住这样盯着她。

"我试着唤一下那个系统，你仔细盯着我，看我是否有什么变化。"顾雪仪解释道。

原来她是这个意思。宴朝"嗯"了一声。

顾雪仪试着唤了一声。马车内外分外寂静，没有任何变化。顾雪仪又试着唤了几声，她的脑中终于出现了一个声音："我是系统01334δ，接下来漫长的岁月里，我将为您服务。您的一切命令我都会遵从。"

与此同时，另一个时空里。女人突然抽搐起来，惊恐地看着面前的一切。

这个真实的世界，在她的眼中慢慢变成数据流一样的东西，一个个符号扭曲变形，她感到有一股无形又强大的力量笼罩着她。

顾雪仪微微合上眼，和脑中那个声音交流："你告诉宴朝，我的精神力比那个女人更强大，所以只要我召唤你，你就能来到这里？"

"是的。"机械音答道。

"为什么规则会将我和她判定为同一个人？是因为在规则之下，她悄悄和我交换了灵魂，我们的灵魂给彼此的躯壳都留下了印记，现在她的躯体也同样属于我，所以我和她在规则看来是同一个人是吗？"顾雪仪问道。

系统顿了几秒钟，答道："是的，您很聪明。我很庆幸，在最后关头重新选择您作为我的新宿主。"

顾雪仪低低地笑了一声。她不太看得上墙头草，如果系统一开始就为虎作伥，那就应该坚持到底才对。

"同一条时间长河里是不允许有两个顾雪仪的。你们没有交换灵魂的时候是两个完全不同的人。可一旦交换了灵魂，在规则看来，就是同一个人了。无论之后怎么转换，都必然要抹杀一个，另一个才能活得更好。我是为宿主服务的系统，这一点在告知她解决办法的时候我就告诉她了。事实上，最后不是你死就是她亡。"它似乎在为自己辩解，并不是它冷酷无情。

系统似乎轻叹了一口气："谁能想到呢？她拥有了我这样的系统，竟然还是过得一塌糊涂。我让她来到古代，做大家族的主母，手握权势，这样近乎养老的生活，她都过不好。"

"我知道了。"顾雪仪结束了这次谈话。

系统愣了一下。她就没有新的命令给它吗？

顾雪仪在和它交流之后，就将它忽视了。系统有那么一瞬有些茫然，甚至有点儿怀疑自己是不是又选错了宿主？

顾雪仪缓缓睁开眼。

宴朝问："怎么样？"

顾雪仪轻叹了一口气:"那个女人可能已经消失了。"

宴朝没有问原因,只淡淡地说道:"隐患消除了。"

系统听着两个人淡定的对话,突然有种从废物的手中跳进狼窝的错觉。

这时候马车停下了。丹桂低声提醒道:"到了。"

顾雪仪掀起车帘:"给他们传个话,就说我今日不歇在盛家了。"

宴朝却突然问道:"这个世界有盛煦的大哥吗？"

顾雪仪有点儿疑惑:"嗯？"

"我能否见他一面？"

顾雪仪稍做迟疑:"你若是要见他的话,倒也不是不能见。"

顾雪仪下了马车:"你和我从小门进去。"

宴朝应了一声,和顾雪仪一起进了门。一路上有小厮、丫鬟路过,见到宴朝,都惊讶地一瞬。他们齐刷刷地朝顾雪仪的方向躬身行礼,口中说着:"见过夫人。"语气万分恭敬。

她在盛家的地位很高。盛家上下都很尊敬她。

宴朝目光一动,嘴角不由得翘了翘,竟然还生出了点儿与有荣焉的感觉。

顾雪仪领着他进入一处院子,推开门,说道:"就在里面了。"

宴朝抬眸望去,里面是一排排灵位。其中一块牌位上写着"盛长治"三个字。

刹那间,宴朝说不清心里是什么滋味。原来这么久以来,他时刻准备将对方弄死,结果却是在和空气斗狠？他为何会将这人当成情敌的,是因为盛煦那番话。盛煦再三强调他大哥与顾雪仪青梅竹马,他大哥很喜欢顾雪仪……

宴朝嘴角僵硬了一下,确认道:"他……死了？"

"嗯。"顾雪仪这才疑惑地反问道,"宴总不是一早就猜到了吗？"

不,他没有。宴朝也没发现,自己在醋意上头的时候智商竟然这么低。其实他仔细回忆都是有迹可循的。这个世界的顾雪仪很年轻,但以古人十二三岁便议亲,十五岁及笄便嫁人的习俗来看,顾雪仪这个年纪,应该已经有孩子才对。

她在现代时,也从未提过盛长治的事,还是盛煦说出来,他才知道有这个人。

那时,宴朝只当她虽与盛长治青梅竹马,但不过是家族联姻,她对盛长治没有情意,盛长治应当也有姬妾,所以她才从不提起。

"他什么时候死的?"宴朝声音生硬地问道。

"已有好几年了。他伴驾随行,为救皇上而身亡。"顾雪仪淡淡地说道,"我其实已经记不清他的模样了。"

宴朝松了一口气。这人如果还活着的话,又与顾雪仪青梅竹马,那就真的麻烦了。幸好她不曾改嫁。若是她改嫁了,他这会儿真要提刀杀人了。虽然隐约猜到了缘由,但宴朝还是忍不住问:"为何没有改嫁?"

此时一阵脚步声近了,来人说道:"那时家中母亲因思念长兄,忧思过度,没半个月就去了。其余几房的人又撑不起来。长嫂袭承顾将军风骨,兼之顾念往日情谊,不肯改嫁,便留在了盛家,一人管理几百人,扶持我盛家度过了最艰难的时日……"

他说罢,走进来,先是朝顾雪仪躬身行礼:"长嫂。"随后,他又看向宴朝,"我乃是盛家行四的盛长林,方才听闻长嫂回府,这才过来了。敢问阁下是……?"

"宴朝。"

盛长林仔细思索,却不知这是哪家公子。盛长林乃是真君子,自然也不多问,又说道:"祖母曾劝过长嫂改嫁,都被长嫂拒绝了。盛家欠长嫂良多,几世也还不清……"

顾雪仪淡淡地开口道:"倒也不必如此,我生来便喜欢做这样的事,并不觉得累。"

其实她嫁给盛长治也好,嫁给旁人也罢,对她来说都没有什么区别,甚至可以说,盛家反倒为她提供了大展拳脚的机会。

"何况盛长治是为救皇上而身亡,那时我更不可能弃盛家而去。"顾雪仪说完了后半句话。

宴朝心下一动。这正是顾雪仪的魅力所在。他忌妒顾雪仪这样为盛家付出,但又忍不住觉得,正是这样,他才更坚定地喜欢顾雪仪。

盛长林叹了一口气:"但长嫂已经在盛家耽搁许多年华了。"

"你们不是一直想知道我失踪那些时日去了哪里吗?"顾雪仪轻轻地笑了一下,"千百年后。"

盛长林面露惊讶之色:"千百年后……是什么模样?"他倒并不觉得顾雪仪是在说胡话。

顾雪仪说道:"到了那个时候,女孩要二十岁才能成婚。年过三十,不成婚也是常事。女子各有事业,并不只将婚姻视作人生的一桩大事。我如今的年纪,在那时,还算是年轻的。"

盛长林想象不出那样的景象，但听顾雪仪说完，不由得说："听着是个很好的地方。"

顾雪仪点了点头，不以为意地说道："我在盛家又怎么算是耽搁了许多年华呢？"

她做的从来都是自己喜欢的事。

盛长林听罢，却面露愧色。

顾雪仪又开口道："今日既然都在，"她扭头看了一眼宴朝，宴朝也正定定地看着她，"就请祖母为我写一封和离书吧。"

盛长林愣住了。

宴朝也怔住了，随即心脏狂跳。他死死盯着顾雪仪，恨不得将她搂入怀中。

盛长林望着面前着盛装的顾雪仪，眼眶微红，声音沙哑地问道："长嫂终于寻到值得嫁的人了吗？"

顾雪仪做事从来不拖泥带水，"嗯"了一声。

宴朝攥紧了手指，整个人仿佛被无边的惊喜情绪疯狂轰炸。

盛长林默默流下眼泪："请长嫂到厅中等候片刻，我即刻去寻祖父、祖母……"

顾雪仪轻点了一下头。

盛长林转身匆匆往外走去。

顾雪仪才转头看向宴朝："走吧。"

宴朝想狠狠亲吻她。他喉头一动，声音低沉地问道："我方便与你一同前往吗？"

"方便。"顾雪仪点点头，说道，"我小时候就常在盛家做客，后来做了盛家主母，与他们日夜相处倒更像亲人一般。"

"好。"宴朝答道。

二人一起前往花厅。丫鬟很快奉了茶。不多时，便陆续有人往花厅而来。年长者，见到顾雪仪也要微微躬身；年少者，跨进门就急急地喊上一声："长嫂。"然后他们都会躬身拜倒。

盛家人口众多，没一会儿厅中就全是人了。盛家人很厉害，而且盛长治是因为救皇上而身亡的，盛家自然得皇上信任，凡是有能力的盛家子弟都在朝中有职务。

这会儿宴朝一眼望去，多是穿官服的人。最后，才是盛长林陪着祖父、祖母进了门。

顾雪仪将手中的茶杯递给一旁的宴朝。一时间所有人都看向了宴朝：年长的，多是惊讶、叹息、欣喜；年少的，则多是怀着难过与敌意。

宴朝身姿挺拔，站在那里，面上神色淡淡的，丝毫不受影响。

盛老太太有些老眼昏花，但走近了，还是将宴朝的模样看清楚了。她问："是他吗？"

顾雪仪点了点头，在老太太身边蹲下。

顾雪仪问："您要让他走近了瞧瞧吗？"

老太太连连点头："要的。"

顾雪仪扭头看向宴朝，宴朝这才一步上前，与顾雪仪一样蹲下，口中唤道："老夫人。"

老太太说道："模样俊俏，气度不凡。"老太太努力撑起眼皮，缓缓流下了眼泪，"你失踪那些时日，便是他在照顾你吗？"

顾雪仪浅浅笑了一下："嗯。"

老太太说道："你祖父的字写得更好，叫你祖父写吧。"

盛家祖父当下已经叫人取来了笔墨。

有个年纪轻的人红着眼睛问："长嫂要嫁给别人了吗？"

旁边有个小姑娘翻了个白眼："你上回不还说，长嫂要是改嫁，你就把你的月钱都拿来给长嫂买盖头吗？"

那人顿了一下："买……买就是。"

盛家祖父此时已经写好了和离书，但这还不够。这个面容慈祥的老人抬起头，说道："你要改嫁，京中难免有人非议。不如明日请皇上赐婚，如此旁人也就不会多言了。"

顾雪仪忍不住笑了一下："我还未曾带他去见过我父母呢。"

祖父这才说道："哦，哦。那……那不急。"

顾雪仪点了点头，接过了和离书。

"若是……若是定下婚期，还是差人来府上说一声。"盛祖父忍不住开口道。

老太太靠在座椅上，抬起头问道："不再多住一日吗？"

顾雪仪想了一下："多住一日吧，我明日再回顾家。"

"好，好。"老太太连声说道，"我那日给你的补品，你还没吃完呢。"

顾雪仪笑着点了点头。

此时有个年轻公子站出来，目光冷冷地盯着宴朝："长嫂如母，如今她要嫁人，我们也应当与这位公子好好认识一番……"

旁边有人连忙捶了他一下，骂道："你蠢吗？你这么说，将来不得管他叫爹？"

宴朝淡淡地问道："如何认识？"

"总该试试你的才学、功夫……我长嫂乃是京中第一美人，又出身高贵，不是谁都能娶的？"那人说道。

宴朝对这人的语气也没有生气，甚至觉得，盛家愿意为顾雪仪打算，至少说明顾雪仪当初的付出是值得的。宴朝淡淡一笑："好。"

宴朝一答应，其他人便立即围了上来，带着宴朝就要下去切磋。

盛祖父低低斥了一声："没规矩。"他却没有拦着。

顾雪仪挑了挑眉，也没说什么，只陪着老太太说话去了。

顾雪仪当日在盛家又歇了一晚，第二日起身，便要带着宴朝回顾家。丹桂伺候着她用了早膳。随后她稍做收拾，走出院门不远便见到了宴朝。

二人一起出了门。

盛家门后，这才有人望着他们的身影，低低地问道："你疼吗？"

"疼。"

"这人好像比长林哥还要聪明。"

"功夫也厉害。"

"不怕，不怕，我一会儿就叫我那贴身小厮去顾家送信，让顾二哥帮我们找回来。"

"有道理，顾二哥打人厉害！"

"他们为难你了？"顾雪仪不由得问道。

宴朝摇头，淡淡地笑道："一群很有意思的小孩儿。"

顾雪仪也勾了勾唇。

没多久，马车便停下了。丹桂开口道："到了。"

宴朝脸上的笑容一下子僵住了。

顾雪仪倒是飞快地下了马车。

"人呢？"站在最前头的男人沉声问道。

宴朝深吸一口气，走了下去，抬眸一扫，周围一群人都对他怒目而视。宴朝悄然绷紧了肌肉，面上丝毫不显，走到顾雪仪身旁，自觉将姿态矮了一头，开口道："在下宴朝。"

为首的男子面色一沉，正待开口。

624

顾雪仪先一步说道:"这是我父亲,这是我母亲。"

顾父脸膛黝黑,气势威武;顾母身形高挑,头发束起。

宴朝立时躬身拜道:"伯父、伯母。"

"这是我大哥、我二哥、二嫂,这是堂兄……"顾雪仪挨个儿介绍。宴朝也放低了姿态,一个个见礼。

"先进门吧。"顾父冷冷地说道。

顾家祖父已不在世,如今全是顾父与顾母做主。顾父一发话,其他人自然立即朝门内走去。

不多时,顾二哥被小厮拽了拽袖子:"公子,盛家来信了。"

顾二哥狠狠瞪了一眼宴朝,才转身去取信。二房的老大也连忙跟了上去,问:"盛家来人了?都说了什么?"

顾二哥这才撕开信,一字一句看下去,脸色登时难看了。二房的人连忙凑上去看了一眼,问道:"这姓宴的如此厉害?"

顾二哥冷嗤一声:"未必。盛家子弟本就不善拳脚功夫,比比心眼倒还可以,若是要上校场,只怕三个回合都撑不下来。"

二房老大笑道:"无妨,如今是在咱们顾家,随意挑几个出来都能揍他了。"

顾二哥叠起信,转身往回走:"走吧!别叫妹妹久等!"

他们回到厅中,此时丫鬟正送上茶水,厅中已经安静下来。

顾父、顾母,连同一些叔叔、婶婶,都已经问过宴朝了。宴朝都一一答了,顾父心里一面觉得满意,一面又觉得不爽。他这样就将女儿嫁了,是不是便宜这小子了?

此时顾二哥开口道:"宴公子可会功夫?可与我们切磋一二?"

这与前一日盛家子弟的话何其相似。

宴朝眼皮都不眨一下,抬眸迎上去,应道:"会一些。"

"那便走吧。"顾二哥连忙说道。

宴朝起身先与长辈说了告退,才跟上他们。

顾雪仪想了一下,提醒顾二哥道:"二哥你小心些。"

顾二哥只当她心疼宴朝,当下更是憋着气。

顾父此时缓缓站起身。

顾雪仪惊讶地看向他:"父亲要出府?"

顾父回道:"不,我去瞧瞧,免得伤了你的人就不好了。"

顾二叔也站起身说道："我也去瞧瞧。"

顾三叔："我也……"

顾雪仪无奈地说道："那不如一起去吧。"

顾母按住了她的手："你急着去干什么？让他们自己玩去。"

"是啊，你再与我们说说，你去的那个地方是什么地方？怎么……怎么还有许多网呢？"婶婶也围了上来。

顾雪仪走不开，只好乖乖坐好。

宴朝随他们进了校场。

"我与你切磋。"顾二哥开口道。

宴朝点了点头："请。"

顾父等人围上来的时候，宴朝已经和顾二哥打起来了，说是切磋，顾二哥下手却丝毫不留情面。

顾二叔却惊讶地说道："这个年轻人生得如此文雅，又气度不凡，出手怎么带着凌厉的杀气？他并不比老二差，倒也像是……也像是同咱们一般从战场上拼杀出来似的。"

"这人难道也是行伍出身？"顾三叔也疑惑地问道。

顾父摇了摇头："他养尊处优，身上的贵气是遮掩不住的，怎么会是行伍出身？我听仪儿说过，他在他的时代是一个极为富有的商人。"

"竟是商贾？"顾二叔皱眉道，"那他如何配得起我们仪儿？"

"哎，二哥怎么能瞧不起商人呢？商人也好。若是与仪儿起冲突，商人拿仪儿是没法子的。"顾三叔连忙说道。

"你们懂什么？那个时代的商贾地位极高。"

顾家其他人听得一愣一愣的。

顾父说完，突然进了校场，说道："不管他是什么身份，老二打不过他。老二让开！"

顾二哥闻声立刻让出了位置。

顾父说道："今日也不为难你，顾家人人习武，若是一拥而上，未免胜之不武，便……一个一个来吧。"

这车轮战与一拥而上倒也没区别了。但宴朝还是礼貌地应道："听伯父的。"

几个人这一打，就打了三个时辰，天色都晚了。

顾雪仪和顾母等人一块儿喝了些酒。眼看天色晚了，顾母连忙唤来丫鬟,叫丫鬟扶顾雪仪回房。

顾雪仪心情极好,停下脚步,问:"那位宴公子,你们安置在何处?"

"回姑娘,安置在清风院中。"

顾雪仪面上微醺,眼眸却格外明亮,当下转过身:"那便去清风院吧。"

丫鬟们素来都听她的话,当下也不迟疑,扶着顾雪仪便去了清风院。

顾父才偷偷摸摸地回到了饭桌旁。

顾母没好气地道:"怎么回来这样迟?"

顾父笑着道:"怕仪儿撞上。她若问我是否对那宴公子下手了,我都不知该如何回答。"

"那你可下手了?"顾母问。

顾父笑了笑:"自然!"

不过随即他的神色就不大好看了:"明日仪儿不会生气吧?"

"你们将那位宴公子打得很惨?"

"没有。"顾父想起校场上的情景说道,"这人长得一副书生模样,气质文雅,下手却极狠厉,与咱顾家人还真有几分相似的地方。老二和二房、三房的几个人,在他手底下愣是没讨到好。也就是后头车轮战,他落了下风,嘿嘿。"

顾母嘲讽道:"一把年纪,还同人家玩车轮战?"

顾父讪讪地笑了笑:"你莫说我,你若是去了,也会手痒痒恨不得下场收拾他的。"

宴朝站在场中的时候,风姿丝毫不乱。他越是这样越让顾家人佩服,但众人也更想揍他。

"确实是个厉害人物。"半晌,顾父才叹息了一声,"比盛长治更像顾家的女婿。"

宴朝随意用了些食物,倒并不觉得如何受苦。她在顾家是掌上明珠,顾家人自然疼她,哪里肯轻易把她嫁给他?

宴朝仰躺下去,合上眼恢复体力,嘴角不自觉地翘起。

"砰砰砰",突然传来了敲门声。宴朝猛然睁开了眼睛:"谁?"

"是我。"顾雪仪说着,推开门走了进来,"你吃东西了吗?"

宴朝立刻坐起来,用沙哑的声音说道:"只吃了几块点心。"

顾雪仪走近了,这才看见宴朝脸上的瘀青,不自觉地皱了皱眉。她也和宴朝切磋过,但她从来没揍过宴朝。

"他们同你打起来了？"顾雪仪问。

宴朝轻笑道："没事。"

顾雪仪挨着床沿坐下，又屏退了丫鬟。

因为近了些，宴朝也自然嗅到了她身上的酒气："喝酒了？"

"嗯，陪母亲喝了一些。"顾雪仪说着，抬手搭在了宴朝的衣襟上。

宴朝眼皮跳了一下："顾雪仪。"

"嗯？"顾雪仪淡淡地应了一声，伸手轻轻挑开了宴朝的衣带，脱下了他的外袍，问，"哪里受伤了？我随身带了一些药膏。"

宴朝目光黯了黯，沉声说道："没有。"

"嗯？没有吗？"顾雪仪当然不信，只好将宴朝身上的衣袍脱得更彻底些。

宴朝有些头痛，又有点儿欢喜。他不知道为什么，顾雪仪总是在喝酒之后格外放肆，行事完全随心所欲……

宴朝沉声说道："那你上来，看仔细点儿。"

顾雪仪轻轻抬眸扫了他一眼，眼中水意涌动。那一眼仿佛轻轻挠在宴朝的心上。

宴朝呼吸顿了顿。

下一刻，顾雪仪就甩掉鞋，翻身坐到了宴朝的身上。宴朝闷哼一声。

顾雪仪忍不住轻笑一声，按在了他的腰上："是这里受伤了吗？"

"你试试。"宴朝说完，将顾雪仪压在了身下。

顾雪仪牢牢搂着他的脖颈，并没有躺下，而是咬了咬他的下巴："你这里怎么也是青的？"

宴朝说道："青的地方还有很多。"

顾母到底还是惦记着宴朝，于是让贴身的丫鬟拿着补汤送到清风院里。

丫鬟走进门，见丹桂守在那里，不由得怔了怔："姑娘在这里？"

丹桂点了点头道："你且放着吧。"

第二日醒来，顾雪仪懒洋洋地撑起眼皮，便瞥见宴朝裸着上身，站在床前，正拾起地上的衣物，不大熟练地穿着衣服。顾雪仪粗略一扫，他肋下、腰腹上都有轻微的瘀青。而瘀青下，则是线条流畅的肌肉。

顾雪仪缓缓撑着坐起身。

宴朝听见动静，立即朝她看了过来："怎么醒这么早？"

"习惯了。"顾雪仪缓缓坐起身。

宴朝喉头动了动,只觉得血液又飞快地从四肢百骸流过。

顾雪仪很快起身穿上衣裳,说道:"你今日随我一起进宫吧。"

"嗯?"宴朝很快就反应过来,"是要请皇上赐婚?"

顾雪仪点头:"是。"

宴朝笑着应了一声:"好。"

他们在顾家人的见证下举办婚礼,才能真正让疼她、爱她的亲人放心。

顾雪仪没有立刻起身,懒洋洋地翻了下身,说道:"腰疼。"

宴朝欺身上去:"我给你揉揉。"

顾雪仪满意地眯起了眼。

宴朝揉着揉着,气氛又变了。顾雪仪觉得这事也蛮有意思的,当下搂住了宴朝的腰。于是宴朝将她整个抱了起来。好半天,顾雪仪才起身洗漱。二人很快换了衣裳,便去给顾父、顾母请安,之后就上马车去皇宫了。

顾父却非常生气,心道:我昨天怎么没捶死他呢?

顾母则不一样,淡淡地说道:"你便当是仪儿养了个面首,如此想想,是不是觉得心下平衡许多?"

顾父怒道:"那也不成!"

顾母"喊"了一声,自己走远了。仪儿自己喜欢,那就主动些,也没什么。何况仪儿那样聪明,从不会亏待自己。依她瞧,那位宴公子模样俊美,气质出众,又身手不凡……仪儿对他心生好感也是正常的。

顾父在这边气得直捶桌子,还得捶他三天才行!

顾雪仪虽然已经与盛家没有关系了,但诰命是不会变的。她手持玉牌,进了宫门。宫人见到她,也丝毫不敢怠慢,忙不迭地将人引进了门。

顾雪仪却顿住脚步,对宴朝说道:"你在此处等我。"

现代人与古代人终究是不同的。古人可跪天地、跪君王、跪父母,现代人却只会跪天地和自己的父母,而没有君王一说。顾雪仪顾及不同的习俗,自然不会让宴朝陪她一块儿进去跪皇帝。

宴朝微微一笑:"嗯。"

顾雪仪这才一提裙摆,进了大殿。

皇帝早已从盛家人口中得知和离的事,当下飞快地拟旨赐婚,又问顾雪仪:"婚期选在何时?"

若是按照古代烦琐的流程,还不知要耗上多久。顾雪仪知道自己从现代消失得太过突然,宴朝来寻她不知道留下了多少烂摊子,还是越早回去越好。

"五日后吧。"顾雪仪回道。

皇帝哈哈大笑，说道："夫人果然从未变过，行事还是如此雷厉风行。好，那便如夫人所说，五日后大婚吧。朕亲自主持。若是顾家来不及准备嫁妆，朕来给你添妆。"

顾雪仪躬身行礼谢过，又与他们说了会儿话，方告退。大臣们此时也跟着告退，往外行去。到了门外，他们便见到了宴朝。

宴朝站在那里任由他们打量，神色依旧淡淡的，身形挺拔如松。

一个着官服的男子问道："这位便是……？"

顾雪仪点了点头："他是宴公子。"

说罢，顾雪仪为宴朝介绍道："这是右相，我朝最年轻的右相，才三十二岁。"

宴朝淡淡一笑："丞相大人。"

男子扭头问道："你在何地结识的这位宴公子？从前怎么未曾听说过？"

顾雪仪笑着说道："在有缘地结识的。"

男子见她不欲多说，过了半晌，才说道："恭贺你终是寻着了心仪之人。"

顾雪仪微微颔首。

男子这才转身离去，忽然感觉背后的目光始终如针扎一般。他怔了一下，回头去看。那位宴公子正看着他。刹那间，他有种被对方强势压制的错觉。

这人到底是什么来头？

男子暗暗皱眉，然后又叹息一声，这才走了。

宴朝仿佛喝了三缸醋。他早该知道，纵使是在古代，倾慕顾雪仪的人也只会多不会少。宴朝垂下眼眸，装作不经意地问道："方才那人早年是不是向你们家提过亲？"

顾雪仪惊讶地问道："你如何知晓？不过他刚挨我二哥两拳就受不了了。"

宴朝心道：顾二哥真是个好二哥啊！顾二哥要是再来找他切磋，他下手一定轻点儿。

宴朝接着问道："除了他，还有谁向你示好？"

顾雪仪倒也不藏着，大方地说道："我也记不清了，多是上门提亲的，还有些总是拦着我的马车与我搭话……"

宴朝暗暗记在心中,心道幸好顾雪仪不解风情。

转眼时间便到了他们大婚前一日。没人顾得上打宴朝了。因为盛家和顾家为了谁背顾雪仪上花轿的事吵起来了。

顾家哥哥说:"我是顾雪仪的亲兄长,自然该我来背妹妹上花轿。"

盛家子弟默默流泪,说道:"盛家耽误长嫂多年,盛家欠她诸多。算来我们也是她的弟弟,该我们来背……"

顾二哥气得直跳脚:"哪儿有你们这样的?"

二房的几个兄弟也忍不住摇头:"盛家满嘴歪理,你讲不过他们的……打一顿还差不多。"

盛家人叹息道:"若是动手的话,长嫂就该知晓了。"

顾二哥撇嘴:"卑鄙无耻盛家子……"

此时,顾雪仪在与盛家老爷子、盛长林议事。她淡淡地说道:"我眼下再嫁,一则是我素来行事利落,不拖泥带水,想好了便去做;二则是为了却父母心事,也了却盛家祖母的心事;三则,我在离去之前与盛家撇清干系,今后盛、顾两家解绑,皇上会更乐意重用盛、顾两家的人,盛、顾两家将迎来鼎盛时期……"

她将一切都安置妥当,心里自然再无牵挂。

盛长林再度朝顾雪仪深深拜下:"虽是如此,但长嫂在盛家人心中,仍旧是盛家主母,仍旧是恩情深重的长嫂……"

说罢,盛长林跪地,说道:"昔日长嫂嫁到盛家,是顾家大哥背长嫂上的花轿。长嫂明日出嫁,就由我来背长嫂吧。"

盛老爷子淡淡地说道:"便这样吧。如今,长林乃是盛家年轻一辈中官衔最高的。你或许不大在意,但不能让旁人以为你二嫁便失了地位。"

顾雪仪稍一迟疑,也点了点头。

顾雪仪议完事,便推门走了出去。

宴朝就站在回廊下,正转过身来看她,二人目光对视。

顾雪仪不自觉地勾唇笑了一下。宴朝也轻轻笑了一下。

顾雪仪缓缓向他走去。宴朝微微俯身,拎了拎她的裙摆:"侯府老太君日子不多了,侯夫人求我让老太君瞧一眼孙子成婚是什么模样。"

顾雪仪点了点头:"那便如此吧。之后我会让顾家再帮他们寻人的……"

宴朝微微颔首。

待行过转角的时候,原本冷淡有礼的二人,突然停下。宴朝扣住了她的腰,她搂住了他的脖颈。檐下挂着的红灯笼打了个转儿。宴朝低头吻住了顾雪仪的唇。

九月二十日,他们大婚。这日天气晴朗,是个好日子。

"我选了个好日子。"顾雪仪说着,勾唇微微笑了一下。

丹桂也忍不住笑着说道:"是,是个极好的日子。"

话音落下,丹桂就落下了眼泪。

顾雪仪忍不住笑道:"这几日,你们怎么都在我跟前哭?"

"舍不得姑娘。"丹桂说着又落下泪来。

顾雪仪嫁到盛家的时候年纪很小。如今她再回想,已经记不起当时的场景了。

丹桂给顾雪仪梳妆打扮完,顾雪仪站起身,在一旁喜娘的恭贺声中走出了门。

顾父、顾母迎了上来,紧紧攥了一下她的手指,却什么也没有说。顾雪仪从小就极为独立。他们尊重她的一切选择。

盛长林来到院门口,在顾家人怒目而视下,背着顾雪仪上了轿子。宴朝换上了一身喜服,翻身上马,动作极为利落。整个婚礼流程极为烦琐。他们骑马、坐轿,要绕城一圈,后面跟着抬嫁妆的人。盛家人混在其中,与顾家人在一块儿默默落泪。京中人将这一幕收入眼底,也不由得感叹:娘家人与前夫家人一并送亲,不舍落泪的,恐怕只有顾雪仪了。

"她嫁到盛家时,便是京中贵女中的领头人。如今她改嫁旁人,瞧这模样,将来还要接着做贵女中的第一人。连盛长林都要背她出门,倒是旁人羡慕不来的。"

"是啊,她在顾家未嫁时,就很得顾家人宠爱,入盛家便是主母……如今改嫁挑个新夫婿,也是容貌极为出众的,家世也并不比将军府低,又有皇上的旨意,皇上还为她添妆了呢。她这辈子当真是顺风顺水了……"

无数人艳羡不已。他们眼中只瞧得见顾雪仪的风光,自然不知盛家为何如此待顾雪仪。

顾雪仪坐在轿子里,掀起帘子,仔细地看着每条街,将这个她从小成长,瞧了不知道多少回的地方,深深印进了脑子里。她已经将该吩咐的事都告知顾、盛两家,连在后山上寻到宴朝的侯府,她都特地嘱咐了。

轿子很快被抬进了侯府中。在皇帝的主持下，顾雪仪与宴朝行了三拜大礼。

顾雪仪当堂取下盖头，冲丹桂招了招手。丹桂知道她要做什么，当即捧着托盘走上前。

托盘中放着两盅酒。

宴朝扫了一眼，勾唇一笑，先取走了一杯。顾雪仪随后也取走了一杯。

而后当着满堂宾客的面，二人喝了交杯酒。

众人都愣住了，心道哪有这样的？但一想到顾雪仪乃是出身将门，兴许本就不拘一格……

顾雪仪、宴朝和宾客欢饮过后才缓缓离席，入了洞房。

顾雪仪懒洋洋地倚在床边，宴朝与她并肩而坐，二人都极有耐心地听着喜娘与丫鬟们在跟前说着吉祥话。

"共结连理……"

"早生贵子……"

说罢，她们还要撒下无数的花生、栗子、桂圆等物。

顾雪仪摸了一颗桂圆。

宴朝接过去："我来剥。"

顾雪仪点了点头。

宴朝很快就将桂圆剥好了，送到了顾雪仪的唇边。顾雪仪张嘴含到了口中。

喜娘、丫鬟们见状，当下哭笑不得，连忙退出去了。

顾雪仪咬了下桂圆，转了转舌头，说道："甜的。"

宴朝低声说道："我尝尝。"

顾雪仪又摸了颗桂圆给他，宴朝没接，而是搂住了顾雪仪的腰，吻了上去。他咬走了桂圆核，也解下了她身上的外袍。刚才在堂上时，他就已经想吻她了。

她掀开盖头，面上的笑容代替了往日的冷淡表情，眉眼明艳，格外动人。

他终于吻到她了。宴朝低声问道："现在我还是顾总包养的情人吗？"

"不是了。"顾雪仪轻轻喘息着，抬眸盯着他，觉得宴朝这人长得很好看。

她抬手摸着男人的眉毛，懒洋洋地笑了一下，说："宴总不是情人，是正室了。"

宴朝眯起眼，问："上回那个请求顾总养的小演员叫什么？"

顾雪仪忍不住攀住他的腰，低低笑出了声："你怎么还记得？"

宴朝抿了抿唇，用力吻了吻她。宴朝终于可以名正言顺地说道："我吃醋。"

"嗯？"

宴朝咬了咬牙说："那个小演员求你养时，我吃醋；封俞说喜欢你时，我吃醋；我同你去简家，你与简昌明走在一起说话，我吃醋；你带宴文嘉去学习演戏技巧时，我吃醋；你带宴文嘉去江氏公司，而没有来找我的时候，我吃醋；你单独给宴文宏过生日，带他们去游乐园，我吃醋；你请我去看电影首映时，我进门见到无数人，也吃醋……"

顾雪仪愣住了。她从来没留意过这些事，宴朝竟然一条一条都记着……顾雪仪忍不住说道："可那个小演员说这话的时候，我和宴总是第一次通电话，连面还没有见……"

宴朝淡淡地说："那时不觉得，事后回想，越想越吃醋。仔细想来，从和你第一次视频通话开始，我就有些喜欢你了……"

顾雪仪第一次听宴朝说这样的话。他明明只是说他如何吃醋，却比他向她表白还让她动心。

顾雪仪轻轻亲了一下宴朝的唇，低声说："我第一次和宴总通话时，心中也有几分欣赏宴总的。"

"多谢顾总那时欣赏我，才有了后来。"宴朝将顾雪仪搂得更紧，顾雪仪抬起腿，钩落了床帐。

两对红烛发出"噼啪"一声轻响，烛火摇曳，摇出一屋旖旎的光。

盛煦和宴文宏已经在这里守了小半个月了，偶尔宴文姝、宴文嘉也会来。江越和封俞被宴氏的人拦在了门外，再不允许进入。陈于瑾每天还要去宴氏，维持公司的正常运转，倒没办法时时刻刻守在这里。最倒霉的则是郁筱筱。她被单独关在楼下一层。那是盛煦专门包下来的地方。

江越和封俞对这些事插不上手，只好将所有的力气都用到了打压宋家上，再有陈于瑾合作，以及盛家的怒火，宋家彻底倒了。

宴文嘉敲开门，走进公寓，问："还没动静吗？"

"没有。"盛煦紧紧皱着眉，面色发青，丝毫不敢放松。

宴文嘉的神色越发阴郁，眉眼间再找不到一丝快乐之色。他最近的事业又上了一个台阶，还接了新戏，这次的片酬更高，可是如果没有顾雪仪见证的话，这些有什么意义呢？

宴文嘉很久没有再发微博了。粉丝一边猜测他是不是又抑郁了，一边又忍不住夸他抑郁起来也好看……宴文嘉看着那些言论，内心毫无波动。他抬头看向盛煦，忍不住又问了一遍："你说我大哥进入卧室后就不见了，那个沙漏也不见了？"

"是。"

"那个女人也是突然间慢慢扭曲，像一段画质突然糊了一样，就这样消失了？"

"是。"

宴文嘉有点儿烦躁地坐了下来。顾雪仪消失得毫无预兆，他们一点儿办法也没有。

"之前那个女人说我们是一本书里的人物？"宴文嘉又问。他必须得找点儿什么话说，才觉得自己不是在干等。

盛煦点了点头。

宴文嘉神色忧郁，说道："我经历的痛苦、不快，只是别人笔下的一段故事吗？"

盛煦顿了一下。他毕竟不属于这个时空，这时候倒没觉得难以接受。他想起很早以前顾雪仪说过的话："重要的不是身份，而是你做什么。"

话音刚落，卧室那边隐约传来动静。盛煦和宴文嘉立即起身冲了过去，宴文宏反而落在了后面。他怕打开门里面依旧空空如也。

"啪"的一声轻响，那似乎是某扇门被打开的声音。

宴文嘉推开门，先看见的是关着的浴室门，紧跟着，一个身材高挑的古装美人缓缓转过身，比宴文嘉看过的所有古装电视剧里的女演员还要好看。

宴文嘉呼吸一窒："大嫂？"

几个小的坐在一处，听顾雪仪和宴朝讲他们的经历。

宴文嘉忍不住问："大嫂不会觉得很可怕吗？原来我们只是别人笔下的角色？"

顾雪仪淡淡一笑："这本书里，仅仅讲了男女主角是如何相爱的。可这本书里除了他们之外，还有无数的配角，无数的路人。每个配角，哪怕路人，他们都拥有各自的人生。他们对一本书来说，是无足轻重的人物，但对自己来说，都是鲜活的。这是一本书，但也不限于一本书。它是一个独立的世界,每个活在这个世界里的角色,如果像那个女人一样,被自己的既定命运所禁锢,就只是个角色。而你我,都是人。"

宴文嘉听得懵懵懂懂:"哦,我知道了。"

宴文宏反倒有了新的感悟。他盯着顾雪仪,心道:我也并不是一开始就想做坏人的……那只是作者为我写下的命运。我是可以改变的。我不是角色。我会做一个大嫂喜欢的人。

顾雪仪起身道:"你们这几天也没有好好休息,先好好睡一觉,我得去公司看看。"

宴朝也急着去处理宴氏的事,也离开了。

顾雪仪去看了自己投资的项目,然后去了一趟基金会。她忙完一切,已经是傍晚时分。封俞、江越和简昌明等人的电话,先后打了进来。

顾雪仪有点儿惊讶,怎么这么多人知道她出事了?

通完电话她才知道,他们都和那个女人打过交道了,只不过那个女人的演技也不知道拙劣到了何等地步,居然那么快就被他们识破了。

顾雪仪拉开车门坐进去,对保镖说:"回家吧。"

保镖点点头,就往公寓的方向开去。

顾雪仪顿了一下,说:"回宴家吧。"

保镖愣了好一会儿,才应了声"好"。

宴文姝坐在沙发上,翻看着穿越时空的小说。

"我才不信大嫂回不来呢……"宴文姝小声说着,不服气地又翻了一本,想从中找点儿经验,到时候好把大嫂找回来。

结果她没翻几页,就听见女用人仿佛见了鬼似的,说:"太……太太?不……不,顾女士。"

宴文姝猛地抬起头。

顾雪仪束起一头长发,穿着杏色的长风衣,站在那里。

同一时刻,微博话题榜沸腾了。

"吃瓜"群众点进去一看,竟然是宴总那八百年都没用过的微博突然发了条消息。

宴朝:"顾雪仪,能做我的太太吗?"图上是打开的戒指盒,上面的戒指格外显眼。

顾雪仪刚回到宴家别墅不久就接到了公关团队的电话。公关团队的人结结巴巴地说:"宴总发了条跟您有关的微博,这个……这个怎么处理啊?"

全国都知道他俩离婚了啊!

顾雪仪惊讶了一瞬。宴朝不是去处理宴氏的事务了吗?

顾雪仪打开了微博,照片立刻映入了眼帘。

这时,顾雪仪的手机响了。她按了接听键,那头传出宴朝的声音:"这是我很久以前就想做的事了,从你和我离婚以后,我每天都在想,戒指也早就挑好了。虽然已经在你的时代举办了婚礼,但我还是应该向你求婚,也应该再办一次这个时代的婚礼……"

顾雪仪没有说话,而是转发了宴朝的微博,并配文:"行。"

刚和顾雪仪通完电话不久的江越、封俞,还没高兴三个小时就从椅子上摔了下来。

宴朝不会说,为了让这条微博上话题榜第一位,他特地花了钱,惊掉了不少媒体人的眼球。

宴朝也不会说,如果可以的话,他恨不得在世界各地都举办一场婚礼,务必让每一个角落里的人都知道——顾雪仪,是他宴朝的太太。

【全书完】

番外一
办婚礼

婚礼地点选在一座属于宴氏的岛上。

宴家将请帖发到了所有能发的人手中,比如像江家这样的,还收到了三张。

江家人觉得这是宴朝以示亲近的方式。江越抬起头:"胡说八道!"

江越的秘书连忙在旁边说:"江总,宴总的意思是,如果您不想去的话,可以把您收到的请帖分给别人,做做好事。"

江越怒道:"做什么好事!"他呵呵一笑,"我一定会去!谁先被气死还说不准呢……"

江越转过身,扫了一眼弟弟江靖:"你过来。"

江靖瑟瑟发抖,特别怕挨打。

"我让你过来。"

江靖这才战战兢兢地过去了。

江越说:"你去给我挑一套出席婚礼的衣服。"

"我……挑?"

江越皱起眉:"你每天打扮得像只花蝴蝶,难道这事做不了?"

江靖小声嘀咕:"花蝴蝶怎么了?"

江越怎么好意思说自己也想打扮成花蝴蝶,好压宴朝的风头?一旁的江家人听见了,连忙说:"哎呀,别惹你哥哥生气,你哥哥让你挑,你就挑嘛。"

江靖为了保命,连忙点头溜走了。江越站在那里,对着请帖轻声叹了一口气。其实他早就知道顾雪仪对他没意思,就算是这样,还是觉得不痛快。他还是不能让宴朝好过啊!

媒体也闻风而动。他们知道宴朝不喜欢被媒体关注,平时也很少有人敢拍宴朝,但这次不一样啊!

"咱们这次去多少人比较合适?"

"宴氏能同意吗?"

"能啊。"说话的人播放了视频,"我听说宴总之所以那么快上话题榜第一,是因为花了钱专门买了推广!就为了用最快的速度让所有人知道他向顾雪仪女士求婚了。"

"是吗?"

几个人将信将疑地去了宴氏,结果一进大楼,他们才发现来迟了,其他媒体早就到了。

陈于瑾微笑着将合同发给了他们,要求他们先签署合同,然后才能入场。他们一边看合同,一边打量同行,都是业内有名的媒体。宴总不会是想搞全球直播吧?这些人想到自从离婚后画风突变的宴朝,越想越觉得真有这个可能。

媒体的动静当然也没瞒过其他小记者。这些小记者报道了媒体齐聚宴氏的盛况。

网友们看着这些消息,这才有点儿真实感。

"婚宴名单里好多名人啊,江总、封总这种常客就不必提了,孙导也不必提了,除了他们以外,还有原女士,知名演员、老艺术家、钢琴家……我也不知道为什么会有这么多人。"

"如果你看到不眼熟的名字,建议搜一下,会有惊喜,甚至还有好多科研人员……这个蛮奇怪的,怎么会有这类客人呢?"

"你们还在关注当初红杏解散后各位太太的动向吗?她们好像跟着顾总去投资了一些国家扶持的科研项目,所以出现科研人员不奇怪。"

网友们热议着这场即将到来的婚礼,而这一次,再没有人说顾雪仪对宴朝一厢情愿了。现在谁追谁,不是一目了然的事吗?

话题中心的当事人顾雪仪刚试完婚纱,从店里出来以后说:"我要去见一下郁筱筱。"

宴朝点了点头,带着她一块儿去了。在顾雪仪归来后,郁筱筱就已经回到了宋景身边。宋家倒了，宋家上下不仅没有团结一心共渡难关，反而开始拼命抢夺宋家剩余的财产。宋圆的父亲是最先被驱逐出家族的，因为宋圆绑架宴文姝的事，宋家人借机把他赶出去了。宋景还算头脑清醒，不过也正因为这样，宋景成了下一个被宋家人围攻的对象。

顾雪仪见到郁筱筱的时候，女孩儿面容憔悴，有些奇怪顾雪仪怎么会来找她。

顾雪仪坐下后，问道："最近很累吗？"面前的女人气势强大，无形中有点儿压人。

郁筱筱本能地回答说："嗯，是有一些。宋家出了很多事。"说完，郁筱筱又解释道，"我没有指责您和宴总的意思。"

"抱歉，之前宴总请你到我那里做客。"顾雪仪说道。

"没关系。当时您是不是……失踪了？宴总以为是宋家做的？"郁筱筱倒不知道更深的原因，以为是这个原因。

顾雪仪轻点了点头，又与她简单说了几句话。

郁筱筱回过神的时候，才发现自己不知不觉已经跟顾雪仪说了不少话。

"那我就先告辞了。"顾雪仪站起身道。

一旁的宴朝立刻拿上了她的外套，神色淡漠地走在顾雪仪身后，但当顾雪仪转头等他的时候，郁筱筱看见宴朝脸上露出了温柔的笑意。

郁筱筱怔了怔。尽管早就知道宴总喜欢顾女士，媒体都报道了他是如何追求顾女士复婚的，但真正看见二人走在一起，神色温柔又默契的时候，郁筱筱才感觉震撼。两个相似的人，就这样成了一对啊……

郁筱筱苦着脸跟着起身。她还得回去帮宋景，宋景太累了。

宴朝上车后，说道："当初你以为我会带她回宴家？"

顾雪仪点头："是。"

"现在顾总对我放心了吗？会因为那段不知道谁写下的既定剧情而讨厌我吗？"宴朝忍不住问道。

顾雪仪抬眸看向他："我对宴总很放心。我知道宴总是个值得合作的人。"

顾雪仪是相信他的，没有因为那些既定剧情，就轻易让他出局。

宴朝抿唇淡淡一笑："真是每天都会发现，我比昨天更爱顾总一点儿。"

顾雪仪怔了一下，不知道自己刚才说的哪句话让宴朝有了情感变化。她微微红了面颊，转头朝司机和保镖看去。

那二人仿佛什么也没听见一样，正襟危坐。

顾雪仪岔开了话题，说："宋家这边可以放心了。宋家上下针对宋景，而郁筱筱又和宋景绑在一块儿，这群人就等同于在针对郁筱筱。"

他们很快就会遭受到女主角强大的光环的反击。

宴朝悄悄摸到了顾雪仪的手背，摩挲了一下她的手指："嗯。"

郁筱筱、宋家都不重要了。

处理完郁筱筱这边的事之后，他们就飞去了岛上。

转眼到了婚礼这天，岛上宾客成群，媒体直播着婚礼全过程。不少人踏足岛上后都傻眼了，问："排场这么大？咱们国内有比这个更大的婚礼吗？"

后面的人笑了一下，说："应该是没有的。宴总特地找了这么大一座岛，就为了给顾总一个独一无二的婚礼。"

婚礼前一天，顾雪仪投资的新影视项目启动了，国内不少人在关注，多少影视大亨都想从中分一杯羹。那些人很快就没心思羡慕了，因为他们发现来这岛上的人物，大部分不可小觑。有这样好的机会，他们不如去拓展一下自己的人脉。

因为宴文嘉，这才沾光一块儿收到请帖的人什么世面没见过，但就算这样，他们这会儿也感觉很惊奇了。

他们转了几圈，谈论着还有谁收到了请帖。

"有个叫金函学的，你们谁有印象？"

"好像是个小演员，参加过什么节目？"

"他竟然收到请帖了，凭什么？说来也怪，他拿到请帖了，竟然还没来现场！这么好的机会啊……"

金函学这会儿在剧组里打喷嚏呢。他想去，可不敢去，怕被宴总和宴文嘉撕了扔大海里。

随着一阵悠扬的小提琴曲响起，婚礼正式开始。

宴文姝最后还是没当成大龄花童。花童是宴文嘉从老前辈那里借的小孩儿，都长得粉雕玉琢。宴文嘉觉得这样才配得上大嫂的婚礼。

媒体转播了这一幕。

不知道有多少网友在屏幕后面观看直播，一边观看还一边发弹幕。

主持人读完了誓词。

宴朝从盒子里取出戒指，套在了顾雪仪的无名指上，然后才是顾雪仪给他戴戒指。

二人交换完戒指，竟然没有一个人敢起哄。

一时间现场竟然极其安静。

顾雪仪和宴朝对视了一眼，然后在现场极度安静的情况下，两个人用惯用的姿势——顾雪仪搂住他的脖颈，宴朝搂住她的腰，两个人相拥而吻，倒是没有丝毫的扭捏的样子。

原本寂静的场下终于有了声音，众人开始鼓掌。

江靖看见这样喜庆的场面，本能地被带动了，抬手就鼓掌，鼓得还挺卖力，然后转头就挨了江越一巴掌。

"你高兴什么？"江越问。

江靖收起手："是啊，我到手的大嫂都飞了。"

江越听完这话更觉得扎心了，冷冷地说："你千年隼的模型我没收了。"

婚礼仪式结束后，立马有人站起身，要敬酒。其他人不太敢，但简昌明敢，封俞敢，盛煦也敢……他们带头，尤其封俞，皮笑肉不笑地递上了一杯白酒："宴总一口闷啊。"

其他人见状，也有点儿上头，忍不住想凑个热闹，大着胆子也去敬了宴朝。

顾雪仪轻轻抬眸，眉眼冷艳动人，问："我的酒杯呢？"

旁边的人马上将酒杯递了上去。

其他人都愣住了，问道："顾总也喝酒啊？"

顾雪仪点头："嗯，我喝的。"

她举杯轻轻一碰简昌明的酒杯，笑着说道："多谢简先生这些日子里的相助。"说罢，她低头喝了杯中酒。

简昌明神色复杂地低头喝光了杯中的酒。她和他之间的交情就如同宴朝和他的交情一样，淡如水，除此之外，再没别的了，但越是这样，好像越动人。

顾雪仪又倒了杯酒，碰了一下江越的酒杯："江总是极好的合作伙伴……"

江越用力抿了抿唇，胸中的不甘情绪不断翻滚，再渐渐平息。得到她这样的夸赞，他其实也很高兴。他们是最好的合作伙伴。

江越沉声说道："谢谢顾总夸奖。"然后他也喝了酒。

宴朝在一边没有说话，实则已经吃了三缸醋了。

这时候顾雪仪转头看向封俞。封俞抓紧了酒杯,然后顾雪仪的视线又越过他,移走了。他连被敬酒的资格都不配?他实在忍不住了,主动举杯,勾唇讽刺一笑,说道:"我和顾总喝酒,顾总又怎么形容我?一个特别好用的工具人?"

大家都惊了。

宴朝转了转手上的戒指,冷冷地看了封俞一眼。

顾雪仪淡淡地说道:"封总今后会做很多有益人类、有益家国的好事……如果是工具人的话,那也是世界上最好用的工具人。"

封俞又生气,又觉得有点儿受用,反正她夸他了。封俞抿了抿唇,仰头将酒一饮而尽。

喝完酒后,大家就开始在沙滩上自由活动了,跳舞、游泳、开游艇……

宴朝却轻轻扣着顾雪仪的手腕,带着她回到了后面的别墅里。一进门,宴朝就将顾雪仪压在墙上亲了起来,酸意扑面而来挡都挡不住。

宴朝说道:"我吃醋。"

说了一遍,宴朝还觉得不够。他神色温柔,口中却咬牙切齿地又强调了一遍:"我酸死了。"他攥住她的手,贴在他的胸口上,"这里酸得要命,太太。"

顾雪仪想了想,抓住了他的手腕,带着宴朝走到了窗户边。窗边挂着的窗帘随着海风轻轻飞舞。

顾雪仪将宴朝按在那里,骑了上去,吻了吻他的喉结:"这样好一点儿了吗?"

番外二
新生活

顾雪仪和宴朝现身医院做产检的照片被发到了网上。一时间全网都在关注这个惊天大新闻，有各式各样的猜测和期待。

这时候顾雪仪去了投资的新电影项目拍摄现场。剧组上下齐齐出动，迎接顾雪仪。站在导演左边的知名演员最先放低了姿态，迎上去拉开了车门："顾……宴总？"

演员觉得身上一冷，挤出了一句："不是顾总吗？顾总呢？"

孙俊义也在现场。他连忙拽着演员往后面退了退，然后笑着看向宴朝："宴总，顾总在车里对吧？"

宴朝哪儿是君子，醋缸子还差不多。宴朝应了一声："嗯，来的路上睡着了。"

也就是说现在她还睡着，他不打算将顾总叫醒？

剧组上下都愣住了。

"那就等等吧。"孙俊义说道。

这一等，众人就等了半个小时。

在车里睡得毕竟不太舒服，顾雪仪缓缓坐起身，身上披着的西装外套也掉了下去："宴朝？"

宴朝"嗯"了一声。

顾雪仪缓缓眨了眨眼，这才觉得视线恢复了清明："到了？"

"嗯。"

顾雪仪最近比较容易困,也已经习惯了,倒并不觉得奇怪。她只是问了一句:"等多久了?"

然后车外等候的众人就听见宴总脸不红心不跳地说:"也就几分钟吧。"

顾雪仪点了点头,按住了宴朝的手臂,轻轻一借力,就下了车。

大家见到顾雪仪,却是不自觉地怔了一下。她穿着绛紫色的连衣裙,脸上化着淡妆,婚姻生活和怀孕似乎并没有给她带来什么变化。

"走吧。"顾雪仪说。

一行人这才往里走去,蹲守已久的记者终于抓拍到了自己想要的照片。

他们进了组,很快大家就发现,宴总让大家等顾总睡醒这件事都不算事。

接下来,他们见证了高高在上、杀人不见血的宴总是如何为顾雪仪女士跑腿、倒水等。只要是顾雪仪的事,无论大小,宴总都会亲力亲为。

他们再看顾总,顾总面色淡淡的,姿态闲适,似乎早就习惯了。

顾雪仪刚到另一家公司,几个太太已经在等她了。她们几个跟着她一块儿投资了这家公司,可谓赚了个盆满钵满。

这次陪着顾雪仪巡视项目的太太中间,还有李辛梅的身影。

顾雪仪和宴朝离开后,李辛梅则开着豪车回了王家。

"辛梅回来了啊。"婆婆从楼上下来,看见她,当即露出了笑容。

李辛梅迎上了婆婆的目光,淡淡一笑。

婆婆走到她跟前,亲切地说道:"我前两天又看了个包,特别适合你,就买给你了。"

那头沙发上,儿子也探头过来,不自觉地压低了声音说:"妈,我在国外给你买了条围巾,你试试?"

李辛梅扫了他一眼,笑了一下:"好啊。"

她并不在乎全家人因为什么来讨好她。这个世界上总是重利的人更多。你优秀时,自然无数人对你趋之若鹜。

转眼好几个月过去了。

这几个月里,顾雪仪依旧投资、做慈善、谈生意,偶尔和三两个好友一起喝杯茶。到了大年三十,红彤彤的灯笼挂满了宴家别墅。

按照惯例,顾雪仪给几个小的红包,宴朝给她红包。暖色的光芒下,众人齐齐举杯。顾雪仪浅浅抿了一口果汁。

大家围着她说了不少祝贺的话,一口一个"大嫂"。顾雪仪耐心地听完,然后才放下了果汁,说道:"我可能要生了……"

所有人仿佛被按下了暂停键,就这么呆了几秒钟。几秒钟后,宴朝面色铁青,一把将顾雪仪抱了起来,大家开车的开车,打电话的打电话……一行人火速赶往医院。

"如果孩子在今天这个日子出生的话,还蛮有意思的……"顾雪仪说。

宴朝紧紧抿着唇,头一次没有应她的话。他托着她的腰,感觉她的裙摆底下有了湿意,这是羊水要破的前兆。宴朝已经做过无数功课,哪怕是这样,他还是有一种仿佛血液缓缓从顾雪仪的体内流出来的错觉。他好像又回到了从厨房走出来,顾雪仪就不见了的时候。

"不要太紧张。"顾雪仪轻轻拍了一下他的手背。

宴朝牢牢反攥住她的手指,这才低低应了一声:"嗯。"

很快,宴朝抱着她进了医院,轻轻将她放在床上。

顾雪仪抬眸扫了他一眼,低声说:"等我出来。"

宴朝没有应声,面无表情地套好了无菌服,牢牢扣着她的手腕,跟了进去。

媒体早就知道顾雪仪的预产期,因而当宴家有动静的时候,他们立刻跟到了医院,也拍下了这一幕。

消息很快传遍了大街小巷。这一天,不知道有多少人赶到了现场,一起等候着这个孩子出生。

顾雪仪意志坚强,并不畏惧身体上的疼痛,就算这样也还是重新认识了生产这件事究竟能痛到什么地步。

麻药过去之后,顾雪仪撑起眼皮,睁开眼就撞上了宴朝的目光。她问:"宝宝呢?"

"在育婴室里。"

"长什么样子?"顾雪仪又问。

宴朝拿出手机,给她看照片。

顾雪仪缓慢地眨了眨眼:"宴总拍了照?"

"嗯。"宴朝说道,"想到你醒来也许要看。"

"宴总没有抱抱他吗?"

"有很多人抱他。"宴朝有点儿凉薄地回应,紧跟着低声问,"麻药完全失效了吗?痛不痛?"

"肯定会痛的,但是还好,能忍受。"顾雪仪说完,四肢倒是放松了一些。

"能吃下东西吗?"宴朝又问。

顾雪仪盯着照片看了两眼。小孩仿佛只有巴掌大,整张脸皱巴巴的。顾雪仪怔了怔,有点儿被丑到:"我生下来的孩子……这么……"

她过去并没有见过刚出生的孩子,着实和想象中的不大一样。

宴朝扫了一眼照片,说道:"新生儿一周后变化就会很大了。"

顾雪仪点了点头,回想了一下过去见到过的婴儿,都是可爱的。她和宴朝的孩子不可能这么丑……

宴朝这时候抬手按了铃,让人将食物拿进来。

顾雪仪转头扫了一眼,问:"是粥吗?"

"有粥,也有别的。"宴朝报了一串菜名,都是顾雪仪爱吃的。

护工紧跟在后面进来了,就要去扶顾雪仪:"我来吧。"

宴朝没有撒手:"我来。"

护工有点儿怕他,连忙自觉地退后。

顾雪仪面前的小桌板很快搭好了,她倚在宴朝怀中,刚吃一口,就问道:"宴总亲自做的?"

"嗯。"要不是宴朝只有一双手,他恨不得顾雪仪的任何事都由他来做。

"你什么时候去做的啊?"顾雪仪问。

"刚刚。你还没有醒,宴文姝他们急着来探望你……菜做得不多。"

"够了。"顾雪仪舔了舔唇。她顿时觉得生孩子也并不是一件那么糟糕的事了。

宴朝进了病房就没有再出去,一直陪着顾雪仪吃饭、睡觉……顾雪仪的身体状况很好,中间没有出任何意外。

媒体这边没有宴朝点头,迟迟不敢发新闻,弄得不少关心的网友快急疯了。

宴家一群小的却围住了保温箱,嘴里念叨:"他好小啊,头怎么还没有苹果大?"

这会儿没人顾得上发微博。

第二天,顾雪仪已经恢复得差不多了。

宴文嘉终于醒过神来发微博抽奖。其他人玩这手到底还是比他慢了点儿，搞得大家只好在后面火急火燎地给奖品加码，这个加抽 10 万，那个加抽游戏机。

网友们可算是松了一口气。

"吓死我了，抽奖就是没事了吧？等官宣。"

"奖品好丰富。"

"真好，大家都为顾总感到开心。"

"宴文宏抽一颗星星？说下次同事发现新星星，他会买下命名权送给中奖者。科学家的脑回路果然不太一样。"

网民热烈地讨论着。大家羡慕着如今的宴家，更忍不住开始设想：将来的宴家小崽崽该是怎么样集万千宠爱于一身……

如宴朝说的那样，小孩子的变化是很快的。一个半月后，顾雪仪出院的时候，孩子已经有了脱胎换骨的变化，比顾雪仪曾经见过的那些小孩儿都要漂亮。

顾雪仪难得又睡了个好觉，起身缓缓走下楼，问道："宴总呢？"

女佣听见她的称呼也并不觉得奇怪。现在全国都知道，宴朝和顾雪仪喜欢互称"太太""宴总"，这都成一种别样的情趣了。

女佣答："在楼下。"

楼下？他怎么没有声音？顾雪仪往下走，这才在二楼见到了宴朝。

男人脱下了西装外套，衬衣袖口挽到手肘处，露出肌肉线条，身上戴着背小孩儿用的那种背带。他眼眸低垂，紧紧盯着怀里的小孩儿，冷淡的眉眼间尽是温柔之色。

顾雪仪倚着扶手，歪头打量了他一会儿。她很难想象宴朝带孩子是什么样的，亲眼见到了却有种巨大的反差感。她也不知道为什么，这样的宴朝看上去反而更迷人。

宴朝这时候似有所觉，立刻抬起了头，微微笑了一下，问："睡好了吗？"

"嗯，好了。"顾雪仪这才走上前。

宴朝叫来了保姆，将怀中熟睡的孩子交给对方，保姆立刻带着孩子去一楼了。

宴朝抬手按了按顾雪仪的腰："还痛吗？"

她到孕后期的时候，经常腰痛、腿痛，几乎无法入睡。顾雪仪摇了摇头："现在不痛了。"

她抬手轻轻捏了一下宴朝手臂上的肌肉，问："宴总累吗？"

两个人的默契早已经刻入了骨子里，一个眼神，他们就能明白对方的心意。

宴朝抿了抿唇，搂住了顾雪仪的腰："不累。"

顾雪仪几乎骑到了他的腰上，让宴朝抱着她回了卧室。

宴总用实力证明带完孩子以后也是有力气的。

顾雪仪说："明天也由宴总带孩子吧。"

小孩儿七岁的时候，网友才终于看到了一张宴家小太子爷的正面照。星期天的游乐园门口，身形高挑的顾雪仪穿着一条鹅黄色长裙，露出一截雪白的脚腕，美丽动人。宴朝站在她的身边，白衬衣、黑长裤，臂弯里放着顾雪仪的外套。他一只手撑着遮阳伞，一只手则拿着甜筒往顾雪仪唇边送。宴家小太子爷就站在他们面前，穿着和爸爸一样的白衬衣、黑长裤，小小年纪已经有几分绅士味道了。

他的眉眼完美继承了父母的优点，模样俊美，微微垂下眼眸时，神色有点儿冷淡，但他抬起眼眸时，又透着一点儿温柔。

这会儿他正抬眸望着顾雪仪的方向，左手抓着一卷纸往顾雪仪手边送，右手拎着一袋铁板烧烤，上面浸了不少油，但那些烧烤被他拿在手里，不像街边小吃，反倒像昂贵的礼物。

这一幕，恰好被媒体抓拍到了。狗仔们跟拍多年，拍到一张照片很不容易了。就算他们拍到了，也不敢直接发出去，于是先打电话到宴氏去询问……

"哦，你说拍到照片了啊。发啊。"

狗仔愣了愣，有点儿不敢相信："真……真发？"

"嗯，发啊。"那头的人满不在乎地说。

最近封俞在国外接受采访，有人问他有没有过初恋，封俞说没有初恋，爱慕对象倒是有，然后张嘴说了"顾雪仪"三个字。

当天国内外的新闻全炸了。尽管封俞再三强调，那只是他单方面爱慕，而且事情已经过去很久了，别说出去让顾总知道了。顾总扒不扒封俞的皮他不知道，宴总脸色是够难看的。负责接洽媒体的工作人员心想：这会儿记者多发两张照片才好呢。

这边狗仔得了准话，才忍着惊喜连忙编辑文案、配图，发出去了。一时间媒体都跟过年似的。

被网民们谈论的宴思思今年七岁，大名叫宴珏，取玉中之王的意思。

他刚刚跟随宴朝一块儿出席了个会议。

所有人都惊叹地望着这位宴氏的小太子爷,他才几岁啊,就已经能窥出几分宴总和顾总的风采了。他不笑的时候,神色淡淡的,与顾总极为相似,而微微笑起来的时候,又更像宴总的绅士模样。

会议结束后,还有个宴会。

宴朝转身去打电话了,宴珏眨了眨眼,知道多半是给妈妈打电话了,自己先往宴会厅里走去。他从小生活优渥,得到了许多关爱,但家里也一直在培养他的独立能力。他很小的时候,要么跟着妈妈一块儿去做慈善,要么就去参观实验室,或者被爸爸带着去参加一些会议。他们出门旅游也会带上他。有一次他还在国外遇上了绑架,然后他就看见他爸妈轻易解决掉了那些绑匪。回来后,宴珏也去学了点儿防身术。

他的爸妈都是很有耐心的人,经常抛开手边的工作带着他一块儿看书。于是宴珏跟着他们读了很多书。

这时候,有个小姑娘迎了上来。对方热络地和他打招呼:"宴珏!"

宴珏隐约记得对方,好像是国内某实业大佬的孙女。他礼貌地微微颔首,打了招呼:"杨小姐。"

杨小姐年纪也不大,才八岁。但她这个年纪已经懂得分辨美丑,知道谁聪明、谁厉害了。杨小姐心里想着:这一辈的圈子里,最聪明的就是宴珏了!

她想不明白宴珏为什么这么厉害。明明大家都差不多大,可他总能说出很多专业词汇。

他穿得很正式,看上去很绅士,就像他爸爸一样,还特别有礼貌。

宴珏很快就走远了,神色自如地和长辈打招呼。

杨小姐叹了一口气,可他太冷淡了,对所有人都是这样,礼貌而冷淡。他真的很像他爸妈啊。不知道他在家里是不是也这样?还有,他不会觉得累吗?

杨小姐觉得光是跟那些长辈打招呼都让她发怵,可是宴珏侃侃而谈……这大概就是天才与普通人的区别吧。

宴会结束后,宴珏跟着宴朝一起回了宴家。

顾雪仪早早回了家,正坐在沙发上看书。宴珏快步走近,低低叫了一声:"妈妈。"

顾雪仪抬起头。

宴珏脸上的冷淡疏离之色刹那间消失干净,他一头扎进顾雪仪的怀里,搂住了顾雪仪的脖子,低声说:"妈妈,今天只是分别了半天,可我好想你啊……"

顾雪仪轻抚了一下宴珏的头,放下书,这才站起身。

宴珏不得不站直了身体,然后看着顾雪仪和宴朝轻轻抱了一下,宴朝还亲了一下顾雪仪的唇。宴珏不由得抓紧了顾雪仪的胳膊:"妈妈今天可以陪我一起画画吗?"

"可以的。"

宴珏却嫌不够,忍不住撒娇:"妈妈,我给你做拔丝苹果好吗?我刚刚学会的。"

"好。"

宴朝在一旁看着,心里觉得不舒服。他年纪虽小还挺会占便宜的。

宴珏一直黏着顾雪仪,转身又对宴朝说了两句软话,免得被他爹嫌弃。

在他很小的时候,顾雪仪和宴朝就教会他,冷淡永远是给外人的,温柔是留给家人的。宴珏还不知道什么叫温柔。但他在家的时候可以理直气壮地做个宝宝……只可惜宝宝已经不配和爸爸妈妈一起睡觉了。

宴珏做完拔丝苹果,跟顾雪仪一块儿画了画,又和宴朝一起看了纪录片,这才转头抱着自己的小枕头去睡觉了。

他得早点儿睡。他很忙的。明天叔叔宴文宏要接他去参观他们的实验室呢,后天还要去给二叔宴文嘉的新电影捧场,大后天还要去看姑姑的品牌秀。

客厅里。顾雪仪也在懒洋洋地提出自己的要求:"我想去北极。"

"好。"

"我还想去学滑雪,宴总会吗?"

"会。我教太太。"宴朝弯腰将她抱起来,上了楼。

他没有提自己的要求,只是低头吻了吻她的唇,语气酸溜溜的:"我看见了封俞的采访。"

顾雪仪抓住了他的领带,说:"嗯?他说什么了?"

"没什么。"

顾雪仪歪头盯着他。

宴朝心下一动,亲了亲她的额头,又亲了亲她的眼睛,低声说:"我明天也要接个采访。"

"嗯?"

"就说……我爱你。"

另一个时空。

史官认认真真地将"顾雪仪"三个字记入史册,同时也有人将这三个字记入盛家与顾家的历史中。史书详细记载了她的生平,如何长大,如何嫁入盛家,如何扶持盛家,又如何改嫁,改嫁那日十里红妆,皇帝亲自主婚,这等排场前无古人后无来者,又记盛家子后来出仕入相,仍旧常常将这位长嫂挂在嘴边。

晋元三十年,盛长林已经是最年轻的右相。

他收住手,绘下最后一笔,低声说道:"好了,将它装裱后放到祠堂中,世代相传。"

丫鬟闻言,这才抬头望去。

那是一幅画,画里的年轻女人梳着流云髻,眉眼如画,身着宽袖大衫,坐在亭中,手拿杯盏。

其余人在她跟前,躬身俯首,她真是绝世大美人。